湖北省社科基金项目

汉口学院科研基金资助

刘安海 | 著

文学文本言语研究

Wenxue Wenben Yanyu Yanjiu

图书在版编目 (CIP) 数据

文学文本言语研究/刘安海著 . —北京：中国社会科学出版社，2014.8
ISBN 978 - 7 - 5161 - 4639 - 2

Ⅰ.①文…　Ⅱ.①刘…　Ⅲ.①中国文学—文学语言—文学研究
Ⅳ.①I045

中国版本图书馆 CIP 数据核字（2014）第 178296 号

出 版 人　赵剑英
责任编辑　郭　鹏
责任校对　卢战伟
责任印制　戴　宽

出　　　版　中国社会科学出版社
社　　　址　北京鼓楼西大街甲 158 号（邮编 100720）
网　　　址　http：//www.csspw.cn
　　　　　　中文域名：中国社科网　　　010 - 64070619
发 行 部　010 - 84083685
门 市 部　010 - 84029450
经　　　销　新华书店及其他书店

印　　　刷　北京君升印刷有限公司
装　　　订　廊坊市广阳区广增装订厂
版　　　次　2014 年 8 月第 1 版
印　　　次　2014 年 8 月第 1 次印刷

开　　　本　710 × 1000　1/16
印　　　张　23.25
插　　　页　2
字　　　数　393 千字
定　　　价　66.00 元

目　　录

弁　言

　　关于本书，我先要作一个说明，这就是我将本书第二章第一节第一个问题的内容先提到这儿来，以便让读者诸君了解我为什么把本书定名为《文学文本言语研究》。同时还要说明的是，因为此前的大多数文学理论教科书和文学理论论著大多把文学作品中的语言都称为文学语言，有关引文是不能够改动的，所以我在行文中为了照顾前后文的统一，有时也不得不用"文学语言"这样的提法，而这并不意味着我对自己命名的背离和论述行文的混乱。下面就是本书第二章第一节的第一个问题的内容，引文的注释则略去。

　　首先，在本章的开头要提出一个新的概念，即"文学文本言语"。过去的文学理论教科书和文学理论专著在称谓文学作品的语言的时候几乎都将其笼统地称为文学语言，其实这里面存在有意无意弄混淆了的情形。众所周知，文学语言本身含有广义和狭义两种含义。广义的文学语言，即西文 Literary language，又译为"标准语"，它指的是经过加工的、规范化了的书面语，与口语、土语等相对，是一定社会和教学情境中的标准语言，是报纸、杂志、广播、教育、科学、政府机关、群众团体和人民大众所用的书面语言；狭义的文学语言则仅限于文学作品的语言。从这一点说来，文学语言具有非常宽泛的含义，它远不是只指狭义的即文学作品的语言。为了将文学作品的语言与广义的即一般的文学语言区分开来，我们考虑应该提出另外一个概念——"文学文本言语"，用来专指文学作品中的语言。所谓文学文本言语是指经过作家加工的、写进并呈现在文学文本中的、旨在创造艺术形象并表达作者思想情感及创作主旨的语言。很显然，这儿的"语言"是指"言语"。一般情况下，各种语言，包括口语、土语、方言、书面语、文言、白话，甚至上面所说的广义的文学语言，都可以经过作家的加工并被写进文学文本而成为文学文本言语。

其次，我们之所以要提出"文学文本言语"这样一个新的概念，是因为语言在文学文本中是以言语的方式存在的，而不是以语言的方式存在的。瑞士著名的语言学家德·索绪尔（1857—1913）特别重视语言本身所固有的二重性，即语言既是"音响印象"，又是"发音器官的动作"；既是"音响·发音的复合单位"，又是"生理·心理的复合单位"；"言语活动既有个人的一面，又有社会的一面"；既"包含一个已定的系统，又包含一种演变"。他强调，如果忽略了语言的这种两重性，"语言学的对象就像是乱七八糟的一堆古怪、彼此毫无联系的东西"，他指出："要解决这一切困难只有一个办法：一开始就站在语言的阵地上，把它当作言语活动的其他一切表现的准则。"于是，他把语言（Language）具体地区分为"语言"（Langue，又译为"语言结构"）和"言语"（Parole）。他说："语言和言语活动不能混为一谈；它只是言语活动的一个确定的部分，而且当然是一个主要的部分。它既是言语机能的社会产物，又是社会集团为使个人有可能行使这机能所采用的一整套必不可少的规约。"语言和言语两者之间的差异是显而易见的：第一，语言指整个语言系统，包括语音、词汇、语法、句法，而言语则是指说话人和写作者可能说出写出或理解的全部内容。第二，语言是指语言的社会约定俗成方面，言语则是指个人的说话或写作；语言是社会的，言语是个人的；语言是本质的，言语是偶然的；语言是同质的，言语是异质的。第三，语言是一种代码或符码，如索绪尔就把语言学看作是"研究社会生活中符号生命的科学"的符号学的"一部分"，而言语则是一种信息。索绪尔指出："这两个对象是紧密相联而且相为前提的：要言语为人们所理解，并产生它的一切效果，必须有语言；但是要使语言能够建立，也必须有言语。从历史上看，言语的事实总是在前的……语言和言语是互相依存的；语言既是言语的工具，又是言语的产物。"霍克斯在《结构主义和符号学》中以一个形象的比喻说："言语是露出水面的一部分冰峰。语言则是支撑它的冰山，并由它暗示出来，语言既存在于说话者，也存在于听话者，但它本身从来不露面。"他还说："可以设想，存在着关于烹饪的语言，其中每一顿饭就是言语"。从这些说法看，很显然，存在于文学文本中的是言语而不是语言。换一句话说，语言在文学文本中是以言语的方式存在的，故而我们将其称为文学文本言语，而不将其称为文学文本语言。从语言到言语，在这一转变过程中起关键作用的是作为创作主体的作家的言说。

　　最后，我们应该确立这样一种观念，即确立文学文本言语是个完整的系统的观念，它不是指文学作品中的某些词句、段落、篇章，而是泛指整个文学作品的言语和文学作品中的言语。因此，我们的研究视野就是一个全方位的视野，而不应该设置什么限制。

序 章

面对语言

一 20世纪中国文学文本言语研究检讨提纲

1. 中国文学对文学文本言语的不自觉

20世纪的中国文学是从中国封建文学演化而来的，它在五四以前的近二十年间甚至还表现出了相当浓重的封建色彩。中国封建文学长期以来信奉和贯彻的是"文以载道"的文学思想，影响所及，在文学创作中则信奉和贯彻"以情纬文，以文被质"① 的原则，即：作家的创作是以质为主、文是从属于质的，也就是内容决定形式、内容决定语言的原则。这样，文学文本言语就一直作为文学作品形式的构成因素之一而被置于一个隶属于内容的、不显眼的、受支配的地位。因此，在相当长的时间里，无论是作家或者是文学批评者、文学研究者、文学理论家，他们的自觉的文学文本言语意识没有形成和确立，对文学文本言语的运用和认识处于一种不自觉的状态之中——虽然在具体的创作实践中，历代的作家创造出了不少的优秀作品，也留下了被后人一再引用和褒奖的优秀的文学文本言语范例。

严格意义上的中国现代文学理论批评即使从王国维1904年发表《〈红楼梦〉评论》、破天荒地借用西方文学批评理论和方法来评价一部中国古典文学中杰出长篇小说《红楼梦》算起，但也没有真正提出文学与语言的关系问题——虽然王国维本人的学术研究以文字学等最为见长；虽然此前在文学中就有提倡白话文、采用新词汇、采用外国新句法、仿效外国新文体以及语文体中成语增加等现象的出现。倒是在1919年的五四运

---

① 沈约：《宋书·谢灵运传论》，中华书局本。

动中，适应着新民主主义革命运动的需要，明确地提出了反对旧道德提倡新道德、反对旧文学提倡新文学两大旗帜。在反对旧文学提倡新文学当中有一个很重要的方面：即反对文言文、提倡白话文，语言的文与白以及文与白之争终于成为文学理论批评研究的一个重要对象。五四文学革命的战斗口号之一是建设"活的文学"，即开展"白话文学"运动。在这个口号中值得注意的是把"白话文学"运动同"活的文学"几乎等同起来，这样就把文学工具和材料的改革提到了一个相当的高度。

早在五四运动爆发前夕的 1916 年，胡适发表了《文学改良刍议》，明确提出："吾以为今日而言文学改良，须从八事入手。"他的所谓"八事"分别为须言之有物、不摹仿古人、须讲求文法、不作无病之呻吟、务去滥调套语、不用典、不讲对仗、不避俗字俗语。可以说这"八事"之中没有哪一"事"不关乎语言。他特别强调说："吾所谓'物'，非古人所谓'文以载道'之说也。吾所谓'物'，约有二事"，即"情感"和"思想"①。如果说当时的新文学在内容上试图用"思想情感"取代"道"，那么，当时的新文学在形式上则是试图用"白话文"取代"文言文"，前者是文学的思想革命，后者是文学的语言革命。实事求是地说，这种文学上的思想革命和语言革命，在当时所起的作用是功不可没的，在历史上应该占有相当的地位。但是无论思想革命还是语言革命，最终还是把思想和语言或把语言和思想隔离开来了，或者说，还是让思想统率了语言，而让语言从属于思想，这样就使得新的白话文的面纱之下仍然掩蔽着语言所应该具有的根本的地位和价值。换句话说，如果说文言文依赖于"道"之势，那么白话文则依赖于"情感"和"思想"之势，语言本身的自立、独立还没有得到确立、承认和尊崇。

到了 20 世纪二三十年代，以左联为首倡导与开展了关于文艺大众化问题的热烈讨论。成仿吾率先指出，革命文学的"媒质"要是"接近农工大众的用语"，"要以农工大众为我们的对象"②。瞿秋白把语言的大众化视为实现文学的大众化的重要问题，一一否定了用"周朝话"来写、

---

① 胡适：《文学改良刍议》，《胡适学术文集》（新文学运动），中华书局 1993 年版，第 19—20 页。

② 成仿吾：《从文学革命到革命文学》，原载 1928 年《创造月刊》，《中国现代文学史资料》，第 1 卷上册，高等教育出版社 1959 年版，第 224 页。

用五四式白话来写、用章回体的白话来写的各种主张，强调"普洛大众文艺要用现代话来写，要用读出来可以听得懂的话来写"，并认为"这是普洛大众文艺的一切问题的先决问题。这个问题不解决，其余的努力大半要枉费的。"① 在这一讨论中，很多讨论者都认识到文学的大众化离不开语言的大众化，主张语言应当接近口语，是大众能看、能读、能懂、能写的语言。在这里我们已经比较清楚了，当时那场持续多年的讨论虽然在推动文学的大众化、推动文学的普及上起了很大的作用，但用今天的眼光来衡量，所谓语言大众化的一个重要方面就是要求作家所使用的语言去服从于大众的语言、知识、文化和接受水平，就是要语言被动地去适应、迁就、屈从普通的老百姓大众。这从新民主主义革命的需要来讲、从当时革命文学服从于新民主主义革命的任务来讲、从文学的接受对象来讲，应该说都是不得已的别无选择的选择，都是值得肯定的。问题在于从文学文本言语本身来讲则是由"道"进到"情感"和"思想"的一种倒退，文学文本言语本身的自立、独立仍然没有得到确立、承认和尊崇。

20 世纪 40 年代对解放区乃至对以后中国文学理论批评发生重大影响的事件当推 1942 年 5 月召开的延安文艺座谈会。在这个座谈会之前，即 1942 年 2 月 8 日毛泽东在延安干部会议上发表了题为《反对党八股》的讲话。在毛泽东所列举的党八股罪状中有五股是关于语言的，具体说来就是："空话连篇，言之无物"、"装腔作势，借以吓人"、"无的放矢，不看对象"、"语言无味，像个瘪三"、"甲乙丙丁，开中药铺"。这些针砭强调了语言本身要有内容、要与接受者平等相处、要生动有趣、要活泼、要富于变化，虽然只是提纲挈领的，但对语言问题的关注却具有相当的高度。接着在延安文艺座谈会上毛泽东又尖锐地批评了当时存在于延安的文艺工作者对于自己的服务对象不熟不懂的弊病，他说："什么是不懂？语言不懂，就是说，对于人民群众的丰富的生动的语言，缺乏充分的知识。许多文艺工作者由于自己脱离群众、生活空虚，当然也就不熟悉人民的语言，因此他们的作品不但显得语言无味，而且里面常常夹着一些生造出来的和人民的语言相对立的不三不四的词句……如果连群众的语言都有许多不

---

① 瞿秋白：《普洛大众文艺的现实问题》，《瞿秋白文集》（二），人民文学出版社 1953 年版，第 861 页。

懂，还讲什么文艺创作呢?"① 这个批评强调了学习人民群众语言对于文学创作的重要，是继五四以来关于语言大众化问题的又一次大声疾呼。毛泽东虽然是从新民主主义革命的总任务来考虑文艺问题的，但是将语言提高到如此高度则是直到今天仍然值得我们进行深思的。当然，语言问题远比这个要复杂得多，在革命战争年代能够做到这样也就非常地难能可贵了。同时，对于文学文本言语来说，仅仅有对于人民大众语言的学习显然是非常不够的。

随着中华人民共和国的成立，特别是进入20世纪50年代以来，中国当代文学不只是中国现代文学的承续，更主要的是社会主义文学发展的起点，应该有新的时代的新的文学景观。可惜的是在整个50年代，社会主义的中国当代文学在越来越严重的"左"的思想的影响和制驭下，文艺界进行了一系列最终是扼杀了作家创作的创造性、积极性和试图按照艺术规律行事的良好用心的思想斗争和所谓讨论，对于整个中国当代文学的摧折和破坏可以说到了非常严重的地步，如关于电影《武训传》的讨论，关于《红楼梦》研究中资产阶级唯心论的批判，关于胡风文艺思想的批判，以及其他具体作家作品的讨论和批判等。如果说这些是擒贼先擒王的把戏，那么文艺界普遍开展的反右斗争和思想改造运动，则更是使文艺界像过筛子一样地差不多每个人都过了一遍。影响所及现有的史书和有关论著还处在一种轻描淡写的阶段，或许清查的时机还未到来。与此同时，对于涉及文艺基本特征规律的问题很少开展什么讨论，纵然某时有关于文学基本特征和规律的些许细小声音，但往往被高潮迭起的政治声浪淹没，哪能注意到文学的语言问题的讨论、研究和探讨呢?

60年代，包括60年代前期，以及70年代的情形就更不用说了。在那个特殊的年代里，一方面是文学创作基本处于窒息状态，另一方面某些所谓的文学创作用的语言基本是"官话"，是大批判语言，是权极一时的意识形态话语，那种叠屋架床式的形容词、副词充斥于所有的报刊杂志，殃及当时仅有的所谓文学创作，使作品典型地充当了政治的图解和官方意识形态的传声筒，显得那样的苍白无力。如果这个时期的所谓文学创作一

---

① 毛泽东:《在延安文艺座谈会上的讲话》，《毛泽东选集》第3卷，人民出版社1964年版，第852—853页。

定要在中国文学史上捎带上一笔的话，那么，这一笔应该记下文学文本言语是怎么倒退和倒向权力话语的。值得一提的是虽然民间有这样那样的口头文学以及手抄本，但终究只是在民间或地下流传，在当时那种政治背景下没有也很难形成气候。文学文本言语成了一种历史的回响。

80 年代以来，伴随着思想解放、文学解放，文学文体方面的研究出现了一股有足够声势的潮流，文学文本言语有幸列在其中。这主要是随着文学创作的发展和作家创造能力及创作个性的初步得到发挥，文学文本言语出现了很大的变化，语汇、语态、语式、语气、文体等较之以前丰富多了，事理语言逐渐向情理语言转化，数理语言、电报式语言、粗俗化语言、非规范化语言、淡化语言以及包括简讯、书信、读者来信、采访随记、广告、账单、布告、报告和其他公文的"非文学"语言都被作家运用，甚至连数学符号、数学方程式、音乐曲谱、化学分子式、名片等相继进入了文学作品，句子或长或短，长可达几百甚至几千言没有标点符号，短则一个词组甚至一个词就是一个句子。在某些文学文体当中，创作主体更是肆无忌惮地闯了进去，将过去本不属于自己的领地占领了下来，单以小说中的人物对话而言，过去是凡有人物对话必然加上引号，而现在虽有对话，也少有引号，甚至通篇不用引号，原因是作者把人物的对话化到叙述者的叙述言语当中去了，这表明作者的主体意识、主体精神的确立和强化。由于这些情况的出现，所以有的论者在 1986 年谨慎地、颇有分寸地指出："中国当代小说似乎正在跨入一个语言意识的觉醒期。"① 应该说，跨入语言意识的觉醒期的不止是小说，诗歌、散文，乃至剧本等等也都跨入语言意识的觉醒期了。

2. 中国文学对文学文本言语不自觉的具体表现

然而，遗憾的是作家、诗人对语言的这种勇敢的探索、创新和试验并没有或很少得到文学理论、文学批评、文学研究的及时的积极的回应，更不用奢望它们为这种探索、创新、试验提供什么理论前导了。因而从总体上来说，文学文本言语的研究是滞后于文学创作实际的，文学文本言语的自觉意识还没有完全被唤醒。具体表现如下：

---

① 王晓明：《在语言的挑战面前》，《当代作家评论》1986 年第 5 期。

第一，这些年来出版的关于文学文本言语的论著不多。首先应该看到这是一个事实，这些年来出版的有关文学文本言语的论著确实不多。1988年出版了朱星所著的《中国文学语言发展史略》、吴俊的《新文学前期语言建设论》，1990年出版了王熙梅潘庆云合著的《文学的语言》、鲁枢元的《超越语言》，以及比较多地涉及文学语言的陈思和的《中国新文学发展中的两种传统》、申小龙几部关于语言的专著，其他则很少见到关于文学文本言语的专著，更不用说关于文学文本言语艺术的发展史。鲁枢元为他的《超越语言》加了一个副标题"文学言语学刍议"，作者的意图是想建立一门文学言语学，这些年来，除了李荣启出版了一本33万字的《文学语言学》外，回应者寥寥无几。除了这些论著之外，有关杂志发表了一些颇有分量的论文，如《试论文学形式的本体意义——文学语言学初探》、《语言情绪：小说艺术世界的一个层面》、《综合语言与视觉美感》、《得意莫忘言》、《一种新的文学语言现象》、《主体性与文学语言的选择》、《小说语言功能的发挥》、《叙述语言的功能及局限》、《文学语言论》等等。但从总体上看，真正把文学文本言语作为一个理论问题进行深入探讨和研究的论著和论文并不多见。

第二，有关文学理论、文学批评论著在论及文学文本言语时也往往是语焉不详。鲁枢元曾经举过一个例子说在新时期高校广为使用的《文学理论基础》，论及"文学作品的语言"只是全书十二章一节中的一个问题，篇幅只有9页，在全书426页中只占1/50的样子。这种情形不光表现在文学理论教科书和论著中，也表现在文学史论著中，随便打开一部文学史论著，往往是几十万言中对于文学史上的作家、作品和思想、流派及其斗争洋洋洒洒写了若干章节，而对于文学文本言语以及与文学文本言语有关的问题，即使是围绕着语言的斗争则对不起，几乎只字不提，有也只是作为一种尾巴几笔捎带过去而已。

第三，有关文学批评依旧重内容轻语言。从这些年的文学批评的实际看，其重点依旧在作品的思想内容上，而很少作艺术形式的分析、比较和评价，更不用说分析、比较和评价文学文本言语了，即使是分析、比较和评价文学文本言语也把言语放在服从作品的主题这样一个陪衬的、受主题支配的附庸地位。1981年高行健出版《现代小说技巧初探》，其中有一篇是《小说的叙述语言》，其中有一段是这样的："顺便提一下：如果一部小说有十篇文学评论，这十篇都以十分之八九的篇幅来谈论作品的思想性，余下之一二，笼统地提一提艺术技巧之得失，还不如用八、九篇来谈思想性，一两篇来谈其艺术。这对小说家的帮助一定更为有益，因为小说家便能够对其作品的思想与艺术的得失都有个比较详细的了解。我们多么希望文艺评论刊物上的每期有那么一两篇艺术谈，以代替十个十分之一二。"① 他的这个看法得到了为该书写序的叶君健的赞同，并用这段文字作为她所写的序的结语。

第四，从理论上研究文学文本言语也只把语言当作一种表达的材料和手段，把文学看作语言的艺术，而没有从本质上来研究文学文本言语，对语言还缺乏起码的认识。长期以来，我们一直把语言看作塑造形象的材料和手段，把文学看作语言的艺术。既然把语言当作材料，那么一旦材料用毕，人们就会注意用材料所做成的东西，就像砖瓦是房子的材料，房子一旦建成，谁还会注意到作为材料的砖瓦呢？当然也有注意到砖瓦的时候，那就是墙歪了、屋漏了、房塌了，不过这时人们想起砖瓦是骂得多，而绝无赞美之意；同样，人们把语言当作文学的材料，文学作品一旦写成，谁还会去注意作为材料的语言呢？既然把文学看作语言的艺术，了不起认为诗人、作家对语言的运用只不过是修辞的技艺、技巧而已，充其量是小杂耍。如果说过去人们曾经把文学看作雕虫小技，那么首当其冲的则是文学文本言语，这个文学文本言语更是雕虫小技中的雕虫小技。

上述情形说明我们对于文学材料的语言是缺乏了解和理解的，我们关于文学文本言语所知还甚少，对于文学文本言语仍然处在一种不自觉的阶段，我们还未能完全地面对语言，即使是现在提出面对语言的问题，也还缺乏面对的觉悟、资本、储备和能量。

二　其他学科对语言研究的重视

正当文学理论、文学批评、文学研究对自己口口声声称作材料工具的语言尚未表现出应有的兴趣和重视的时候，其他学科早已悄悄地盯上了语言，并走在了文学文本言语研究的前面，语言成为其他学科关注的焦点和

---

① 高行健：《现代小说技巧初探》，花城出版社1981年版，第9—10页。

中心，这种情形正如张隆溪在他的《道与逻各斯》的序言中所说的那样——语言"已经如此经常地占据着 20 世纪理论探讨的中心"①。下面，我们说说这方面的情形。

1. 计算机对语言研究的重视

美国的罗杰·冯·伊区在他的《当头棒喝》中写道："从历史学家的思想中，我们注意到人们用来了解心智里程的方式正反映出当代的技术水平。譬如，在 17 世纪，人们认为心灵如同一面镜子或一面透镜，此一'镜子'观点，造成人类光学仪器及透镜之大突破。而于 19 世纪末期及 20 世纪初期，所发展的弗洛伊德精神分析学派（Freudian），似乎是基于当时无所不在的蒸汽引擎火车头。创意及思想从潜意识转成意识之奔腾，就如同蒸汽从汽锅流入压缩室一般。在 20 世纪初期，人们视心智如同一座大型电话交换网络，在人脑中有如四通八达的线路及继电器……最近 20 年来，我们对心智又有新的模式：计算机。这一模式能够非常贴切地表达人类思考的某些方面……我们相信人类的头脑不仅是一部处理信息的计算机而已，而且是一所累积经验的博物馆、一个游玩的娱乐场、一个建构思想的工作场所，一堆可以转换的原料、一种可以持续锻炼的肌肉、一个能言善道的辩论对手，一只接受抚摸的小猫、一间可以探险的趣味屋，以及其他四十三种不同的阐释。"②虽然现在全世界拥有计算机的人只占总人数的十分之一二并不断增加，但人类已经进入计算机时代该不会有多少人怀疑。不论任何程序的计算机都要处理语言编排问题，而且计算机要实现人工智能、人机对话、机器翻译，所有这些问题的解决也都要解决语言问题。因此，以计算机为代表的现代高新科技对语言的重视是不言自明的。

2. 哲学对语言研究的重视

学术界普遍认为，西方哲学经历了三次重大的发展，第一次是柏拉图创立的本体论；第二次是笛卡尔创立的认识论；第三次是现代语言哲学所

---

① 张隆溪：《道与逻各斯》，四川人民出版社 1998 年版，第 19 页。
② 罗杰·冯·伊区：《当头棒喝》，中国友谊出版公司 1985 年版，第 35—36 页。

标志的"语言论转折",即语言哲学。本体论确立知识的对象和客体;认识论从主体和客体的关系方面展开知识问题;语言哲学则把认识问题归结为语言问题,认为人类知识的能力和界限都取决于语言。现代语言哲学所标志的"语言论转折"使得西方哲学表现出了对语言高度重视这样一个显著特征。"语言论转折"(Linguistic turn)这一术语是由柏格曼于1964年首创的。"语言论转折"使得语言哲学对于语言有三种哲学的认识:

第一种,"语言是世界的图景"。哲学家认识到,人类语言发生、发展到今天,已经成为关于世界的图景。要认识世界,要认识世界的结构,就要去认识人类思维的结构,而要认识人类思维的结构,其途径就是去研究语言的结构;

第二种,"语言是思想库"。哲学家发现,人类世代积累的认识都凝结为语言,都装在语言这个最宏富的思想库里。英国语言学家 L. R. 帕默尔说:"开始时我们认为语言只不过是由人类的喉头发出的声音所组成的系统,现在证明是打开人们心灵深处的钥匙。它是人们表达思想的至高无上的工具,是维系民族的纽带,是历史的宝库。"①人类的很多思想都装在语言库里;

第三种,"语言是工具"。哲学家强调,语言是一切理智活动的工具,哲学认识本身也离不开语言这一工具。

3. 科学对语言研究的重视

科学家对语言的研究已经走到文学理论家、文学批评家、文学研究者的前面去了。有些科学家已经认识到标准语言的局限性,如德国量子物理学家 W. 海森伯指出:常规的物理学语言,只有把"光速"看作无限大、把"普朗克常数"看作无限小时才适用,而一旦被观察的物理现象接近这连贯的极限时,原来被认为非常精确的语言就非常的不精确了,这时,"物理学家们宁可使用一种含糊的语言,而不使用一种无歧义的语言",这是语言在"日常生活或诗歌中的类似用法"②。所以,这些物理学家也像现代派诗人那样企盼一种"新的语言"的诞生。W. 海森伯说:"这不

---

① L. R. 帕默尔:《语言学概论》,商务印书馆1983年版,第148页。
② W. 海森伯:《物理学和哲学》,商务印书馆1980年版,第118页。

是人们可以使用逻辑形式的那种准确语言；而是在我们内心引起图象的那种语言，但在引起图象的同时，还引起这样一种想法，就是图象和实在只有模糊的联系，它们只代表一种朝向实在的倾向。"① 很显然 W. 海森伯指的是诗意语言。科学家对诗意语言的企盼，应该引起诗人、作家的深深的反思，更应该引起文学理论家、文学批评家、文学研究者的自责，因为相对于科学家来说，我们的文学理论家、文学批评家、文学研究者对于语言的认识实在是太落后于他们了。

三　语言学已成为一门领先的学科

随着"语言转折论"的确立，最近几十年来，许多学者都指出这样一个事实：语言学是一门领先的科学，如美国语言学家葛林伯格写过题为《语言学是一门领先科学》② 的论文，罗马尼亚语言学家和数学家索罗门·马尔库斯也写过题为《语言学是一门领先科学》③ 的论文，前苏联语言学家布达戈夫也写过类似的论文，法国的海然热 1985 年出版了《语言人》，这本著作有一个副标题——"论语言学对人文科学的贡献"，我国语言学家伍铁平也写过题为《语言学是一门领先的科学》④ 的文章。正是在语言学的带动下，已经出现了与语言学相关的学科，如实验语言学、人类语言学、心理语言学、地理语言学、社会语言学、数理语言学、统计语言学、计算语言学、神经语言学等。刘小枫在为瑞士 H. 奥特所著的《不可言说的言说》所写的《中译本前言》中说："二十世纪人文科学的进展，已使离开语言来理解人之在难得门径。"⑤

语言学作为领先学科不是随便说的，而是有其具体表现，具体说来，表现在以下几个方面：

---

① W. 海森伯：《物理学和哲学》，商务印书馆 1980 年版，第 119 页。

② 葛林伯格：《语言学是一门领先科学》，《国外语言学》1983 年第 2 期。

③ 索罗门·马尔库斯：《语言学是一门领先科学》，《福建外语》1988 年第 1—2 期。

④ 伍铁平：《语言学是一门领先的科学》，载《把我国语言科学推向前进》，湖北人民出版社 1981 年版。

⑤ H. 奥特：《不可言说的言说·中译本前言》，生活·读书·新知三联书店 1994 年版，第 1 页。

1. 语言学为其他社会科学提供具有普遍意义的思想和方法

社会科学发展的历史告诉我们，对于有关社会科学来讲，在很多情况下，研究的内容和创立的有关理论固然重要，但比内容和理论本身更加重要的是研究该学科的思想和方法。可以充当有关社会科学研究的思想和方法的在 20 世纪，舍语言学其谁也？半个多世纪以来，结构主义语言学、描写语言学、功能语言学、转换生成语法、格语法、生成语义学等理论体系的涌现，以及实验语言学、人类语言学、地理语言学、社会语言学、数理语言学、统计语言学、计算语言学、神经语言学等边缘学科层出不穷，都充分地说明了这一点。德国哲学家恩斯特·卡西尔（1874—1945）说："在整部科学史中也许没有一章比语言学这门科学出现更令人神往。这门科学的重要性完全可以跟十七世纪伽利略改变了我们关于物质世界的整个观念的新科学媲美。"[1] 法国当代著名语言学家莫里斯·格罗斯在 1979 年美国《语言》杂志第 4 期上撰文指出："历来有一种传统：把语言学看作是这样一种活动，它能导致发现新的认识论，发现富有启发意义的革命纲领。"[2] 雅可布逊（1896—1982）说："在大学里面，……哲学家、心理学家、人类学家和别的学者都认为语言是他们学科里面的中心问题之一。"[3] 因此，在西方大学里，哲学系、社会学系、人类学系、计算机系都开设语言学课程。彪炳史册的进化论思想就是得力于语言进化论思想，控制论的提出者诺伯特·维纳（1894—1964）说过："语言进化论是达尔文进化论的前驱"[4]，语言学家马克斯·缪勒（1823—1900）说过："我是比达尔文早的达尔文主义者。"[5] 再如，语言学中的历史比较的理论和方法为后来所建立的比较人类学、比较民俗学、比较神话学、比较文学、比较法学等提供了楷模。还有，在西方世界广为传播的结构主义和诺姆·乔姆斯基的转换生成语法等思想或流派也都源自语言学。

---

① 引自伍铁平《语言与思维关心新探》，上海教育出版社 1990 年版，第 103—104 页。
② 同上书，第 104 页。
③ 引自 L. R. 帕默尔《语言学概论》，商务印书馆 1983 年版，第 3 页。
④ 转引自朱晓农《现代语言学的地位》，《读书》1984 年第 9 期。
⑤ 《把我国语言科学推向前进》，湖北人民出版社 1981 年版。

2. 语言学在当今信息社会里起着越来越重要的作用

众所周知，尽管科学技术在今天有了相当大的发展和进步，但语言仍然是一种重要的信息载体，因此科学家一如既往地重视对语言的研究。语言学家张志公指出："我们现在正面临着一个新的技术革命潮流的挑战。在许多新技术中带头的、关键的是信息技术，而最根本的信息载体是语言。语言不仅是人和人交际的工具，而且也将成为人类和机器'交际'的工具。所以，现在国内外都承认，语言学不仅是各种科学的基础部分，而且又是先导科学。"① 这种情形充分显示了语言学在当今信息社会里起着越来越重要的作用。

3. 语言同现代科学技术革命有密切的关系

自古以来，语言同思维的关系一直为学者们所关注，在现代科学技术革命的今天越发引起科学家们的高度重视，而要重视这一问题，就必须更加重视语言问题的研究，这道理已如前说。现代科学技术革命要解决并真正实现人工智能、人机对话、机器翻译，就必须对语言同思维的关系有更充分的了解，而要充分了解语言同思维的关系就必须进一步地了解语言，研究语言。人类走过的历史是这样的：在 20 世纪的前 50 年中物理学和化学非常发达，在 20 世纪的后 50 年生物学进入了它的全盛期。在 21 世纪对人的研究、对人的心理的研究将成为一个重点。长期以来人们一再关注，并经常发问：人为什么会思维？人为什么能记忆？人为什么能够把那么多知识、信息储藏在自己的脑子里？这些具有极大诱惑力、吸引力的问题促使科学家们去研究，去思考。未来科学研究必然在物理、化学高度发展的基础上进一步探索这些问题，探索人之所以能够思索、能够记忆的规律。探讨人的思维、记忆、知识储藏等都不可避免地要涉及语言，要深入地研究语言学。

4. 语言学对培养人的抽象思维能力起着很大的作用

语言学，特别是语法学的抽象性质同数学的抽象性十分相近，数学培

---

① 伍铁平：《语言与思维关系新探》，上海教育出版社 1990 年版，第 101 页。

养了人们的抽象思维能力，因此，语言学对培养人的抽象思维能力也起着很大的作用。语言学中的布拉格学派的代表人物雅可布逊写道："人们常说，语言学是自然科学和人文科学之间的桥梁。"他接着引用德国著名物理学家赫尔姆霍兹（1821—1894）的如下结论："学者们将发现他们必须经过比语法所提供的训练更为严格的训练。"① 所谓"比语法所提供的训练更严格的训练"是指研究科学的训练，而他们也认识到语言学本身同样是严格的训练，由此可以看出，著名的自然科学家同样重视语法的训练。

5. 语言和语言学是认识世界的重要手段

德国语言学家洪堡特（1767—1835）说："语言不只是呈现已知真理的简单手段，而是在更大程度上揭示尚未知晓的真理的手段。"诺姆·乔姆斯基认为，认知心理学的诞生就是哲学、心理学和语言学密切协作的结果，在认知心理学中，语言学占有一席之地。他还说："研究语言的长远意义在于这样一个事实：在这种研究中有可能对心理学的某些问题提供一个清晰、明确的表述，并对这些问题提供大量证明……语言研究能够有助于理解心理过程的性质和结构。"沙夫指出："语言是哲学研究的一个特别重要的对象"，"这不仅是因为语言有产生悖论的和自相矛盾现象的危险，而且主要是因为通过语言分析的中介，我们可以得到认识上的其他结果。"法国著名的生物学家贝尔纳（1813—1878）说过："语言是洞察人类心智的最好的窗口。"② 现代科学的发展，使我们越发意识到要更早地进入语言这个窗口，充分认识这个窗口对我们人所具有的意义和作用。

在认识到这些问题的同时，语言哲学还认识到语言对人的知觉、意识等有着巨大的制约作用。科学家做过这样的实验：让法国人、波兰人和捷克人听响度完全相等的敲门声（每逢第三声以后有一短暂的间隔）。最后问哪一声最响的时候，法国人认为间隔前的最后一声最响，因为法语词的重音始终落在最后一个音节上；波兰人认为间隔前倒数第二声最响，因为波兰的词重音始终落在一个词的倒数第二个音节上；捷克人认为间隔后的

---

① 伍铁平：《语言与思维关系新探》，上海教育出版社 1990 年版，第 102—103 页。
② 同上书，第 103 页。

第一声最响，因为捷克语中的词重音始终落在第一个音节上。这说明语言在很大程度上制约着人的听觉。人的听觉并不简单地是客观的反应或反射。同时，这也说明有关模式一旦进入人的大脑，那种模式就会反过来影响人的感觉和认识。确实是这样的，我自己每每有这样的感觉，读"美丽"和"锋利"这两个词中的"丽"和"利"时，其读音完全一样，可是我在读的时候往往感觉到似乎"丽"音要轻一些，而"利"要重一些。这是因为"丽"和"利"的意义影响了我对这两个字读音的感觉与判断。我国哲学家汪馥郁作了很好的说明："观察虽离不开感官的感觉图像，但又不等于感官的感觉图像。观察是属于认识范畴的概念，并不是生理范畴中的概念。""人们以何种样式去组织感觉图像，完全取决于人们以往的经验和理论知识。经验和理论知识不同，则观察也就不同"。他还说到，语言在指导人观察不清晰的图像中的巨大作用①。人的味觉也可能受制于语言。英、法、德、俄、日等语言中都没有专门的词表示"辣"的这种味觉。这看来同操这些语言的民族不像中国人这样喜欢吃辣椒有关，久而久之，那些民族也就没有表示辣味的词，因此，他们对于辣味也没有感觉。在亲属关系上，人的认识也可能受到语言的一定的影响。语言还影响人的记忆，词语在人的记忆中有着巨大的作用。

四　面对语言

诚然，上面所说的大都是科学语言，而不是指文学文本言语。但是，我们要明了：科学语言是从概念到概念、从术语到术语、从思想到思想的运思方式，它仅仅把语言当作工具，一方面它不能生成语言，另一方面它会不断地斫伤、磨损、销蚀原有的语言，使得原有的语言受到压抑、扭曲，而更加疏离语言本身所具有的情感张力、生命律动、人文精神、人文品格。同时，无论是科学语言还是文学文本言语，它们都是从属于语言的，它们之间存在着此消彼长的问题。科学语言的"疯长"、"膨胀"，对于文学文本言语来说势必会形成一种有形无形的挤压和排斥，它会使文学

---

①　汪馥郁：《观察与实验》，载张巨青主编《科学逻辑》第7章，吉林人民出版社1984年版，第164、166、168页。

文本言语不断地萎缩、变形。当社会高度注意科学语言、计算机语言和语言学语言的时候，其结果必然是影响到语言本身原本所具有的诗性和人文价值。这正是社会转型和市场经济的负面效应对社会的伦理道德、传统价值观念和人文精神的冲击在语言上的反映。在这种情况下，文学理论、文学批评、文学研究怎么能不愤然而起面对语言、直逼语言呢！

那么，所谓面对语言究竟是什么意思呢？

1. 提高对语言的认识

应该看到，语言不只是交际的工具，不只是表达的手段，不只是说话和写作所依凭的材料和媒介，不只是被动地被用来记载和书写。语言不是一个装有用于各种目的的工具和有关零件的工具箱，只能为思维提供现成的材料。语言是什么呢？尽管到现在为止，已经有很多关于语言定义的看法（这个我们在下面将会说到），但以下几种说法却值得我们注意：

第一，语言是人对世界的一种体验。德国当代著名哲学家、美学家、现代哲学解释学创始人伽达默尔认为，语言是人对世界的一种体验，其具体表现是三个方面：第一，人类是以语言的方式拥有世界的；第二，世界只有进入语言之中才能成为世界；第三，语言与世界不可分离。他并认为，这三个方面共同构成了语言与世界的密切关系。

第二，语言是使人之所以为人的一种能力。语言是所有人都有的，而且只有人类才有我们所说的意义上的语言。希腊人把人定义为"会说话的动物"。德国哲学家马丁·海德格尔认为，人的话语不是人所拥有的许多种能力之中的一种，而正是使人之所以成为人的一种能力。他说："人与动物的区别建立在人的说话能力之上，这个理论是正确的。这个陈述不仅意味着人除拥有其他能力之外还拥有说话的能力，它毋宁还意味着只有语言才能使人成为他作为人所是的那种生物。人只有作为一种说话的生物才是人。"[①] 语言学家比克顿在他的《语言和物种》等著作中从语言心理学的角度阐述了语言是怎样从本质上造就人、规定人的。英国经验主义哲学家霍布斯（T. Hobbes）认为，语言是使人建立社会，以区别于动物的要素。他说："最高贵和有益处的发明却是语言，它是由名词或名称以及

---

① 纪亮主编：《欧洲大陆语言哲学》，中国社会科学出版社 1994 年版，第 76 页。

其连接所构成的。人类运用语言把自己的思想记录下来，当思想已成为过去时便用语言来加以记忆；并用语言来相互宣布自己的思想，以便互相为用并相互交谈。没有语言，人类之中就不会有国家、社会、契约或和平存在，就像狮子、熊和狼之中没有这一切一样。"① 从这一点上说，语言正是人赖以成为人的本体，是人之所以为人的根据和原因。

第三，语言是世界观，是人类的精神。洪堡特别强调语言是世界观，是一个民族人民的精神，一个民族人民的精神就是其语言。同时人的心智的成长离不开语言，科学家培根曾经说人们以为心智指挥着语言，实际上是语言控制着人们的心智。有人指出，语言对人的重要性无论怎么说都不为过。

第四，语言是存在的寓所。根据海德格尔的存在论语言观，语言是构成人的历史的此在的基础，语言就是人的世界，语言就是存在的寓所，而人正是生活在这个寓所之中，诚如他所说的那样——"哪里有语言，哪里才有世界。"② 对人来说至关重要的事就是把语言引入存在的真理之中，让现在的真理渗透到语言之中，弥漫于语言之中。语言就是人的一种存在方式，它从根本上体现着人与人之间的关系。语言之作为寓所虽然有不堪其苦的"牢笼"的一面，但人们总是想尽各种各样的办法让其成为享受其幸福的"家园"，而依靠语言进行文学创作的作家则尽量想办法让语言成为人们诗意的"家园"，以便做到像荷尔德林的晚期诗歌所写的、被海德格尔反复强调或所冀望的"……人诗意地居住……"③

第五，语言是人的一种创造。语言在最初是人从具体到抽象、然后再从抽象到具体的一种创造，前者指语言的形成和累积，后者指语言的运用和延伸。对于上古之人、对于初民来说，语言并不是一种工具，而是一种发现，一种把某物赋予某种符号的一种创举。

第六，语言是命名，语言是界定，语言是给定，语言是人类认识的辽阔的疆域和划定的边界，语言的作用妙不可言。我们不妨问一下自己，我们是怎么知道了有关的知识、有关的世事、有关的万象、有关的神话、有

---

① 布斯：《利维坦》，商务印书馆 1985 年版，第 18 页。
② 海德格尔：《荷尔德林诗的解释》，引自涂纪亮《现代欧洲大陆语言哲学》，中国社会科学出版社 1994 年版，第 76 页。
③ 引自海德格尔《诗·语言·思》，文化艺术出版社 1991 年版，第 185 页。

关的传说、有关的人生百态，很显然，这一切都得力于语言。语言其实不
是语言，而是世界。维特根斯坦说："想象一种语言就是想象一种生活形
式（A form of life）。"① 肯尼亚国家博物馆馆长理查德·利基说："长期以
来，人类学家们相信，在大约 35000 年以前的考古记录中突然出现的艺术
表现力和精巧的技术，是现代人进化的一种清楚的信号。英国人类学家肯
尼思·奥利克在 1951 年提出，现代人类行为的花朵就是与完全现代化的
语言的首次出现相联系，他是首次提出这种观点的人之一。的确，似乎难
以想象人类这个物种可以具有现代的语言，而在其他所有方面却不是完全
现代的。根据这种理由，语言的进化被广泛地确定为在人性出现的过程中
达到顶点的事件，就像我们今天所理解的一样。"② 正是在这样的意义上，
人们才认为语言并不是像我们今天根据眼见的所谓事实为可见的世界贴标
签，而是在构成世界的过程中起着关键的作用，以至语言决定我们能够看
到什么和不能看到什么。值得我们注意的是理查德·利基所说的"语言
的进化被广泛地确定为在人性出现的过程中达到**顶点的事件**"这样一个
说法。王蒙以文学文本言语给这样一个说法作了诠释。他说：

> 语言特别是文字，对于作家来说是活生生的东西。它有声音，有
> 调门，有语气口气，有形体，有相貌，有暗示，乃至还有性格有生命
> 有冲动有滋味。语言文字在作家面前，宛如一个原子反应堆，它正在
> 释放出巨大的有时是可畏的有时是迷人醉人的能量。正是这样一个反
> 应堆，吸引了多少语言艺术家把全部身心投入到它的高温高压的反应
> 堆过程里。它唤起的不仅有本义，也有反义转义理想推论直至幻觉和
> 欲望，再至迷乱、狂欢和疯狂。③

语言，特别是文学文本言语里面，还藏有多么丰富的蕴含啊！美国女
诗人、20 世纪现代主义诗歌的先驱之一艾米莉·狄金森在她的日记中这
样写道："文字会给思想以生命，文字就是生命。我们可以利用文字塑造

---

① 维特根斯坦：《哲学研究》，生活·读书·新知三联书店 1992 年版，第 15 页。
② 理查德·利基：《人类的起源》，上海科学技术出版社 1995 年版，第 62 页。
③ 王蒙：《道是词典还小说》，《读书》1997 年第 1 期，第 72 页。

世界，并品尝不朽。"① 从这样的意义上说，对于语言的作用怎么论说、怎么描述、怎么形容都不会显得过分。

2. 加强对语言的研究

所谓加强对语言的研究，指两个方面：一是提高对研究语言意义的认识，二是明了研究语言的多方面的内容和多种研究角度。

首先，研究语言就是研究一个世界，就是研究人之为人的根据，就是研究人的一种生存方式，就是面对人自身以及人的心理的种种秘密、种种隐私，就是打开人这本至今并没有完全打开的书……实际上研究语言就是人的又一次思想解放，对于文学创作来说，就是文学创作的又一次复兴。

其次，研究语言可以从多方面着手，莫汉蒂在《胡塞尔的意义理论》一书中认为可以从五个方面对语言加以研究。这五个方面是：第一，思维的主体，即思想者。第二，思维过程，思维心理学从事这方面的工作。第三，思想本身，即它的内容。第四，语言的表达。第五，思想的对象②。从文学理论和文学批评来讲则要从与文学密切相关的方面来进行研究，如言和意的问题，言和象的问题，言和隐喻的关系问题，言和象征的关系问题，超语言的问题，前语言或次语言的问题，语言和作家的潜意识的关系问题，以及失道之言和失言之道的问题等等。

最后，研究语言应该综合地进行。根据胡塞尔的现象学的语言哲学，人的语言行为，人对语言的运用并不单单是一种指称活动，而是包括心理过程、意向性意指行为、赋义行为、内心状态的表达行为、意义的充实行为等一系列的复杂的心理的或意识的活动。作家在创作中对语言的运用远要复杂得多。因此，要结合作家运用语言的有关生理的、心理的、情感的、想象的、意志的以及包括作家主体方面的本能、欲望、需求、冲动、激情、感觉、直觉、幻觉、潜意识等种种情况综合地进行研究。

3. 弘扬语言的人文精神

历史经验告诉我们，科学的发展在很多情况下是以人文精神的磨损、

---

① 艾米莉·狄金森：《孤独是迷人的》，杰米·富勒注释，百花文艺出版社 2000 年版，第 39 页。

② 涂纪亮主编：《现代欧洲大陆语言哲学》，中国社会科学出版社 1994 年版，第 46—47 页。

销蚀为代价的。近代以降，科学有了很大的发展，这一方面提高了人类社会的生产能力和生活水平，另一方面则使得科学主义滋生蔓延起来，并且这种科学主义企图渗透到其他一切领域，以为世间万事万物都依循着一定的秩序组合，都依循着固有的规律运转，好像人们凭借逻辑和实证的手段就可以治理世界。到了现时代更有人企图把计算机送进人的日常生活，用电脑来解决日常生活中的真实情景，如美国的计算机专家、耶鲁大学教授R.C.香克就想这样做。可以说这种可能性几乎是完全不存在的。原因是，一方面人的日常生活情景是多种多样、光怪陆离、浑涵汪茫、千汇万状、千差万别的，另一方面输入计算机里的一切又是那么地规整划一、有条有理、严守陈规。所以，与香克同时代的休伯特·德雷福斯批评说："这里，香克必须正视一个重要问题：欲望、感情以及一个人对于人的含义的理解，这些东西通过什么方式引起了人类生活无穷无尽的可能性。如果组成我们生活的这些主题被证明是无法编成程序的，那么香克就遇到麻烦了，整个的人工智能都是这样。""人类思维的一切方面，包括非形式方面的情绪、感觉——运动神经技能、长远意义上的自我解释，都十分紧密地相互联系在一起，人们无法用一种可抽象化的、明晰的信念网代替我们具体日常实践的整体。"[1] 过去一个时期由于我们在语言研究问题上受到西方语言学研究的影响，在语言研究问题上也表现出了一定的科学主义倾向，往往比较强调语言学同数学、物理学、计算机等科学的交叉渗透，很少关心语言学同人文精神、人文科学的交叉渗透，语言最初产生的原始情形、语言本身所具有和蕴含的人文价值属性、语言本身所蕴含的人的情感、意绪、欲念等等在许多语言学研究者的心目中几乎都只成为了一个遥远的历史的回响。应该看到，无论是形式主义也罢，还是结构主义或者是解构主义也罢，它们的所谓科学主义的分析永远也无法包容、无法解释语言本身的人文价值属性。因此，加强语言的人文精神研究与纠正语言研究上的科学主义倾向是相一致的。

英国哲学家波普尔说："世界至少包括三个在本体论上泾渭分明的亚世界，或者如我所要说的，存在着三个世界。第一个是物理世界或物理状

---

① 休伯特·德雷福斯：《人工智能的极限》，生活·读书·新知三联书店1986年版，第52页，第62页。

态的世界；第二个是精神世界或精神状态的世界；第三个是可理解即客观意义的观念世界——这是可能的思想客体的世界：自在的理论及其逻辑关系的世界，自在的论据的世界，自在的问题情境的世界。"① 波普尔认为物质是第一世界，思维是第二世界，语言是第三世界，他将注意力集中在第三世界。这同西方哲学界特别重视语言和语言学的潮流是吻合的。据此，我们是否可以这么说，语言是相对于人及世界的，而文学则是相对于语言的，排列下来则是：人是第一世界；语言是第二世界；文学是第三世界。人是生物进化、历史进化、生活实践的产物，语言是人的存在方式和存在状态的产物，文学是人的精神活动（特殊的精神活动）和语言活动的产物。文学理论、文学批评、文学研究之面对语言就是面对人，面对世界，面对人的心灵，面对人的创造，面对人的人文精神。

① 波普尔：《科学知识进化论》，生活·读书·新知三联书店 1987 年版，第 364 页。

第一章

语言和语言的分类及作家的择用

一　什么是语言

1. 语言定义：一个困难的问题

关于什么是语言的问题，一直是语言学家、哲学家、思想家、理论家、批评家、学者和作家们共同关注的问题，但也是一个非常困难的问题，以至有人曾经把人类的语言比作一头大得无与伦比的象，人们研究语言，就好比是瞎子摸象①。从这个比喻中可以看出，研究语言该具有多么大的难度。康德曾经说过："有两种东西，我思索的次数愈多，时间愈久，它们就越使我经受惊异和严肃的感情——那便是我头上的星空和脑中的语言。"② 英国女语言学家琼·艾奇逊在她的《现代语言学入门》一书中引用他人的话说："一位著名的语言学家曾谈到，'有三件事你在生活中千万别撞上：妇女、汽车和转换语法理论——而此刻就碰上了一件。'"③ 请允许我在这里撇开其中的"妇女"、"汽车"两个问题不说，单说转换语法问题。转换语法理论虽然不是语言学的全部，但至少是语言学的一个方面或语言学的一个派别，作为语言学家竟然要避免碰到，由此可见研究语言问题是怎样的不容易。美国夏威夷大学语言学家德里克·比克顿（Derrick Bickeron）在 1990 年出版的《语言和物种》一书中说："在所有我们的精神能力中，语言是在意识门槛之下的最深处，是理性最难理解的"④。在研究语言的种种困难中包括了给语言下定义。

---

① 见徐志民《欧美语言学简史》，学林出版社 1990 年版，第 5 页。
② 引自王熙梅潘庆云《文学的语言》，文化艺术出版社 1990 年版，第 8 页。
③ 琼·艾奇苏：《现代语言学入门》，北京语言学院出版社 1990 年版，第 182 页。
④ 引自理查德·利基《人类的起源》，上海科学技术出版社 1995 年版，第 93 页。

但是，人们照样要思考、要探究、要定义什么是语言。雷韦兹（G·Revesz）在《语言的起源和它的史前期》一书中列举了 17 位著名的语言学家和思想家关于语言的定义；波兰哲学家沙夫（Adam Schaff, 1913—）在他的《语义学引论》中特地加了一个注释，将雷韦兹所列举的 17 位语言学家关于语言的定义特别地列举出来①。前苏联语言学家兹维金采夫在这个基础之上又列举了包括马克思、列宁等在内的等二十多位语言学家、思想家给语言所下的定义②。

应该说，要罗列所有关于语言的定义是费力而不讨好的事情。且让我们举出 20 世纪 60 年代初全国文科教材会议指定的作为语言学理论主要参考书的四部国外语言学名著对语言所下的定义。这四部语言学名著分别是瑞士语言学家费尔迪南·德·索绪尔的《普通语言学教程》，美国语言学家萨丕尔（E. Sapir, 1884—1939）的《语言论》、美国语言学家布龙菲尔德的《语言论》、法国语言学家约瑟夫·房德里耶斯的《语言》。

萨丕尔说："语言是纯粹人为的，非本能的，凭借自觉地制造出来的符号系统来传达观念、情绪和欲望的方法。"③

布龙菲尔德说："语言可以在一个人受到刺激（S）时让另一个人去作出反应（R）。"④

约瑟夫·房德里耶斯说："语言是复杂的，它牵涉到各种不同的学科，会引起各类学者的兴趣。它是一种生理的行为，因为它要用到人体的好几种器官；它是一种心理的行为，因为它要有自觉的精神活动；它是一种社会的行为，因为它要满足人们相互交际的需要；最后，它又是世界各地在非常不同的时代以极不相同的形式出现的历史事实。"⑤ 他指出："语言是强加于某一社会集体全体成员的理想的语言形式。"⑥

另外，英国语言学家 L. R. 帕默尔对语言下的定义是这样的："语言就是发出语音，用以影响其他人的行为；反过来，语言就是听话者对这些

---

① 参见沙夫《语义学引论》，商务印书馆 1979 年版，第 312 页。
② 参见兹维金采夫《普通语言学纲要》，商务印书馆 1981 年版，第 21—23 页。
③ 萨丕尔：《语言论》，商务印书馆 1985 年第 2 版，第 7 页。
④ 布龙菲尔德：《语言论》，商务印书馆 1980 年版，第 26 页。
⑤ 约瑟夫·房德里耶斯：《语言》，商务印书馆 1992 年版，第 3 页。
⑥ 同上书，第 272 页。

声音的解释，由此可以明白说话者的心里想什么。"① 他强调指出："语言在本质上是人类发出的声音。这些声音是造成语言的材料。……事实上语言就是有意义的声音。"② 他着重说明："说什么我们也得承认语言不过是人类为了实现其特定目的而发出的声音而已。"③

在种种关于语言的定义中，影响最大的当推瑞士语言学家费尔迪南·德·索绪尔给语言所下的定义，因此我们将其放在上述三位语言学家后面予以说明。

索绪尔（Ferdinand de Saussure，1857—1913）从事学术活动的时代是19世纪末20世纪初，这正是人类科学史上发生重大变革的时代，时代的变革往往会给人们带来思想的启迪，也能洞开人们的思想库。他的《普通语言学教程》被称作划时代的语言学著作，在语言学史上有着巨大而深远的影响。他既是现代语言学的创始人，也是结构主义的奠基人，甚至被称作"现代语言学之父"。他的《普通语言学教程》是结构主义理论的奠基之作。说起这部著作的出版还真有点可能让今天的某些学生感到汗颜的故事在里面呢。当年索绪尔的两位学生巴利和施薛霭听他讲课时特别认真，记了比较详细的笔记，然后根据听课笔记参照对比而整理成书的，于1916年出版。1922年再版时有少量更动，以后就作为定稿本而流行于世。40年以后即到了1957年，瑞士学者戈德尔出版《索绪尔普通语言学稿本探源》，又隔10年即1967年德国学者恩格勒开始出版《索绪尔〈普通语言学教程〉评注本》，后者经过对八种学生笔记的仔细核校，最后得出结论：由巴利和施薛霭整理出版的《教程》是忠实于索绪尔的语言学思想的。德·莫罗（T. de Mauro）在其权威的评注版《普通语言学教程》"导论"中，曾列举过11个不同的语言学流派或语言学学科的24位语言学家，说这些语言学家都自称受业于索绪尔的《普通语言学教程》，还列举出由《普通语言学教程》首次使用的35个词语，不仅在书中意义明确，而且被沿用至今，甚至说在当代语言学中为许多研究方向所共有的关键字语，不是源自《普通语言学教程》的是很稀少的。他认为索绪尔在这部

---

① L. R. 帕默尔：《语言学概论》，商务印书馆1983年版，第5页。
② 同上书，第13页。
③ 同上书，第45页。

著作中提出了关于语言的新的理论、新的原则和新的概念，为语言学研究奠定了科学的基础。

索绪尔的语言学通常称为结构主义语言学。结构主义语言学之研究语言把研究的重心从语言的历史演变过程转移到语言自身的结构和功能系统。正是这种从历时性到共时性的转变构成了 20 世纪人文学研究的一大特征。索绪尔说："语言是一种表达观念的符号系统，因此，可以比之于文字、聋哑人的字母、象征仪式、礼节形式、军用信号等等，等等。它只是这些系统中最重要的。"① 关于语言，索绪尔曾经用一个著名的比喻形象地说过："语言还可以比作一张纸：思想是正面，声音是反面。我们不能切开正面而不同时切开反面，同样，在语言里，我们不能使声音离开思想，也不能使思想离开声音。"② 索绪尔认为语言的问题主要是符号学的问题，语言比任何东西都更适宜于了解符号问题的性质。他最早指出，语言是符号系统，是人类社会用来交际的工具，语言不是具体的事物本身，而是代表事物及其关系的抽象符号，语词本身就是一种符号，它能使交谈者意识到它所代表的对象；句子则是符号序列，或者称为"符号链"；整个语言就是由这些符号及其组合规则构成的系统。

索绪尔对语言学的贡献是多方面的，但最富独创性的则是他明确提出的语言和言语、历时性和共时性、能指和所指、横组合和纵聚合这四组差异以及贯穿于这四组差异及他的全部语言学理论中的二项对立方法论。

2. 使用中的语言定义和实质上的语言定义

我们首先要说明的是，语言这个词有广义、狭义之分。在广义上语言包括动物的语言、岩石的语言、行星的语言等等。狭义的语言专指人类的语言，或者叫字词语言。我们这里所说的显然是狭义的语言，即人类的语言。

从一般的意义上来讲，关于语言是什么的问题，简单地说，它可以只包括两个很简单的含义：第一，语言在人们的说和写等使用中指的是什么；第二，语言的实质指的是什么。关于第一个方面，可以这么理解，即

① 索绪尔：《普通语言学教程》，商务印书馆 1999 年版，第 37—38 页。
② 同上书，第 158 页。

在最原初的和比较狭窄的意义上，语言指的是人们说、写等对语言的使用的行为及其这些行为结果的产品，很显然，前者指语言行为，后者指语言符号，或话语，或文本。关于第一个方面，即语言的实质则是一个相当复杂的问题，上述语言学家所下的种种定义都试图从不同的角度回答这一问题，其难度之大已如前说，这里不再赘述。

二　语言的分类

1. 语言分类及其相对性

据有关资料，人类语言有 6800 多种，但有三分之一已经濒临危境，剩下的三分之二应该说也是一个相当可观的数目。面对着这么多的语言，要对它进行分类确实是很困难的事情。因此，语言的分类一直是语言学家关心的问题之一，大家纷纷提出不同的分类的方法和准则。索绪尔把语言分为作为保存的书面语和用来交谈的口头语两种。洪堡特（Karl wilhelm von Humboldt，1767—1835，又译"洪堡"）把语言区分为文学语言与日常语言两类。1924 年艾·阿·瑞恰慈在其名著《文学批评原理》中指出"存在着两种判然有别的语言用法"，第一种是语言的"指称"作用，属于"语言的科学用法"，第二种是"语言的感情用法"①，人们据此将语言分为科学言语和诗歌言语。英国心理学家、语言学家奥格登（Charles Ogden，1889—1957）提出将语言分为"指称"（科学）语言和"情感"（诗歌）语言两种。韦勒克、沃伦在他们合著的《文学理论》中将语言分为"文学的、日常的和科学的"语言这样三种②。海德格尔将语言划分为"世俗语言"和"诗歌语言"。在他看来，所谓世俗语言是一种普遍化的工具化的言语、一种公共通用的习常流行的言谈。这种语言服从于现实生活中既定的权威和准则，它立身于个人的利益和安全，缺乏生命所必须的进取意志和创造力，可以说这是意志磨损殆尽的语言，这种语言在人们的日常生活中大量存在。人们既用它来表达思想，又用它来遮蔽思想，用于真，它是真实的宣言，用于假，它是虚伪的掩饰。对此应该说我们每一个

---

① 艾·阿·瑞恰慈：《文学批评原理》，百花洲文艺出版社 1992 年版，第 238—243 页。

② 韦勒克、沃伦：《文学理论》，生活·读书·新知三联书店 1984 年版，第 10 页。

人都有自己的切身体会。例如，我们在学校读书或者在单位工作，学期末或年终要评先进学生和先进工作者什么的，领导叫大家提名，有人率先提名了，你在内心可能完全不同意那个提名，但从口里说出来的则往往是同意。由此可见，世俗语言有其虚伪性的一面。所谓诗歌言语是与世俗言语相对的言语，既不服从于现实生活中既定的权威和准则，也不考虑怎么样立身于个人的利益和安全，它有的是个体生命所必须的进取意志和创造力。

通常情况下，人们把语言划分为三种，即日常言语、科学言语（理论言语）、文学言语即文学文本言语，并且大多数论著把这三者视为同属于言语之下的一种并列关系。

但事实上，这种划分并不是确切的、科学的，与言语应该有的实际的科学的分类并不完全相符。实际情况是，这三种言语存在着彼此交叉、混合及跨类的情形。当同样的言语出现在不同的语体、不同的文体当中的时候，其所用的那些言语本身虽然仍然是那些言语，但其类属也会随之发生了相应的变化。童庆炳在《文体与文体的创造》一书中作了这样一个试验，将《人民日报》的一篇通讯的标题——"企业破产法生效日近，国家不再提供避风港，30 万家亏损企业将被淘汰"略微添加几个字，并将其以诗的形式排列，使一篇通讯的标题变成为诗体，整个情形就发生了根本性的变化，其言语的归类也随之发生了变化。他是这样改的：

中国的
    企业破产法
        悄悄地
            悄悄地
遏近了
    生效期
国家
    不再提供
        避风港
三十万家
    三十万家啊

亏损企业

　　将被淘汰，将被淘汰

　　童庆炳说，这样一改，"出现了一种与原话情感指向完全不同的情感色彩：警告似乎已变为同情，严峻感似乎转化为惋惜感，议论文体改变为诗的文体。"① 接着我们撇开这是通讯文体而不是议论文体这一点不管，而应该说，一般的新闻语言也相应地变成了文学文本言语。既然发生了这样的变化，相应地分类也就会出现问题，即同样的言语或者说同样的词汇就存在跨类的问题。

　　无独有偶。杨文虎在《艺术思维和创作的发生》一书中作了性质相同的另一试验。他首先引录了这样一段文字："1979 年 11 月 25 日 3 点 35 分，钻井船'渤海二号'在渤海湾倾倒，位置在东经 119 度 37 分 8 秒，北纬 38 度 41 分 5 秒。七十二位工人兄弟无端丧生，三千七百万元白白丢进了滚滚波涛。"接着他写道：

　　　　也许按照我们的阅读经验，我们会说它是一则简短的电传新闻，它的语言是具有明确指代意义的科学语言。但这段文字的原作者在发表它时，是以另一种方式排列的：

　　　　1979 年 11 月 25 日 3 点 35 分

　　　　钻井船"渤海二号"在渤海湾倾倒

　　　　位置在东经 119 度 37 分 8 秒

　　　　北纬 38 度 41 分 5 秒

　　　　七十二位工人兄弟无端丧生

　　　　三千七百万元白白丢进了滚滚波涛

　　　　　　　　　　——白桦：《公民·忠告》

　　也就是说，这是一首诗，诗人是在诗的功能上运用这些言语的，这些言语有着诗的功能，它和一位新闻记者运用这些文字时的功能，显然是不

———————

　　① 童庆炳：《文体和文体的创造》，云南人民出版社 1994 年版，第 307—308 页。

完全相同的。①

还有一个更著名的例证——那就是美国诗人威廉·卡洛斯·威廉斯所写的《便条》（或题为《这只是说》）：

> 我已吃掉
> 那在
> 冰箱里的
> 李子
> 而这
> 你可能
> 省下来
> 当作早餐
>
> 原谅我
> 它们太好吃
> 那么甜蜜
> 那么冰凉

事实上，把这首诗改变成散文的排列，即"我已吃掉那在冰箱里的李子，而这你可省下来当作早餐。原谅我，它们太好吃，那么甜蜜，那么冰凉。"这样，它就和一般的便条无异，因此它的言语也就从诗的言语而变成了日常生活言语。

语言真的具有这种"变戏法"的功能吗？这几个例子告诉我们，语言运用于不同的语体和不同的文体中其所属的类型真有点类似于"橘生淮南则为橘，橘生淮北则为枳"的情形。这就是说，同样的言语或者更准确地说同样的词汇当它出现在不同的语体或文体中的时候，其言语类型也会发生变化。当然，这之中还与读者的阅读及阅读经验有着明显的关系。这是另一个话题，在此不妨暂且予以搁置。从这些例子可以看出，语言的分类是相对的，而不存在绝对的情形。

---

① 杨文虎：《艺术思维和创作的发生》，学林出版社 1998 年版，第 132—133 页。

我们认为语言的分类应该考虑在日常言语的基础上划分出科学言语与文学文本言语这样两种不同的言语。之所以这么划分，是因为先有人、先有人的日常生活、先有人的日常言语，然后才有文学活动和科学活动，此其一；其二，文学活动和科学活动都同日常生活有紧密的联系，在某种意义上可以说文学活动和科学活动都是在日常生活活动的基础上产生或出现的；其三，因此之故，文学文本言语和科学言语也都来自日常言语，文学文本言语和科学言语都以日常言语为源泉，前者是对日常言语的偏离、扭曲、变形、异化和创造；后者是对日常言语的提炼、概括和规整化；其四，文学活动和科学活动又丰富着日常生活，与此同时，文学文本言语和科学言语又在不断地丰富日常言语；其五，科学言语可以进入文学文本言语、日常言语，文学文本言语也可以进入科学著作、日常生活。我们不妨看看毛泽东在《星星之火，可以燎原》中运用类似于文学文本言语来表现革命高潮快要到来的情形：

> 它是站在海岸遥望海中已经看得见桅杆尖头了的一只航船，它是立于高山之巅远看东方已见光芒四射喷薄欲出的一轮朝日，它是躁动于母腹中的快要成熟了的一个婴儿。①

用航船远远驶来、朝日冉冉升起、婴儿躁动欲出等三个形象化的比喻将革命高潮快要到来到情形说了个透彻无比，排比的句式又强化了这种表现。

2. 文学文本言语和科学言语的不同

从以上所作的说明中可以看出，言语的分类只能是相对的，而不是绝对的。在上述划分中，值得注意的是科学言语与文学文本言语的不同。

首先，科学言语取概念和术语的形式，一个能指只表示一个所指，反过来一个所指也只能由一个能指表示，能指和所指之间是互指的。这就使得科学言语是直指式的，语言符号与指称对象之间要吻合，要一致，就像

---

① 毛泽东：《星星之火，可以燎原》，《毛泽东选集》第 1 卷，人民出版社 1964 年版，第110 页。

数学和逻辑学那样的标准系统，这就形成了科学言语的单义性和可逆性。换句话说，在科学言语中每个词、每个概念都是以明白无误的清晰方式界定的，人们用这些言语可以表示事物及事物之间和观念及观念之间的相互联系。科学言语的逻辑性很强，语法结构也相当严谨，它以准确清楚地表达内容为目的，不允许存在不明确义、模糊义、含混义、多义和歧义。科学言语的内容重于形式，它运用的是准确的概念、无误的判断、严密的推理论证方法，所要表达的是明确的观点，而不是作者的主观情感，一般情况下并不怎么追求个性风格。

文学文本言语则不然。一般说来，文学文本言语中一个能指绝不只对应一个所指，一个能指形式所包含的所指内容，完全可以因人、因事、因时、因地、因情、因境而变，文学文本言语不是直指式的，它与指称对象不是吻合的关系，不是单义性和可逆性的关系。这种情况对文学创作者是如此，对文学作品的接受者来说也是如此。文学文本言语允许存在歧义，可以并应该有不明确义、模糊义、含混义、多义和歧义，它并不是简单地仅仅用来指称什么或说明什么，它更强调语言符号向艺术符号的转化，更强调艺术符号所蕴含的意义，更强调言语之间的张力。赵毅衡在他的《新批评》中对西方相关文论家作了这样的概括："燕卜荪的观点：科学语言语义单纯而文学语言语义复杂"；"布鲁克斯的观点：科学语言语境单一而文学语言综合冲突经验，因此科学文本能意释而文学文本无法意释等等"①。文学文本言语的逻辑性不强，不仅语法结构不怎么严谨，而且对语法结构往往有着大胆的突破、超越与创新。文学文本言语一方面要表达内容，另一方面则要讲究形式，讲究形式美，如流荡回环的和谐音韵、抑扬顿挫的节奏韵律、字字珠玑的音乐美感，同时文学文本言语要讲究形式创新，要讲求形式变异。

其次，科学言语与现实世界中的特定对象相联系，通过其指称功能在符号与符号之外的现实世界之间建立起一种关系，从而使得科学言语具有可验证性与真理性。

文学文本言语与现实世界中的特定对象之间没有稳定不变的联系，因此使得文学这种言语艺术与现实世界也没有固定的联系，这种情形正如托

---

① 赵毅衡：《新批评》，中国社会科学出版社 1986 年版，第 26 页。

多洛夫指出的那样："'文学'是在与实用语言的对立中诞生的，实用语言是在自身之外获得价值的，而文学乃是一种自足的语言"，"文学的特性就是与实用语言相反的语言的自足性。"① 苏珊·朗格说，诗人用语言创造出来的诗，"并不一定要与真实的事物、事实、人物或经验的外观等同或对应，它在标准的状态下是一种纯粹的幻象或一种十足的虚构事物，这样一种虚构事物便是我们所说的艺术品，它完全是创造出来的而不是原先就有的，它的构成材料是语言、题材或原型。"② 因为文学文本言语与外界事物没有稳定不变的联系这样一个缘故，所以才有人断言说，文学是无指称的，甚至认为文学同其他艺术一样，是无意义的，这种情况被有人称之为"艺术的空柜结构"。正是因为文学文本言语不与任何特定实在对象建立稳固关系，才使得文学能够与无数所指对象建立起普遍联系，作家从现实生活中获取的和自己虚拟、假设、延伸、想象、发展、创造出来的艺术信息才得以输入，从而使文学能够产生无穷的意义，欣赏者在欣赏过程中才能将自己的生活经验、情感经验、思想经验等等投射到作品中去，从而进一步补充、充实、丰富、拓展、扩张作品中已有的艺术信息。

第三，科学言语是服务于科学对世界的掌握的，而科学对世界的掌握是抽象的、概括的、思辨的、理论的掌握，这种掌握用的是科学思维的方式。科学思维的方式虽然也从具体感性的材料出发，但随着思维的深入又必须脱离具体感性的材料，而以概念、判断、范畴、定理、定律、推理、论证等形式反映现实世界多种现象的本质和运动规律的知识体系，其概念、判断、范畴、定理、定律、推理、论证等形式反映客观规律时必须通过言语，这种言语是抽象的概括的言语。文学文本言语是服务于文学艺术对世界的掌握的，而文学艺术对世界的掌握是具体的、感性的、形象的掌握，这种掌握是艺术思维的方式。艺术思维的方式从具体感性的材料出发，但又不仅必须保持、而且要进一步充实、丰富具体感性的材料，使之更加直观、生动、具体，而且要充满情绪、情感、形象，这样感性的形式能够反映现实世界多种现象的本质和运动规律的生活全貌，正如恩斯特·卡西尔所说：当读到诗时，"我们立即会感受到诗的语言究竟在什么地方

_____

① 托多洛夫：《批评的批评》，生活·读书·新知三联书店1988年版，第4页，第103页。
② 苏珊·朗格：《艺术问题》，中国社会科学出版社1983年版，第142页。

全然有别于概念的语言。它包蕴着最强烈的情感成分和直观成分。语言的符号意味不仅是语义的，而且同时还是一种审美的。"①

"莫斯科语言学小组"的领导者、俄裔美国语言学家罗曼·雅克布逊（1896—1982）在研究语言交际活动的背景下探讨了诗的言语特点，发现诗性功能占主导时言语不是指向外在的现实环境，而是强调信息即诗的言语本身。他认为诗性首先在于某种具有自觉的内在关系的言语之内。由于言语的诗性功能提高了符号的可感性，吸引人注意符号的物质性，如音韵、词汇、语法等等，而使言语最大限度地偏离实用的目的。这样，在诗性言语中，符号与所指的正常关系被打乱了，而获得了作为自身价值的对象的某种独立性。根据这一理论，雅克布逊从索绪尔的横组合与纵聚合概念中引出了选择轴和组合轴这样两个概念。选择轴指语句中出现的词，这些词是从许多可以互换的对等的词语中挑选出来的；组合轴指语句中出现的词的前后邻接，互相连贯地组合在一起。在平时我们说话或写作时，是从一系列可能的对应词中选择，然后将其组合在一起以形成语句。然而在诗中发生的情况却不一样，我们在组合语词的过程中，也像在选择语词的时候一样注意着"对应词"，即我们把一些在语音上、语义上、韵律上或其他方面相对应的词语串联起来。以我国律诗为例来说，杜甫的"桃花细逐杨花落，黄鸟时兼白鸟飞"、"即从巴峡穿巫峡，便下襄阳向洛阳"等诗句中的桃化、杨花、黄鸟、白鸟、巴峡、巫峡、襄阳、洛阳等词，都是可以互换的对等的词语，好像本来在纵向选择轴上展开的词被强拉到横向组合轴上一样。这就是雅克布逊所说的诗的功能对应原则从选择轴引申到组合轴。同时，这种引申并非仅仅由于它们所传达的思想而被串到一起，就像在普通言语中那样，诗中的语词组合着眼于相似、对比和排列，以及其他各种由语词的音响、韵律、意义和内涵所组成的形式。因此诗的言语总是把音、义或语法功能上对等的词依次展开，既灵活多变，形式上又极度规整，和日常实用词相对，几乎成为另一种独特的言语。

通过上面所作的说明我们意在引出文学文本言语的另一个特点，即文学文本言语不具有功利目的性，它并不存在于真实的生活世界里，而日常言语除了某些闲谈（当然，闲谈的功利目就在于闲谈本身，甚至还不止

① 恩斯特·卡西尔：《符号·神话·文化》，东方出版社 1988 年版，第 137 页。

于闲谈本身）之外都具有一定的目的性，它存在于日常世界的生活里。因此，文学文本言语是超功利目的的言语，是追求形式价值的言语，它特别强调言语本身的独立价值，讲求言语的语音和谐优美，选词新颖独到，语法求新求变，倡导暗示、隐语、含蓄、隽永，言有尽而意无穷，以及对日常话语的变形、扭曲、偏离，甚至不怎么符合规范，要求独创性、陌生化，而日常言语则只要求准确、简洁、明了，不怎么注重言语本身的形式完美。

三 作家对语言的择用

明了上述内容之后，我们再来看作家在创作中面对言语这样的分类如何确立自己运用语言的策略。作家在创作中要选用文学文本言语，这是不言而喻的。但是，从某种意义上说来，所谓文学文本言语是并不存在的，是没有的，只有当日常言语和科学言语被作家写进文学作品而进入文学作品发生相应的变化之后，那么从日常言语和科学言语蜕变而来的文学文本言语才得以存在。萨丕尔说："对我们来说，语言不只是思想交流的系统而已。它是一件看不见的外衣，披挂在我们的精神上，预先决定了精神的一切符号表达的形式。当这种表达非常有意思的时候，我们就管它叫文学。"他紧接着写了一个脚注，特别申明："我不能在这里确定地说哪样的表达才'有意思'到足以叫做艺术或文学。再说，我也不确实知道。只能说文学就是文学。"[1] 苏珊·朗格则注意到艺术对情感生活之认识，是不能用普通的言语来表达的，因为"情感的存在形式与推理性语言所具有的形式在逻辑上互不对应，这种不对应性就使得任何一种精确无误的情感和情绪概念都不可能由文字语言的逻辑形式表现出来。"[2] 她甚至说过这样的话："有关语言在诗的创造中的作用问题，在我自己所属的学派内也没有得到很好的解决。通常情况下，我的同事们总是把这种作用同某种情感作用混为一谈或是同大多数情感的作用混为一谈。我觉得造成这种情况的主要原因就在于，人们把主要的兴趣都集中在语言的通讯作用上

[1] 爱德华·萨丕尔：《语言论》，商务印书馆 1985 年第 2 版，第 198 页。
[2] 苏珊·朗格：《艺术问题》，中国社会科学出版社 1983 年版，第 87 页。

了，而诗的语言基本上又不是一种通讯性语言。语言是诗的材料，但用这种材料构成的东西又不同于普通的语言材料构成的东西；因为诗从根本上说来就不同于普通的会话语言，诗人用语言创造出来的东西是一种关于事件、人物、情感反应、经验、地点和生活状况的幻象。"① 所以我们说所谓作家经过选择而采用文学文本言语在某种意义上说来只不过是一句空话，作家对文学文本言语的运用实际上是使日常言语和科学言语对于未来文学作品的进入，进入之后所发生的一系列变化。因此，我们说作家对文学文本言语的运用就是对日常言语和科学言语的运用。作家首先要选择日常言语和科学言语，或者说首先从日常言语和科学言语中选择恰当的言语写入文学作品，从而使那些被选择的言语发生了质的变化而被称为文学文本言语，这就像俄国形式主义所认为的那样，诗歌言语是日常言语的变体。

1. 择用日常言语

作家运用日常言语，表现在以下两个方面：

首先采用"流水账"式的言语，即不厌其烦地把人们在日常生活中诸如柴米油盐酱醋茶等非常细小琐碎的事情记录下来，使得所用的言语像过去乡下账房先生记的流水账一样，例如《红楼梦》第五十三回写年节将近，贾府准备安排吃年酒，贾珍吩咐赖升去办，并交代不要与已经安排的日子重复了，正在这时一个小厮手里拿着一个禀帖，并一篇账目，向贾珍报告说："黑山村乌庄头来了。"贾珍道："这个砍头的，今日才来！"贾蓉接过禀帖账目，忙展开捧着，贾珍倒背着两手，向贾蓉手内看去。那红禀上写着："门下庄头乌进孝叩请爷奶奶万福金安，并公子小姐金安。新春大喜大福，荣贵平安，加官进禄，万事如意。"贾珍笑道："庄稼人有些意思。"贾蓉也忙笑道："别看文法，只取个吉利儿罢。"一面忙展开单子看时，只见上面写着：

> 大鹿子三十只，獐子五十只，狍子五十只，暹猪二十个，汤猪二十个，龙猪二十个，野猪二十个，家腊猪二十个，野羊二十个，青羊

---

① 苏珊·朗格：《艺术问题》，中国社会科学出版社 1983 年版，第 142 页。

二十个，家汤羊二十个，家风羊二十个，鲟鳇鱼二百个，各色杂鱼二百斤，活鸡、鸭、鹅各二百只，风鸡、鸭、鹅二百只，野鸡野猫各二百对，熊掌二十对，鹿筋二十斤，海参五十斤，鹿舌五十条，牛舌五十条，蛏干二十斤，榛、松、桃、杏瓤各二口袋，大对虾五十对，干虾二百斤，银霜炭上等选用一千斤，中等二千斤，柴炭三万斤，御田胭脂米二担，碧糯五十斛，白糯五十斛，粉秔五十斛，杂色粱谷各五十斛，下用常米一千担，各色干菜一车，外卖粱谷牲口各项折银二千五百两。外门下孝敬哥儿玩意儿：活鹿两对，白兔四对，黑兔四对，活锦鸡两对，西洋鸭两对。

很显然，这样的语汇是典型的日常生活言语，作家将它们写进文学作品也就使之成为典型的流水账式的言语，但因为被写进了作品，不能不说它不是文学文本言语。

其次采用口语。口语是与"书面语"相对的、以口头形式存在的一种言语，在文字没有出现以前，口语是言语存在的唯一形式，有了文字以后，口语和书面语都是言语存在的形式，而口语是第一性的形式。

口语的特点是：和起居饮食等日常生活联系紧密，是生活化的，具有浓郁的生活气息；比较粗糙，有不准确、不规范或多余的、罗唆、不简洁的成分；由于贴近生活，几乎和生活是同步的，所以变化、发展比较快，创新的成分比较多；口语用于交际，谈话人直接参与，甚至还可以用语言环境和身势、表情等辅助手段，因而口语简化、省略的情况往往比较多，一段相声里所说的"谁？/俺！/啥？/尿！"可被认为是最简洁的口语了。至于将口语写进文学作品，甚至写进诗歌，情况就相应地发生了变化，今天看来好像不怎么像口语的实际上在当时就是口语，例如我国古代诗歌中的"床前明月光"、"雄鸡一声天下白"、"恰似一江春水向东流"等等就是当时的口语。但从口语到书面语言还是有一个过程的，有时还并不那么简单。美国作家亨利·戴维·梭罗在他名著《瓦尔登湖》"翻阅书卷"章中写有一节"口语与文字的差异"，他写道："即便你所讲的语言与原著相同，这仍是不够的，因为口语与书面语之间有着明显的差异，一种是听说的语言，另一种是阅读的语言。口语通常是说过即逝的，它是一种声音或舌音，是一种土语，几乎可说是很粗野的。我们能像野蛮人一样，从母亲那里下意识地学会口语。书面语则是口语的成熟和精炼的表达；如果说口语是我们的母语，书面语则是我们的父语，它谨慎而精细地含义表达，并非听觉所能感触，我们必定要再次降生人世，从头学起。"① 意思不错，只是比喻有欠周到，难道"父"比"母"就要成熟和精练？这个比喻里暗含有重男轻女的成分呢。

当代小说运用口语屡见不鲜。刘震云的中篇小说《一地鸡毛》开头就有很多口语：

> 小林家的一斤豆腐馊了。
>
> 一斤豆腐有五块，二两一块，这是公家副食店卖的。个体户的豆腐一斤一块，水分大，发稀，锅里炒不成团。小林每天清早六点起床，到公家副食店排队买豆腐。排队也不一定每天都能买到豆腐，要么排队的人多，排到，豆腐已经卖完了；要么还没排到，已经七点了，小林得离开豆腐队去赶单位的班车。

再如池莉的《冷也好热也好活着就好》中的一段：

> 猫子猛拍大腿。他怎么居然还没告诉未来老丈人今天的大新闻呢！他说："许伯伯，今天出了件稀奇事。一支体温表在街上砰地爆了，水银柱标出玻璃管了。"
>
> 许师傅歪着头想象了好半天，惊叹道："真是世界之大无奇不有哇！猫子，体温表最高多少度？"
>
> 猫子说："摄氏 42 度。"
>
> 许师傅说："这个婊子养的！好热啊！"
>
> 燕华放下碗，说："热死了。不吃了。"
>
> 猫子说："热是热，吃归吃呀。"
>
> 燕华说："像个苕。"
>
> 猫子说："不吃晚上又饿。"
>
> 燕华说："像个苕。人是活的吵，就叫饿死了？满街的消夜不晓

---

① 亨利·戴维·梭罗：《瓦尔登湖》，当代世界出版社 2006 年版，第 64 页。

得吃。"

"好吧好吧，十二点钟去吃宵夜。"

燕华说："你美哩，谁要你陪，我早和人家约好了。"

猫子说："谁？和谁？"

燕华说："你是太平洋的警察？——管得真宽。"

许师傅说："猫子别理她！燕华像是放多了胡椒粉，口口戗人。还是个姑娘伢呀。"

类似的话语走在武汉大街小巷几乎随时随地都可以听到，其口语特征非常明显。

2. 择用科学言语

作家采用科学言语主要表现在以下四个方面：

第一个方面是采用类似于政论的议论言语，如狄更斯在《双城记》开头所写的一段：

> 这是最好的年头，这是最坏的年头；这是智慧的年代，这是愚蠢的年代；这是足以信赖的时代；这是背信弃义的时代；这是光明的季节，这是黑暗的季节；这是希望的春天，这是绝望的春天；我们前面一片大好，我们前面一无所有；我们全都直上天堂，我们全都直下另一端……

很显然，这段言语是充满议论的政论言语，似乎和文学文本言语的要求相差甚远。再如列夫·托尔斯泰在《复活》中所写的如下一段：

> ……事情如同白昼一样地明白：人民自己痛切地感到而且经常指出来，人民贫苦的主要原因就在于人民仅有的能够用来养家活口的土地，都被地主们夺去了。同时，事情十分清楚，孩子们和老人们所以纷纷死亡，是因为他们没有牛奶喝，其所以没有牛奶喝，是因为他们没有土地来放牧牲口，收割粮食和干草。事情十分清楚，人民的全部灾难，或者至少是人民灾难的最主要、最直接的原因，就在于他们赖

以生存的土地不在他们的手里，却在那些利用土地所有权依靠人民的劳动生活着的人们手里。

很显然，这样的言语同样有着很强烈的政论色彩。

柳青《创业史》第二十四章开头也是政论言语，而且篇幅远比上引的文字要长：

一九五三年春天，和过去的一千九百五十二个春天，一模一样。

一九五三年春天，渭河在桃汛期涨了，但很快又落了。在比较缺雨的谷雨、立夏、小满、芒种期间，就是农历三月和四月的春旱期，渭河在一年里头水最小了。

一九五三年春天，秦岭脱掉雪衣，换了深灰色的素装不久，又换了有红花、黄花和白花的青绿色艳装。现在到了巍峨的山脉——渭河以南庄稼人宽厚仁慈的奶娘，最艳丽迷人的时光了。待到夏天，奶娘穿上碧蓝色的衣服，就显得庄严、深沉、令人敬畏了。

一九五三年春天，庄稼人们看作亲娘的关中平原啊，又是风和日丽，万木争荣的时节了。丘陵、平川与水田竟绿，大地发散着一股亲切的泥土气息。站在下堡乡北原上极目四望，秦岭山脉和乔山山脉中间的这块肥美土地啊，伟大祖国的棉麦之乡啊，什么能工巧匠使得你这样广大和平整呢？散布在渭河两岸的唐冢、汉陵，一千年，两千年了，也只能令人感到你历史悠久，却不能令人感到你老气横秋啊！祖国维度正中间的这块土地啊！

……

但一九五三年春天，人的心情可和过去的一千九百五十二个春天，大不一样。

长眠在唐冢、汉陵的历史人物做过些什么事情呢？他们研究和制订过许多法律、体制和规矩。他们披甲戴盔、手执戈矛征战过许多次。他们写下许多严谨的散文和优美的诗篇。他们有些人对历史有很大的功劳，有些人对历史有很大的过错，也有些人既有一定的功劳，也有相当的过错。不过，他们没有人搞过像"五年计划"这一类事情。

......

一九五三年春天，是祖国社会主义经济建设第一个五年计划的第一个春天。大地解冻以后，有多少基本建设工地破土了呢？有多少铁路工程进入施工阶段了呢？有多少地质勘探队出发了呢？被外国资本和国民党政府无情地掠夺了多少年的国家啊，现在终于开始有计划地建设了！

一九五三年春天，西安市郊到处是新建筑的工地，被铁丝网或竹板篱笆圈了起来，竞赛红旗在工地上迎风飘扬。衰老的古都，在一九五三年春天，要开始恢复青春了。马路在加宽，同时兴建地下水道和铺混凝土路面。城里城外，拉钢筋、洋灰、木料、沙子和碎石的各种类型的车辆，堵塞了通灞桥的、通咸阳古渡的和通樊川的一切长安古道。

一九五三年春天，有多少军队干部和地方干部握别了多年一块同甘共苦的同志，到筹建工厂的工地和新认识的同志握手交欢呢？有多少城乡劳动者放下三轮车、铁锹和镢头，胸前戴上黄布工人证，来到铁路工地和基建工地呢？

一九五三年春天，听见的炮声不是战争；碰见的车辆不是辎重；看见的红旗不是连队，人群不是火线后面的民工，呐喊声也不是冲锋。

......

一九五三年春天，中国大地上到处是第一个五年计划的巨画、交响乐和集体舞。

......

一九五三年春天——你历史的另一个新起点啊！

上述段落都是我一字不漏地抄录下来的，连省略号都严格地依照原文。从中可以看出议论是非常明显的，甚至不止于议论，抒情的特点也非常明显。

第二个方面是采用科学技术言语。徐迟在他的报告文学《哥德巴赫猜想》中用了很多科学技术言语，现在有的作家则在自己的作品中采用了大量的高新科技言语。这无须例证，大家都可明白。

第三个方面是采用专业言语或行业言语。如王蒙在《冬天的话题》中写朱慎独——

> 他费时十五年，写下了七卷《沐浴学发凡》，内容包括"人体与沐浴"、"沐浴与循环系统"、"沐浴与消化系统"、"沐浴与呼吸系统"、"沐浴与皮肤"、"沐浴与毛发"、"沐浴与骨骼"、"沐浴与心理卫生"、"沐浴与青春期卫生"、"沐浴与更年期卫生"、"沐浴与家庭"、"沐浴与国家"、"工矿沐浴"、"战时沐浴"、"沐浴与水"、"沐浴与肥皂"、"浴盆学"、"浴衣学"、"搓背学"、"按摩学"、"沐浴方法论"、"水温学"、"沐巾学"、"沐浴的副作用"、"沐浴与政治"、"沐浴的历史观"、"沐浴与反沐浴"、"沐浴与非沐浴"、"沐浴的量度"、"沐浴成果的检验"、"沐浴学拾遗"、"沐浴学拾遗续（一）——续（七）等章，堪称洋洋大观，走在了世界的前列。

如果"沐浴"也有"学"的话，那么，这之中的"人体"、"循环"、"消化"、"呼吸"、"皮肤"、"毛发"、"骨骼"等等就都是沐浴这一行业的言语了。

另外，作家还将新闻言语、公文言语以及其他应用文言语写进文学作品。

从以上的说明来看，作家对语言的运用是没有什么顾及的，举凡生活言语、科学言语，乃至其他各种各样的言语作家都可以运用。正因为这样，作家才可能在创作出各种各样的文学作品的同时，也新创造出各种各样的言语，即各种各样的新的词汇、句式和修辞手段。

第二章

文学文本言语及其特性

一 文学文本言语

1. 文学语言和文学文本言语

首先，在本章的开头要提出一个新的概念，即："文学文本言语"。过去的文学理论教科书和文学理论专著在称谓文学作品的语言的时候几乎都将其笼统地称为文学语言，其实这里面存在有意无意弄混淆了的情形。众所周知，文学语言本身含有广义和狭义两种含义。广义的文学语言，即西文 Literary language，又译为"标准语"，它指的是经过加工的、规范化了的书面语，与口语、土语等相对，是一定社会和教学情境中的标准语言，是报纸、杂志、广播、教育、科学、政府机关、群众团体和人民大众所用的书面语言；狭义的文学语言则仅限于文学作品的语言。从这一点说来，文学语言具有非常宽泛的含义，它远不是只指狭义的即文学作品的语言。为了将文学作品的语言与广义的即一般的文学语言区分开来，我们考虑应该提出另外一个概念——"文学文本言语"，用来专指文学作品中的语言。所谓文学文本言语是指经过作家加工的、写进并呈现在文学文本中的、旨在创造艺术形象并表达作者思想情感及创作主旨的语言。很显然，这儿的"语言"是指"言语"。一般情况下，各种语言，包括口语、土语、方言、书面语、文言、白话，甚至上面所说的广义的文学语言，都可以经过作家的加工并被写进文学文本而成为文学文本言语。

其次，我们之所以要提出"文学文本言语"这样一个新的概念，是因为语言在文学文本中是以言语的方式存在的，而不是以语言的方式存在的。瑞士著名的语言学家德·索绪尔（1857—1913）特别重视语言本身所固有的二重性，即语言既是"音响印象"，又是"发音器官的动作"；

既是"音响·发音的复合单位",又是"生理·心理的复合单位";"言语活动既有个人的一面,又有社会的一面";既"包含一个已定的系统,又包含一种演变"。他强调,如果忽略了语言的这种两重性,"语言学的对象就像是乱七八糟的一堆古怪、彼此毫无联系的东西",他指出:"要解决这一切困难只有一个办法:一开始就站在语言的阵地上,把它当作言语活动的其他一切表现的准则。"于是,他把语言(Language)具体地区分为"语言"(Langue,又译为"语言结构")和"言语"(Parole)。他说:"语言和言语活动不能混为一谈;它只是言语活动的一个确定的部分,而且当然是一个主要的部分。它既是言语机能的社会产物,又是社会集团为使个人有可能行使这机能所采用的一整套必不可少的规约。"① 语言和言语两者之间的差异是显而易见的:第一,语言指整个语言系统,包括语音、词汇、语法、句法,而言语则是指说话人和写作者可能说出写出或理解的全部内容。第二,语言是指语言的社会约定俗成方面,言语则是指个人的说话或写作;语言是社会的,言语是个人的;语言是本质的,言语是偶然的;语言是同质的,言语是异质的。第三,语言是一种代码或符码,如索绪尔就把语言学看作是"研究社会生活中符号生命的科学"的符号学的"一部分"②,而言语则是一种信息。索绪尔指出:"这两个对象是紧密相联而且相为前提的:要言语为人们所理解,并产生它的一切效果,必须有语言;但是要使语言能够建立,也必须有言语。从历史上看,言语的事实总是在前的……语言和言语是互相依存的;语言既是言语的工具,又是言语的产物。"③ 霍克斯在《结构主义和符号学》中以一个形象的比喻说:"言语是露出水面的一部分冰峰。语言则是支撑它的冰山,并由它暗示出来,语言既存在于说话者,也存在于听话者,但它本身从来不露面。"④ 他还说:"可以设想,存在着关于烹饪的语言,其中每一顿饭就是言语"⑤。从这些说法看,很显然,存在于文学文本中的是言语而不是语言。换一句话说,语言在文学文本中是以言语的方式存在的,故而我们将

---

① 德·索绪尔:《普通语言学教程》,商务印书馆 1999 年版,第 29—30 页。

② 同上书,第 38 页。

③ 同上书,第 41 页。

④ 霍克斯:《结构主义和符号学》,上海译文出版社 1987 年版,第 12 页。

⑤ 同上书,第 139 页。

其称为文学文本言语，而不将其称为文学文本语言。从语言到言语，在这一转变过程中起关键作用的是作为创作主体的作家的言说。

最后，我们应该确立这样一种观念，即确立文学文本言语是个完整的系统的观念，它不是指文学作品中的某些词句、段落、篇章，而是泛指整个文学作品的言语和文学作品中的言语。因此，我们的研究视野就是一个全方位的视野，而不应该设置什么限制。

在这个基础上我们说明以下的问题。

2. 朱星的"包容"说和巴赫金的"全语体性"说

关于什么是文学文本言语、文学文本言语包括哪些语言的问题，我国语言学家朱星（1912—1982）在他所著的《中国文学语言发展史略》（他这儿所说的文学语言即本书所说的文学文本言语，下同）一书中作了这样的说明：

> 文学语言一词有四种不同的说法：
> 1. 指文字的书面语。
> 2. 指雅言、通语或民族语。
> 3. 指文学作品的语言。
> 4. 指艺术加工的语言。
> 其中以第三种是最狭义的，我就是以它为主，再兼用稍扩大的第四种说法，但与第一、二种也有关。①

在朱星看来，所谓文学文本言语主要是指文学作品的言语，但同时也包容了文字的书面言语、雅言、通语以及经过艺术加工的言语。这就是说，文学文本言语和其他一切语言有着密切的关系，它几乎包容了其他一切言语。因此，我们将朱星的这种看法概括为他关于文学文本言语含义的"包容"说。

朱星对文学文本言语的看法正好与前苏联文艺理论家巴赫金对文学文本言语的看法有异曲同工之妙。巴赫金提出了关于文学文本言语的"全

---

① 朱星：《中国文学语言发展史略》，新华出版社1988年版，第1—2页。

语体性"说，他是这样说的：

> ……语言在这里不仅仅是为一定的对象和目的所限定交际和表达
> 手段，它自身还是描写的对象和客体。
>
> 在文学作品中我们可以找到一切可能有的语言语体、言语语体、
> 功能语体，社会的和职业的语言等等。（与其他语体相比）它没有语
> 体的局限和相对封闭性。但文学语言的这种多语体性和——极而言
> 之——"全语体性"正是文学基本特性所使然。①

在巴赫金看来，文学文本言语包括了一切语言语体、言语语体、功能
语体以及社会的和职业的言语，总而言之，文学文本言语囊括了一切语言
和言语。

英国东安格利尔大学语言学和英语文学教授罗杰·福勒在他的《语
言学与小说》中也指出："小说也是与同时代的其他各种话语形式联系最
紧密的文学形式：这些话语包括新闻、广告、纪实文学、历史、社会学、
科学以及（属于另外一种媒介的）电影。"②

从朱星和巴赫金以及罗杰·福勒的这些说法中可以看出这样一点，即
像我们在前一章所说到的那样，本无所谓文学文本言语不文学文本言语，
只是其他语言进入文学作品中之后，它们才像川剧的变脸艺术一样瞬息之
间而成为文学文本言语。换一句话说，本来并没有什么纯粹的、绝对的、
专门的文学文本言语，作家在创作中根据自己的艺术气质、艺术个性和创
作意图的需要以及自己对语言的感觉，从日常言语和科学言语以及公文言
语、新闻言语、应用文言语中选取各种各样的言语，这样就使得文学文本
言语不能不包容各种各样的语体和文体的一切言语。各种言语形态，如口
语、土语、方言、书面语和广义的文学语言，以及文言和白话等等，经过
作家的艺术加工而进入文学文本，都成为文学文本言语的组成部分。从这
一点上说，文学这一文本的本质就是将各种文本的言语融为一体，真可谓

---

① 巴赫金：《文学作品中的语言》，《巴赫金全集》第4卷，河北教育出版社1998年版，第
276页。

② 罗杰·福勒：《语言学与小说》，重庆出版社1991年版，第1页。

兼容并蓄。这里的各种文本包括口语文本、文字文本、可读文本、可写文本，甚至某些非语言文本，这种情形无论在古代小说或当代小说中都存在。如曹雪芹在《红楼梦》第八回"贾宝玉奇缘识金锁　薛宝钗巧合认通灵"中画了"通灵宝玉"的正面和反面、"金锁"的正面和反面一共四幅图，它们都成了《红楼梦》这部长篇小说的言语了。当代文学作品中甚至连广告、名片等也都被写进了，如吴若增在《脸皮招领启事》的开头就写这样写道：

> A 办事处门前，张贴着一纸奇异的广告：
>> 脸皮招领启事
>> 今拾到脸皮一张，请失者前来认领。
>>> A 办事处　　　X 月 X 日

名片也进入了小说语言，如苏童在他的中篇小说《训子记》（原载《钟山》1999 年第 4 期，选入《中华文学选刊》1999 年第 5 期，图见第 87 页）中写一个叫马骏的人，有一张名片：

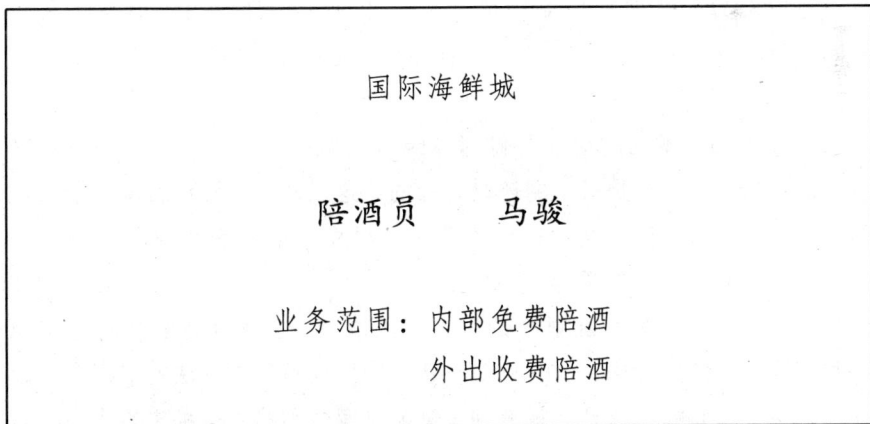

国际海鲜城

陪酒员　　马骏

业务范围：内部免费陪酒
　　　　　外出收费陪酒

中国台湾作家王文华的第一部长篇爱情小说《61x57》中有大量的广告文案、音乐、歌剧、纪录片、电影名、电影台词、有关专业行话、计算机术语、产品品牌、结婚证书、商业广告牌、公众人物、时尚杂志、餐馆名

以及流行的段子，等等。有的作家甚至在自己的作品中还画有图，如格非在他的中篇小说《迷舟》（《收获》1987 年第 6 期）中就画了一幅地形图。

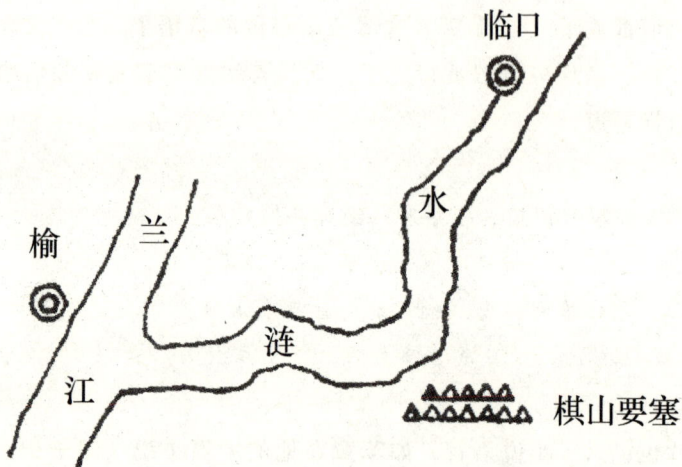

需要说明的是无论是图式还是广告名片，它们都不是由画家或别的什么人画出的作品的插图，而是作者在写作中自己画的，是文本本身的一个有机组成部分，就如同作品中的任何一段文字一样，是不能删除和移易的。

3. 语言与艺术的"对立"说与"统一"说

语言与艺术究竟是对立的还是统一的，这在文学史和语言学史上曾经有着不同的看法。美国文学批评家弗雷德里克·詹姆逊在他的《语言的牢笼》中说到过这样的情形，"语言学曾作为一门科学宣布自己独立于文学和哲学"①，这是发生在过去的一方面的情形，虽然弗雷德里克·詹姆逊并不同意这样的看法，这一点即将从我们下面对他的看法的引用中可以看到；另一方面的情形是，意大利美学家克罗齐则第一个提出艺术与语言的统一说。他认为美学与语言学是一回事而不是两回事。他说："世间并没有一门特别的语言学。人们孜孜寻求的语言的科学，普通语言学，就它

---

① 弗雷德里克·詹姆逊：《语言的牢笼》，百花洲文艺出版社 1995 年版，第 2 页。

的内容可化为哲学而言，其实就是美学。任何人研究普通语言学，或哲学的语言学，也就是研究美学的问题；研究美学的问题，也就是研究普通语言学。语言的哲学就是艺术的哲学。"① 弗雷德里克·詹姆逊说他的《语言的牢笼》这本书如果"必须谈到语言学作为一种模式和一个给人以启示的比喻重新回到文学和哲学领域这一点的话，那么可以同样肯定地说它的确像一门真正的科学堂堂正正地回来的。"② 法国的结构主义集大成者罗兰·巴尔特注意到上述两方面的情形，他在《叙事作品结构分析导论》中说："话语由于超出了句子的范围，虽然仅仅由句子组成，自然应是第二种语言学的研究对象。这种研究话语的语言学，在很长时间里曾经有个光荣的名称：修辞学。但由于历史的演变，修辞学变成了美文学，美文学又与语言学分了家，所以近来又不得不重新提出这个问题。研究话语的新语言学还不发达，但毕竟是语言学家们自己提出来的。"③ 罗兰·巴尔特特别强调了语言和文学之间所具有的一致性，他说："从结构的角度看，叙事作品具有句子的性质"，"叙事作品是一个大句子，如同凡是陈述句在某种程度上都是小叙事作品的开始一样。"④

　　这里差不多有一点针锋相对的味道，一种意见认为语言独立于文学之外，并曾经宣称过语言学独立于文学和哲学之外；另一种意见认为语言与艺术是统一的，应该从曾经独立的地方堂堂正正地回来。我们认为，事实上文学与语言在根本上是一致的，离开了语言，文学就没有办法创作出来，也就没有办法存在，语言是文学存在的寓所，存在的家园，存在的地域，存在的海疆，存在的天空。不管怎么说，语言和文学之间也是统一的。

　　这样说，并不意味着否认它们之间的区别。恩斯特·卡西尔说："语言和艺术都不断地在两个相反的极之间摇摆，一极是客观的，一极是主观的。没有任何语言理论或艺术理论能忽略或压制这两极的任何一方，虽然

---

　　① 克罗齐：《美学原理·美学纲要》，外国文学出版社 1983 年版，第 153 页。
　　② 弗雷德里克·詹姆逊：《语言的牢笼》，百花洲文艺出版社 1995 年版，第 2 页。
　　③ 罗兰·巴尔特：《叙事作品结构分析导论》，《美学文艺学方法论》下，文化艺术出版社 1985 年版，第 535 页。
　　④ 同上书，第 535 页。

着重点可以时而在这极时而在那极。"① 应该说这种看法是比较符合语言和艺术之间关系的实际的。

4. "载体"说、"本体"说和"客体"说

从上面所说我们可以知道,语言就是文学本身的存在。可是,人们认识到这一点却走过了非常艰难曲折的漫长的道路。虽然从古到今作家和文学理论家都非常重视语言在文学中的地位,但是语言在文学中究竟占有怎样的地位呢? 起始人们对此并不明确。检索文学理论的历史,我们发现在文学理论史上对语言在文学中的地位有三种不同的观点:"载体"说、"本体"说和"客体"说。

"载体"说把语言看作文学的载体、工具、材料、媒介。在过去,无论是中国文论,还是西方文论,都把语言当作文学的"载体",认为语言只是一种"形式"、一种"工具"、一种"材料"、一种"媒介",它在文学作品中的地位是附属的、陪从的、被支配的地位,服从于文学作品对生活内容和情感思想的表达,生活内容和情感思想总是处于优先的、主导的、支配的、决定的地位,语言以及其他形式因素都处于次要的、受支配的、被决定的地位。这种情形就使得我们对语言一直缺乏一种自觉的清醒的意识,就像我们在序章里所说到的那样。

"本体"说认为语言是唯一标示着文学的存在和价值的本体。关于这一点我们放到下面作重点说明。

"客体"说把文学文本言语看作是读者阅读的客体对象,甚至认为它就是为读者的阅读而存在的,具有引发读者审美感受、审美经验的客体作用。

和"载体"说、"本体"说相比,这种说法没什么影响,其理论价值也不大,因此很少有论者去关注。值得注意的一点是这种说法本身强调了在文学发生作用的过程中读者存在的重要性。

现在我们回过头来说"本体"说。进入 20 世纪以后,特别是随着"语言哲学"的确立,在文学理论研究领域中人们对语言的认识提高了,不再只把语言当作"载体",而认为语言就是文学的"本体"。这样一来,

---

① 恩斯特·卡西尔《人论》,上海译文出版社 1985 年版,第 176 页。

语言就由原来的附属的、陪从的、被支配的地位变为自己就是存在的主体地位，对于文学作品而言，语言不再只是"形式"、"工具"、"材料"、"媒介"、"载体"，它就是文学作品存在的本身，文学作品不是别的什么，它就是语言的建构，是语言绘制的版图，是语言确定的疆域，语言就是文学存在的寓所，这正如 R. 巴特（即罗兰·巴尔特）所说的那样："文学本身与语言是等量齐观的。"①

汪曾祺在《关于小说语言（札记）》中开宗明义就写了这样两段话：

> "他的文字不仅是表现思想的工具，似乎也是一种目的。"（闻一多：《庄子》）
>
> 语言不只是技巧，不只是形式。小说的语言不是纯粹外部的东西。语言和内容是同时存在的，不可剥离的。②

在这里，汪曾祺至少是将小说和语言两者等量齐观的。汪曾祺在另一篇题为《中国文学的语言问题》中同样非常明确地表达了这样的思想，他说：

> 中国作家现在很重视语言。不少作家充分认识到语言的重要性。语言不只是一种形式，一种手段，应该提到内容的高度来认识……语言不是外部的东西。它是和内容（思想）同时存在，不可剥离的。语言不能像橘子皮一样，可以剥下来，扔掉。世界上没有没有语言的思想，也没有没有思想的语言。往往有这样的说法：这篇小说写得不错，就是语言差一点。我认为这种说法是不能成立的。我们不能说这首曲子不错，就是旋律和节奏差一点；这张画不错，就是色彩和线条差一点。我们也不能说：这篇小说不错，就是语言差一点。语言是小说的本体，不是附加的，可有可无的。从这个意义上说，写小说就是写语言。小说使读者受到感染，小说的魅力之所在，首先是小说的语

---

① R. 巴特：《文学符号学》，《哲学译丛》1987 年第 5 期。
② 汪曾祺：《关于小说语言（札记）》，《小说文体研究》，中国社会科学出版社 1988 年版，第 1 页。

言。我们有时看一篇小说，看了三行，就看不下去了，因为语言太粗糙。语言的粗糙就是内容的粗糙。①

这不光应该被看作是讲小说言语最透彻的一段话，也是讲整个文学文本言语最透彻的一段话。

何立伟在与储福金谈到文学文本言语的时候说了下面一段话：

汪曾祺先生所撰写的关于小说语言的文章里，第一行的小标题就是"语言是本质的东西"；并引用闻一多先生的话，说明语言本身庶几就是一种目的。关于这一点，叔本华有过很精彩的议论，他说："我认为文学最简单、最正确的定义应是'利用词句使想象力活动的技术。'真是说得漂亮！他还说我们若能看到诗人的秘密工厂，将不难发现，韵脚求思想比思想求韵脚多出十倍以上。可见语言是多么本质，语言不只是形式，而更是内容，并且形式规定内容爆发内容，不只是手段，而更是目的。语言也不只是表达意思，而更是表现意思。我以为表现力正是语言所面对所追求的。就像中国画的笔墨一样，在长期的艺术实践中，中国画尤其是文人写意画，对于用笔用墨的讲究，对于发展国画笔墨材料潜藏的美的表现的无数可能性，做出的努力和成绩都是大家知道的。而文学语言则不然。作为语言的艺术，艺术语言的实验尚属不多，对于汉语言类似中国画的笔墨材料认识不足，所以对绘事绘物传情传神上的美的表现的可能性没有得到大的开掘，也因此通常见之于作品的，多半是些大路语言，没有个性，没有感觉，说什么好，就是"那东西真好。"说什么漂亮，就是"那东西真漂亮"。②

所有这些都表明语言对于文学而言，它具有本体的地位，语言就是文学作品存在的本身，语言就是文学存身立命的根，语言就是文学文本赖以存活的根基。

---

① 汪曾祺：《中国文学的语言》，《汪曾祺文集·文论卷》，江苏文艺出版社 1993 年版，第 1—2 页。

② 储福金、何立伟：《关于文学语言的对话》，彭华生、钱光培编：《新时期作家创作艺术新探》，人民文学出版社 1991 年版，第 333—334 页。

　　语言之所以是文学作品存在的本身，是文学存身立命的根本，这是因为语言也是人的一种心理机制，它与人的感觉、知觉、认知、想象、理解等心理机制一样，都属于人特有的心理机制。换一句话说，语言与人的感觉、知觉、认知、想象、理解等心理机制是一致的。从语言的发展历史来看，人先后形成和掌握了两种不同的语言，一种是情感语言，另一种是命题语言，并经历漫长的岁月而从情感语言进到命题语言。但在人的前身的类人猿那里，在初民那里则只有情感语言，而没有命题语言。因此，类人猿、初民可以用情感语言表达情感，但由于没有命题语言，所以不能用命题语言去指示和描述，而人除了可以用语言表达情感之外，还可以用语言去指示和描述，原因是只有人才能用具有认知、转换、开放机制的命题语言进行交往活动。

　　就个体而言，人的语言的发展与表达和人的感觉、知觉、认知、想象、理解等心理机制是一致的。一个小孩说不出大人的话，是因为他的感觉、知觉、认知、想象、理解是小孩的感觉、知觉、认知、想象、理解，因此他的语言的表达也是小孩的，充满天真，显得烂漫，很幼稚，甚至还有用词不当、语法错误等毛病，另外往往还有着仅仅属于小孩自己的特别的表达；同样的道理，大人之所以说不出小孩那样天真烂漫的话，是因为作为大人已经失去了小孩的那种天真烂漫的感觉、知觉、认知、想象、理解，硬是要说出类似小孩的天真烂漫的话，那就是人们经常讥讽的假天真、伪天真、装天真、充天真，或者说得好听一点就是说这种人还有一颗童心，就像我们经常在电视荧屏上看到的那些少儿节目主持人其身势、手势、动作、神态、语言，以及他们和她们的摇头晃脑、拿腔拿调，甚至将两只手在胸前这样比画那样比画等等，往往显得比小孩还小孩一样，那都是故意装出来的，给人以十分别扭的感觉，因此受到人们的嘲笑和讥讽。现实生活中人们开玩笑说某某人装嫩，则是这种嘲笑和讥讽的进一步表现。

　　由此可见，在文学作品中作家对语言的运用不是单纯地选词造句问题，也不是单纯的技巧问题，而是与他们的艺术感觉、艺术知觉、艺术认知、艺术想象、艺术理解相一致的，就是说作家在创作中是如他所用词语这般地感觉生活的。恩斯特·卡西尔在评论莎士比亚的剧本时说过这样一段话：

欣赏莎士比亚剧作的情节——热衷于《奥赛罗》、《马克白思》或《李尔王》中"剧情细节的安排"，——并不必然意味着一个人理解和感受了莎士比亚的悲剧艺术。没有莎士比亚的语言，没有他的戏剧言辞的力量，所有这一切就仍然是十分平淡的。一首诗的内容不可能与它的形式——韵文、音调、韵律——分离开来。这些形式成分并不是复写一个给予的直观的纯粹外在的或技巧的手段，而是艺术直观本身的基本组成部分。①

诗人对韵文、音调、韵律等这些语言成分的运用并不是复写一个给予的直观的纯粹外在的技巧和手段，而是艺术直观的基本组成部分，也就是说诗人对语言的运用是同诗人对世界的感知相一致的。从这里可以看出，语言和作为人其他的心理机制是一样的，是生长在人的心的深处的。为此，我们可以说，文学者，语言的梦也，文学者，语言的神话也，文学就是语言的游戏，就是语言的拼盘，就是语言的竟丽，就是语言的扮靓，就是语言的百花园。

5. 标准语言和诗性语言

拿文学文本言语和语言学中的语言相比，它们的不同是显而易见的，这一点在上面有关章节里已经作了说明，这里只想从另外一个层面上再作些说明。

语言学上的语言是标准语言、规范语言，标准语言、规范语言要符合语言的标准，要符合语言的规范，它的突出特征是"自动化"。所谓自动化就是使语言所描述的事件程序化，并且对语言的运用讲求一种纯粹的类似公式的固定的形式，如科技言语、公文言语就是。

文学作品中的言语是艺术语言，不存在所谓标准或规范的问题，它是对标准语言的偏离，扭曲，变形，陌生化，它是诗性言语，它强调对语言学中的语言的程序化的破坏，其明显的特征是"突出"。穆卡洛夫斯基指出，"诗的语言的功能在于最大限度地把言辞'突出'"。穆卡洛夫斯基所说的"突出"就是使文学作品中的言语显得十分明显，"在诗的语言中，

① 恩斯特·卡西尔：《人论》，上海译文出版社1985年版，第198页。

突出达到了极限强度：它的使用本身就是目的，而把本来是文字表达的目标的交流挤到了背景上去。它不是用来为交流服务的，而是用来突出表达行为、语言行为本身"，"所谓突出，就意味着把一次构成放到前景的显赫位置上，而所谓占据前景，也是跟留在背景上的另一个或另一些构成相对而言"①。他强调说："正是对标准语的有意触犯，使对语言的诗意运用成为可能，没有这种可能，也就没有诗。一种特定语言中标准语的规范越稳定，对它的触犯的途径就越是多种多样，而该语言中诗的天地也就越广阔。"② 他特别指出："若将从标准语言的规范的偏移斥为谬误，便无异于否定诗歌。"③ "无论对抒情诗还是对小说来说，否认诗作触犯标准语的规范的权利，就等于否定诗。"④ 他更是这样斩钉截铁地肯定道："对标准语的规范的歪曲正是诗的灵魂。因此，要求诗的语言遵守这种规范是不适当的。"⑤ 文学文本言语正是通过对标准语言的偏离、扭曲、变形、陌生化，而达到其"突出"这样一种特征和功能的。

文学文本言语对标准语言的扭曲和偏离一般有以下三种可能的途径：

第一种可能是作家对标准语言或者说对生活言语基本不作什么扭曲和偏离。"基本不作"并不是说"不作"，只是作的幅度不大，表面看不甚明显。例如韩少功的《爸爸爸》就大致属于这一类，作品写丙崽的母亲见人欺侮丙崽所说的话：

> 妈妈赶来，横眉横眼地把他拉走，有时还拍着巴掌，拍着大腿，蓬头散发地破口大骂。骂一句，在大腿弯子里抹一下，据说这样就能增强语言的恶毒。"黑天良的，遭瘟病的，要砍脑壳的！渠是一个宝（蠢）崽，你们欺侮一个宝崽，几多毒辣呀！老太爷长眼睛呀，你视呀，要不是吾，这些家伙何事会从娘肚子里拱出来？他们吃谷米，还长成个人样，就烂肝烂肺，欺侮吾娘崽呀！"

---

① 穆卡洛夫斯基：《标准语言与诗的语言》，引自伍蠡甫、胡经之主编《西方文艺理论名著选编》下卷，北京大学出版社 1987 年版，第 418—419 页。
② 同上书，第 417 页。
③ 同上书，第 422 页。
④ 同上书，第 423 页。
⑤ 同上书，第 426 页。

那些写原生态生活的作品、写本色人物的作品、纪实作品以及新写实作品等等，作家对语言的运用就是走的这条路径。

第二种是作家对标准语言或生活语言进行了一定的扭曲和偏离。这里所说的"一定"是只扭曲和偏离比较明显，即作家一方面对日常言语和科学言语进行了某些扭曲和偏离，另一方面又为了刻画人物、显示环境，而只赋予文学文本言语以次标准语言的色彩，使标准语言和文学文本言语并存同在，也就是只有部分语言被扭曲而偏离了日常言语和科学言语。如鲁迅在《祝福》中写祥林嫂：

> 她一手提着竹篮，内中一个破碗，空的……

很显然，这儿所引的言语中既有与日常语言相一致的言语，也有对日常言语的一定的偏离。再如刘晓双的中篇小说《官场事件》① 写想当桃林镇代理镇长的吴心飞要给县委组织部长赵云九送两只大鳖，就打电话给金属厂厂长王生有要，但他对能否办成此事心中底气不足，搞这种关系又相当缺乏经验，于是在电话里迟迟疑疑、支支吾吾地说了下面几句话：

> 王厂长，有个事要麻烦你，麻烦你又不好意思，不好意思又不得不麻烦你。

这些话饶来饶去的，俏皮的外表之下掩藏的是对日常言语的偏离和扭曲。

第三种是纯粹对语言成分本身进行扭曲。这种扭曲非常明显，基本不遵循语法规范、语言逻辑。它的途径或者是使语言直接变形，或者是突出言语表达之间的鲜明而强烈的对比。这种情形在古代诗词中表现得特别明显。如宋祁《玉楼春》中的名句："绿杨阴外晓寒轻，红杏枝头春意闹"，诗中所写的拂晓气温的冷暖似乎有了秤称斗量的重量，报春的红杏似乎发出了喧闹的声音，这就是由视觉形象牵动了触觉和听觉感受。再如汤显祖《牡丹亭·惊梦》中杜丽娘的唱词："闲凝眄，生生燕语明如翦，呖呖莺

---

① 《小说界》1999 年第 6 期。

歌溜的圆",由听觉感受到明快的燕语而引出了视觉形象,婉转的莺歌触发了圆滑的触觉感受。当代作品如王蒙的《春之声》:"咣的一声,黑夜就到来了。"在作者的笔下,"黑夜"有了声音,以至能够发出"咣"的一声。张枣的诗《悠悠》中开头是这样的:

> 顶楼,语音室。
> 秋天哐的一声来临,
> 清辉给四壁换上宇宙的新玻璃,
> 大伙儿戴好耳机,表情团结如玉。

这首诗虽然有着模拟的痕迹,但其言语对日常言语的偏离也是一个显而易见的事实。再如阎连科在《年月日》① 中写的:

> 爬上一面山梁,坡地出现在眼前时,盲狗突然不再哼叫了。它疯了似的朝棚架田地箭过去,有几次前腿踏在崖边差丁点没有掉下去。随着它嘚嘚啪啪的脚步声,硬板地里的日光被它踩裂开,响出一片玻璃瓶被烧碎的白炽炽的炸鸣。跟着它一起一跃地起伏,尖厉狂烈的吠叫也血淋淋地洒在田地间。

狗的吠叫本来是声音,是作用于人的听觉的,但在这里狗的叫声却"血淋淋地洒在田地间",变成了视觉形象。

很显然,这些例子都是利用了文学接受中的一种叫作"通感"或称作"联觉"的心理现象。所谓通感或联觉是指接受主体在想象中将各种不同的感觉器官的信息通道联系起来,使各种不同的感觉材料交叉刺激,相互补充,彼此渗透,共同转换,从而形成生动鲜明、完整统一的感知映象的审美心理活动。它们或由视觉形象触发听觉感受,或由视觉、听觉而沟通其他感觉器官的感受。由于通感或联觉的作用,文学接受者通过抽象空洞的视觉符号获得的感知映象变得有形有神,有模有样,有声有色,有滋有味,有冷有暖,有轻有重,形象具体,生动鲜明。这一切都得力于作

---

① 《收获》1997 年第 1 期。

家对日常生活语言的扭曲。

很显然，上述三种可能的途径是以升幂排列的形式递进的。就作家在创作中对语言的运用情况来看，属于第一种和第三种情况的不是很多，大多数是介入第一种和第三种之间，即既有比较明显的扭曲和偏离，也有不怎么明显的扭曲和偏离。

这样说来，是不是意味着文学文本言语同标准语言之间没有关系呢？不是的。对于文学作品来说，标准语言是文学文本言语之所以存在的一个背景，是文学作品出于美学目的借以表现其对标准语言的有意扭曲的一个参照，是对标准语言规范有意触犯的一个映衬。穆卡洛夫斯基指出，不管我们怎么说，"标准语言的规范的条件对诗不是没有意义的。这是因为标准语的规范恰恰是一篇诗作的结构借以表现自己的背景。在这背景的映衬之下，方显出诗的语言的扭曲。"① 这就是说，没有标准语言的存在，是很难见出文学作品对标准语言的扭曲和偏离的，因而也很难见出文学文本言语，就像没有高就见不出低、没有长就见不出短、没有胖就见不出瘦一样。

二 文学文本言语的特性

1. 语言的一般特性

这儿所说的语言的特性实际上是指人们运用语言时或在运用语言过程中语言所表现出的特性。人们可以从各个方面来认识语言，因而得出的关于语言的特征又各不一样。一般说来，语言至少具有以下一些特性：

第一，语言具有意义性。语言是由于人们交流的迫切需要而产生的，起初的交流只限于情感，以后慢慢地发展演变为交流一定的思想，久而久之，语言获具了一定的意义。语义正是人们思维活动所获得的成果，并且这种思维活动的成果又被固定在语言当中，这样就使得语义客观地存在着。语言，具体地说是言语，都具有一定的意义，人们运用语言的过程就是实现语言的意义的过程。罗素说："语言的要点是，语言是具有意义的，——那就是说，它和它以外的某种东西有关，那种东西一般说来是非

---

① 穆卡洛夫斯基：《标准语言与诗的语言》，引自伍蠡甫、胡经之主编《西方文艺理论名著选编》下卷，北京大学出版社1987年版，第427页。

语言性的……"① 罗素说的那个所谓非语言性的东西就是指语言所指代的意义。

语言的意义体现在交流、沟通，传达信息，用于表达陈述、指示、命令、祈望、请求、感叹、惊讶等，用于叙述、描写、议论、抒情各个方面。

第二，语言具有指代性。语言中的词语无论是那些与表象联系紧密，表象本身具体、清晰、稳定的词语，还是那些与表象联系不紧密、表象本身不具体、不清晰、不稳定的词语，一般说来，它们都具有一定的指代性。前者指代现实中的具体的人、事、物、景，如日月星辰、草木花卉、禽兽虫鱼、江河湖海、英雄美人等，后者指代在现实中并不具体的对象，如关系、法则、方式、规约、矛盾以及高兴、喜悦、欢乐、悲痛、愁苦、忧伤等。另外，还有一些词语虽然并不指代现实世界中的任何对象，但它们的指代性依然是存在的，如所谓的"天国"、"地府"、"龙王"、"龙宫"、"麒麟"、"妖魔鬼怪"、"魑魅魍魉"等等都不是客观存在着的事物，但这些词语本身所指代的正是这些现实中并不存在的东西。同时，不论某一词语用在怎样的语言环境中，其指称性都是存在的。因此，它们的指代性依然是成立的。

第三，语言具有结构性。索绪尔认为任何一种语言都是一种体系，语言体系中的单个元素的意义不是由自身决定的，而是由结构体系决定的，在一个语言状态中，一切都以关系为基础。因此他的结构主义语言学把研究语言的重心从语言的历史演变过程转移到语言自身的结构和系统，指出语言各元素的意义只能由各元素之间的关系来确定，一个元素只有在与别的元素以及整个体系发生关联时才有意义。语言不是由一些实在的元素而是由一些结构（凭借关系确定的单元）组成的体系。语言的内在的结构关系和系统，才是决定语言本质的东西。在这个意义上索绪尔第一次提出，语言就像一盘棋，在其系统中，每一项都由它与其他各项的关系来决定。这就是我们所说的语言具有结构性特点。赵元任曾把一个德国故事中国化，讲一个老太婆初次接触外语，觉得外国人说话实在是没有道理："这儿明明是水，英国人偏偏儿要叫它'窝头'（Water），法国人偏偏儿

---

① 罗素：《我的哲学的发展》，商务印书馆 1982 年版，第 10 页。

叫它'滴漏'（De leau），只有咱们中国人好好儿的管它叫'水'！咱们不但是管它叫'水'哎，这东西明明是'水'么！"张隆溪引用这则故事之后补充说："可是，也许英国老太婆会争辩说，这东西明明是 Water；法国老太婆又会说，它明明是 De leau；而德国老太太会认为她们都不对，因为在她看来，这东西明明是 Wasser。这些老太婆都没有跳出语言的牢房。她们不明白语言符号完全是约定俗成，其意义完全决定于各自所属的符号体系。"① 这里所说的符号体系实际上指的是语言所具有的结构性特点，任何民族的语言一旦脱离了它与该民族语言的结构关系，那么，它的意义就显示不出来。

从结构—功能的角度看，语言的结构性表现得更为明显，把同样的词语放在不同的结构组织中，其意义会有很大的不同。这一点尤为值得注意。流传很久的"臣屡战屡败"和"臣屡败屡战"是一个显见的例子；一些医院挂出的类似于广告横幅"一切为了病人，为了病人一切，为了一切病人"同样是一个很突出的例子；"数字出官"与"官出数字"四个相同的字的不同排列极为恰切地讽刺了某些官员的浮夸作风以及这种浮夸作风给他们带来的利益；有一次春游，路经武汉近郊某山时车停下来让大家休息休息，我走下车来，抬头看这山的入口处有一座牌坊，上面从右至左写着"楚天名山"四个大字，而那些跟着家长来的哇哇学语的孩子从左到右读为"山名天楚"，想想这些孩子读得也不错，这也是一个例子。类似的例子很有很多，我们不妨再举两例。国民党元老于右任多年曾任监察院长，有一天，他见到院内有随处便溺的现象，便拿起宣纸随手写了"不可随处小便"六个大字，命人贴到院内某处。于右任的书法天下闻名，简直是寸墨寸金，很多人求而不得。贴通告的人便没有遵命去贴，反倒偷着拿回家，裁成六块，经过拼凑，改变了字的顺序，装裱一新，挂在厅堂："小处不可随便"。某公司举办晚会，后勤部门出的节目是大合唱《我们都是一家人》，上台前，部门负责人鼓励大家说，你们要像我一样不要紧张，于是全部门几十个人迈着整齐的步伐走上舞台，负责人亲自报节目："下面我们部门为今天的晚会献上一首大合唱，歌曲的名字是《我

---

① 引自伍铁平《论语言和语言学的重要性》，伍铁平编著《语言学是一门领先的科学》，北京语言学院出版社 1994 年版，第 50—51 页。

们一家都是人》……，弄得全场忍俊不禁。还有一个搞笑的段子，一女士问医生，隆胸以后效果怎么样，医生说有几种情况：大不一样，不一样大，不大一样，一样不大……从这些例句看，语言的结构性确实是一个不容小觑的问题，顺序稍微变更一下，就会弄出意想不到的结果。

第四，语言具有线性存在性。语言是时间性的，是线性存在的，它要占据一定的时间，它不像图画或者雕塑，图画和雕塑是平面和立体的存在，它占据的是空间，人们看画或者雕塑基本上一眼就可以看清楚，至少可以看清个大概，就是说图画或者雕塑上画的是男是女，这男或女是胖或者瘦，高或者矮，人们基本上一眼就可以看出来，也就是说于一瞬间可以看出来，而看写有人物的文学作品就没有这么简单，就是说不能一眼看出来，而要一个字一个字地读，一句话一句话地读，只有将一句话读完了，或者将一篇作品读完了，你最后才知道这句话或这篇作品写了一个怎样的人。这之中的原因就在于语言本身是线性存在，它不可能一下子把所有的内容都呈现在读者面前，如一幅画那样或者如一座雕塑那样。当然，我们并不排斥某些人看画或雕塑时也是从头到尾非常认真仔细地看，那是在看完整幅画或整个雕塑之后的进一步的事情，而这主要是那些研究者和行家里手。米歇尔·福柯在他的《词与物》中指出："……因此，把语言与其他所有的符号区分开来并使它在表象中起决定性作用的，并不是因为语言是个性的或集体的，自然的或任意的，而是因为语言依据一个必定是连续的程序去分析表象：事实上，声音只能逐个地连接在一起；语言不能一下子表现整个的思想；语言必须逐个地把思想安排进线性的秩序。"[1]

第五，语言具有创造性。首先需要说明的是，对这里的"创造性"要作宽泛的理解，而不要把它理解得过于狭窄，创造性不一定指硬是要弄出一个全新的东西出来。语言的创造性是对使用语言的人而言的，它表现在两个方面，一是人们一旦掌握了某种语言就可以听懂其他人所说的话；二是可以说出自己要说的话。诺姆·乔姆斯基说："'语言运用的创造性'，指的是人类特有的、在一种'既定的语言'框架中表达新思想以及理解全新的思想表述的能力。"[2] 语言这种符号系统，的确有其妙不可言

---

[1]　米歇尔·福柯：《词与物》，上海三联书店 2001 年版，第 109 页。
[2]　诺姆·乔姆斯基：《语言与心理》，华夏出版社 1989 年版，第 7 页。

的特点。首先，语言能利用十分有限的元素，构成数目无穷的词语和句子，表达任何思想和感情。古往今来有多少鸿篇巨制，但分析到最后都只剩下几十个音素。这比构成大千世界的 107 个元素要少得多。这些音素在拼音文字中一般只需借助二十几个字母表达。这一奇妙特点引起了意大利科学家伽利略（1564—1642）的赞叹。他说："只需把 24 个小小符号在纸上进行各种不同的搭配，就能把最奥秘的思想传递给任何人"，这是人类所有发明中的最伟大的发明，可以同米开朗基罗、拉斐尔……的创造媲美①。歌德曾经这样深情地赞美道："语言是真能开花结果的"②。

语言除了上述特征之外，有的语言学家还指出了语言的其他一些特征，例如张志公指出语言具有地域性、民族性、社会性、时代性等特征③。这些特征对我们来说，并不难理解。

2. 文学文本言语的特性

有论者认为"文学语言是四度语言，除了理解度之外，还有感官度、情感度和想象度"，而"普通语言是一度语言"④。从这里不难看出，人们可以从不同的角度来论述文学文本言语的特性。作为文学作品中的语言即文学文本言语，其特性是多方面的，而且本书很多章节都涉及这一问题，可以说文学文本言语的特性贯穿在很多问题的论述当中。为了使这一问题显得较为集中明了，这里还是单独提出来予以论述，但也只说明它的内指性、虚构性、现时态性、"言不及义"性、修辞性以及情感性和含蓄性，至于它的多义性、音乐性等特征放在另外的章节里说明。同时，我们这里主要从文学文本的解读方面来看待文学文本言语的特性。

（1）内指性

沃尔夫冈·凯塞尔在他的《语言的艺术作品》中说："'阴暗的云'，'秋天的空气'——这两个短语我们可以当作两人之间谈到天气和季节时

① 引自张隆溪《二十世纪文论述评》，生活·读书·新知三联书店 1986 年版，第 91—92 页。

② 歌德：《说不尽的莎士比亚》，《欧美古典作家论现实主义和浪漫主义》[二]，中国社会科学出版社 1981 年版，第 284 页。

③ 张志公：《说语言》，见《语文学习》编辑部编《语言大观》，上海教育出版社 2000 年版，第 9 页。

④ 龙协涛：《语言潜能的释放》，《澳门写作年刊》1992 年第 1 期。

记录下来的部分日常用语。这些短语所包含的意义牵涉到一些离开说话人而存在于现实中的事实……在我们的例证中对象是十分确定的现实中的事物：现在天上有阴暗的云，空气是秋意盎然的。但是假如我们在它们真正的出处，就是在尼可劳斯·伦劳的诗《秋天的决定》的第一行读到它们，那么我们就得完全不同地对待它们，否则我们就会完全失掉了它们的'意义'。在这里它们的意义再也不牵涉到现实的事实。毋宁说，这些事实具有一种奇怪的非现实的、无论如何是一种完全特有的存在，这种存在同现实的存在有原则上的区别。这些事实，或者我们也可以说这种客观性（它们自然也包括人类、感情、事变），在这里只是作为这些词语的客观性。并且颠倒过来：这些文学的短语创造出它们自己的客观性。关于现实的天气可以发现无数的假定。诗句中的客观性只是由包含它的句子来构成，而且在这种情况之下限制性是非常狭窄的，我们只要稍微在语言、声调、加重语气、停顿、句的长度方面加以改变，这个诗的世界就会变成另外一个世界，这个作品就会变成另外一个作品。"① 沃尔夫冈·凯塞尔在这里所说的实际上就是日常言语和文学文本言语的不同。这种不同可以概括为日常言语的外指性和文学文本言语的内指性或自指性。

日常言语和科学言语所表达的意义与客观事物是一一对应的，例如，我们平时说"今天风和日丽"，是指客观存在于某一时间、某一地点的天气状况；再如科学告诉我们"地球绕着太阳转"，指的也是客观存在的事实；还有在现实生活中我们和某人相约到什么地方去，会准确地说出于什么时候在什么地方等待或相见……所有这些都说明日常言语都指向客观外界的事实本身。"一般我们所说的日常生活的真实概念是指另外一些现象，即语言表达与非语言的、可知觉的或可验证的现实之间的一致性"②。简单地说，日常言语与科学言语都强调语言所表明的意义要与客观事实相符合，要与现实生活逻辑相一致，要遵循各种形式的逻辑原则，要经得起客观事实的检验，而不能与客观事实相矛盾、相违背、相抵牾，它是直指客观外在世界的，这就是日常言语和科学言语的外指性，即日常言语和科

---

① 沃尔夫冈·凯塞尔着，陈诠译：《语言的艺术作品》，上海译文出版社 1984 年版，第6—7 页。

② 约翰内斯·恩格尔坎普：《心理语言学》，上海译文出版社 1997 年版，第 129 页。

学言语是指向语言符号以外的客观外在的事实，并与客观外在的事实相一致。

文学文本言语就不同了，它并不指向客观外在的事实，而只指向文学作品的内部，只要在文学作品内部与其他地方的交代、叙述或描写相一致就行了。例如文学作品里写到某一时间、某一地点"今天风和日丽"，我们不能要求它与真正的天气情况相符合，不能依据气象记载来判断这句话与事实是否相符，而只能根据同一作品的其他地方的交代、叙述或描写来判断作品所写的这一情况是否正确。如果同一作品在另一处客观地写着这同一地方正在下着雨（而不是作品中人物的心理感受），我们就说这部作品所写的天气情况是相互矛盾的，否则你没有办法断定其描写正确与否。这就是说，对于文学文本言语，我们只能根据作品的内部关系来断定其言语的意义是否正确，它不具有一般的所谓真实性。在歌剧《刘三姐》中，刘三姐对阿牛表示对爱情的等待的时候是这样唱的：

> 接百年，
> 哪个九十七岁死，
> 奈河桥上等三年。

这"奈河桥"并非人间的一座什么桥梁，它是不具体的，换句话说，现实生活中并没有一个什么"奈河桥"存在，但在歌剧《刘三姐》中它是存在的。这就是文学文本言语的内指性，它只指向作品本身所构成的世界，它不必符合客观外在的现实生活的逻辑，而只需与作品的艺术世界相衔接、相吻合就可以了，它不必遵循现实生活的逻辑，而只需遵循作品本身的诗意逻辑，也不必接受客观现实生活的检验。文学文本言语超越现实，也超越了现实发话主体自身，它不是对现实的描摹，而是发话主体创造的一种现实，这种创造往往是以"立象"来"尽意"的，这种"象"是现实生活中不存在的，它是发话主体审美意识的反映，这样的情形真是举不胜举。例如秦牧的《社稷坛抒情》：

> 我在这个土坛上低徊漫步，想起了许许多多的事情。我们未必"前不见古人，后不见来者"，凭着思想和感情的羽翼，我们尽可去

会一会古人、见一见来者。我仿佛曾经上溯历史的河流，看见了古代的诗人、农民、思想家、志士，看他们的举动，听他们的声音，然后又穿过历史的隧道，回到阳光灿烂的现实。

再如张承志的《北方的河》：

他抬起头来。黄河正在他的全部视野中急驰而下，满河映着红色。黄河烧起来啦，他想。沉入陕北高原侧后的夕阳先点燃了一条长云，红霞又撒向河谷。整条黄河都变红了，它燃烧起来了。他想，没准这是在为我而燃烧。铜红色的黄河浪头现在是线条鲜明的，沉重地卷起来，又卷起来。他觉得眼睛被这一派红色的火焰灼痛了。他想起了梵·高的《星夜》。以前他一直对那种画不屑一顾；而现在他懂了。在梵·高的眼睛里，星空像旋转翻腾的江河；而在他年轻的眼睛里，黄河像北方大地燃烧的烈火。对岸陕西境内的崇山峻岭也被映红了。他听见这神奇的火河正在向他呼唤。我的父亲，他迷醉地望着黄河站立着，你正在向我流露真情。

还有他的《走进大西北之前》：

我站在人生的分水岭上。也许，此刻我面临的是最后一次抉择。肉体和灵魂都被撕扯得疼痛。灵感如潮水涌来。

还有方方的《有爱无爱都铭心刻骨》①：

瑶琴的妈见瑶琴的神色，知道她心里已经开了一条缝。因为十年来，只要有人劝瑶琴再找一个男人，瑶琴都会立即板下面孔，堆一脸恨色地骂人。就好像对方来抢她丈夫似的。有过这样几回，便没人再敢开口。瑶琴的妈知道，一个人的心一旦开了点小缝，就能有清新的风挤进去。可能只是几丝丝，但也足能吹干心里面的霉斑，让霉斑的

---

① 《小说界》2002 年第 2 期。

周围长出绿色来。瑶琴的妈在杨景国死去的这十年里，就今天才长长
地舒了一口气。

这些文学文本言语，超越了自然客体的物理性，产生于现实的极限
处，创造了现实中不存在的物象，成为一种有意味的形式。在秦牧的笔
下，"思想"和"感情"有了"羽翼"，"历史"一会儿是"河流"，一会
儿是"隧道"；在张承志那里，"灵魂"能够"撕扯"，而且可以感觉到
"疼痛"，"灵感"可以如"潮水"般"涌来"；在方方的笔下，人的心能
够开一条缝，清新的风能够挤进去。文学文本言语的特性就在于它的这种
在作品内部所形成的词与词的构成力量，以及由此而表现的发话主体的特
殊的情感和心理的感受和体验。

上述情形之所以存在，是因为文学文本言语与日常言语、科学言语本
没有什么太大的不同，文学并没有自己的独立的语言系统，而只是由于语
言被作家写进文学作品之后，语言本身发生了变化，由日常言语和科学言
语变为文学文本言语，巴赫金将这一情况称为"形变"。关于这一点，他
说过这样一段话：

> 它们（指文学语体等——笔者注）在自身构成过程中，把在直
> 接言语交际条件下形成的各种第一类（简单）体裁吸收过来，并加
> 以改造。这些第一类体裁进入复杂体裁，在那里发生了形变，获得了
> 特殊的性质：同真正的现实和真实的他人表述失去了直接的关系。例
> 如，日常生活中的对话对白或书信，进入长篇小说中以后，只是在小
> 说内容的层面上还保留着自己的形式和日常生活的意义，只能是通过
> 整部长篇小说，才进入到真正的现实中去，即作为文学艺术现实的事
> 件，而不是日常生活的事件。①

这就是说，日常言语和科学言语进入文学作品中之后，它们就归属于
文学作品中的现实的统辖，而与原来的客观现实失去了直接的对应关系，
只要在文学作品里说得通就行了。

---

① 巴赫金：《言语体裁问题》，《巴赫金全集》第4卷，河北教育出版社1998年版，第143页。

如果可以打比方的话，不妨这么说，日常言语和科学言语是现实的，而文学文本言语则是理想的。

照这样说来，文学文本言语是否意味着可以任意地歪曲生活，或者说可以随意地扭曲现实呢？当然不是。恰恰相反，文学文本言语在构筑文学作品的世界时一方面在作品内部必须与其他艺术事实相一致，另一方面又必须具有深刻的心理真实，与作家和作品中的人物的感觉、直觉、知觉、心境相吻合。

（2）虚构性

语言本身具有虚构性，过去人们很少这样提出问题，或者没有想到语言竟具有虚构性。事实上这一点确实是存在的，不应该怀疑。有这样一段文字，用极为通俗易懂的语言把语言的虚构性讲得非常清楚，不妨照录在这里：

> 语言与实物之间，永远存在着一条巨大的鸿沟。比如，我们说"椅子"，那只是一个抽象的概念，与我们实实在在坐着的椅子，并非同一物。我们用以形容这张椅子的文字，更难迫近实体，说那椅子是棕色，棕色却有各种不同的深浅，就算用丰富的辞藻细辨这些幽微的区分，文字又如何掌握椅子在晨光夕照的光影中不断蜕变的色泽？更不用说人手触摸的质地，根本不是木头的种类可以说得清楚的了。维特根斯坦写完一生最重要的哲学著作《逻辑哲学论》后，亦不禁掷卷叹息："不可言说者，以沉默对之。"他用这样的结语，兴叹着语言与真实的疏离。①

语言与真实的疏离正是语言虚构性的表现。确实如此，20世纪著名的英国哲学家、语言哲学的奠基人路德维希·约瑟夫·约翰·维特根斯坦的语言哲学强调的是语言与外部世界的不可对应性，认为在语言的背后并没有与之相应的对应物。日常言语如此，文学文本言语更是如此。与日常言语和科学言语不同，文学文本言语不指向客观外在的世界，只指向文学作品内部的世界，而文学作品内部又是一个虚构的想象的世界，不能与现

---

① 苏友贞：《挽歌》，《读书》2008年第8期。

实世界形成一种直接的对应关系，作为其材料的语言的虚构性是显而易见的。杰拉尔德·格拉夫说："文学必须虚构，因为所有的语言都是虚构的——尽管只有文学才让人注意到其虚构性本质。"① 值得特别注意的是杰拉尔德·格拉夫明白无误地直接指出"所有的语言都是虚构的"。认为所有的语言都是虚构的，并不只是杰拉尔德·格拉夫一个人的看法，罗兰·巴特在他的《神话学》中指出，神话是一种言谈，是一种传达某种信息的话语，既然是话语，因此对罗兰·巴特来说，任何试图通过事物 A 来传达事物 B 的话语就都可以是神话，原因是事物 A 与事物 B 之间并无必然的联系，于是任何试图建构两者关系的话语就都是一种"隐喻"或"虚构"，因此语言的虚构性也是显而易见的。

　　0（即零）所指与 N 所指。索绪尔在创建他的语言学时特别强调了语言的符号性质。起初他把语言符号定义为音响形象和概念的结合，认为只有音响形象和概念的结合才可以叫作符号。他指出作为语言结构基本成分的语言符号其所"连结的不是事物和名称，而是概念和音响形象。"② 他认为语言符号所包含的两项要素都是心理的，由联想的纽带联结在我们的脑子里。随着思考和研究的深入，他以后引入"能指"（Signifiant）和"所指"（Signifie）这样两个概念，用以代替原先的音响形象和概念。他将音响形象命名为"能指"，即符号的有声形象或书写下来的与有声形象对等的对等物，也就是单词的语音或词形，是表达对象或抽象概念的语言符号；他将概念命名为语言符号的"所指"，即符号的意义和价值，也就是单词的语音或词形所代表的对象的意义和价值。可以这么说，能指是传达意义和价值，只负责传达，所指是传达的**意义和价值**，是**意义和价值**本身。索绪尔指出能指和所指之间的关系是任意性的，就像我们个人的名字一样，如果当初我们的父母给我们取名为别的什么，今天叫起来还是指我们自己这个人一样。索绪尔将这种任意性原则称作语言符号的"第一原则"。

　　从一般的习惯意义上说日常言语既有能指又有所指，至少有一个所指，例如，老师上课时根据学生名册喊某个同学名字的时候，那个同学会

　　① 杰拉尔德·格拉夫：《文化、批评与非现实》，周宪等编《当代西方艺术文化学》，北京大学出版社 1988 年版，第 201 页。
　　② 索绪尔：《普通语言学教程》，商务印书馆 1980 年版，第 101 页。

应声站起来答一声"到"或举手示意，老师喊的那个名字只不过是一个符号，是一个音响形象，是一个能指；而那个应声站起来答一声"到"或举手示意的同学则是一个具体的同学，是老师喊出的那个音响形象所指示的概念，是一个所指。尽管在更大的范围里老师喊的这个符号可能不止一个同学，现在在互联网上输入一个名字往往会有很多相同的名字跳出来就是其表现，因为现在同姓同名的很多。但在文学文本里情形则大不相同，不论哪一个名字符号可以说都有能指，而没有所指。例如《红楼梦》中的林黛玉、薛宝钗、贾宝玉等等他们都是符号，是能指，但他们没有所指，就是说在现实生活中谁也找不出林黛玉、薛宝钗、贾宝玉来，尽管各种不同的读者因为自己的种种原因会喜欢他们中的这一个或那一个，但绝对不可能同他们谈情说爱或者交朋友。原因是在文学文本中其语言符号只是一个能指，而没有所指，他们是虚构的，没有与他们对应的人。所以这里称其为"0（即零）所指。

对于文学文本言语符号的这种有能指而没有所指的情形我们过去很少予以关注，而这是应该引起我们的关注的。恩斯特·卡西尔在他的《人论》当中以极富创造性的洞见力把人定义为符号的动物。人是符号的动物是指人创造出符号，人能够运用符号。创造出符号即指人用一个符号代替相关的事物，运用符号即指用符号指称事物，指称那些不在场的事物。美国文学理论家希利斯·米勒指出："符号，比如一个词，是在某物不在场时来指代该物的，用语言学家的话说就是'指称'该物……当我们说，词语在某物不在场时来指称该物，自然会假定被指称之物是存在的。它的确存在于某处，可能并不遥远。当事物暂时缺席时，我们需要词语或其他符号来代替它们。"希利斯·米勒还指出"文学利用了人是'使用符号的动物'这一特殊潜质"，"文学利用了文字的这个奇特力量——当根本不指称现象世界时，仍能继续具有指称能力。"这正是语言符号或者说文字所具有的特殊能力才使文学得以成立的。希利斯·米勒说"用作'能指'而没有所指的词语，能轻易创造出有内心世界的人、事物、地点、行动。诗歌、戏剧、小说的所有这些附件，都是读者所熟悉的。文学力量的最奇特之处在于，创造这一虚拟现实何等容易。"① 希利

---

① 希利斯·米勒：《文学死了吗》，广西师范大学出版社 2007 年版，第 24—27 页。

斯·米勒强调了文学语言符号正是"用作'能指'而没有所指的词语"，也就是我们这儿所说的文学文本言语有能指而是没有所指即 0 个所指的情形。

由此说来，文学文本言语的能指是否就真的没有所指呢？事实并非如此。一方面文学文本言语没有所指，另一方面，它却又有很多个所指，即我们这儿所表明的有着 N 个所指。这是因为作家运用语言符号的奇特力量即虽然不指称现象世界却仍具有指称的能力，能够假定那被指称的现象确实存在。读者同样作为符号动物，不仅能够通过作家提供的符号感知甚至触摸那用符号指称的现象，而且还能积极参与到那被符号指称的世界，并使那世界进一步活跃起来。同时，读者的生活经验、情感经验、思想经验是各不相同的，对作品的理解也是各不相同的，因此可以想象出各自不同的人、事物、地点、行动。以林黛玉为例，鲁迅曾说他在先只读过《红楼梦》而没有看见"黛玉葬花"的照片的时候，他"以为她该是一副瘦削的痨病脸"，他"万没料到林黛玉的眼睛如此之凸，嘴唇如此之厚"，"有些福相，也像一个麻姑"①。且不管鲁迅怎样批评梅兰芳扮演的林黛玉，从这里至少可以看出人们所理解的林黛玉是不一样的。原因是文学文本中的人物虽然一方面没有所指，另一方面所指却又非常之多。可以说文学文本中的言语是 0 个所指和 N 个所指的统一。

施行与记述。文学究竟是在什么意义上使用语言的呢？这同样是我们理解文学文本言语的虚构性的一个关键问题。希利斯·米勒对此作了深入的探究。他指出："既然文学指称一个想象的现实，那么它就是在施行（Perfomative）而非记述（Constative）意义上使用词语。"② "记述"与"施行"是言语行为理论当中的两个术语。言语行为理论或者称作语言行为理论，是语言语用研究中的一个重要理论问题，由英国分析哲学家约翰·奥斯汀在 20 世纪 50 年代提出来。言语行为理论很重要的一个思想就是认为人们是在以言行事，约翰·奥斯汀关于言语行为理论的开创性著作就取名为《如何以言词行事》，可见言语行为理论本身就认为人们运用语言实际上就是在以言行事。言语行为理论认为语言的效果不仅是文字

---

① 鲁迅：《论照相之类》，《坟》，人民文学出版社 1956 年版，第 140 页。
② 希利斯·米勒：《文学死了吗》，广西师范大学出版社 2007 年版，第 57 页。

句法的语义问题，而且还涉及语用问题，并因此认为人类交际的基本单位不是句子或其他任何表达手段，而是在用语言完成一定的行为，如"记述"和"施行"。平时人们说话实际上一方面是言有所述，另一方面又是言有所为。言有所述是在用语言叙述或记述一件事，而言有所为是指在用语言施行一件事。关于前者不存在什么异议，例如"今天是晴天"，这是在叙述或者记述今天的天气状况，这样的句子可以证明今天天气状况的真伪。关于后者，应该说也不乏这样的例子。比如，我们问一位朋友你昨天晚上在做什么，这位朋友回答说昨天晚上在同其他朋友聊天。我们问这位朋友在做什么，显然是问这位朋友在做什么事，而朋友回答说在聊天，很显然，朋友把聊天也看成了做事，而且我们自己也认可了朋友昨天晚上聊天就是在做事，就是说我们彼此都认为聊天也是做事。我们经常说"言行"，把"言"和"行"分开了，其实把"言"和"行"分开固然是对的，但与此同时我们还应该看到"言"本身也是"行"，至少是"行"的一个方面。

　　所谓"记述"是按照事物的面目和状态把事物记述下来，这种被记述下来的事物至少可以从理论上证实其存在的真伪，我们在日常生活中对语言的使用很多都是在记述的意义上使用的。所谓"施行"是指用词语来做事，来实现自己想做的事，或者说施行自己心中所想象所向往的事，它不是指出事物的面目和状态，而是指语言使用者所想象和向往要发生的事物，不需要也不能够证实其真伪。文学之使用语言与日常生活之使用语言是很不相同的，日常生活中使用语言是进行"记述"，而文学之使用语言是进行"施行"。希利斯·米勒指出："文学中的句子……它们看似陈述句，描绘一种也许是真实的事态。但是，既然这一事态并不存在，至少是除了词语之外无法实现，那这些词语实际上就是施行的……文学中的每一句话，都是一个施行语言链条上的一部分，逐步打开在第一句话后开始的想象域。词语让读者能达到那个想象域。这些词语以不断重复、不断延伸的话语姿态，瞬间发明了同时也发现了（即"揭示了"）那个世界。"①这个世界是作者使用语言的"施行"功能实现的，而不是真实存在的世界。

---

　　①　希利斯·米勒：《文学死了吗》，广西师范大学出版社2007年版，第57—58页。

达维德·方舟在"法国大学 128 种丛书"之一的《诗学》第三章中
专门列有"虚构的语言"一节，其中写道："语言行为理论对于了解虚构
的产生是很宝贵的。英国哲学家奥斯汀（John Langshsw Austin，1912—
1960）指出，许多话语在日常使用中并不只是在某个适合的场合'说'
某事，而是要'做'某事。"他接着说："美国哲学家塞尔（John Searle）
把英国哲学家奥斯汀的语言行为理论加以修改后，应用于虚构问题，同时
指出，所有在虚构中产生的语言行为都被模仿中性化了。尤其是那些在叙
事文中占主导地位的、且属典型的叙述性言语的叙述语言行为（如讲述、
描写和评论），都是虚假的。作者假装作一些陈述，事实上却并不保证其
真实性。但由于虚构的语言行为无懈可击地模拟了真实的语言行为，所以
看不出虚构有什么内在标志。"达维德·方舟还写道："同时，正是由于
对表达力很强的虚构的陈述的真实价值通常无法判断，使得叙述者或故事
人物所作的一般性评论在冒很大的危险。塞尔回答说在一连串假话中可能
会插进一些真实而严肃的陈述，比如在托尔斯泰的小说《安娜·卡列尼
娜》（*Anna Karenine*）的开头一句：'幸福的家庭都是一样的，不幸的家
庭各有各的不幸。'他更敏锐地指出，这些严肃的话语也可通过作品中的
虚假叙述来间接传达，就像在现实生活中，一些间接的语言行为模拟一个
行为，同时又产生另一行为。如'还有巧克力吗'的意思经常是在说
'给我点巧克力'。"① 这些话论述的也是文学文本言语的虚构性。

"通过式"与"储存式"。我们还可以从另外一个角度来认识文学文
本言语的虚构性。将文学文本言语和日常言语比较一下就会知道它们两者
是很不相同的。一般说来，文学以外的非虚构作品，包括那些纪实性的散
文作品其语言都不是虚构的，大体上属于纪实之类的言语，可以根据日常
生活知识等进行验证，或者如上文所言至少在理论上可以证实其真伪，因
此不具有虚构性。文学作品的言语，特别是小说的言语都是虚构的语言，
具有虚构性。读者都有这样的经验——在读小说等文学作品的过程中虽然
能够明白当下读到的那些言语的表层意思，能够知道那些言语的能指，但
经常不知道它的深层意思，不知道它的进一步的所指，或者要等到继续读
了一些文字之后才能知道它的所指。被评论界称为先锋派作家的马原非常

---

① 达维德·方舟：《诗学——文学形式通论》，天津人民出版社 2003 年版，第 58—59 页。

明确地说到过这一点。他说："日常语言大部分是属于'通过式'的，有比较强的形式逻辑的成分。非虚构的散文类语言，大抵如此。我愿意把它们称作'通过式'的，因为它们基本上是不停留的。哪怕在一些抒情段落中，它们也是通过式的；它们不要求'储存、保留'，而虚构写作的语言特别强调'储存、保留'。"他指出："非虚构的语言主要有以下这几个特点：一是为形式逻辑所规范，二是条理清晰，三是意义明确。这几点决定了非虚构语言说什么就一定是什么，读者就一定知道它在说什么。但小说的语言不是这样。小说的语言也就是虚构的语言，经常是它说什么而你不一定知道它在说什么。"他强调指出他这"不是故弄玄虚"，而是实际情形正是如此。所以他称"非虚构的语言为'通过式'的，'说明式'的，语言的具体内容可能是有事件、有情感，或者有思索，但这些都是以非常明晰的脉络去呈现的。而虚构的语言不是以惯常这种方式去呈现，可能更多是以我所说的'储存'和'保留'的方式。在需要的时候，那部分能量才散发出来，而在不需要的时候，你可能不知道它当时那么使用语言究竟是何用意。"他举例说，海明威的小说中所写的，某某打开门对某某说你过来一下，这个话的意思是不能独立存在的，因为你根本不知道这话究竟要完成一个什么意图，不是这句话的意思你不明白，而是作家的意图你不明白。这个所谓作家的意图你不明白，就是因为文学文本言语的虚构性所决定的。他说："虚构语言有一个很特别的情况，小说叙述需要进入某种状态，在进入状态的过程中，它经常使用'当时'、'那时'等诸如此类的表述。而我们在其他的非虚构语言中会比较少使用这一类表述；在非虚构语言中，我们经常不需要有导入某种状态的准备……当小说家这么使用语言的时候，实际上先是将读者导入某种状态，语言就是进入某种状态的管道，是导轨。"[①] 评论界在评论陈染等女性主义作家的创作时往往说知道她们在写什么，却未必明白她们想说些什么，这同样可以从文学文本言语的虚构性上作出解释。因为文学文本言语具有这样一个特征，所以我们在解读文学作品的时候特别强调文学作品的语境，强调作品的所指的开放性，强调读者对文学作品的补充、充实、延伸和丰富。实际上这涉及文学文本言语的另外一个特点，即文学文本言语的现时态性，就是说小

---

① 　马原：《阅读大师》，上海文艺出版社 2002 年版，第 336—337 页。

说作品不管是叙述什么时候的事写哪个年代的人物，读者不读则已，只要打开来读，读者就以为作品中所写的一切都是现在进行时。

让我们通过一个具体的例子来理解文学文本言语的虚构性。王松发表在《收获》2007年第二期上的中篇小说《秋鸣山》中有这样一段：

> 一天中午，张全主任就又找到宋福。当时宋福正蹲在自己的院子里磨一张镰刀，准备下午去割芦苇。张全主任先是站在他身后看了一阵，然后不动声色地说，有件事想跟你商量一下。宋福回头一看是张全主任，就慢慢站起来。张全主任忽然叹口气，又摇摇头说，秋天可不是好季节啊。宋福听了想一想，一时摸不透张全主任这样说是什么用意，秋天一向被认为是收获季节，尤其这一年，已是人民公社连续获得第五个大丰收，宋福搞不懂，张全主任怎么会莫明其妙地说出秋天不好这样的话来。张全主任又轻轻叹息一声，说秋天一凉，上年纪的人就又要犯老毛病了。宋福听了眨眨眼，还是猜不透张全主任究竟要说什么。张全主任在宋福的肩上拍了一下，示意他蹲下来，然后自己也蹲到他面前，说，我那个三叔又犯病了。一边说着又摇一摇头，这回麻烦可大了，已经撂炕了。宋福明白，撂炕的意思是说病人瘫到了炕上。但就在前天，宋福还明明看到张全主任的三叔坐在院子门口捧着一只大碗喝黏粥，喝得很起劲，怎么说撂炕就突然撂炕了呢？是啊，这种病就是这样快啊，张全主任皱起脸说，这几天老爷子在炕上屙炕上尿，一只好好的火炕硬是让屎尿给泅塌了，可把我忙坏了。

这一段话，从表面上看，我们没有不懂的，但与此同时，我们也和宋福一样，不知道张全主任到底说的是什么意思，只有联系前后文，我们才能明白张全主任不过是要宋福的一只青花夜壶而已，名为给他三叔晚上尿尿用，实际上是想占为己有。这就是文学文本言语的虚构性，也就是它把有关信息先"储存"起来或"保留"起来，等到了一定的时候才释放出来。

（3）现时态性

时间是文学作品中一个非常重要的要素，英国女作家伊利沙白·鲍温说："时间是小说的一个主要组成部分。我认为时间同故事和人物具有同等重要的价值。凡是我能想到的真正懂得、或者本能地懂得小说技巧的作家，很少有人不对时间因素加以戏剧性地利用的。"① 那么，时间到底是什么呢？从某种意义上说，时间的实质就是一个接一个、连绵不绝的"现在"。人通过自己的全部感觉可以意识到的时间也只有"现在"，而可供人们感觉到的时间也只有"现在"。过去的已成为过去，只能靠回忆，将来的还不曾到来，只能靠猜测或想象。但是，过去和将来却可以通过人们的记忆力和想象力而变成"现在"。美国著名心理学家威廉·詹姆斯在他的心理学理论中提出了"感觉中的现在"（Specious present）这一概念，认为在人的过去的生活经历中有一小部分特别强烈的印象被储存于心灵中，当它们一旦重新浮现出来，人们就会无视时间的距离而把它们当作活生生的现实，这就产生一种把时间重叠起来进而当作"现在"来加以体验的特殊感觉。他说："感觉中的现在，在直觉中的一段持续的时间，它永远是不变的"，因此，"一个事件，在一度脱离了感觉中的那段时间的范围以后，可以再现出来"②。现代哲学也认为人的反映按时间来划分，可以分为回溯的反映、现在的反映、超前的反映等三种，但是真正可以让人感觉到的反映却只有"现在反映"。

根据人们的这种心理感觉和哲学上的这三种反映，作家在文学创作中就能够使所写的过去的或将来的在时间上统统变成一种一连串的"现在"。文学作品无论是写过去的，哪怕是数百年前的，它也能让读者似乎回到事情刚刚发生的那一刻去；写将来的，哪怕还十分遥远，它也能写得如同正在眼前发生。文学作品正是靠描写一连串的"现在"来展现它的内容、从而吸引读者的。只要"现在"这一刻粘连住了读者的注意力，读者就能把文学作品读下去。读者对一部文学作品的关心、感兴趣，实际上就是对作品中的一连串的"现在"的关心、感兴趣。可以这么说，一部好的文学作品就是一连串效果极强的"现在"。前苏联文学理论家巴赫金论述过文学言语的现在时间性，他的这种看法得到过南非作家、南非开普敦大学英语语言文学教授安德烈·布林克的认可。安德烈·布林克说：

---

① 伊利沙白·鲍温：《小说家的技巧》，《世界文学》1979 年第 1 期。
② 引自瞿世镜《"意识流"思潮概观》，《当代文艺思潮》1982 年第 1 期。

同样，正如巴赫金所言（见 Shukman 1983，94），语言仍是叙述者的"原材料"，但是，由于语言（不像"自身毫无意义的一块泥团"：Bakhtin：同上）中所包含的意义系统具有独特性，因此，言说的东西与言说的方式之间，媒介与信息之间，以及历来被人为分开的形式与内容之间所存在的交互关系，发生了决定性的变化。与过去口耳相传的文学相比，小说中的语言变得重要了起来，这不仅因为它"体现了某种文化本质，而且因为它对语言的使用是当下的，此时此地的"（Ashcrof et al 1989：71—72）。语言的意义恰好在于人们已经认识到：语言的存在"既不在事实之前，也不在事实之后，而在事实当中［……］它所提供的恰恰是这样一些而不是那样一些言说方式，以供人们谈论世界"（同上，第44页）。更为重要的是，小说中的语言讲的不仅是故事，它在讲述故事的同时还反思自身。①

事实上，我们在读文学作品的过程中都有这样的经验，即不论所读的作品写的是什么时候的事，我们几乎阅读伊始就能进入文学作品所创设的一种"当下"的艺术情境和艺术世界中去，既没有距离感，也没有时差感，更没有那种恍如隔世的感觉。究其原因，这除了得力于作家所采用的叙述手法外，更得益于作家对语言的运用，得益于文学文本言语的现时态性。所谓文学文本言语的现时态性是指文学文本言语能够使所写的一切呈现出一种正在进行时状态。就时间来说，它是"当下"的；就地点来说，它是眼面前的；就事件来说，它是正在发生的；就氛围来说，它是呈现并环绕在身边的。总而言之，文学文本言语能够使读者感到作品中所写的一切现在正在发生，至少是开通了一条通道，让读者能够沿着这条通道进入作品欲创造的环境和情境当中去。且让我们看海明威的短篇小说《杀手》开头的语言：

> 亨利餐室的门开了，进来了两个人。他们挨着柜台坐下。
> "你们吃什么？"乔治问他们。

---

① 安德烈·布林克：《小说的语言和叙事：从塞万提斯到卡尔维诺》，上海人民出版社2010年版，第6页。

"我不知道，"其中一个说，"你想吃什么，艾尔？"

"我不知道。"艾尔说，"我不知道想吃什么。"

外边，天黑了下来。窗外的路灯亮了，这两个人看菜单。尼克·亚当斯在柜台的另一头看着他们。他们进来的时候，他正跟乔治在说话。

这种语言好像被人拦腰截断了一样，无头无尾，没前没后，没边没沿，兀然出现，但它像使用了定身法术一样一下子就把读者牢牢地钉在了那里，让读者看到了眼前所发生的一切。再如池莉的《冷也好热也好活着就好》开头的语言是这样的：

这天。大约是下午四点钟光景。有个赤膊男子骑辆破自行车，"吱"地刹在小初开堂门前的马路牙子边，不下车，脚尖蹭在地上，将汗湿透的一张钱揉成一坨，两手指一弹，准确地弹到小初开堂的柜台上。

"喂。猫子。给支体温表。"

猫子愉快地应声"呃"，去拿体温表。

可以说，情形同上述语言是一模一样的。"这天"是哪天，虽然并不具体，但一下子就把读者锁定在"当时"那种时域和时态之中了。

至于说到历史题材的作品，作家所选用的语言也是使之呈现出这种现时态性特征。以叶文玲的长篇历史小说《秋瑾》的"楔子"篇的开头为例：

你默默地立于晨曦之中，素面朝天，丰仪飘然，周遭一无点缀。

这就是你么？

是你，当然是你。

你曾锦衣罗衫，你曾戎装骑服；你曾拈花微笑，你曾弹铗当歌。不管你何种妆式，卓然独立是你最本真的形象；繁花乱红，人间百色，唯有纯洁无暇缟素如雪的汉白玉石，最最匹配你。

是你，当然是你。

这种语言一经出现在读者面前，作家所欲写的人物一下子就兀然立在读者眼前。换了那些日常言语、科学言语，或者那些非虚构作品的言语，是很难显现出这样一种现时态性特征来的。

（4）"言不及义"性

稻谷总要舂成米，小麦总要磨成面。关于文学文本言语还需要作进一步的阐述。文学作品的言语究竟应该是怎样的，这是一个饶有兴味的话题。这里不妨以铁凝在她的短篇小说《小格拉西莫夫》① 中的一个片段为例，进一步展开相关的讨论。这篇小说写"我"和齐叔在丹麦意外地相遇，然后乘船穿过斯卡格拉克海峡去奥斯登，两人谈起了"文化大革命"：

> 齐叔抽了一阵烟，想想，突如其来地问我："你今年多大？"
>
> 我说，您知道的。
>
> 齐叔说，糊里糊涂。就记着你跟你爸妈去过干校。有一次你丢了，让人好找。你在一个麦秸垛里睡着了，找回来头上还沾着麦秸。
>
> 我说，那年我六岁。
>
> 齐叔"嗯"了一声，翘起右手，用拇指数着食指和中指翻来覆去一阵，似乎计算我的准确年龄。接着问我，那时候你净想什么？
>
> 我说，说不清，只觉得天很高，自己就像个小虫子。
>
> 你自由吗？齐叔又问，显然是指那时候。
>
> 我说，我觉得没什么不自由的。不是有麦秸垛吗，麦秸垛，钻进去很温暖。
>
> 哎，这就真实了。齐叔说。现在你是个作家了，我觉得写"文化大革命"就应该这么写，这里有文学。再则，"文化大革命"这五个字根本就不能落在纸上。还有"十年浩劫"、"十年动乱"，都不能落在纸上。这都不是文学。
>
> 我说，您这个见解很像捷克那个作家 M·K，他说他从来不把捷克斯洛伐克这几个字落在纸上，他用"波希米亚"这个老词儿。捷克人反对他，他说捷克斯洛伐克缺乏历史感。你只应该写波希米亚那

---

① 《青年文学》1999 年第 8 期。

块土地上发生了什么事，写人的行为。捷克斯洛伐克是苏联十月革命后的产物。

这不光是指对"文化大革命"的表现应该如此，整个文学创作也都应该如此，文学创作中对语言的运用同样应该如此。换一句话说，文学创作写"文化大革命"既然不能把"文化大革命"直接写在纸上，那么无论写什么也都不应该把什么写在纸上，甚至连类似的字眼也不能落在纸上。即使落在纸上，也是言不及义，或者是言在此而意在彼。特伦斯·霍克斯在他的《论隐喻》一书中首先引用了以下几个材料：

> 醒来吧！在静夜这只水钵之中
> 黎明掷进的石头已使群星惊飞。
>
> （爱得华·菲茨杰拉德）
>
> 人是无港的船，时光是无岸的河
> 人漂泊着，从上面经过！
>
> （阿尔丰斯·德·拉马丁）
>
> 贝雷帽下面的漂亮才是真漂亮！
>
> （汽车广告）

然后他紧接着说：

> 隐喻传统上被看成最基本的形象化的语言形式。
> 形象化的语言或曰修辞性的语言（Figuratiye language）是那种言在此而意在彼的语言。汽车并不戴贝雷帽。人并不是船。时间并不是一条河。静夜并不是一钵水，而黎明也不会往里面掷石头。①

写什么不能把什么落在纸上，那么应该怎么办呢？只有别出心裁。我们过去总是说文学是语言的艺术，这诚然是不错的，但是我们朝着这一方向究竟前进了多少呢？是否真正进入了这一问题的堂奥呢？可以说，对这

---

① 特伦斯·霍克斯：《轮隐喻》，昆仑出版社1992年版，第1—2页。

一说法中所包含的深层的寓意远没有真正开掘出来。一般说来，过去的理解先是限于把语言仅仅当作文学的材料、手段、工具、媒介、载体，以后进了一步，将语言看作文学的本体，认识到语言就是文学自身的存在，离开了语言，文学本身就不可能存在。即使这样，我们认为还不够。所谓文学是语言的艺术，不应该只停留在这样的层面上。拿任何一种艺术作品与该种艺术作品的材料相比，艺术远不是做成该艺术的材料本身，而是经过艺术家对该种材料的改造、加工、提升和创造，以至使之成为明明运用了那种材料而丝毫不同于那种材料的艺术品。例如，绘画运用了线条和色彩，难道绘画是线条和色彩本身吗？音乐运用了节奏和旋律，难道音乐是节奏和旋律本身吗？雕塑运用了金石泥木等等，难道雕塑是金石泥木等等本身吗？舞蹈运用了人的形体动作面部表情，难道舞蹈是人的形体动作面部表情本身吗？这些艺术统统不是做成这些艺术的材料本身，而是艺术家对它们的改造、加工、提升和创造。同理，文学作品虽然运用了语言这种材料，但也不是语言材料本身，而是作家对语言的改造、加工、提升和创造。这种改造、加工、提升和创造就是艺术，就是艺术作品。由此可见，作家对语言改造、加工、提升和创造的过程，就是他把语言变成艺术的过程。

（5）修辞性

这里将文学文本言语的一个特性概括为"修辞性"，或许不怎么恰当，所要说明的是文学文本言语具有相当突出的艺术性。现在的问题是还不在于文学作品的言语具有艺术性，甚至只要是运用语言，只要有可能，说话和写作者都会对语言作这样那样的改造、提升、加工和创造，即调动修辞手段，赋予语言以相当的艺术性。天气预报这是人们最常听到的，只要能够将某天的天气说清楚就行了，不应该有什么讲究，但是，不，现在有时连天气预报也跃跃欲试地往所谓文学文本言语这边靠。2001 年 12 月 3 日早上的中央人民广播电台的天气预报是这样的："今天全国只有哈尔滨、沈阳、内蒙古等北方少数地区与太阳有约，全国其他地区只能和云雨共舞。"天气预报的语言尚且如此，更何况文学创作。甚至连某些书评文字，也写得文学意味浓得几乎都化解不开，如单正平在他的评《三十年代泳装女郎》的文章《骨感、肉感与美感》中这样写道："近年来对模特削瘦度的要求比前些年要宽松一些，'骨感'的地位已然遭遇挑战。我曾看见某期《深圳周刊》封面上的一幅美国照片，画面上是美国的肥婆比赛。T型台上走着一个体重起码有二百公斤的超级肥婆，她的肥臀向后突出至少有五十厘米，让六小龄童在那尊臀上要一段猴戏可能有困难，让天津著名小孩刘媛媛站上去唱一段京戏《沙家浜》，肯定没有问题的。她那深紫色的比基尼，就像登山运动员固定在雪原上的帐篷，几根绳子拉扯得非常艰难——肉实在太大了。"① 文学创作就是要使言语富于情趣，成为艺术。方平在题为《一个诗的时代》一文中分析了莎士比亚和他的剧中人物、他的观众的语言观，文章开头这样写道：

> 在莫里哀的喜剧《贵人迷》（1670）中有一段令人发笑的穿插，暴发户汝尔丹，一心附庸风雅，想向贵妇人献媚，却不会写情书，只得向他雇用的教师请教。教师问了：用诗还是用散文写？什么叫诗，什么叫散文，可怜他一窍不通；教师开导他：我们说话就是散文。"什么？"汝尔丹大吃一惊，问道："我说：'妮考耳，给我拿我的拖鞋来，给我拿我的睡帽来'，这是散文？"
>
> 当他被告知这就是散文，他的惊奇更大了："天啊！我说了四十年散文，一点也不晓得，你把这教给我知道，我万分感激。"
>
> 语言的产生本是由于人类社会的成员之间相互沟通思想感情的需要。汝尔丹关于语言的认识也仅止于把它看作一种最方便的人际交往的工具。如果他也有什么"文艺思想"，那么无非是"辞达而已矣！"他想要在情书中吐露的也就这么一句话："美丽的侯爵夫人，你的美丽的眼睛我爱得要死！"
>
> 他只知道直话直说，想不到语言还有那许多奥妙，一到文人手里，竟像变魔术似的可以玩弄出种种花招来："爱得你的美丽的眼睛，美丽的侯爵夫人，我要死。""你的眼睛的火把我的心烧成了灰烬"，等等，等等。②

这里所谓语言"一到文人手里，竟像变魔术似的可以玩弄出种种花

---

① 单正平：《骨感、肉感与美感——读〈三十年代泳装〉》，《天涯》2003 年第 2 期。
② 方平：《一个诗的时代——谈莎士比亚和他的剧中人物、他的观众的语言观》，《外国文学研究》1990 年第 4 期。

招来"，就是指语言的修辞性，或者说是指艺术性。余光中在谈散文创作的时候说："在《逍遥游》、《鬼语》一类的作品里……我尝试把中国的文字压缩、捶扁、拉长、磨砺，把它拆开又并拢，折来且叠去，为了试验它的质料、密度和弹性。"① 作家对于语言的运用就应该是这个样子的。下面我们看一些具体的例句：

熊秉明有一首《静夜思变调》的诗："床前明月光/疑是地上霜/举头望望明明月/低头思故思故思故乡/床前月光/疑地上霜/举头明月/低头思乡/地上霜/望明月/思故乡/月光/是霜/望月/思乡/月/霜/望/乡"。语言在诗中成了任诗人拿捏的橡皮泥，但是诗的情趣不仅没有减弱，相反倒加强了。

毕淑敏在中篇小说《不宜重逢》② 中写部队里两个青年谈恋爱，男的是电影放映员，叫伊喜，女的是护士，男的准备用电影胶片为女的做一个书签，用什么电影的胶片呢？一时费了难，最后女的要求用舞剧《红色娘子军》中洪常青独舞的那一段，认为那一段"好威风，好潇洒"。接着作品这样写道：

> 伊喜突然像被开水浇了的雪人，萎顿下去，又不甘心地问：你为什么单单喜欢洪常青？
>
> 不喜欢洪常青我还喜欢王连举啊？我成心怄他。
>
> 那你可以喜欢吴清华呀！
>
> 吴清华我也喜欢，这并不矛盾……
>
> 那你喜不喜欢我？
>
> 他那么突兀地问我，眼睛像枪口一样直视着我，所有的遮掩、搪塞、装傻都是不可能的。
>
> 就这么简单哇？我好气恼，觉得他把我小心保存的一块水晶打破了。谈恋爱就这么容易吗？应该跟传染病似的，有长长的潜伏期，那多有意思啊！现在这样明火执仗地问，也太便宜他了。我说：就凭你让我看了几场旧电影，我就喜欢你呀？看电影的好几个人哪，你怎么不问她们去？

---

① 余光中：《天涯情旅·自序》，中国工人出版社 2006 年版，第 2 页。
② 《毕淑敏文集·不宜重逢》，群众出版社 1996 年版。

　　这里把女青年在谈恋爱过程中的心理感受写得多么富于情趣，这就是语言的艺术，或者说，这就是艺术的语言。

　　毕淑敏在中篇小说《硕士今天答辩》①　中写道："应涤凡讲这些话的时候，并不看林逸蓝。他对着空空洞洞的杯子，仿佛那杯子是一个麦克风。"

　　还是毕淑敏的小说《斜视》②："下课以后，我撒腿就跑，竭力避开教授。不巧，车很长时间才来一趟，像拦洪坝，把大家蓄到一处。"

　　胡平的《移民美国》③："来投宿的，是一个年纪约在五十岁上下的红发女人，满额的皱纹可给萨达姆去当战壕了……"夸张也可以赋予言语以艺术性。

　　邓一光在《想起草原》④　中写了这样几句："那是一群势力强大的雪狼，大约有一百来只，它们生活在美丽富饶的梭鲁河畔，一只只器宇轩昂，气度不凡，漂亮得一塌糊涂。"就词的性质和意义来说，"漂亮"和"一塌糊涂"这两个词本来是针锋相对的，但作者把它们组合在一起，就使"一塌糊涂"发生了质变，于是为这个词添加了不尽的意味和韵致，这就是语言的艺术。

　　毕飞宇在中篇小说《玉米》⑤　中写下这样的句子："皇帝的女儿不愁嫁，哪一个精明的媒婆能忘了这句话。玉米（作品中的女主人公——引者注）这样的家境，两条胳膊随便一张就是两只凤凰的翅膀。""要是有一个飞行员做女婿，他王连方（玉米的父亲——引者注）也等于上过一回天了，他王连方随便撒一泡尿其实就是一天的雨了。""玉米望着彭国梁的脚，知道了是四十二码的尺寸，这个不会错。玉米知道了彭国梁所有的尺寸。女孩子的心里一旦有了心上人，眼睛就成了卷尺，目光一拉出去就能量，量完了呼啦一下又能自动收进来。"这里用了很多修辞手法，使言语极具艺术性。

---

① 《毕淑敏文集·翻桨》，群众出版社 1996 年版。
② 同上。
③ 《钟山》1997 年第 1 期。
④ 《想起草原》，长江文艺出版社 2000 年版。
⑤ 《人民文学》2001 年第 4 期。

李亦的长篇小说《药铺林》①："太阳一竿子高时武小姐来了……她装束也变了，穿了一件白底绿花的褂子，那种绿花我叫不上名字来，是一种很水灵的花，看样子把它们从衣服上剪下来栽到土里就能活。"这之中的"看样子把它们从衣服上剪下来栽到土里就能活"，就是语言的艺术，换了别的非文学文本就不能写出这样的句子来。"我三步两步挤进病房，几个大夫正在抢救那个孩子，主任站在边上指挥，很显然他们的药没能把孩子的体温降下来，孩子正一点点松开抓着这个世界的手。""我放下药碗，又一次摸了孩子的脉，这个孩子正一路小跑着朝他不该去的地方去了，只有在我的手搭上他的寸口时他才偶尔驻足，回过头来远远地朝我招一招手。""我放下电话，抱着小雯走出院长办公室，我觉得事情有些不妙，我无意识地回头看看那个把嫂子的哭声送进我的耳朵的电话，好像嫂子还在里面哭一样。"这些句子就是语言的艺术，而不是这些语言材料本身。

何立伟在为一个摄影师的摄影集所写的序言中写了这样一段话："有一回我们一同到长沙东郊去钓鱼射雀，我搭在张黎明的单车后头，心情正很晴朗，口哨亦很蔚蓝，忽然就哐当一声，世界一晃，我们就栽进了一个土坑里，弄一身泥浆灰土，爬起又呵呵笑着，单车龙头夹于双膝间扶正了，径直又朝前行。那时节文化革命要来了，一场惊世风暴正在时间钟摆后躲着，少年人竟是浑然不觉。"② 同一篇文章中还有这样的文字："这使我认识到，一个人的才华并不是一开始就显山露水的。张黎明犹如一棵树，我看到它的幼枝时全然料不到日后有一天会爆出那么多灿烂至极的艺术花朵来。""一场惊世风暴正在时钟摆后躲着"、"才华""显山露水"其修辞手法的运用也是不言自明的。

白连春在中篇小说《我爱北京》③ 中写一个叫李多粮的四川老人的脸："他的神情古怪，一张又黑又皱满是泥疙瘩差不多可以种庄稼的老脸上，肌肉一会儿抖动个不停，一会儿却死过去一般硬挺挺的。"一张老脸上"满是泥疙瘩"，甚至"差不多可以种庄稼"，你可以想象这张脸是怎样地又黑又皱，语言的艺术就是这样，虽然它还可以有别的很多样。

---

① 《药铺林》，作家出版社 2001 年版。

② 何立伟：《意外之美——序张黎明摄影集》，张黎明：《稿纸上的蝴蝶》，昆仑出版社2001 年版。

③ 《收获》2001 年第 5 期。

　　在毕淑敏的长篇小说《拯救乳房》①中这样的例子不少："男友把周云若揽在怀里，泪水坠落下来。周云若的手被男友的泪水砸痛。""大家的眼泪就一起流下来，想起了自己的病和孤单恐惧，连褚强的眼眶都潮湿得能养金鱼了。""安疆寻医问药，喝的中药大约能浇几亩地，却始终没有孩子。""'没事我挂了。'鹿路没说自己好，也没说自己不好，甚至不待褚强的反应，就将电话挂断，留下无尽的忙音敲打褚强的耳鼓。"连最简单的分析都不用，只要读读这样的言语，你都会产生一种赞不绝口的感觉。

　　胡发云在其长篇小说《如焉@ sars. come》②写江晓力为茹嫣介绍对象时这样写："到此，江晓力才回复到平日的大大咧咧，你呀，是怕捡到银子没纸包吧？我跟你说，人一走运，做梦都是彩色的，家里的蟑螂个个都是双眼皮。"

　　连毛阿敏演唱的歌曲《希望》中也有这样的句子："心中所有的希望，都睁大了眼睛。""希望"哪来的"眼睛"，既然没有"眼睛"，那何以"睁大"？然而语言的艺术就可以如此，就应该如此，就能够如此，而且不如此就不能够称之为语言的艺术。

　　在电视剧里具有修辞性的文学言语也屡见不鲜。且举两个与写眼睛有关的例子：电视连续剧《再婚劫》写夫妇两个到公园去，男的拉京胡，为另一个女的伴奏，男的妻子说他们两个眉来眼去的，气得先走了，男的回家后问：你为什么走了？女的不答，却反问：我哪点配不上你？男的说：八倍还拐个弯呢。女的说：那你为什么还和那个女的眉来眼去的？并问：你知道我为什么走吗？不等男的回答，女的说：我怕你们的眼珠子崩住了我！

　　电视剧《女人花》第一集，写吴雨声和李清泉一起看戏台上的黄梅儿演戏，吴雨声看得眼睛发直，李清泉将手伸出去遮住他的视线，吴雨声说你这是做什么，李清泉说，你的眼睛直烤得我的手心冒烟。

　　对于这些只能这样说，文学既然是语言的艺术，它就不能够再是语言自身而应该是语言的高度艺术化。明了这一点，才能够在过往文学言语的基础上整理出文学言语的新变，从而才能道出作家对新变的语言的吸纳，否则就失去了讨论的基础。

---

① 《中华文学选刊》2003 年第 7、8 期选载。
② 《江南》2006 年第 1 期。

　　我们不妨将以下的笑话抄录在这里，从中也可以看出汉语言有着怎样的无穷的魅力，以至人们拿它做起了文字游戏，玩味一下，也非常有意思啊：

　　"未"对"末"说："你戴上大盖帽就了不起了？"

　　"末"对"未"说："削尖了脑袋也没见你爬上去呀！"

　　"木"对"本"说："穿上裙撑也不见你屁股大一点啊！"

　　"本"对"木"说："底裤不穿就敢出来逛街？"

　　"代"对"伐"说："挎把大洋刀出来吓唬谁呢？"

　　"伐"对"代"说："裤腰带都丢了，还有脸出来混？"

　　"巾"对"币"说："儿啊，戴上博士帽，你就身价百倍了。"

　　"臣"对"巨"说："和你一样的面积，我却有三室二厅。"

　　"旦"对"但"说："胆小的，还请保镖了。"

　　"叉"对"又"说："什么时候整的容啊？脸上那颗痣呢？"

　　"哭"对"器"说："我哪里说得过你，你上面有两张嘴，下面还有两张呢！"

　　"晶"对"品"说："你们家没有装修哦？"

　　"夫"对"天"说："我总算盼到了出头之日！"

　　"熊"对"能"说："怎么穷成这样啦？四个熊掌全卖了？"

　　"丙"对"两"说："你们家什么时候多了一个人，结婚了？"

　　"乒"对"兵"说："你我都一样，一等残废军人。"

　　"兵"对"丘"说："兄弟，踩上地雷了吧，两腿炸得都没了？"

　　"王"对"皇"说："当皇上有什么好处？你看，头发都白了！"

　　"口"对"回"说："亲爱的，都怀孕这么久了，也不说一声！"

　　"也"对"她"说："当老板啰？出门还带秘书！"

　　"日"对"旦"说："你什么时候学会玩滑板了？"

　　"果"对"裸"说："哥们儿，你穿上衣服还不如不穿！"

　　"由"对"甲"说："你什么时候学会倒立了？"

　　"口"对"囚"说："你中央有人也照样进去！"

　　还有这样玩字母的呢——

　　字母过中秋：

O 说："我长得最像月饼。"

C 说："我也像，被人咬了一口。"

D 说："我是被人切了一半。"

Q 说："我也是，哎呀，一激动露了点馅……"

还有把字母拼起来玩的——

哪家银行缩写最牛！

中国建设银行（CBC）："存不存？"

中国银行（BC）："不存！"

中国农业银行（ABC）："啊？不存？"

中国工商银行（ICBC）："爱存不存！"

民生银行（CMSB）："存吗，傻B！"

招行（CMBC）："存吗，白痴！"

国家开发银行（CDB）："存点吧！"

兴业银行（CIB）："存一百！"

北京商业银行（BCCB）："白存，存不？"

汇丰银行（HSBC）："还是不存！"

邮储银行（PSBC）：怕死别存！

亲，你在哪家存？

还有玩语言的夸张的——

天气太热啦！昨天买了筐鸡蛋，到家变小鸡了！买了张凉席，睡一夜变电热毯了！汽车不用点火，自己发动了！路上遇个陌生人，相视一笑，变熟人了！桌子太烫，麻将刚码好，居然糊了?!（注：这里面除了语言的夸张之外还有其他的修辞手法的运用。）

其实，关于汉语的趣味和魅力，已经有很多人"玩"过或者说做过游戏。这里再举着眼于汉语的"怪"的两例。过去乡里秀才曾把"射"和"短"进行比较，说古人把它们的意思弄反了，"射"应该是"短"的意思，身长一寸，岂不是"短"么？而"短"正好是"射"的意思，以"豆"为矢，不正是"射"的意思么？有人指出，汉语或汉文字差别太大，如有"家徒四壁的光棍'一'字，也有挤得像空气滤清器里面的填料一样的'齉'（读 nàng）字"；"假冒伪劣产品"我们绝不写成"冒牌的、掺假的和劣质的产品"，于是就奇怪怎么伪劣的产品也有冒牌的呢？应该是"假冒优质产品"才对呀，但人们就是写成"假冒伪劣产品"；报纸上曾经刊登"牛群飞抵香港"，不明白的人一定会猜想到底是一群"牛"还是一个叫"牛群"的人坐着飞机到了香港呢，或者说是一个叫"牛群飞"的人到了香港呢。再看两例：人们讥笑台湾这些年来的经济不景气，说"台湾的半导体已经倒了一半"；电影《色戒》中学生们演街头剧获得成功，于是有人提出在门口贴海报，就写"一票难求"，另一个同学笑话说这话的同学"你是求一票难"。

（6）情感性

文学作品是作家用语言作材料创造出来的富于审美意识的新的世界、新的生活，而作家用语言无论是人物语言还是叙述人语言，都与现实生活中的人物语言和普通人的叙述语言不同，无论是用于叙事、描写，还是用于抒情、议论，都不可能、不应该是冷冰冰的不带情感的，必然要表现出一定的情感来，即使是语气也要表现出一定的情感来。亚里斯多德说："在谈到暴行的时候用愤怒的口吻，在谈到大不敬或丑恶的行为的时候使用厌恶和慎重的口吻，在谈到可称赞的事情的时候使用欣赏的口吻，在谈到可怜悯的事情的时候使用忧伤的口吻，其余以此类推。"[1] 文学之媒介材料为语言，语言中的"词不像雕塑那样去使用一种石头、青铜之类的惰性材料，词比起声音来还要显得'透明'些，也就是说词所传达的符号不再需要思想，它本身就是思想"，"文学语言常常与普通语言不同，它不仅是'指涉'对象的，而且也包括了一种情感态度，它常常含有一种隐喻那样的言外之意。"[2] 因此，作家的思想感情总是在作品的字里行间表现出来，使得文学作品的语言带上了感情色彩，文学文本言语具有情感性，虽然有的显得外露一些，有的显得内敛一些。

文学文本言语的情感性一般有三种情况：

一是直接将情感表达出来，通常称为"直率表情法"，如毛泽东在他

---

[1] 亚里士多德：《修辞学》，生活·读书·新知三联书店 1991 年版，第 164—165 页。
[2] 朱狄：《当代西方美学》，人民出版社 1984 年版，第 467 页。

的《七律·到韶山》中所写到的"别梦依稀咒逝川"，这个"咒"字中就包含了十分强烈的憎恨情绪。再如魏巍在《东方》第三部第五章中所写的一段：

> 雪在不停地飘落着，越下越大了。鹅毛般的雪片，顷刻间已经盖住了森林，盖住了山峦，也盖住了还在冒烟的灰烬，和那一处处被残害者的新坟。白雪啊，飘扬的白雪，你惯于用你那单纯美丽的颜色，来掩饰这人间的一切；纵然你暂时遮盖住这块土地上的斑斑血迹，但是你怎样掩盖住人民心头的伤痛，平息人们燃烧的仇恨呢！医治这伤痛和仇恨的，平息这怒火的，在这世界上只有一种东西，这就是这伤痛和仇恨制造者的血。……

这段如泣如诉的语言，可以说是用作家的血泪凝成的，对于敌人的仇恨，对于朝鲜人民的热爱，显得多么强烈，多么浓郁，而且非常直露。我们再看《东方》第四部第二十二章中的一段：

> 大海正起着早潮。暗绿色的海水卷起城墙一样高的巨浪狂涌过来，那阵势真像千万匹奔腾的战马，向着敌人冲锋陷阵。当它涌到岸边时，不断发出激越的沉雷一般的浪声。
>
> 郭祥望着大海，默默地想着他少年时代的伙伴，他的同志和战友的一生。他仿佛看见这个矫健的女战士，短发上盖着军帽，背着红十字包，面含微笑，英姿勃勃地踏着波浪向他走来……这时候，郭祥的泪不绝地倾泻到咸涩的海水里。奔腾的海水啊，世界上一切形形色色的反动派们，它们吞噬了多少人民优秀的儿女！它们在这大地上，在他们亲人的心里造成了多么深的伤痛！而这伤痛却不是任何普通的东西所能弥补的。不是语言，更不是宗教的说教。弥补它的，只有反动派大量的鲜血，人民巨大的胜利和敌人最后的灭亡！人民的伤痛都将化成勇敢，就像这漫天的海水一样，终将冲毁一切反动派的统治。
>
> 今天，郭祥的胸中，就像面前这大海的狂涛一般不断地奔腾着，翻卷着……

再一种情况是间接地将情感表现出来，我们称之为"蕴藉表情法"。用这种表情法表现出的情感表面看来显得并不怎么强烈，但作家通过选词用字把对表现对象的情感态度同样表现出来了，如赵树理在《小二黑结婚》中写三仙姑的语言就是：

> 三仙姑却和大家不同，虽然已经四十五岁，却偏爱当个"老来俏"，小鞋上仍要绣花，裤腿上仍要镶边，顶门上的头发脱光了，用黑手帕盖起来，只可惜官粉涂不平脸上的皱纹，看起来好像驴粪蛋上上了霜。

和上述例子中的那些语言比较起来，这段话中的情感色彩就显得平淡多了，但叙述者对于三仙姑的嘲笑讽刺的情感态度还是比较明显的。

还有一种情况我们不妨将其称为"不动声色表情法"。这种表情法是作者在叙述和描写的整个过程中都静如一面镜子，水不显，山不露，客观、冷静，无论喜怒哀乐都不形于色，一切都让其自动呈现，表面看来，没有任何情感成分，实际上作者是把情感溶解到他所叙述和描写的一切当中去了，这是一种最为深刻的情感，是一种欲哭无泪、欲语无声的情感。这种表情法有点类似清人伊秉绶的诗所说的"诗到老来唯有辣，书如佳酒不宜甜"的情形。海明威的《永别了，武器》第九章就是这样一个例子：

> 救护车在路上开得很迟缓，有时停住，有时倒车拐弯，最后开始迅速爬山了。我觉得有件什么东西在滴水。起初滴得又慢又匀称，随即潺潺流个不停。我向着司机嚷叫起来。他停住车，从车座后那个窟窿望了进来。
> "什么事？"
> "我上边那张担架上的人在流血。"
> "我们离开山顶不远了。我自己一个人又没法子抬那张担架。"他又开车了。血流个不停。在黑暗中，我看不清血是从担架帆布上什么地方流下来的。我竭力把身体往旁边挪，免得血流在我身上。已经流在我衬衫底下的血，又暖又黏。我身子冷，腿又疼得那么厉害，难过得想呕吐。过一会儿，上边担架上的流血缓和下来，又开始一滴一

滴地掉了，我听到和感觉到上边帆布上的人，在担架上动了一下，然后就比较舒服地躺定了。

　　"他怎么啦？"英国人回过头来问。"我们快到山顶啦。"

　　"他大概死了。"我说。

　　血滴得很慢很慢，仿佛是太阳落山后的冰柱滴下的水珠。山路往上爬，车子里很寒冷，夜气森森。到了峰巅的救护站，有人抬出那张担架，另外放了一张进来，于是我们又赶路了。

　　《永别了，武器》的主人公是亨利本来是一个司机，在战场上一直开着救护车，现在他的膝盖受伤了，坐在别人开的救护车上，这样作者就以他的眼光和感受写了一次死亡。众所周知，死亡总是很悲哀的事，但作者在写这次死亡的时候，可以说是不动声色的，这从引文的字里行间可以清楚地看出来。不是说，亨利或者叙述者对这一死亡没有感情，而只是说，叙述者把这种感情都溶解到平淡的叙述中去了，以至似乎感觉不到叙述者的情感态度。这和全书的用动作和形象来表达情绪、寓讽刺于有意和无意之间的风格是完全一致的。

　　海明威的《永别了，武器》的对话和内心独白极为精彩，对话写得简短含蓄，从不拖泥带水，却能使人真切地感受到说话者的心情甚至表情，如富有传神之笔的结尾多为人称道：

　　　　医生顺着过道走掉，我回到病房门口。

　　　　"你现在还不能进来。"一名护士说。

　　　　"不，我要进。"

　　　　"你还不能进来。"

　　　　"你出去，"我说，"那一位也出去。"

　　　　我把护士赶走，关上门，熄了灯，可这也没什么用，这像是同一尊石像告别。过了一会儿，我走了出来，出了医院，在雨中走回旅馆。

　　这样的言语虽然显得非常简练，但亨利的绝望之情、麻木之心已跃然纸上。这个著名的结尾，海明威曾修改了39遍之多，传为文坛佳话。

（7）含蓄性

我们已经知道，日常言语和科学言语以清楚地传达信息和表达内容为目的，它们在叙述事实、阐述事理时越准确越好，越明了越好，越直接越好，一般情况下不需要支支吾吾，吞吞吐吐，遮遮掩掩，拐弯抹角，含糊其词。文学文本言语则要求暗示，隐语，蕴藉，隽永，最忌直露，提倡言有尽而意无穷，总而言之，文学文本言语要讲究含蓄。

文学文本言语何以要讲究含蓄？主要原因有以下几点：

文学文本言语的含蓄性是基于语言本身的局限而考虑的。变动不居而又错综复杂的生活以及人们丰富微妙复杂蕴藉的思想意识、情感心理和审美感受是很难用语言表达出来的，作家除了竭尽全力发挥文学文本言语的表现力外，他们还尽可能使文学文本言语含蓄有致，尽量增加文学文本言语的"言外之意"，为读者提供广阔的想象和再创造的空间。在这方面我国古代文论可以说代不乏人。兹举若干例：皎然说："但见情性，不睹文字，盖诗道之极也。"① 司空图在"含蓄"条下写道："不着一字，尽得风流。语不涉己，若不堪忧。"② 刘知己说："言近而旨远，辞浅而义深。虽发语已殚，而含意未尽。使夫读者望表而知里，扪毛而辨骨，睹一事于句中，反三隅于字外。"③ 严羽说："所谓不涉理路不落言筌者上也。诗者，吟咏情性也，盛唐诸人，惟在兴趣；羚羊挂角，无迹可求。故其妙处，透彻玲珑，不可凑泊。如空中之音，相中之色，水中之月，镜中之象，言有尽而意无穷。"④ 刘熙载说："杜诗只有无二字足以评之。有者，但见情性气骨也；无者，不见语言文字也。"⑤ 明明表现了性情，但从语言中却看不出来。所有这些都是对文学文本言语含蓄的概括和要求。

文学文本言语的含蓄性是基于文学的特性的。文学的特性可以简单地概括为讲究文学性。所谓文学性，按照俄国形式主义者的看法，就是文学之所以成为文学的那些东西，其中一个重要方面就是文学不能把什么都直

---

① 皎然：《诗式》，何文焕辑：《历代诗话》上，中华书局 1981 年版，第 31 页。
② 司空图：《诗品》，何文焕辑：《历代诗话》上，中华书局 1981 年版，第 40 页。
③ 刘知己：《史通通释·叙事篇》，《四部备要·史部·史通通释》，中华书局印行，第 73 页，标点为笔者所加。
④ 严羽：《沧浪诗话》，何文焕辑：《历代诗话》下，中华书局 1981 年版，第 688 页。
⑤ 刘熙载：《艺概》，上海古籍出版社 1978 年版，第 59 页。

接说出，而需要含蓄地表达，将有关意蕴、有关思想、有关审美意识都渗透到作品所写的人物、事件、场面、环境、景物和氛围当中去，使之如盐着水，如花在蜜，察之无形，尝之有味。

我们曾经说过，从某种意义上讲，文学创作都是"言不及义"的。这之中的"义"指事情的道理，所谓言不及义是指所说的话没有一句说到正经的道理。我们在这儿说文学创作都是言不及义的，当然不是说作家用语言创作出的作品没有意义，首先应该肯定的是，作家创作出的作品都是有一定的意义的，只是作家并不把意义直接说出来。既有意义，又不直接说出来，有那样的意思又不明说，这就需要借助一定的方法或手段或技巧，将意义间接地说出、暗示地说出。这里的所谓方法或手段或技巧主要就是含蓄，就是言在此而意在彼。鲁迅在所译的日本文艺理论家厨川白村的《苦闷的象征》所写的序言中说，文学上的表现手法就是广义的象征。这就是说，作家在创作中往往直接把此事物对应到彼事物上，通过对彼事物的感受、体验去比附此事物，把彼事物的性质加之于此事物，进而通过对彼事物的描摹、叙述、刻画形成对此事物的把握。如果按照结构主义的观点来说明，可能更容易理解这一问题。结构主义认为可以把一部文学作品看作是一个大的句子，那么在这个句子中，作品中的彼事物这样一个能指和它本质上要表达的此事物这样一个所指是割裂的，至少是不能直接说出的。如杜牧的绝句《过华清宫》（其一）：

　　长安回望绣成堆，山顶千门次第开。一骑红尘妃子笑，无人知是荔枝来。

这首诗的本意是讽刺唐明皇、杨贵妃荒淫奢侈的生活，但诗人没有直接说出，而是选取唐明皇为了让杨贵妃吃到新鲜荔枝而不惜人力从千里之外飞马驰运这个具体事件予以生动鲜明的描绘，使得诗的意义显得含蓄，特别将杨贵妃的"笑"和众人的"不知"对比起来表现，更为读者留下了想象思索的余地。

文学文本言语的含蓄是出于文学创作的需要。作为创作主体的作家在创作中一方面要表达出自己的审美感受、审美体验和对生活的情感态度，另一方面作家在创作中毕竟不能直接充当社会、生活、道德、法律、良心的评判者，更不能充当教师爷，诚如巴尔扎克所说的作家只能呈现生活的样子和情形，不能直接显露自己的见解。恩格斯说："作者的见解愈隐蔽，对艺术作品来说就愈好。"① 恩格斯的这个说法虽然是就整个创作而说的，但它应该包括文学文本言语在内。严羽认为写诗"语忌直，意忌浅，脉忌露，味忌短"②。文学作品的语言总要留给读者以想象的天地，让读者能够反复咀嚼，反复品味，试举《儒林外史》第十二回为例。这回写一个叫张铁臂的人，本来没有什么真本事，可他却虚设人头会，骗人钱财，是一个冒充的侠客，但作者并不直接说出他是冒充的侠客，而是一面写他说，"晚生的武艺多，马上十八，马下十八，鞭、锏、锤、刀、枪、剑、戟，都还略有些讲究。只是一生性气不好，惯会路见不平，拔刀相助，最喜打天下有本事的好汉；银钱到手，又最喜帮助人。所以落得四海无家，而今流落在贵地"，另一面写"到了二更半后，忽听房上瓦一片声的响，一个人从屋檐上掉下来，满身血污，手里提了一个革囊，两公子烛下一看，便是张铁臂"；一面写张铁臂对两公子说"我生平一个恩人，一个仇人。这仇人已衔恨十年，无从下手，今日得便，已被我取了首级在此。在革囊里面是血淋淋的一颗人头。但那恩人已在这十里之外，须五百两银子去报了他的大恩。自今以后，我的心事已了，便可以舍身为知己者用了。我想可以措办此事，只有二位老爷，外此，那能有此等胸襟？所以冒昧黑夜来求，如不蒙相救，即从此远遁，不能再相见矣"。还写他拿到五百两银子之后说不过两个时辰即便回来，然后"将革囊放在阶下，银子拴束在身，叫一声多谢，腾身而起，上了房檐，行步如飞，只听得一片瓦响，无影无踪去了"。另一面写直到天晚还不见他回来，"二位老人没奈何，才硬着胆开了革囊，一看，那里是什么人头，只有六七斤一个猪头在里面"。这种语言就是含蓄的语言。

文学文本言语的含蓄也是出自塑造人物形象、刻画人物性格、表现人物心理的需要。众所周知，现实生活中有些人出于种种考虑，有些想法不一定都直接表现出来，而是支支吾吾、吞吞吐吐、迂回曲折地加以表现。

---

① 恩格斯：《恩格斯致玛·哈克奈斯》，《马克思恩格斯选集》第四卷，人民出版社 1972 年版，第 462 页。

② 严羽：《沧浪诗话》，见何文焕辑《历代诗话》下，中华书局 1981 年版，第 694 页。

如张扬在他的长篇小说《第二次握手》第六章"金陵道上"写丁洁琼和苏冠兰在南京车站的话别：

> "那么，你为什么不肯下车，在南京住几天呢？我已经说过，你在这里又不是没有亲人。"丁洁琼两只俊美的凤眼倏然转望着他。
>
> "亲人？别提我那位父亲了！"苏冠兰恨恨地一甩手说。
>
> "那么，除了父亲，你在南京就再没有亲人了吗？"
>
> "没有了！确实一个也没有了……"苏冠兰认真地寻思道，"哦，还有一个年幼的妹妹……"
>
> "姐姐呢？"
>
> "我没有姐姐，连表姐，堂姐也没有。"
>
> "哼！没有，没有！……"丁洁琼冷冷地模仿着苏冠兰的口气。
>
> 苏冠兰突然领悟了对方的意思。他心灵深处怦然一动，一股热流从心底迅速扩散到全身。
>
> "琼姐！"苏冠兰喊了一声，又说不下去了，千言万语阻塞在他的咽喉，像堵上了一块大而涩的棉团。

说穿了，丁洁琼就是想挽留她的恋人同她一起多待几天，但一个少女，又当着刚刚处于恋爱初期，加之又处在那样一个年代，这种思想、这种心理不能直接袒露，因而一而再、再而三地用含蓄的引而不发的语言，将她的这种要留住恋人而又羞于直接说出口的心理感情表现得淋漓尽致。

同现实生活中的情况一样，在文学作品中有些人物出于种种考虑和计较感到不能一下子把某些话直接说出来，而只需将有关情况暗示给听者，因而所使用的语言也具有含蓄性，如列夫·托尔斯泰在他的长篇小说《复活》中写玛丝洛娃走上法庭接受审问的情形：

> "您做什么工作呢？"庭长又问一遍。
>
> "我在一种院儿里。"她说。
>
> "什么院儿？"戴眼镜的法官厉声问道。
>
> "您自己知道那叫什么院。"玛丝洛娃说，微微一笑……

值得注意的是玛丝洛娃的这种含蓄的语言所表达的意思既使那些法官心照不宣，又想为自己在接受审判过程中争得一些有利的砝码。

文学文本言语的含蓄性有时还表现为，人物用言语来遮蔽自己的心理、情感等因素。张聂尔在他的《名门淑女》①中这样写道：

> "你最近好吗？"柳林问大哥。她希望用谈话来遮掩心里的什么，语言有时像流水，是可以遮去河床上的石子、小草、鱼虾的。

人们总是说"言为心声"，实际上，语言这东西有时不仅不是心声，相反，倒能遮蔽人们的心声。当然这种遮蔽也不能把内心的秘密完全遮蔽住，但至少可以起到一个缓冲的作用。

文学文本言语的含蓄性也是出于对读者的理解力的信任和对读者欣赏要求的尊重。读者阅读文学作品是一种艺术欣赏，是一种审美的精神活动，欣赏者要求自己在这种精神活动中能够显露自己的感受力，展开自己的体验力，驰骋自己的想象力，检测自己的判断力，于反复吟咏、再三咀嚼中获得自己创造性的体会，这就要求作者运用含蓄的语言，尽可能地为读者留下广阔的想象天地，不需要那种一览无余、了无余韵的语言。因为一览无余、了无余韵的语言，不能很好地满足读者的审美心理需求。

---

① 《文学四季·冬之卷》1989 年第 4 期。

第三章

叙述人言语、人物言语、文学文体言语

一 叙述人言语与人物言语

1. 文学文本言语的划分

文学作品中的言语还有另外的一种分类的根据，即根据言语由谁在说或在运用，可以将文学作品里的言语分为两大类：人物言语和叙述人言语。这两类言语的特点和作用各不相同，不能混为一谈。清代学者章学诚指出："文人固能文矣，文人所书之人，不必尽能文也。叙事之文，作者之言也，为文为质，惟其所欲期如其事而已矣；记言之文，则非作者之言也，为人为质，期于适如其人之言，非作者之所能自主也。"① 在这里章学诚一方面将文章分为"叙事之文"和"记言之文"，另一方面要求"叙事之文"要做到"期如其事"，"记言之文"要做到"适如其人"。所谓"叙事之文"要做到"期如其事"就是使叙述人言语要和所叙述的对象相一致，所谓"记言之文"要"适如其人"就是要做到与所描写的人物相一致。简单地说，章学诚对"叙述人言语"和"人物言语"提出了明确的要求。

2. 叙述人言语

叙述人言语是作家用来说明、交代、描写作品中的时间、地点、人物、事件、环境、场面、景物、氛围等的言语，概而言之，叙述人言语是

---

① 章学诚：《文史通义·古文十弊》，《文史通义·校雠通义》，中华书局印行，第96—97页，标点为笔者所加。

作家主要用来叙述、描写、议论、抒情的言语。这类言语以人物、事件、环境、场面、景物、氛围等作为自己的叙述和描写对象，具有明显的外在特征，很容易分辨出来。但与此同时也很容易给人这样一种印象，好像是作家在用言语描写人物如何、事件如何、环境如何、场面如何、景物如何、氛围如何，其实说到底是作家自己的艺术直觉、艺术个性的显露。也就是说，作家在叙述、描写笔下的那些对象时，是自己的艺术直觉、艺术个性支配他去观察、感受、体验那些被他叙述、描写的对象的。在这里，作家的艺术直觉、艺术个性与他的语感是同步运动的，言语成了被作家掌握、叙述和描写的客体。这就是为什么同样的对象在不同作家的笔下各有不同的叙述和描写的缘故。

依照巴赫金的观点，叙述人言语一般可以分为五个不同的种类：一是直接的、作者的文学艺术叙述，以及它的所有多种多样的变体；二是对各种形式的口头日常生活叙述的模仿；三是对各种形式的半文学日常生活叙述的模仿，如信件、日记、演讲词等等；四是各种形式的文学言语，然而又是在艺术之外的作者言语的道德的、哲学的、科学的议论，修辞学的朗诵，人种志的记载、记录式的报道等等；五是具有个性化风格的主人公言语。[①]

从叙述人言语所承担的功能来看，叙述人言语可以分为三种：

第一种，功能性叙述人言语。功能性叙述人言语主要用来对人物的行为动作进行模仿，它在纵向上展开，其特点表现为简洁、明快、传神。茅盾《林家铺子》写林小姐的一段就属于功能性叙述人言语：

> 林小姐猛地一跳，就好像理发时脖子上粘了许多短头发似的浑身都烦躁起来了。正也是为了这东洋货问题，她在学校里给人家笑骂，她回家来没好气。她一手推开了又挨到她身边的小花，跳起来就剥下那件新制的翠绿色假毛葛骆绒旗袍来，拎在手里抖了几下，叹一口气。据说这怪好看的假毛葛骆绒都是东洋来的。她撩开这件骆绒旗袍，从床下拖出那口小巧的牛皮箱来，赌气似的扭开了箱子盖，把箱

---

① 尼格马图林纳：《艺术创作综合研究方法论》，见《马克思主义文艺理论研究》第 7 卷，文化艺术出版社 1986 年版，第 368 页。

子底朝天向床上一撒，花花绿绿的衣服和杂用品就滚满了一床。小花
吃了一惊，噗的跳下床，转一个身，却又跳在一张椅子上蹲着望住它
的女主人。

　　这一段都是叙述人言语，其功能主要是对林小姐的行动动作进行模
仿，从"猛地一跳"、"一手推开"、"跳起来"、"剥下"、"拎在手里"、
"抖几下"、"叹一口气"、"撩开"、"拖出"、"扭开"、"向床上一撒"等
词或短语中可以看出叙述人言语主要就是模仿人物的行为动作，甚至对于
林小姐饲养的小猫小花的行为动作也是运用功能性叙述人言语进行模
仿的。
　　第二种，标志性叙述人言语。标志性叙述人言语负责对人物、环境、
场面、景物、氛围的描写，在横轴上展开，其特点表现为鲜明、生动、富
于明显的特征意义。鲁迅《药》中的几段言语就是属于标志性叙述人
言语：

　　　老栓又吃一惊，睁眼看时，几个人从他面前过去了。一个还回头
　　看他，样子不甚分明，但很像久饿的人见了食物一般，眼里闪出一种
　　攫取的光。老栓看看灯笼，已经熄了。按一按衣袋，硬硬的还在。仰
　　起头两面一望，只见许多古怪的人，三三两两，鬼似的在那里徘徊；
　　定睛再看，却也看不出有什么别的奇怪。
　　　没有多久，又见几个兵，在那边走动；衣服前后的一个大白圆
　　圈，远地里也看得清楚，走过面前的，并且看出号衣上暗红色的镶
　　边。——一阵脚步声响，一眨眼，已经拥过了一大簇人。那三三两两
　　的人，也忽然合作一堆，潮一般向前赶；将到丁字街口，便突然立
　　住，簇成一个半圆。

　　这些叙述人言语同前面的叙述人言语不同，它主要负责对有关人物、
环境、场面、景物、氛围的描写，使得被描写对象的特点鲜明地展现在读
者面前，成为一种区别于其他人物、环境、场面、景物、氛围的标志。
　　第三种，整合性叙述人言语。整合性叙述人言语负责对人物语言的插
入、消融、隐退，并将作品的各个部分连接、组织和充实为一个有机的艺

术整体，其特点表现为具有黏合性。鲁迅的《故乡》中写"我"与豆腐西施杨二嫂相见的言语就属于整合性叙述人言语：

> 哦，我记得了。我孩子时候，在斜对门的豆腐店里确乎终日坐着一个杨二嫂，人都叫伊"豆腐西施"。但是搽着白粉，颧骨没有这么高，嘴唇也没有这么薄，而且终日坐着，我也从没有见过这圆规式的姿势。那时人说：因为伊，这豆腐店的买卖非常好。但这大约因为年龄的关系，我却并未蒙着一毫感化，所以竟完全忘却了。然而圆规很不平，显出鄙夷的神色，仿佛嗤笑法国人不知道拿破仑，美国人不知道华盛顿似的，冷笑说：
> "忘了？这真是贵人眼高……"
> "那有这事……我……"我惶恐着，站起来说。
> "那么，我对你说。迅哥儿，你阔了，搬动又笨重，你还要什么这些破烂木器，让我拿去罢。我们小户人家，用得着。"
> "我并没有阔哩。我须卖了这些，再去……"
> "阿呀呀，你放了道台了，还说不阔？你现在有三房姨太太；出门便是八抬的大轿，还说不阔？吓，什么都瞒不过我。"
> 我知道无话可说了，便闭了口，默默的站着。

这些叙述人言语所起的作用就是将人物言语插入到叙述人言语当中去，并把作品的各个部分黏合起来，使之成为一个有机的整体。

上述功能性、标志性、整合性等叙述人言语，在文学作品中并不是绝然分开的，而是彼此交叉结合在一起，有时甚至很难把它们区分开来。

叙述人言语一方面要与作品中的人物言语相一致，另一方面，还要显示出作家运用言语的个人风格来。我们分开来说。

首先，叙述人言语要与叙事作品中的人物言语相一致。叙述人言语主要出现在小说中，小说中的人物言语并不是其人物某一次一口气连续不断地长篇大论地说出来的，而往往是在不同的场合分若干次说出来的，这需要用叙述人言语将它们连接成一个整体，即使出于需要，要写人物的长篇大论的言语，叙述者也会想办法将这些长篇大论的言语切割开来，分成若干次，以免读者读起来感到单调、枯燥、乏味、累赘，就像某些电影中的人物的长篇台词一样，就编导塑造人物、表达主题来说，确实有需要，但同时又感到长了，于是想办法将人物言语切断，故意让人物的言语中断一下，例如，让人物说着说着停下来，走到门口，又马上停住，再回过头来说，或者让人物说着说着从口袋里拿出烟来，再慢慢掏出打火机，打着火又关掉，然后再一次打开打火机，将香烟点燃，此其一；其二，人物在说话之前或说话之后并不会将自己言语的声情、节奏、速率等直接进行交代，这些需要用叙述人言语加以提示，这可以称为人物言语的指示词。为达到这些要求，作家往往选择那些足以将人物说话时的身势、手势、行为、动作以及言语的速率、特点、风格或言语的精髓实质概括地提示或指示出来的叙述人言语。巴金在他的《哑了的三角琴》中就是这样做的：

　　　　三角琴的尸首静静地躺在地上，成了可怕的样子，很显明地映在我的眼睛里。我掉开了头。

　　　　"啊，原来是你干的事！我晓得它总有一天会毁在你的手里。"父亲并不责备我，他的声音很柔和，而且略带悲伤的调子。父亲本来是一个和蔼的人，我很少看见他恶声骂人。可是我把他的东西弄坏以后，他连一句责备的话也没有，却是出乎我的意料之外了。
　　　　……

　　　　果然到了晚上，用过晚餐以后，父亲就把我带到书房里面去。他坐在沙发上，我站在他面前，靠着他的身子听他讲话。

　　　　"说起来已经是十多年前的事了，"父亲这样地开始了他的故事，他的声音非常温和。"是在我同你母亲结婚以后的第二年，那时你还没有出世。我在圣彼得堡大使馆里做参赞。"
　　　　……

　　读者可以注意到这些叙述人言语对于人物的言语起到一种组织和概括的提示作用，关于前者不用作说明，关于后者，也可以非常明显地看得出来。叙述者一再表明，父亲的声音"很柔和"、"非常温和"、"略带悲伤的调子"，事实上这样的叙述人言语正好同人物言语是相一致的。

　　叙述人言语还要显示作家运用言语的个人风格。风格无论对于作家还是对于作品都是重要的。歌德把艺术分为三个不同的等级：第一个等级是对自然的单纯模仿；第二个等级是作风；第三个等级是风格。他说："单纯的模仿以宁静的存在和物我交融作为基础；作风是用灵巧而精力充沛的气质去攫取现象；风格则是奠基于最深刻的知识原则上面，奠基在事物的本性上面，而这种事物的本性应该是我们可以看得见触得到的形体中认识到的。"他强调指出，风格"这是艺术所能企及的最高境界，艺术可以向人类最崇高的努力相抗衡的境界。"① 风格是一个作家成熟的标志，是弥漫在作品中的氤氲，是佩戴在作家胸前无形的徽章，它通过作家的一系列作品的思想内容和艺术形式的完美统一表现出来，其中一个重要方面就是通过作家对语言的运用表现出来，即通过叙述人言语表现出来。这种情形只要比较一下同时代的知名作家的作品就可以容易看出来。鲁迅和茅盾都是现实主义作家，但他们的叙述言语有很大的不同。一般说来，鲁迅的叙述人言语简洁而富于情绪色彩，句子较短，很少有重叠的、附加的成分，句子与句子之间基本没有意思上的反复重叠，可以说是一气呵成，节奏显得疾速一些，并酌量采用了一些通俗的文言词汇和畅达的文言句法，如他的《在酒楼上》：

> 几株老梅竟斗雪开着满树的繁花，仿佛不以深冬为意；倒塌的亭子旁边还有一株山茶树，从暗绿的密叶里显出十几朵红花来，赫赫的在雪中明得如火，愤怒而且傲慢，如蔑视游人的甘心于远行。

茅盾笔下的叙述人言语就大不一样，词语平实、精确，有比较多的形容词，句子也比较长，句子与句子之间的意思有不少是平行的或者相互补充的，以便使叙述的对象显得具体、完备、细致，显现出立体感，如《子夜》中的一段：

> 太阳刚下了地平线。软风一阵一阵地吹上人面，怪痒痒的。苏州河的浊水幻成了金绿色，轻轻地，悄悄地，向西流去。黄浦的夕潮不知怎的已经涨上来了，现沿着这苏州河两岸的各色船都浮得高高的，舱面比码头还高了约莫半尺。风吹来外滩公园里的音乐，却只有那炒豆似的铜鼓声最分明，也最叫人兴奋。

---

① 歌德等：《文学风格论》，上海译文出版社 1982 年版，第 3—4 页。

3. 人物言语

人物言语是人物的独白、对话、书信、日记、讲演，以及隐蔽的心理言语，直至隐藏在内心最深处的潜意识言语等。如前引章学诚的话所说，人物言语要做到"适如其人"，即人物说的话要符合人物的性别、年龄、身份、职业、文化、教养和说话时的处境、心情以及和当时与他人的关系，甚至包括这种关系的前后变化，一言以蔽之，就是人物言语要与人物本身的实际情形相符合，要能够显现人物的个性特征。我们不妨以柳青《创业史》中梁三老汉对梁生宝的称呼为例来说明这一点。当梁三老汉刚把梁生宝领回家时，他既非常喜欢梁生宝又对他寄予很大的希望——希望他能够和自己一道走发家致富的道路，在这种心理的支配下，他称呼梁生宝为"宝娃"、"我的傻娃呀"、"生宝"，这些称呼亲切备至，关怀入微。当他知道梁生宝立志要走大家共同富裕的道路而不跟他一道走个人发家致富的道路时，他对梁生宝的情感变了，心理也变了，于是改变了对梁生宝的称呼，称梁生宝为"梁老爷"、"梁伟人"、"精明人"、"梁代表"。很显然，这些称呼满是气恼、嘲讽、挖苦、无可奈何。当梁三老汉终于明白梁生宝走的是一条正确的道路而梁生宝又用自己辛辛苦苦积攒下里的钱为他做了一件新棉袄并亲手为他穿上时，梁三老汉被深深地感动了，于是牵肠动肚、声泪俱下地喊了一声"宝娃子"，称呼又复归如前。

要做到人物言语的个性化，作家必须注意人物言语的积累和研究，同时要下苦功锤炼。姚雪垠曾经说过这样一段话："我的生活经验很丰富，对古代士大夫的语言，上层知识分子的语言，一般群众的生活语言，江湖语言，封建知识分子语言都很了解并且精通，这对于以后写历史小说的人来说，是不可能的了。我在写小说时，尽量避免运用现代语言，许多词汇，现在已经很难辨别哪是新词汇，哪是旧词汇了，这需要非常的小心。"[1] 这不光是指写历史小说，而是写所有的小说对人物言语的处理都应该这样。

对于人物言语我们需要注意的是，它们并不是现实生活中人物言语的

---

① 姚雪垠谈话，《对长篇小说的结构，我有突出贡献》，李复威、杨鹏整理，《文艺报》2000 年 4 月 15 日。

照搬、记录，现实生活中的人物言语只是传达说话者的信息，即使带有情感性质，也只是传达带有情感形态的信息而已。文学作品中的人物言语是被作家艺术加工了的，比起现实生活中的人物言语的蕴含要丰富得多，深厚得多，它要传达信息，但又不止于传达信息，关键是它能够获得新的附加意义。巴赫金曾经这样分析托尔斯泰《复活》中的人物言语：

> 作品作为统一整体的背景。在这个背景上，人物的言语听起来完全不同于在现实的言语交际条件下独立存在的情形：在有其他言语、与作者言语的对比中，它获得了附加意义，在它那直接指物的因素上增加了新的、作者的声音（嘲讽、愤怒等），就像周围语境的影子落在它的身上。例如，在法庭上宣读商人尸体的解剖记录（《复活》），它有速记式的准确，不夸张、不渲染、不事铺张，但却变得十分荒谬，听上去完全不同于现实的法庭上与其他法庭文书和记录一起宣读的那样。这不是在法庭上，而是在小说中；在这里，这些记录和整个法庭都处在其他言语（主人公的内心独白等）的包围之中，与它们相呼应。在各种声音、言语、语体的背景上，法庭验尸记录变成了记录的形象，它的特殊语体，也成了语体的形象。在一部完整作品的统一体中，一个言语受其他言语框定，这一事实本身就赋予了言语以附加的因素，使它凝聚为言语的形象，为它确立了不同于该领域实际生存条件的新边界。①

这就是说，文学作品中的人物言语和现实生活中的人物言语是不同的，它不仅自身富于意义，而且还获得了新的附加意义。这种"新的附加意义"是从与其他言语的对比中、与作者的叙述言语的对比中获得的；这所获得的新的附加意义既然是增加了作者的声音，也就是增加了作者的情感信息，包括赞叹、喜爱、讽刺、挖苦、愤怒等等。拿文学作品中人物的这种言语与现实生活中人物的言语相比，它们有着明显的不同，这种不同甚至显得很荒谬，很不合逻辑。

----

① 巴赫金：《文学作品中的语言》，《巴赫金全集》第 4 卷，河北教育出版社 1998 年版，第283 页。

关于作品中的人物言语，美国文艺理论家保罗·赫尔纳第运用语言学家奥斯汀（J. L. Austin）的言语行为理论（Speech-act theory）把它分为三个构成要素——

"言语的"：作品中人物"说话时所做的一切"；

"言意的"：人物"说话的行为当中他所做的一切"；

"言外的"：人物"说话的时候所附带做的一切"。

例如，现实生活中某男对某女说"我想娶你"，这句话是一个言语的行为；这句话所涉及的承诺则是一个言意的行为；至于这句话所促成的期望，则属言外的行为。保罗·赫尔纳第举出莎士比亚的《李尔王》第五幕第三景李尔的一句台词——"求求你，解开这个扣子"——为例，具体阐释了文学作品中人物言语的内在构成。首先，这句话是一个言语行为；其次，李尔在说出这句话的行为当中便表现了请求的"言意的行为"；如果在其他角色中有人知道他是在做一个请求，那么，这句话的"言意的力量"便已发生作用，即"言意的吸收力"已经达到了；如果有人愿意答允李尔的请求，那么，他的"言外的意图"——使某人解开这个扣子——便产生了所期待的"言外的冲击"。至于李尔为何要叫人解开这个扣子以及是否有人愿意帮助和愿意帮助他的那个人有没有能力完成这件事，这已非言语行为本身的内涵，而涉及"言前的输入"和"言后的演变"了[①]。

前面曾经说到章学诚要求"记言之文"要"适如其人"，用今天的文学理论术语来讲，就是要求文学文本言语本色化。所谓本色化是指文学文本言语与人的本来面貌、身份、个性特征等相符合。这样的言语在我国古代文论中称为"本色语"或"本色文字"。文学文本言语的本色化表现为两个方面：

一是叙述人或抒情人所用的叙述言语和抒情言语要符合被塑造和被刻画的人物的面貌、身份、个性特征以及人物所处的具体环境。关于这一点可以以张天翼的《华威先生》为例：

　　这个城市里的黄包车谁都不作兴跑，一脚一脚挺踏实地踱着，好像饭后千步似的。可是包车例外：DING ding，DING ding，DING

---

① 见陈晋《沟通与再现——赫尔纳第文学理论评介》，《文艺研究》1985 年第 3 期。

ding！——一下子就抢到了前面。黄包车立刻就得往左边躲开，小推车马上打斜。担子很快地就让到路边。行人赶紧就避到两旁的店铺里去。

包车踏铃不断地响着。钢丝在闪着亮。还来不及看清楚——它就跑得老远老远的了，像闪电一样地快。

而——据这里有几位抗战工作者的上层分子的统计，跑得顶快的是那位华威先生的包车。

这些叙述人言语与被叙述的对象——华威先生的虚荣浮华、权利欲膨胀、到处抢权、赶着到各处出风头以及为了这些而装出的所谓忙忙碌碌是完全吻合的，从而表现了华威先生的个性特征。

二是人物之间的对话与人物的身份、经历、职业、文化、个性特征等相符，而且还要与人物当时的心情以及所处的环境等相符。以《红楼梦》第二十二回为例：

贾母深爱那做小旦的和那做小丑的，因命人带进来，细看时，益发可怜见的。因问他年纪：那小旦才十一岁，小丑才九岁；大家叹息了一回。贾母令人另拿些肉果给他两个，又另赏钱。凤姐笑道："这个孩子扮上活像一个人，你们再瞧不出来。"宝钗心里也知道，却点头不说；宝玉也点了点头儿不敢说。湘云便接口道："我知道，是像林姐姐的模样儿。"宝玉听了，忙把湘云瞅了一眼。众人听了这话，留神细看，都笑起来了，说："果然像他！"一时散了。

这里的对话有的是直接写的，有的是间接写的。无论直接写的还是间接写的，都表现了各自的性格特征和心理奥秘。事由凤姐起，但她并未把话说破，而是引而不发，让他人去猜测去说，这非常符合她善于进攻而又工于心计的性格特征；宝钗心里知道，但点头不说，这表现了她既聪颖反应快而又世故圆滑的性格特征；宝玉点了点头不敢说，这既是因为他知道黛玉的性格，又想尽自己的所能来保护黛玉，甚至在湘云说出之后他忙着瞅了湘云一眼；湘云的直接说出"像林姐姐的模样"，表现了湘云爽快和憨厚的性格特征。所有这些对话，都符合人物的身份、性格，是谓本色化言语。

二　文学文本中的几种引语

说到叙述人言语和人物言语时，我们必须涉及文学作品中的几种话语或引语问题，这就是"直接引语"、"间接引语"、"自由直接引语"和"自由间接引语"。

在传统的文学作品中人物言语很好识别，即：凡是人物说的话一律都加上引号，引号里面的话都是人物言语，这引号就是识别人物言语的外在标志。在现代的文学作品中，特别是在现代主义的文学作品或受到现代主义影响的文学作品中，人物言语往往很少有这种外在的标志，即通常都不用引号，或者很少用引号。这是因为，在现代的文学作品中，特别是在现代派小说中取消了叙述人言语和人物言语的界限，将人物言语融进了叙述人言语，使人物言语成为叙述人言语的一部分。这样就使得叙述人言语和人物言语存在着不像传统小说那样容易区别的情形。因此，对于人物言语我们要注意区分直接引语、间接引语、自由直接引语、自由间接引语等的不同。

1. "直接引语"

"直接引语"又称"直接话语"，是作品中人物自己说出的没有经过叙述者任何改变的话语，是人物按照自己的思想、情感、意识、思维等一直说下去的，在某种意义上可以说是叙述者对人物言语的忠实记录，叙述者虽然存在，但外在的表现则是像销声匿迹了一样，根本不在话语中出现。这种"直接引语"放在引号之内，其最典型的就是人物之间的对话和人物自己的独白，这在过去的文学作品中可以说屡见不鲜。最简单的例子莫过于这样的话语："他说：'我终于要得到了。'"如沙汀的《在其香居茶馆里》写邢么吵吵——

> 他常打着哈哈在茶馆里自白道：
> "老子这张嘴么，就这样，说是要说的，吃也是要吃的；说够了回去两杯甜酒一喝，倒下去就睡……"

这就是直接引语。法国文学理论家热奈特认为"直接引语"专指

"内心独白"。实际上，"直接引语"和"内心独白"还是有不同的，这个不同主要表现为"直接引语"有叙述者存在，如上述"他常打着哈哈在茶馆里自白道"就是叙述人言语，而"内心独白"却没有叙述者存在，或者说叙述者没有出现。

2. "间接引语"

"间接引语"又称"间接话语"，或者称作"转换话语"、"转述式话语"、"间接的转述式话语"。间接引语的明显特点在于保留对话的内容而不保留对话的形式，也就是使人物对话变成了叙述者的叙述话语，把人物对话的言语融进了叙述人言语。间接引语比直接引语要精简得多，而且往往舍弃了叙述者主观的情感评价和议论，虽然它或多或少地保留有说话人所说的原话，但对此很难打包票，因为它主要是转述性的，而不是实实在在的记录性的。简单的例句如"我对自己说我终于要得到了。"这句话里保留有引语的形态，但没有引语的外在标志。

3. "自由直接引语"

"自由直接引语"又称"自由直接话语"，这种引语的最大特点是用第一人称、现在时、没有引号，甚至也没有引导词，叙述者不出面，由人物自身说话，说话的时间、地点、语气、语调、意识等，都和人物保持高度一致，它包括各种形式的人物话语，如独白、对话、内心独白，同时它往往用于表达人物的情感、思想、意识和其他种种心理，正因为这样，所以这种话语不一定遵守语法规则，可以省去标点符号，允许不完整的句子存在。简单地说，"自由直接引语"就是不加提示的人物对话和内心独白。如詹姆斯·乔伊斯（1882—1941）的《尤利西斯》中的一段：

> 斯蒂芬闭上眼睛，以便听他的靴子踩在海藻和蚌壳上发出的吱吱声。不管怎么说你正走过它。是的，我正在走过它，有时还迈着大步。一个非常短的时间的空间通过一个非常短的空间的时间。五，六：一步接一步。一点不错：这正是感知有声事物的必由之途。睁开眼睛吧。不。主啊！万一我从那俯瞰海面的悬崖上掉下去，那就必然是从一个又一个的位置中穿过。我已经习惯了在黑暗中走路。我的梣木剑形手杖就挂在身

边。用它轻轻敲击地面，他们就是这么干的。我的两只脚穿在他的靴子里就像长在他的腿上一样，一下又一下。实实在在的声音：那是蒂迈欧的槌子敲击出来的。我要沿着桑迪芒特海滩走进永恒去吗？脚下踩着，劈，啪，啪。喧闹的海是无限的财富。迪西老师对此十分了解。

这段话有点类似于人物的自话自说，是第一人称的内心独白的典型形式，在《尤利西斯》中这种话语可以说俯拾即是。

"自由直接引语"往往是人物自己用其捕捉不住、飘忽不定的思想、情感、意绪，再现连续不断的情感流程、意识流动，因此，它特别适合表现人物的漫无边际和复杂微妙的内心世界，以及内心世界里种种微妙复杂的情绪。正因为这样，所以在一些意识流作品中，几乎通篇都是"自由直接引语"这种言语。

4. "自由间接引语"

"自由间接引语"又称"自由间接话语"，这种引语同样回避了直接引用，也就是保留有引录的内容而没有保留对话形式，即让人物言语变成了叙述人言语，从根本上说，"自由间接引语"是叙述人言语和人物言语二者的相融而结为一体。一方面它保留有直接引语的某些特点，另一方面又比直接引语灵活得多，不受人物言语的限制，而由叙述者自由地驾驭人物言语。同时，它既有叙述者的声音，又有人物的声音，法国著名文学批评家热拉尔·热奈特在《叙事话语》中说："在自由间接引语中，人物的话语由叙述者讲述，或不如说人物借叙述者之口讲话，这时两个主体混在一起；在即时话语中，叙述者消失了，被人物所取代。在不占据整篇叙事的孤立独白中，如乔伊斯或福克纳的作品，叙述主体由上下文维持……"①

值得注意的是，在具体的文学作品中上述"直接引语"、"间接引语"、"自由直接引语"、"自由间接引语"之间的界限并不是那么分明的，几种话语之间可以发生转移，而且这种转移往往是"不可察觉的"，热拉尔·热奈特以具体的事例指明了这一点②。

---

① 热拉尔·热奈特：《叙事话语》，中国社会科学出版社 1990 年版，第 118 页。
② 同上书，第 118—119 页。

三　文学文体言语

文学文体的划分是一个复杂而富于变化的问题，我们撇开在这个问题上的种种歧见，从最简单的层面上将文学文体划分为诗歌文体、散文文体、小说文体、剧本文体，其他还有纪实文体、电影电视文体，都略而不论。不同的文学文体对文学言语的要求是各不相同的。我们考虑文学文体的言语时要注意三个方面的问题：一是该文学文体的本质特性；二是由该文学文体的本质特性所决定的对文学言语的要求；三是发挥文学言语的哪些方面的功能才能满足该文学文体对文学言语的要求。我们基于这三点，下面予以分别说明。由于有关内容我们在有关章节中已经作了说明，这里只予以简单提及。

1. 诗歌文体言语

诗言志，诗歌的本质特性是抒情言志的，它的最根本的宗旨是抒发诗人由个人的经历中、个人的心路历程中所产生的情感、意绪，表达自己对自然、社会、宇宙、人生的感受、体验、理解、感悟与想象。陆机把诗歌的特征概括为"诗缘情而绮靡"。情是诗歌的本分，是诗歌赖以存在的本质规定。

情既有静态的，又有动态的，前者可以称之为恒情，后者可以称之为激情。像对祖国、人民的热爱，对父母的牵挂，对故乡的思念，对理想的执着追求……所有这些都是静态的恒情，旷日持久地存在人们的内心深处；后者如载人飞船升空、三峡大坝合龙、奥运会申办成功、一场比赛的胜利，乃至一种意外的收获……在这种时刻，人们雀跃欢呼，狂喜不已，喜悦之情溢于言表，所有这些都是动态的激情。无论哪种情感，诗人都会予以抒发。

诗歌文体这样的本质特性决定了它要求文学言语具有抒情性。什么样的言语才是抒情性的言语呢？这是一个看似简单实际上并不简单而且还没有真正解决的问题。很多研究诗歌的论著和其他相关论著在论及诗歌的言语时要么大而化之，要么将诗歌言语与诗歌的表现手法混为一谈，要么把诗歌言语的要求看作修辞手法……如李荣启在《文学语言学》第四章

"文学语言的类型"列有第二个大问题"抒情性文学语言"，按照作者的思路，这个问题之下应该是论述诗歌的"抒情性语言"，可是往下的论述却是"文学抒情的语言表达方式"，计有"直接抒情"、"间接抒情"、"含蓄式抒情"、"复沓咏叹式抒情"、"谈心呼告式抒情"、"象征寓意式抒情"、"比兴比拟式抒情"等。严格说来，这是不准确的。原因是这些这个式抒情那个式抒情实际上正如作者所表明的那样是诗歌的表达方式，而不是诗歌抒情言语本身。这种情况表明我们在关于诗歌文体的言语上还缺乏认真的深入的思考，以至使这么一个问题显得有些混淆不清的情形。诗歌的表达方式与诗歌言语尽管有联系，但两者并不是一回事。诗歌言语应该是抒情性的言语。所谓抒情性的言语是指诗歌所用的言语本身含有、携带有情感的因素、情感的成分。

一般说来，除了少数词语具有情感性之外，语言本身并不具有情感，不像音乐的节奏和旋律那样本身就具有情感性，这给抒情的诗歌文体创作带来了不少的困难。所谓少数词语具有情感性一是指感叹词，二是指某些与说话人、写作者在说和写过程中的情感取向密切相关的褒义词、贬义词。下面作简单的说明：

一是感叹词。感叹词其实是可以称名为情感词的，是说话或写作时表达喜怒哀乐等情感的词。在古汉语中，像兮、吁、也、夫、哉、矣、焉、唷、噫、嘘、呜呼、嗟夫、嗟呼、噫吁嚱、呜呼噫嘻等都是；现代汉语中像啊、唉、哎、呀、噫、咦、哟、哈、嗨、咳、呵、嘿、嗨、呃、嗯、哼、哦、嚯、噢、嘍、嗬、哎呀、唉呀、啊呀、哎哟、唉哟、啊哟等都是。这些含有情感因素成分的感叹词被诗人写进诗歌作品，如《诗经》中的"卫风"中的《伯兮》开头就写道："伯兮朅兮……"屈原的《离骚》开头就写道："帝高阳之苗裔兮……"唐代诗人李白的《蜀道难》中的"噫吁嚱，危乎高哉，蜀道之难难于上青天。"明末清初戏曲家黄周星《六月六日登洞庭西山缥渺峰放歌》中的"噫吁嘻，怪事哉"。现代诗当中用感叹词的诗更是俯拾皆是。

二是指某些直接表达情感的词语。这样的词语为数不少，例如：爱、恨、热爱、喜欢、高兴、喜悦、愤怒、悲愁、痛苦、忧伤、郁闷，等等。这些词语不仅直接在诗歌作品中反复出现，而且诗歌甚至几乎所有的文学作品差不多都要表现这些词语所包含的情感意绪。这一点可以说无须论证。

诗歌创作除了用上述两种词语之外，其他的词语或言语不能不用，而这里所谓其他词语或言语是指不带情感的言语。一方面诗歌文体要求用抒情的言语表达情感，另一方面言语本身又不带有情感性。这是一个二律背反的问题，怎么解决这一二律背反的问题呢？

解铃还得系铃人。还得从诗歌的根本上找起。说到底，诗歌文体的本质特性在于情感性，离开了情感根本无法言诗。为了表达情感，诗歌这种文体可以不顾及一切地大胆地对日常言语进行背离、扭曲、变形，它的节奏和韵律、反复与重叠、跌宕与腾跃，它的恣情肆意、一咏三叹，它的无拘无束，等等，都是由诗歌的情感支配和决定的，并且都是表达情感的。看看汉乐府民歌《上邪》"我欲与君相知，长命无绝衰。山无陵，江水为竭，冬雷震震，夏雨雪，天地合，乃敢与君绝！"看看屈原的《离骚》，看看杜甫的《兵车行》，看看郭沫若的《女神》，看看艾青的《大堰河，我的保姆》，所有这些诗都是在情感的驱使下并且按照情感表达的要求去遣词造句，其言语也都是符合诗歌文体对言语的要求的。所以，对于诗歌而言，情感是决定一切的，也都符合诗歌文体言语的要求。

拿这样的标准来衡量某些一直以来被看好的诗歌，我就多少有点不以为然的感觉，如评论界普遍看好的余光中的《乡愁》——为方便读者，我不妨抄录在这里，请各位再仔细看看，是不是像评论界普遍看好的那样好：

      小时候
      乡愁是一枚小小的邮票
      我在这头
      母亲在那头
      长大后
      乡愁是一张窄窄的船票
      我在这头
      新娘在那头
      后来啊
      乡愁是一方矮矮的坟墓
      我在外头

　　母亲在里头
　　而现在
　　乡愁是一湾浅浅的海峡
　　我在这头
　　大陆在那头

　　我个人觉得这样的诗主要在于诗人太理性，太逻辑，太有段式论证的特点。说白一点，诗人是在用写论文的逻辑思维的方式写诗，以至使整首诗显得太中规中矩，层次结构清清楚楚。实际上这是现代诗歌正在背离诗歌本体而四处行走到头来不一定找到正当归途的表现。这有点像杨丽萍的舞蹈，尽管舞蹈界对杨丽萍的舞蹈好评如潮，但是我窃以为杨丽萍的舞蹈同样是现代舞背离舞蹈本体的表现，因为她已经不是在跳舞，而是把舞蹈变成了身段的、四肢的、手指尖的、手指甲的表演的技艺，那种舞蹈必备的恣情肆意统统不见了。

　　或许有人会说，中国古代格律诗那么讲究格律，从字数到平仄到对仗都有严格的规定，难道其言语也是恣情肆意、一咏三叹、无拘无束的吗？我们说也是的。这是因为格律对于古代诗人而言，有如呼吸起伏、脉搏跳动，是非常自然的事情，谁都不会那么讲究呼吸的一呼一吸，如果谁一呼一吸地这么讲究，那他可能就不会呼吸了。这情形和一个会跳舞的人差不多，在跳舞过程中舞者会很自然地跟着音乐节拍起步、迈步、停步，该前进就前进，该后退就后退，该原地踏步就原地踏步，而不会一边跳一边想着该出哪一只脚，或者该退哪一只脚，如果这样那就是一个蹩脚的舞者，或者是一个刚刚学习跳舞的舞蹈者。不幸的是今天某些格律诗的写作者就像蹩脚的舞者，他们写格律诗像捉虫那样，小心翼翼地生怕捉不住虫子，或者说他们像小孩堆积木一样，既担心积木堆不起来，又担心已经堆起来的积木倒了，遣词造句像小孩面对着积木块一样，要选了又选，换了又换，最终写出来的所谓格律诗既生涩，又别扭，像某些人的便秘一样，很难找到一点通畅的感觉。

2. 散文文体言语

　　关于散文，应该说其名称是值得深思和体味的。为什么将这种文学文体定名为散文，这固然是与其他文体相对而言的，但认真想一想，也许不难发现，散文名称本身多多少少道出了这种文学文体的本质特性。散文的突出特性在于它的感发性，而感发性是因人而异的，就是说各有各的感发，既是感发，就难免零星，散射，没规没矩，其中写到的人和事是不完整的，片段的，甚至是没头没尾的。从某种意义上说，散文是最贴近我们人自身的一种文学文体，也是最为自在悠闲的一种文学文体。现实生活中的人有哪个不是感慨多多呢？眼之所见，耳之所听，身之所历，都会令我们感慨一番，上至国家大事，下至身边琐事，乃至天上的一片彩云，地上的一阵微风，树上掉下的一片黄叶，路面上扬起的几粒灰尘，脚底下踩动的几颗石子，以及个人的一点点遭遇，一点点悲欢，一点点感触，一点点愁绪，一点点不可名状的眷恋、向往等等都会使我们有感而发，有感而生。

　　散文的这种本质特性，要求它的言语自然、清新、简洁、流畅、活泼、优美，不能矫揉造作，装腔作势，拿腔捏调，不能卖弄词语的丰富与修辞手法的多样。说到底，散文文体的言语就如同一家人坐在饭桌旁吃饭或者坐在沙发上看电视，你一句我一句地、有一句没一句地娓娓道来，有人接话，说长一点，没人接话，说短一点；或者像亲朋好友相聚，天南地北海阔天空没遮没拦地放肆叙谈。有谁见过，一家人坐在桌旁或亲朋好友相聚有人一本正经地、板起面孔地、滔滔不绝地、咬文嚼字地说上一通呢！一言以蔽之，散文文体对于言语的要求就是家常体、聊天式，既随意，又尽兴。

　　这样说当然并不意味着散文文体的言语就不需要选择、加工、修饰和创造，不练字练词练句，不讲究修辞技巧，不字斟句酌，不反复推敲。所有这些都是一律需要的，但要做得不显山不露水，了无痕迹，好比一个女子，明明化了妆，但看上去则像没有化妆一样，不是浓妆，而是淡抹，淡抹得不留痕迹，即使有痕迹也不明显。

3. 小说文体言语

　　小说是以散文的形式写成的具有一定长度的虚构的叙事文学文体，是最充分最典型的叙事文学文体，其突出的本质特性在于将作者创造性构思出的社会人生艺术地描摹出来，活龙活现地展现社会生活场景，具体生动地刻画人物，尽可能地显现人物的复杂微妙隐微曲折的心理世界、情感历程，完整细致地再现事件的发生发展直至结束的全过程，即使是意识流小说也要让曾经发生过的事件在人物的心理上像过电影一样地重新演绎一遍。说到底，小说是最生活化的，这种生活无论是现实生活还是心理生活。

小说文体的这种本质特性要求它的言语具有描摹性。"描摹"一词有两个义项：第一，照着底样写和画；第二，用语言文字表现人或事物的形象、情状、特性等。从这里可以看出，小说要求作者用言语描摹作者依据自己的社会理想和审美理想选取、加工、虚构和创造出来的社会生活图景，这就要求小说作者用文学言语将这种生活图景中的人物、事件、环境、景物、氛围等都充分地描摹出来，包括人物的肖像服饰、行为动作、语言思维、情感心理、意识潜意识、事件发生发展高潮结局以及所有的远因、近因、时间、地点。所有这些描摹对象，都要求小说作者运用言语意义、言语色彩、言语节奏、言语气势、言语调式等一切言语材料，调动各种各样的言语手段对这些描摹对象进行绘声绘色、穷形尽态、惟妙惟肖的描摹。只有这样，小说才能把社会生活图景描摹得具体、生动、逼真，给读者以如历其事、如历其景、如见其人、如闻其声的感觉。关于小说言语的描述性功能我在《小说创作技巧描述》①一书中对此作过较为详细的论述，这里略而不论。

4. 戏剧文学文体言语

从某种角度说，戏剧文学文体比其他文体对于言语的运用似乎更加方便，因为它是用言语写言语，就像用声音模仿声音、用色彩涂抹色彩一样。实际上，问题远没有这么简单，更没有这么容易。与其他文学文体不同，戏剧文学文体的本质特性在于在叙述人言语基本缺席的情况下，通过台词具体展现戏剧冲突，推动情节的发展，显现人物的性格特征。需要特别强调的是，戏剧文学文体展现戏剧冲突、推动情节的发展、显现人物的性格特征并不是由剧作家通过叙述人言语展现的，而主要是通过人物自身的言语即人物之间的对话完成的。这就使得戏剧文学文体不同于其他文学

① 刘安海：《小说创作技巧描述》，华中师范大学出版社1988年版。

文体，其他文学文体允许有叙述者存在甚至让叙述者直接出面，将事件的前因后果、来龙去脉叙述清楚，交代明白，而戏剧文学文体就不存在这样的情形，剧作家没有这样的权力，戏剧文学文体中一切的一切都必须通过人物言语来实现。之所以是这样一种情形，是因为戏剧文学文体当中除了剧本正文之前的有关时间、地点、背景、人物等说明以及人物上下场和某些必要的动作、表情的提示等是叙述人言语之外，再就没有叙述人言语出现。因此，在戏剧文学文体中人物的言语担当着多重任务：一是完成人物形象的塑造和性格的刻画，这需要通过人物言语的动作性、个性化和潜台词来实现；二是担当起叙述事件发生发展直至结束的过程，这需要通过人物言语的丰富的蕴含来实现；三是担当起有关场景的说明，当然，担当起这一部分责任的还有非常有限的叙述人言语。同时，因为戏剧文学文体归根结底是用于舞台演出的，而舞台演出无非是两个方面：一个方面是要有演员演，另一个方面是要有观众看，所谓演员演主要是要演员把台词说出口，既然要说，所以戏剧文学文体的言语就要能够"上口"；有观众看，就要求戏剧文学文体的言语能够"入耳"，这就提出了剧本文体言语的口语化的问题、潜台词问题。

第四章

语言的起源和作家的偏爱

一　语言的起源问题

1. 对语言起源的两种态度

语言的起源问题有如一个文学故事、一件艺术作品、一次长途旅行，它显得那样生动、曲折、有趣。这原因正像德国哲学家恩斯特·卡西尔所说：“语言的起源问题，在任何时候都对人类心灵有着不可思议的诱惑力。”①

语言学界对语言的起源问题持有两种不同的态度，一种认为没有必要探讨语言的起源问题，有的语言学家早已放弃了对这个问题的注意和研究。L. R. 帕默尔说：“我们必须坚持，语言起源的揣测不是我们所了解的语言科学的一个必要部分，正像物理学家不觉得他们必须作出关于物质起源的理论那样。”② 另一种认为必须探讨语言的起源。这种情形在古希腊就存在着。布龙菲尔德说：“古希腊人有一种善于对旁人认为当然的事加以怀疑的才能。他们大胆地不断地推测语言的起源，语言的历史和结构。我们关于语言的传说，多半是他们流传下来的。”③ 1769 年柏林普鲁士皇家科学院决定设立专奖，以征求有关语言起源问题的最佳解答，来自欧洲各国的数十位学者参加了这一奖项的角逐，最终德国的 J. G. 赫尔德（J. G. Von Herder, 1744—1803）以《论语言的起源》于 1770 年获柏林皇家科学院奖④，并由科学院指定出版。这部专著被克罗齐称为是“一篇热

---

① 恩斯特·卡西尔：《语言与神话》，生活·读书·新知三联书店 1988 年版，第 151 页。
② L. R. 帕默尔：《语言学概论》，商务印书馆 1983 年版，第 10 页。
③ 布龙菲尔德：《语言论》，商务印书馆 1980 年版，第 2 页。
④ 见徐志民《欧美语言学简史》，学林出版社 1990 年版，第 44 页。

诚和想象力丰富的论文"①。由于过去研究语言起源这一问题的主要难处在于证据相当缺乏，导致推理较为粗略，甚至到了胡乱猜测的地步，结果引起了对这种理论研究的反对，以至使得巴黎语言学会在 1866 年作出决定——禁止发表关于语言起源的论文②，因此有人认为语言的起源学是一门"绝学"。

禁是禁不了的，"绝学"之说也未免太过悲观或者武断，语言学家们照样以浓厚的兴趣和执着的精神探讨语言的起源。实事求是地说，探讨语言的起源困难确实非常之大。恩斯特·卡西尔这样说："语言起源问题，即使对于那些最深刻地探索这一问题，最艰苦地与之搏斗的思想家来说，也总是趋于成为一株名副其实的'猴谜树'（又名智利树，其树叶错综复杂，连猴子都难以攀缘，比喻难解之谜——笔者注）。在这个问题上花费的全副精力似乎只会把我们甩在我们由此出发的那个点上"，"然而，这样一些基本问题的性质又迫使心智永远不得对它们完全置之不理。"③ 因为不能置之不理，所以就有很多研究出现。

2. 语言起源于人类史前史

语言是人创造的，因此有必要说明语言起源之前的人类史前时代。肯尼亚国家博物馆馆长理查德·利基肯定地说，人类史前时代存在着四个关键性的阶段："第一个阶段是人的系统（人科）本身的起源，就是在大约 700 万年以前，类似猿的动物转变成为两足直立行走的物种。第二个阶段是这种两足行走的物种的繁衍，生物学家称这种过程为适应辐射。在距今 700 万年到 200 万年前之间，两足的猿演化成许多不同的物种，每一种适应于稍稍不同的生态环境。在这些繁衍的人的物种之中，在距今 300—200 万年之间，发展出脑子明显较大的一个物种。脑子的扩大标志着第三个阶段，是人属出现的信号，人类的这一支以后发展成直立人和最终智人（Homo sapiens）。第四个阶段是现代人的起源，是像我们这样的人的进化，具有语言、意识、艺术想象力和自然界其他地方没有见过的技术革

---

① 克罗齐:《美学的历史》，中国社会科学出版社 1984 年版，第 98 页。

② 见威廉·A. 哈维兰《当代人类学》，上海人民出版社 1987 年版，第 290 页。

③ 恩斯特·卡西尔:《语言与神话》，生活·读书·新知三联书店 1988 年版，第 58 页。

新。"① 从理查德·利基的说法中可以知道，人类的语言起源于人类史前的第四个阶段，即现代人起源的阶段，是距今 200 万年之后的时期。

二　语言起源的几个阶段

语言学家将语言的起源分为三个不同的阶段。

1. 第一个阶段：从远古时代到 17 世纪的"神授说"

这种持续了很长时间的说法认为语言是上帝或神赐予人类的特殊才能。《圣经》里这样说："耶和华上帝用土所造成的野地各样走兽和空中各样飞鸟，都带到那人面前看他叫什么，那人怎样叫各样的活物，那就是他的名字。那人便给一切牲畜和空中飞鸟、野地走兽都起了名。"② 这里虽然是说亚当给万物命名，但是亚当是耶和华创造的，因此语言神授的含义是明确的。古老文明都赋予语言文字以极高的神性。在印度《吠陀》里，语言被说成女神；埃及认为文字是智慧和魔术之神索斯的发明；巴比仑人把文字创造之功归于命运之神尼波；希腊传说是诸神的使者赫尔墨斯发明了文字；中国传说苍颉"龙颜侈哆，四目灵光，充实睿德，生而能书。及受河图录字，于是穷天地之变，仰观奎星圆曲之势，俯察龟文鸟羽、山川指掌而创文字。天为雨粟，鬼为夜哭，龙乃潜藏。"③ 把文字的创生看成是惊天地泣鬼神、类似于秘密宗教的活动。所有这些说法尽管各不相同，但有一点是相同的，即都认为语言是神创造的。

至于为什么同是神授而以后的语言却各有不同这一问题，这一说法同样把它归结为神授的结果。《圣经》这么解释："那时天下人的口音言语都是一样。他们往东边迁移的时候，在示拿地遇见一片平原，就住在那里。他们彼此商量说，来吧，我们要做砖，把砖烧透了。他们就拿砖当石头，又拿石漆当灰泥。他们说，来吧，我们要建造一座城和一座塔，塔顶通天，为要传扬我们的名，免得我们分散在全地上。耶和华降临要看看世

① 理查德·利基：《人类的起源》，上海科学技术出版社 1995 年版，第 5 页。
② 《圣经》，中国基督教协会、中国基督教三自爱国运动委员会印，1988 年版，第 2 页。
③ 《黄氏逸书考》辑《春秋元命苞》。

人所建造的城和塔。耶和华说，看哪，他们要成为一样的人民，都是一样的言语，如今既做起这事来，以后他们要做的事，就没有不成就的了。我们下去，在那里变乱他们的口音，使他们的言语彼此不通。于是，耶和华使他们从那里分散在全地上。他们就停止不造那城了。因为耶和华在那里变乱天下人的言语，使众人分散在全地上，所以那城名叫巴别（就是变乱的意思）。"① 从这里可以看出，世界上之所以有各种不同的语言，其原因盖出于神在其中起的作用，或者说是神扰乱了最初原本统一的语言。

2. 第二个阶段：从 17 世纪到 20 世纪初期的"人创说"

17 世纪科学已经得到初步发展，欧洲已经摆脱了基督教教会的愚昧主义统治，哲学上的理性主义兴起，人的地位比之以前大为提高。过去认为人是按照上帝的模样创造出来的，这时则认为上帝是按照人的模样创造出来的，因此，语言也当然不再是神赐予人的，而是人自己创造的。至于人怎样创造了语言，说法则各有不同。笛卡尔认为人是一种有理性的生物，而人的理性就表现在只有人才能有语言这一点上，语言是人类理性的产物。法国哲学家让—雅克·卢梭主张"契约说"，他在 1775 年的《论人类不平等的起源》中论及这一问题，后来又专门写了《论语言的起源》一书，认为人类是为了在平等的基础上建立一个社会，为了相互交际，才约定使用语言以作交际的工具。他说："一个人一旦将另一个人视为与己类似的、能感知的、能思想的存在，那么，交流感觉与思想的渴望或需要，会促使他寻找交流的方式。这些方式只能产生于感觉，这是一个人能够作用于他人的唯一手段。于是乎有了表达思想的感性符号。"② 19 世纪大多数语言学家赞同卢梭的观点，认为语言是一种社会交际工具，是人类为了满足社会交际的需要而创造出来的。

3. 第三个阶段："进化说"

从 20 世纪 30 年代开始，随着现代科学技术的发展，自然科学家对语

---

① 《圣经》，中国基督教协会、中国基督教三自爱国运动委员会印，1988 年版，第 10—11 页。

② 让—雅克·卢梭：《语言的起源》，上海人民出版社 2003 年版，第 1 页。

言产生了浓厚的兴趣，他们悄悄地使用比语言学家、哲学家更为科学的方法来研究语言的起源问题，获得了令人瞩目的成就。

自然科学家认识到，孤立地看人的语言，人没有什么比动物特别高明到哪里的地方。

首先，人拥有的发音系列并不比其他动物多多少。使用声音信号的动物都有一个基本的发音系列，这种发音系列因动物的种类而异。乳牛的基本发音在 18 个以下；小鸡大约 20 个；狐狸超过 30 个；海豚在 20 至 30 个之间；大猩猩、黑猩猩也如此；人平均 30 到 40 个基本音，有人说是 50 个，即便如此也并不比动物多多少。而且"从一岁半小孩那儿可以听到的头十个至十二个单词，大概是以纯模仿方式学会的。为了使熟悉的单词能够发音十分清晰，必须长时期地练习喉、舌和唇部肌肉……在这方面小孩明显地不如许多鸟类……一岁半小孩在扩充自己'词汇'的速度上，也大大逊色于鸟类模仿者。"[1] 既然如此，人又为什么能够说出话来呢？问题的关键在于一岁半之后"总共再过三四个月，小孩对单词的机械模仿将变成自觉的运用，其原因是，快两岁的小孩的大脑中直接与言语进行思维理解相联系的那些区域在逐渐成熟。"[2] 人与动物的不同在于："大多数动物只能单一地使用每个基本音"，而人则拥有"双层发音"，即"这种分为两层的语言内部组织——第一层是音素，它们相互结合为较大的第二层——可称为双层性或双层发音"，而"在某个时期，双层发音被认为是人类语言唯一具有的特征"[3]。人能够把各个基本音与其他音结合起来加以运用，其他动物则不能，理查德·利基说："我们对那些声音的使用实际上是无止境的，它们能被编排和重新组合而赋予人类平均具有 10 万个单词的词汇量，而那些单词能组合成无数的句子。"[4]

其次，人与其他动物的氨基酸相差也不大。据研究，"在所有动物当中，一种确定的酶都是由上百种不同的氨基酸和蛋白质组成的。在不同的物种当中，这些组成成分愈一致，那么，它们在种源史上的亲缘关系也就愈接近。哺乳动物与鸟类相差 10—15 个氨基酸，与鱼类相差 20 个，与酶

---

[1]　潘诺夫：《信号·符号·语言》，生活·读书·新知三联书店 1991 年版，第 5 页。

[2]　同上书，第 6 页。

[3]　琼·艾奇逊：《现代语言学入门》，北京语言学院出版社 1990 年版，第 24—25 页。

[4]　理查德·利基：《人类的起源》，上海科学技术出版社 1995 年版，第 94 页。

母相差 43—49 个。人与猕猴,仅一个氨基酸之差!"①

再次,动物也有自己的语言。如蜜蜂舞蹈,就含有关于食物的多寡、种类、位置和距离的准确信息。1956 年,海豚以听力(通过回声探测器)辨认方向这一点被发现了;后来,借助水下听音器发现海豚还具有丰富的用作族内交流的语汇,能说出人的声音和词语,并学会正确运用。猿猴也拥有一个建立在表情变化、手势语和语音基础之上的很有特色的交流系统。1972 年普伦马克(Premack)夫妇将 130 个形式或色彩都和被表征的对象(玛丽,菠萝,盘子)或特性(红的,圆的,有差异的)毫无共同之处的卡片给一只叫 Sarah 的黑猩猩,这只黑猩猩竟能理解和造出新的句子,可以回答问题,并完成从对象到符号的过渡。这些情况使沙夫和诺瓦克(Schaefer/Novak)说道:"动物和人的裂缝,似乎并没有迄今为止人们所假定的那样巨大。动物那些与人相似的属性,从工具的原始使用到简单的抽象能力的形成,都是令人吃惊的。人身上存在着只能被称作'无意识思维'的过程,这个事实,警告我们提防对意识作过高的估价。"② 甚至人所有的布罗卡螺纹(语言中枢)也存在于狷毛猴和金丝猴的脑部中。这种种情形正如孟子所说的"人之所以异于禽兽者几希"③。人的生命存在只有觉醒到人自身在这个世界上必须进行意义、价值、地位的追寻,才是区别于自然或禽兽的人之所以为人的人,而且还要觉醒到并创造出用来表达人的意义、价值、地位、追求并能从中照观到自身的语言。

三 语言的产生

上述情形说明,不能只从动物的角度看人类语言的起源,还要有人类文化史、人类学、一般心理学、思维发展史、社会发展史等知识作为探讨的依据。语言的起源问题既是语言学的问题,又是一般人类历史的问题。为此必须研究语言产生的条件和动机以及语言究竟从何而来的问题。

---

① 福尔迈:《进化认识论》,武汉大学出版社 1994 年版,第 112 页。
② 引自福尔迈《进化认识论》,武汉大学出版社 1994 年版,第 108—110 页。
③ 《孟子·离娄下》,杨伯峻注:《孟子译注》,中华书局 1960 年版,第 191 页。

1. 语言产生的三个条件和时间

人类最初语言的产生需要具备三个条件：

第一，人类的思维能力要发展到一定水平，至少要发展到能够对客观世界的事物进行分类和概括，并具有一定的记忆和想象、判断和推理的能力，这样才能产生语言。

第二，喉头和口腔、声道必须进化到能发出清晰的声音的地步，这才可能产生有声语言。

第三，人类社会必须发展到一定水平，直至人和人之间有着交流的迫切需要，才能产生语言。

这些条件决定了语言产生的时间。过去总以为北京猿人是最早的人类，因此认为人类只有 40 至 50 万年的历史，科学家根据近几十年的研究成果，已将人类的历史提早到几百万年到 1400 万年以前，而语言学家推断出语言的历史却只有几万年。前苏联语言学家阿尔巴耶夫 1970 年提出一种新的关于语言起源的理论：社会符号理论。他根据马克思所说的人的形成过程是从意识到人活在社会之中开始的这一说法得出结论说，最初的词只能是"社会生产集团的名称"，"人类最初的思想……是关于集体的'我们''我们的'思想。因此最初的词是从表达这种思想的努力中产生出来的"。语言不可能产生在人群分散狩猎、人群之间没有接触的旧石器时代的早期，"在一个单独的孤立的人群中言语是不可能产生的"，"语言只有在两个人群的接触之中才能产生"。考古学材料表明，只有到旧石器时代后期，由于原始人达到相当密集的程度，这样才产生了人群接触的需要和可能，因此语言产生的时期是在旧石器时代的后期，语言的历史不过13000 年到 14000 年。英国心理学家柯恩（John Cohen）教授在《思想和语言》一文中专门用一节谈语言和思想的起源并非同时，作者引用了庞弗里（R. J. Pumphrey）1951 年提出的理论：语言的产生是比较晚近的事情，其历史不超过 3 万年，即旧石器时代的后期①。

在旧时器时代后期，人类凭什么条件创造了语言呢？简单地说就是劳动。就是说人类的语言活动是在原始人的集体劳动中产生的。恩格斯认

---

① 见伍铁平《语言与思维关系新探》，上海教育出版社 1990 年第 2 版，第 6 页，第 56 页。

为，在好几十万年以前，人的祖先居住在热带某一地方，大概在现在已经沉到印度洋底下的一块大陆上，这些人的祖先原先住在树上，移居到地面以后，既没有抽象思维，也没有语言，只会发出一些单调的叫声。这些类人猿"从攀树的猿群进化到人类社会之前，一定经过了几十万年……这在地球的历史上只不过是人的生命中的一秒钟。但是人类社会最后毕竟出现了"，"人类社会区别于猿群的特征又是什么呢？是劳动。""劳动是从制造工具开始的。"人类祖先的这种劳动经常化了之后，就不但开始向人过渡，而且产生了创造语言的需要和可能。恩格斯指出："语言是从劳动当中并和劳动一起产生出来的……动物之间，甚至高度发展的动物之间，彼此要传达的东西也很少，不用分音节的语言就可以互相传达出来。在自然状态中，没有一种动物感觉到不能说或不能听懂人的语言是一种缺陷……和这些动物接触的人不能不相信：这些动物现在常常感觉到不能说话是一种缺陷。不过可惜它们的发音器官已经向一定的方向专门发展得太厉害了，所以无论如何这种缺陷是补救不了的。"① 人类为什么和动物有这种不同呢？这是因为劳动使人类祖先有需要也有可能创造语言。

2. 语言产生的动机

人类不是无缘无故创造语言的，更不是为着与神祇"交往"而创造语言的。人类之所以创造语言，是因为劳动使他们有创造语言的需要。马克思恩格斯说："语言也和意识一样，只是由于需要，由于和他人交往的迫切需要才产生的。"② 动物也有交往，但是动物的交往并不促使动物创造语言，因为动物的交往并不是劳动中的交往，人的交往则是劳动中的交往。恩格斯解释说："劳动的发展必然促使社会成员更紧密地互相结合起来，因为它使互相帮助和共同协作的场合增多了，并且使每个人都清楚地意识到这种共同协作的好处……这些正在形成中的人，已经到了彼此间有些什么非说不可的地步了。"③

---

① 恩格斯：《自然辩证法》，《马克思恩格斯选集》第3卷，人民出版社1972年版，第511—513页。

② 马克思、恩格斯：《德意志意识形态》，《马克思恩格斯选集》第1卷，人民出版社1972年版，第35页。

③ 恩格斯：《自然辩证法》，《马克思恩格斯选集》第3卷，人民出版社1972年版，第511页。

然而，只有需要还是不可能产生语言。我们知道，人类的语言是以抽象思维的担负者的资格而作为交际工具使用的，语言是以语音和语义的结合的方式作为人们的交际工具的。由此可见，要使语言产生，还要有抽象思维的能力和发音清晰的能力，这样才能使抽象思维的成果成为语言结构之中的语义要素，人的言语的动觉神经所发出的声音成为语音要素，而这两种能力又都是劳动所起作用的结果。恩格斯说："人的思维之最本质的最密切的基础，却恰恰是人所引起的自然界的变化，而非单独是自然界本身；人的智力是按照人如何学会改变自然界而发展的。"① 他还说："随着手的发展，随着劳动，人开始了对自然的统治，这种统治在每一个新的进展中扩大了人的眼界。他们在自然对象中不断地发现新的、已往所不知道的各种属性。"② 人类需要用积极的行动掌握外界对他有最大意义的东西，并以此来满足自己的需要。马克思说："由于这一过程的重复，这些物能使人们'满足需要'这一属性，就铭记在他们的头脑中了，人和野兽也就会'从理论上'把能满足他们需要的外界物同一切其他的外界物区别开来"③。这样，人类的祖先就获得了慢慢学会利用各种清晰的音节去进行说话的可能性。

3. 语言从什么发展而来

丹麦语言学家奥托·叶斯柏森（Jens Otto Harry Jespersen，1860—1943）在《语言——它的本质、发展与起源》里把有关语言是从什么发展而来的理论归纳为四种说法：

一是"摹声说"或"咆哮说"。这种说法认为人类是在模仿下等动物的喊叫声中创造了语言。赫尔德在《语言的起源》中认为语言起源于模声，他举例说："那羊儿就站在那里，他的感官告诉他：它是白色的，柔软的，毛茸茸的。他那练习着思考的心灵在寻找一个特征——这羊儿在咩咩地叫，于是，心灵便找到了特征。内在的意识开始发挥作用。给心灵带来最强烈印象的，正是这咩咩的叫声，这叫声从所有其他观察、触摸到的

① 恩格斯：《自然辩证法》，人民出版社1955年版，第192页。
② 同上书，第140页。
③ 马克思、恩格斯：《马克思恩格斯全集》第19卷，人民出版社1963年版，第398—399页。

性质中挣脱出来,深深地揳入心灵,并且保留在心灵之中。"这样反复多次之后,"咩"这个叫声就变成了羊的名字,称呼"羊"的语词就这样产生了。据此,赫尔德说"语言的发明那么自然,对于人那么必不可缺,就像人只能是人一样。"①。

二是"感叹说"或"啵啵说"。根据这一说法,语言活动起源于人类的苦痛或其他感觉的叫唤。最先提出这一说法的是德谟克利特。恩斯特·卡西尔虽然并不赞同这种看法,却给予很高的评价,他说:"人类最基本的发音并不与物理事物相关,但也不是纯粹任意的记号(Signs)……它们是人类情感的无意识表露,是感叹,是突进而出的呼叫……人类的言语可以归溯到自然赋予一切有生命物的一种基本的本能:由于恐惧、愤怒、痛苦或欢乐而发出的狂叫,并不是人类独具的特性,而是在动物界中到处可见的。"② 法国学者孔狄亚克(Condillac)在《人类认识起源论》中假定语言起源于"自然的呼声"。他说,有一些"自然符号,或者说自然为人类表示快乐、恐惧、痛苦等情感而创立的各种呼声",人类天赋的反省能力,正是从这种"自然的呼声"得到启发,从而创造出具有任意性的声音符号来的③。

三是"声象说"或"叮当说"。这一说法认为声音和意义之间有神秘的和谐,自然界的事物都有其特殊的声音,好像各种铃声似的打击着人们,语言是从人类接受这些声音打击的印象的本能所产生出来的结果。

四是"喘息说"或"哟—嘿—呵说"。根据这一说法,人类在劳动过程中,由于肌肉的活动,挤出伴随劳动的喘息,发出"哟—嘿—呵"的声音,这声音后来就被用来指明劳动的动作,给各个劳动动作以名称,慢慢地语言就产生了。

中国语言学家高铭凯认为,上述那些说法都有一定的道理,但都不能全面地解释语言的起源问题。他认为,"语言是人们在劳动条件的推动下从以声音为刺激物的、具有某种交际作用的第一信号系统的一部分发展而来的。"④

---

① J. G. 赫尔德:《论语言的起源》,商务印书馆 1998 年版,第 27—28 页。
② 恩斯特·卡西尔:《人论》,上海译文出版社 1985 年版,第 147 页。
③ 见徐志民《欧美语言学史》,学林出版社 1990 年版,第 42—43 页。
④ 高铭凯:《语言论》,商务印书馆 1995 年版,第 363 页。

其实，我们今天很难知晓人类语言起源的具体情形，但有一点可以肯定，语言既然有其听觉表现形式，那么它的声音一定与自然界的各种声音、人在劳动过程中接触劳动对象所发出的声音以及人自身表示感叹的声音有着密切的关系，语言正是从这些声音中产生出来的。

同时，还应该看到，在语言产生很久以前，人类意识就已通过手势、身势（如舞蹈）、实物物象、图画、音乐等符号现象表现出来了。英国牛津大学的帕辛厄姆博士经过详细的分析发现，人脑除主言语的布洛卡区和主理解的韦尼克区这两个联络区外，与其他灵长类动物在脑的功能结构上很少有其他的差别。值得注意的是布洛卡区和韦尼克区都和语言有关，而且和大脑、小脑皮质运动区一样不成比例地特别大。正是这两个"联络区"促使动物本能的封闭思维转化为人类能动的开放思维，并从鼻音发音、单音节、非分节语或简单分节语的模糊语言的前语言状态，过渡到主要用口音发音、多音节、复杂音节的原始语言状态，从而促成了人类语言的产生。

四　语言起源于艺术和作家对此的偏爱

1. 语言起源于艺术

我们之所以在上面喋喋不休地说明关于人类语言的起源，主要是想以那些说法作为衬托，而引出另外一种关于语言起源问题的看法。这种看法或许得不到语言学家们的重视，却格外受到文学家、艺术家、美学家的青睐，也引起我们的特别兴趣。这种说法就是认为人类的语言起源于艺术。

首先需要予以说明的是这儿所说的艺术并不是今天的严格意义上的成熟的艺术，而是宽泛意义上的艺术，或者说是人类艺术史上早期的艺术。这种人类早期的艺术正是语言的起源。让—雅克·卢梭在《论语言的起源》中说："正如激情是使人开口说话的始因，比喻则是人的最初的表达方式。最初的语言是象征性的，而本义（Proper meaning）或字面义（Literal meaning）是后来才形成的。只是当人们认识到事物的真实形式，这些事物才具有真正的名字。最初人们说的只是诗；只是在相当长的时间之后，人们才学会推理。""我们以为第一个开口说话的人的言语〔假使曾经存在过〕，是一种几何学家的语言，可是在实际上，那是一种诗人的语言。""逼迫着人类说出的第一个词（Voix）的不是饥渴，而是爱、憎、怜悯、愤怒。果实不会从我们手中退避，一个人不必说什么就可以吃掉它，植物的茎杆是沉默的，同样，它被默默地吞食，成为牺牲品。但为了感动一颗年轻的心灵，为了击退非法的入侵者，自然（Nature）指使我们发出声音、呐喊、哀叹——这些最古老的话语。这可以说明为什么在简约化和系统化之前，最古老的语言像诗歌一样，饱含激情。""当激情控制了我们的眼睛，使我们走火入魔，那最初来到我们心中的观念便是不真实的，在本义（或字面义）之前的象征词便这样诞生了。这种对词与名的阐释，也可用来解释短语的转换。最早呈现于我们眼前之物，是因激情而产生的幻象，与此相应的语言便是原始语言。只是到了后来，人类摆脱了蒙昧状态，意识到原先的错误，并且仅仅在因所形成的同样的激情的感动下，才使用这种最初语言的表达方式，此时，它就成了隐喻。"① 卢梭的这个看法既表明语言起源于艺术，同时还说明语言与隐喻之间的密切关系。

黑格尔在论及诗歌的言语时说："诗的用语产生于一个民族的早期，当时语言还没有形成，正是要通过诗才能获得真正的发展。当时诗人的话语，作为内心生活的表达，通常已是本身引人惊赞的新鲜事物，因为通过语言，诗人把前此尚未揭露的东西揭露出来了。这种新创像是出自一种人们所不经见的神奇的本领和能力，能使隐藏在深心中的东西破天荒地第一次展现出来，所以令人惊异……当时诗人仿佛是第一个人在教全民把口张开来说话，使思想转化为语言，使语言又还原到思想。当时说话这件事还不是共同生活中的一件寻常事，诗利用这种共同生活的语言加以提高，使它产生新鲜的效果。"② 黑格尔的论述清楚地表明，语言是起源于诗的，是在诗的基础上逐渐发展起来的。

H. 维尔纳在《抒情诗的起源》一书中作过这样的推断："原始民族最早的抒情歌谣，总是和手势与音响分不开的。它们都是些没有意义的语言，纯粹的废话，在部落的舞会上吟唱，以便宣泄由于饱餐一顿或狩猎成功而得到的狂欢"，"就在抒情的叫喊声中，在对饥渴的痛苦的呼唤声中，

① 让一雅克·卢梭：《论语言的起源》，上海人民出版社 2003 年版，第 14—19 页。
② 黑格尔：《美学》第 3 卷下册，商务印书馆 1981 年版，第 65—66 页。

后来，在对燃烧的性欲赤裸裸地表示中，以及在对死亡无可奈何的悲叹中，我们发现了一切高级形式的抒情诗的萌芽。"① 抒情诗萌发于饱餐一顿或涉猎成功而得到的狂欢、萌发于对饥渴的痛苦的呼唤、萌发于燃烧的赤裸裸的性欲、萌发于对死亡无可奈何的悲叹，一言以蔽之，萌发于情感的显现和抒发，而这种情感的显现和抒发在其始正"都是些没有意义的语言"，等这些"没有意义的语言"成为有意义的语言的时候，语言就真正地形成了，语言是从没有意义的语言发展而来的，或者说是从诗发展而来的。

英国音乐理论家戴里克·柯克作了这样的猜想："一种最合理的关于文字起源的臆测是，它最初仅仅是被用来表现情感上的愉快和痛苦的叫喊。其中一些声调在两种语言——音乐和说话中保留至今。这两种语言就是从这里发展起来的。"② 在戴里克·柯克看来，所谓"音乐"语言和"话语"语言是从"表现情感上的愉快和痛苦的叫喊"发展起来的。质言之，语言是起源于诗歌的。

恩斯特·卡西尔对此也作了深刻的论述。他说："恒久的东西何以可能从这种动态中产生出来？汹涌而来模糊不清的感官印象何以能产生出客观的语言'结构'。近代语言科学在努力说明语言'起源'问题时，确实常常回返到哈曼（Hamman）的那句格言：诗是'人类的母语'。语言学家们一直强调，言语并非植根于生活的散文性，而是植根于生活的诗性上；因此必须在主观感受的原始能力中，而不是在对事物的客观表象的观照或按某些属性类分事物的过程中去寻找言语的终极基础。"恩斯特·卡西尔在这儿所说的语言学家主要是指奥托·雅斯帕森。关于言语植根于生活的诗性，是奥托·雅斯帕森在 1894 年出版的《语言的发展》中所阐述的观点。恩斯特·卡西尔引述了这样的观点之后说："但是，尽管这种学说初看上去似乎避开了'逻辑表达'说总免不了要陷进去的那个可恶的圈子，但它终究不能在言语的纯指称功能与纯表现功能之间仍旧存有着一道缝隙；尚待澄清的恰恰就是一个声音赖以从抒情性发声变形为指称性发

---

① 引自邓福星《艺术前的艺术》，山东文艺出版社 1986 年版，第 11 页。
② 戴里克·柯克：《音乐语言》，人民音乐出版社 1981 年版，第 36 页。

声的**解脱**过程。"① 恩斯特·卡西尔具体地论述了这样一个解脱过程，他的看法正好表明了最初的语言是从诗性发展而来的，换一句话说，语言是起源于诗歌或艺术的。

在整个地球文明史中，在各个民族的文学艺术史中诗歌是最早兴起的文学品种，因而诗歌的语言也就是最古老的文学文本言语，同时也是迄今为止最重要的文学文本言语，一切文学文本言语都是由诗歌文本的言语衍生变化出来的。我们今天一般都把"诗"和"歌"这两个字连在一起用，实际上，在语言史上是先有"歌"而后才有"诗"的。闻一多在《歌与诗》中这样写道：

> 想象原始人最初因情感的激荡而发出有如"啊"、"哦"、"唉"或"呜呼"、"噫嘻"一类的声音，那便是音乐的萌芽，也有孕而未化的语言。声音可以拉得很长，在声调上也有相当的变化，所以是音乐的萌芽。那不是一个词句，甚至不是一个字，然而代表一种颇复杂的涵义，所以是孕而未化的语言。这样界乎音乐与语言之间的一声"啊～～～～"便是歌的起源。不错，"歌"就是"啊"，二者皆从可陪声，古音大概是没有分别的。在后世的歌辞中有时又写作"猗"……②

这就是说，当人类还只能以嗟叹的声音来发泄某种情感时，歌就起源了。这种嗟叹的声音向固定的音高的方向发展而演化成为音乐；向无固定音高的方向发展时，就变成后来语言中的感叹虚词。这即是前面提到的戴里克·柯克说的所谓"音乐"语言和"话语"语言。

感叹虚词"啊"或所谓"猗"、"哦"、"兮"等，一方面包含着丰富的情感因素和情感内涵，另一方面又很难具体地表现某种特定的情感，正像我们今天从单单的一声"啊"中很难辨别到底是发现美味食品所发出的惊喜还是猛然受到什么刺激而发出的惊叹，或者是看见了某种凶猛的动物而感到恐惧一样。这是因为感叹虚词虽然是最早的歌，但既不能表现由

---

① 恩斯特·卡西尔：《语言与神话》，生活·读书·新知三联书店1986年版，第61页。
② 闻一多：《闻一多全集》第1卷，生活·读书·新知三联书店1982年版，第5页。

特定事物所引起的具体情感，也无法表达事物之间的多种多样的关系。人类是不会满足于这样一种原始的情感表达手段的，出自表现具体情感的需要，最终滋生出实词以及含义比较明确的句子来。这种情形正如闻一多所说的那样：

> 借最习见的兮子句为例，在纯粹理论上，我们必须说最初是一个感叹字"兮"，然后在前面加上实字，由加一个字如《诗经》"子兮子兮""搴兮搴兮"，递增至大概最多不过十字，如《说苑》所载柳下惠妻《诔柳下惠辞》"夫子之信成而与人无害兮"。①

这表明歌的"语言"经历了由虚词而实词的演化过程。由此可见，所谓"语言"的根源从最根本上来讲，是存在于"歌"那里的，也就是说，最初的语言起源于"歌"，即起源于艺术。

2. 作家的青睐

语言起源于"歌"即起源于艺术这一情形使我们看到，追根溯源说起来，语言是从艺术（语言艺术是艺术之一种，诗歌则是语言艺术之一种）那里滋生繁衍而来的，语言的老祖宗原来是在诗歌那里，语言原来是从诗歌发展而来的。语言和诗和艺术的这种渊源关系不仅使得语言成为文学的材料，而且进一步使得语言成为文学的载体、文学的本体。或许正是这一点，使得作家们对语言起源于艺术这样一种说法特别地偏爱，这种情形使得作家艺术家特别青睐语言起源于艺术这一说法，并进而对起源之初的语言又特别地钟情。

作家们特别钟情于最初的语言的究竟是什么呢？说到底，作家们钟情于最初的语言的是：语言上面所粘连着的赤裸裸的感情，钟情于语言上面携带着的热乎乎的血肉，钟情于语言上面裹挟着的活鲜鲜的思想，钟情于语言上面表现出的欢蹦跳跃的生命和生命律动。作家对起源之初的语言之所以如此偏爱，其原因盖出于此。因为只有这样的语言才有可能把人的情感、心胸、血肉、生命和生命律动、人的精神现象、心理现象、灵魂现象

---

① 闻一多：《闻一多全集》第 1 卷，生活·读书·新知三联书店 1982 年版，第 6 页。

等等都赤裸裸地、毫无保留地表现出来，从而使文学更符合文学的实际，更接近于文学本体，更能够回归到真正的文学那里去。事实完全如此，因为归根结底，文学就是要表现作家对自然、社会、宇宙、人生和人生际遇的种种感慨、惋叹、惊异、悲鸣、欢呼。而用来表现这些的，其最好的当然是那些带着情感的语言，是那些蕴含着深厚的人文精神的语言，这些语言就像刚刚从诗歌这种艺术里滋生出来的原始语言一样。

第五章

语言的流变和作家的顾眄

一　语言的流变与发展之辨

1. "流变"与"发展"之辨

在进入这个论题之前首先要予以说明的是，我们在这儿之所以用的是语言的"流变"，而不是一般通行用的语言的"发展"，这是基于语言过程的实际情形作出的考虑。"发展"这一词语指的是事物由小到大、由少到多、由简单到复杂、由低级到高级的过程，主要表明事物在一般情况下按一条直线向前行进；而"流变"则是指事物流动、变化的过程，其方向可能不是笔直向前的，而是还有迂回、曲折和反复，且本身在流动、变化的过程中可能还会被磨损以至丧失某些东西，当然也会生成某些新的东西。

2. 语言的历史是"流变"的历史

实际说来，语言在其历史过程中的情形更符合"流变"之义而不是符合通常意义上的"发展"之义。德国语言学家施来歇（August Schleicher，1821—1868）这样说："我们在历史中所看到的是，语言只是按一定的生活规律衰老下来，在语音和形态方面都是这样。我们现在所说的语言，像一切历史上重要的民族的语言一样，都是老朽不堪的语言的产物。就我们所知，所有文明民族的语言都在某种程度上处于退化状态。"这位施来歇在另外一本书中说道："语言在史前时期构成，而在历史时期灭亡。"① 前苏联语言学家兹维金采夫在他的《普通语言学纲要》一书中引

---

① 引自兹维金采夫《普通语言学纲要》，商务印书馆 1981 年版，第 194—195 页。

用了这两种说法之后接着说："按照以上简述的观点，语言发展过程并非真正的发展，尽管这令人难以置信。不仅如此，语言发展甚至被理解为它的瓦解。"① 美国语言学家、加利福尼亚大学（伯克利分校）教授罗宾·洛克夫在 2000 年出版的《语言的战争》中叙述了这样的研究事实："语言一直被断言为在走下坡路、日趋鄙陋、丧失表达能力、丧失或混淆意义。"② 事实确实如此，我们在前面曾经说到人类的语言有 6800 多种，而现在已经有三分之一濒临灭绝。语言在历史过程中的这一事实，使我们感到用"流变"比用"发展"更能概括语言在历史上经历的真实情形。顾城曾经这样说："语言就像钞票一样，在流通过程中已被使用得又脏又旧。"③ 钞票在流通过程中虽然还保留有其本身固有的币值，但它在众多使用者的手里辗转流传确实变得又旧又脏了，它至少丧失了刚刚从金库提取出来时的新鲜、光洁与坚挺。语言也是这样一种类似的情形。

与语言的这种情形相比，似乎还有更可怕的情形。据《国际先驱导报》2003 年 3 月 7 日报道，此前在英国举行的一个教育会议上，讨论了少儿语言的退化问题，英国政府基础能力发展署的高级教育专家艾伦·韦尔斯在会上发出警告："现在的孩子们常常用简单的单音节词交流，只会叽里咕噜，这主要是因为他们的父母忙于工作，丧失了与孩子交谈和玩游戏机的机会，而把孩子们整日留在电视机前。到了上学年龄时，许多孩子只有很少一点语言技能。很清楚，这将明显影响他们日后的学习。"

墨西哥《世界时代》周刊 2005 年 10 月 19 日这一期发表了一篇题为《大学生阅读理解能力低下》的文章，该文说：

> 人们曾认为，在经过 10 年或更长时间的小学、中学教育后，任何进入大学的学生都能够顺利地理解并总结归纳一篇文章的主旨。但这实际上只是主观臆断，事实远非如此。
>
> 许多年轻人，甚至包括已经在大学学习过一段时间的大学生，其对语言文字的理解能力只相当于 7 岁的孩童的水平。他们在阅读时无

---

① 兹维金采夫：《普通语言学纲要》，商务印书馆 1981 年版，第 196 页。
② 罗宾·洛克夫：《语言的战争》，新华出版社 2001 年版，第 73 页。
③ 王安忆：《岛上的顾城》，《漂泊的语言》，作家出版社 1996 年版，第 3 页。

法对文章进行整体理解，在总结并向其他人讲述文章中心思想时存在一定困难。

哥伦比亚塞尔希奥·阿沃莱达大学语言语法学系的研究人员在经过大量研究后发现，许多大学生在中学学习时对阅读和写作训练不够。在撰写一篇一页长的文章时，80% 的大学生存在词汇拼写错误或标点符号错误，花费时间超过两个小时以上。在阅读文章时，70% 的学生无法理解文章的中心思想，90% 的学生在词义理解方面存在问题。研究人员还发现，大学生在写作时普遍存在口头用语使用过度的情况。许多学生甚至把书视为"敌人"，认为阅读是一项枯燥的工作。

研究人员进行的另一项对阅读行为的调查显示，2000 年时，12 岁以上人群中有 67% 的人每年阅读两本书，26% 的人从来不读书，而 2.9% 的人根本不具备阅读能力……

专家指出，"大学生越来越倾向于从书籍以外的媒介获取所需的信息。网络的普及已经使'复制'、'粘贴'的做法成为大学生唯一的写作方式"[1]。

或许这两个材料是另外一个话题，但因为涉及语言，所以同样值得引起注意。

肯定地说，在人类历史上，语言是随着人类社会和人类自身的发展而不断发展的，没有也不可能只停止在一个永恒不变的水平上。但语言的发展似乎与一般的事物的发展有些不尽相同的情形，这种不同突出地表现为既有直线又有曲线，既有主导方向又有发散方向。同时，这种变化是以微小而连续的方式进行的。罗宾·洛克夫说："在语言中变化就是规则。和任何生物一样，语言亦在进化。历史语言学家和社会语言学家们已经令人信服地表明语言是处在持续不断的变化过程中……我们所注意到的变化——如俚语的引进——往往是短暂的。更深层次的变化则是大多过于微妙以至我们（甚至语言学家）都无法在其发生时有所察觉。不过，因为这种变化是以微小而连续的增值方式出现，它实际上从未造成混乱或导致意义及表现力的丧失。"[2] 语

---

[1]　《参考消息》2005 年 11 月 15 日第 6 版。

[2]　罗宾·洛克夫：《语言的战争》，新华出版社 2001 年版，第 74 页。

言的变化对于某些领域的语言使用来说，是既有利又有弊。这里所谓弊特别明显地表现在文学创作上。所以我们在这里没有必要展开关于语言的发展的论题，只想笼统地说明语言的流变和作家在语言的流变中所采取的语言策略以及采取这种语言策略对于文学创作的意义。

二　从情感语言到命题语言

1. 思维、意识和语言

现代科学研究得出的结论认为，动物的心理水平与动物有机体的系统结构水平是相一致的。从系统论的观点来看，动物的反映形式是遵循着下列顺序进行的：

感应性→感觉→知觉→表象→思维萌芽

从这个进行顺序中可以看出动物的反映形式是依照一定的层次行进的，例如，从物种发生史的角度来看，植物只有感应性，动物有网状神经系统尚未分化的感觉，链状神经系统有专门化感觉，脊椎动物有知觉反映形式，哺乳动物有思维的萌芽，灵长类动物有具体思维的能力，而人类则有更高级的思维和意识活动。人的这种更高级的思维和意识活动，无论是就整个人类发展历史过程的思维和意识活动来说，还是就现今的个体的人的思维和意识活动来说，都要经历如下的三个依次递进的阶段：

直观的动作思维→具体的形象思维→抽象的逻辑思维

也就是说，人的思维和意识活动是逐渐由感性思维转向理性思维、由具象思维转向抽象思维、由集体意识分化出个体意识的。与人的思维和意识活动相适应，人类的语言也是经历了由具象语言演变为抽象语言、由情感语言演变为命题语言或概念语言这样不同的阶段。

2. 情感语言：语言的具象化

在原始人的语言使用和神话的讲述中，语言的具象化是最为显著的一个特征。

原始人的思维和语言常常要借助手势和身势的动作以及实物的形象，用以模拟或表达那些十分具体的意思。因为那时原始人的思维是具体的、形象的，语言也是具体的、形象的，很少有抽象的名词和形容词，即使是所谓名词，也往往是专名或专名词，即那些专名或专名词只指称一件实物，而不用于指称其他同类的实物。英国语言学家 L. R. 帕默尔在《语言学概论》中写道：在原始时代，"许多语言缺乏类别名词。据说，阿拉伯语中有几千个词表示各种各样的骆驼，但没有一个泛指骆驼的词。有的语言有许多词用以表示不同品种的棕榈树，但是没有一个词作总称。"① 在初民的语言使用中，具体名词的丰富性和抽象名词的贫乏性形成了极为鲜明的对照，原因是那时的语言是具象的。

在神话的讲述中，讲述者对语言的运用也是这样。如在中国古代神话中，"热"常常被具体化为"十日并出，焦禾稼，杀草木"（《后羿射日》）这样具体的意象。神话所运用的语言中拥有大量直观的可供视觉、听觉甚至嗅觉、味觉、温觉、触觉、运动觉等进行感觉的形象，这样就使得神话不仅是"如画地说"，而且还伴随着十分具体的"声音图象"以及有关事物的轮廓、形状、姿态、位置、气味、运动方向等等。神话在表述两种不同性质事物的对立或对应关系的时候，不会像我们今天这样用概念语言作抽象的陈述，而主要用诸如男和女、日和月、黑和白、升和降、明和暗、悦耳和嘈杂等一系列比较具体的意象、动作和"声音图画"来描述。例如，中国古代神话就是以鸡蛋来比类宇宙的结构的，将"清升为天"、"浊降为地"的内在关系通过语言符号化为神话中的天地理论模式。当神话的讲述者用这些具体可感的形象去讲述神话的时候，讲述者本人和听讲者也都在头脑中想象着它们的具体情景了。再现和模仿所直观感知到的一切，是原始语言的特征之一，也是神话讲述的特征之一。

在原始人的语言中不光是指明具体事物的名词是具体形象的，连指明具体事物性质的形容词也是具体形象的。这就是说，在原始人的头脑当中，一些比较抽象的观念，也是用具体的物象及其组合关系来构成并予以暗示的。例如，古伊朗语的"红色"（Suxra），其词根是"火"、"燃烧"（Suk）；俄语"粉红色的"来自"玫瑰"。这种象形转意的特点，在中国古文字里表现得尤为突出，如甲骨文的"死"字，其释意为"申其颈，低其头，以拜于枯骨之侧"的意思，具象性十分明显。再如表示颜色的形容词，今天大致有白、黄、红、蓝、紫、绿、橙、茶、黑等等，可有人

① L. R. 帕默尔：《语言学概论》，商务印书馆1983年版，第148页。

统计了 4197 种花的颜色，并作了分类：白色：1193 种；黄色：951 种；红色：923 种；蓝色：594 种；紫色：307 种；绿色：153 种；橙色：50 种；茶色：18 种；黑色：8 种。很显然，今天用来表示花的颜色的词语比当初限定这些颜色的词语要少得多。

总而言之，原始时代的那些"正在形成中的人"的大脑还不可能摆脱实物性的直观去进行思维活动，他们对形体及功用的认识从不离开对象的感性形式，而是始终寓于具体的形象之中。

与这种思维方式相一致，原始人的语言不是采用概念的形式，而是采用形象的形式，不是采用概念、判断、推理、证明等抽象思维格，而是采用直观、比喻、联想等形象思维格。对于上古之人、初民来说，语言并不是一种工具，而是一种把某物与某符号或把某符号与某物连接起来的一种发现、一种创造、一种赋予、一种命名。这种发现、创造、赋予、命名是与具体的物象紧密地联系在一起的，语言的具象性显得非常明显。

就语言的流变过程来说，它经历了极为漫长的由直观摹写到幻化投射再到物象与心象、实象与虚象、真象与幻象等先是对立再是前者逐渐弱化淡化消逝、后者逐渐强化显化成形的过程。在这样的过程中，语言就逐渐脱离了它最初所具有的物象、实象、真象的特点，而渐次形成为心象、虚象、幻象的特点。由此可见，语言流变/发展的历史正是不断同它的具象性相脱离的历史。富于物象、实象、真象等特点的语言主要用来表现具体实在的物象以及情感，而富于心象、虚象、幻象等特点的语言主要用来表现思想和观念。恩斯特·卡西尔正确地指出："语言最初并不是表达思想或观念，而是表达情感和爱慕的。"[①] 这意思是说，人类最初的语言不是命题语言或概念语言，而是情感语言。情感语言源于某些具有单纯性质的音节，它不是由于交流的需要、也不是由于物质上的需求引起的，而是由于强烈的爱、恨或愤怒、怜悯的情感引起的，是强烈情感的无意流露和吼叫的音调，或者说只是一种感叹。人类在什么时候才发出感叹呢？恩斯特·卡西尔说感叹"只有在人不能说话或不愿说话时，才被使用"[②]。对原始人来说，感叹是在他们不能说话时使用的。如果只是止步于感叹，那

① 恩斯特·卡西尔：《人论》，上海译文出版社 1985 年版，第 34 页。
② 同上书，第 150 页。

么，真正的语言还没有产生，但是没有感叹真正的语言也不能产生。根据丹麦语言学家叶斯帕森的观点，语言是在"传达的要求大于感叹的要求"① 时产生的。这个见解值得我们高度礼赞。用于"感叹"的所谓语言是各种无意义的声音的混合体，用于"传达"的语言则是思维的工具。从感叹到传达是一个重大的转折，这个转折意味着从前一直是强调情感无意流露和吼叫的音调，正在履行一个全新的任务：它们正在作为传达确定意义的符号而被使用着。这个所谓"传达确定意义的符号"就是语言。当科学高度发展，其本身又变得日益复杂和抽象时，自然逻辑就不相适应了，而需要用一些精确的、单一含义的科学符号去取代那些模糊不清的、多义的日常语言，于是在科学语言中出现形式化、数字化的倾向。这种倾向的另一面则会使语言逐渐走向死亡，诚如海德格尔的观点所认为的——这种使语言形式化、数字化的倾向会导致语言失去生命力而逐渐死亡。这是另一个问题，在此略而不论。

3. 命题语言：语言的抽象化

从上述的情形来看，语言是随着社会生活的日益繁富复杂和人的概括的抽象的思维能力的日益提高而不断地发展/变化了，发展/变化的结果之一是渐渐被抽象化、概括化了，同最初的具象性脱离了，最终演绎出一套符号，而这套符号就不再具有形象性的特点了。法国人类学家列维—布留尔说："北美印第安人所操的语言的一个最触目的特征，是它们特别注意表现那些为我们的语言所省略或者不予表现的具体细节。"② 恩斯特·卡西尔说：

> 人类文化初期，语言的诗和隐喻特征确乎压倒过其逻辑特征和推理特征。但是，如果从发生学的观点来看，我们就必定把人类言语的想象和直觉倾向视为最基本的最原初的特点之一。另一方面，我们发现在语言的进一步发展中，这一倾向逐渐减弱。语言变得越抽象，它就越扩大和演变其本来的能力。语言从日常生活和社会交际的必要形

① 引自恩斯特·卡西尔《人论》，上海译文出版社 1985 年版，第 150 页。
② 列维—布留尔：《原始思维》，商务印书馆 1985 年版，第 132 页。

式，发展为新的形式。为了构想世界，为了把自己的经验统一和系统化，人类不得不从日常言语进入科学语言，进入逻辑语言、数学语言、自然科学语言。①

前苏联神经心理学家 A. P. 鲁利亚指出：

> 语言以后发展的历史应是词与实践活动相脱离的历史。这种发展的结果，言语成为一种独立的活动，这种活动使语言及其成素（词）成为一种独立的代码体系，这种体系中包含了标记事物和表达思想的全部手段。词脱离其实践语境的过程就是语言变成一种共语义体系的过程。这种共语义体系也就是一种符号体系，其中的符号在意义上相联系并组成一种甚至在不知道情景的条件下也可以理解的代码体系。②

事实正是这样，大多数语言是一种符号性的，而符号只能属于客观事物的抽象的概括的反映，而不是客观事物的形象的具体的反映，从人的心理活动上说，它属于第二信号系统，而第二信号系统具有抽象的概括的特点，具体的形象的特点则早已消失殆尽。

今天的作家所面临的正是这样的语言。很显然，这样的语言不是作家创作所需要的语言。

三 作家的语言策略

1. 作家对情感语言的顾盼

面对语言的流变，作家在文学创作中采取了怎样的语言策略呢？在说明这一点之前，我们想强调指出的是，用解构主义的观点来看，从情感语言向命题语言、概念语言或逻辑语言的过渡正是语言史和哲学史发生和发展的真谛。从语言史和哲学史的角度来看，这种过渡无疑是一种进步。从文学和文学创作的角度来看，这种过渡不能不遗憾地被看成一种退步。因

---

① 恩斯特·卡西尔：《语言与神话》，生活·读书·新知三联书店 1988 年版，第 134 页。
② 王钢：《鲁利亚遗著：〈语言与意识〉》，《国外语言学》1981 年第 4 期。

为，追根溯源说起来，情感语言不只是先于命题语言、概念语言或逻辑语言，而且在表现情感方面比逻辑语言要真实得多，逻辑语言在表现情感方面则较之情感语言要虚伪得多。正是逻辑语言的这种虚伪性扼杀了情感语言本来就具有的活生生的生命和创造力。正是基于这样一种考虑，所以我们在标题上用了"顾盼"这样一个词。这意思是说，当语言在历史流变的过程中，作为用语言进行文学创作的作家回头看望、依然眷恋的是语言产生时的起初的情形，即语言的具象性、情感性和那种活生生的生命及创造力，而对于概念语言或逻辑语言却多少感到有那么一点隔膜和不适用的感觉。作家最不喜欢的是概念语言或逻辑语言的抽象性、命题性，而致力于搜寻和创造语言的具象性和情感性，并想方设法赋予语言以具象性和情感性。这样说当然不是说作家不用抽象的概括的命题语言，而是说，主要用具象性、情感性的语言。对于作家对语言的运用，我们不妨打这样一个比方：它有如人们跳某种舞，如慢三步或快四步，舞者在跳舞的过程中有进有退，但刚进到前面一个点子上时则仅仅只是象征性地点那么一下，马上又退回来。文学创作由于主要是用感性的、具体的形象思维，对抽象的、理性的思维用得少，与此相一致，对语言的选择和运用主要也是用具象性的、情感性的语言，对抽象的、命题性的语言不是不用，而只是那么点一下，马上又退回来。这里所谓退回到具象性的、情感性的语言是指什么呢？第一是指对抽象的概括的语言不多用；第二是指即使非用不可，也尽可能地往具象性的、情感性的语言那儿靠。这就是作家在创作中所采取的语言策略。

2. 回到语言的根源那里去

作家在创作中所采取的主要的语言策略就是回到语言的根源那里去。恩斯特·卡西尔在其相关的论著中指出："假如要保留和重新获取这种对实在的直接性直观把握，那么，他们就需要一种新的活动、新的努力。这项任务之完成所欲依凭的并非是语言，而是艺术。语言和艺术之共性在于：它们都不能够被看作是现成、给定、外在的实在的简单再生或模仿。"[1] 正

---

[1]　恩斯特·卡西尔：《符号·神话·文化》，东方出版社 1988 年版，第 99 页。

是在这种情况下，人们提出让"语言返回自己的根源"① 的解决方法，并认为"诗，在语言返回根源的途中"②。海德格尔说："（一切关于语言的理论在）'逻辑'和'文法'的形态中过早地霸占了语言的解释。我们对隐藏在此一过程中的东西只是在今天才能觉察。把语言从文法中解放出来，成为一个更原始的本质结构，这是诗和创作的事情。"③ 可以说回到语言的根源那里去，成了哲学家、美学家的共同主张。

在语言的长期流变过程中，语言本身的人文价值本性或多或少地磨损了、风蚀了、消解了，因此要使语言呈现出自己的本性来，就必须回到语言的原意当中去。所谓回到语言的原意当中去，就是要给语言分析学家蒸晒干涸了的语言的土地灌溉泉水，就是要使结构主义者剔削干净了的语言的"大鱼骨"复活生命，就是要使科学主义差不多侵占净尽的语言园地再一次生出绿色的希望。英国现代著名哲学家、历史学家罗宾·乔治·科林伍德在《艺术原理》中指出表现某些情感的身体动作，只要它们处于我们的控制之下，并且在我们意识到控制它们时把它们设想为表现这些情感的方式，那它们就是语言，在这种广泛的意义上，语言不过是情感的身体表现，因此，"语言以它的绝对原始形态存在着"，在以后的漫长的流变过程中，为了适应理智的要求，语言不得不受到深刻的修改，"但是，任何语言理论都必须从这里开始。如果我们一开始就研究这些进一步修正的结果，一开始就研究我们用以表达有关周围世界和思想本身结构的思想的语言，并把这种高度发展、高度专门化的语言形式认作是代表了语言本身的普遍而且基本的特征，那我们就将一事无成"。他强调"在一切精致的专门化机体下面存在着细胞的原始生命，在一切词汇和语句的机器下面存在着单纯发音的原始语言，我们用这种受控制的身体动作来表达自己的情感。"④ 语言在其发生之始，总是与身体动作、与一个个别的事件、与一连串重复出现的事件相一致，并且总是只与一个个别的概念相一致，而作为语言之对等物的概念则是一种通过对某些感觉或意象的明确表达而产生出来的。一般来说，这种个别概念及其相应的名字只涉及其对象的那种——由于所谓

---

① 耿占春：《隐喻》，东方出版社 1993 年版，第 194 页。
② 同上书，第 123 页。
③ 海德格尔：《论人道主义》，引自耿占春《隐喻》，东方出版社 1993 年版，第 214 页。
④ 罗宾·乔治·科林伍德：《艺术原理》，中国社会科学出版社 1985 年版，第 242—243 页。

统觉的狭小范围——被领会得极清晰的方面。原始语言是一种语言姿势，它和其他姿势一样，是对象所形成的语言表达。一个单词在其开始出现时与各别事物都有着相当确定的关联。在那种时候，语言比任何其他的东西都与内心生活关系极为密切，然而它超越了这种内心生活，遇到了作为顽强的客观现实的"意识流"，语言能使心灵以其人性和神性所感到的东西而不朽。存在主义思潮的重要先驱、俄国著名思想家、文学家列夫·舍斯托夫在他的《在约伯的天平上》一书中论及词的起源时指出："现在，上帝在创造世界以后把人叫来，吩咐他给所有生物起名字。起了名字，人就以此同生命的一切源头断绝联系……我们的尘世生活被归结为：抽出共同东西并把单个东西溶合在其中……操心的自然界从'一开始'就把'词'给予了人，并作了安排：人不要去说，只把有利于他们或令他们高兴的消息传到他人的耳朵里。而叫喊、呻吟、大哭——人们不以为这是真情的表露，'尽力'去消除它们：non ridere, non lugere, neque detestari, sed intelligere（不要欢笑，不要悲哀，也别诅咒，而要思考）。事实上，人们需要的只是明白易懂的东西。而那种表现为喊叫、分不清声音的'不易明白'的东西，已经与人无关了。想必有谁受眼泪、呻吟，甚至默默无语的感染，比受词的感受更容易得多，有谁竟把说不出的意见看作比明显的有根有据的意见更有意义……但是，哲学——本来嘛，我们已开始说到了它——是在倾听结合成为社会而生活的人们的评价，还是在倾听趋向于最后的'泰一'、无所需要因为也不懂得人类需要的生物的评价呢？关于这一点，柏拉图在讲到死亡，讲到逃生的时候想到了什么？神魂颠倒把普罗提诺带到了另一个世界，他在那里连学派、门生以及学派积累起来的'知识'统统给忘掉，此时此刻他想的是什么？也许是哲学箴言：non intelligere, sed ridere, lugere detestari（不要思考，而要欢笑，要悲哀，亦要诅咒）。"① 因此对于表达人之情感的文学来说则必须回到语言的原意当中去。

　　结构人类学家列维·斯特劳斯在他的《野性的思维》一书中，深刻地论述了"野蛮人"的语言，认为"野蛮人"的语言中有着美妙的意象、丰富的想象、充沛的悟性、迷人的魅力，一言以蔽之："野蛮人"的语言

---

① 列夫·舍斯托夫：《在约伯的天平上》，生活·读书·新知三联书店1989年版，第218—220页。

更符合人性。德国著名心理学家、美学家玛克斯·德索在其代表作《美学与艺术理论》中提出了一个很重要的命题，即"从语言的本质进行写作"。他说："从语言的本质进行写作的作家喜爱充满活力的动词而不爱用修饰性形容词去作无用的风格装潢。"① 虽然他未能详加阐释，但应该引起我们的注意。他分析爱德华·文·哈特曼的诗歌主张说："在诗歌中，文字的含意是通过直觉表现出来的。所以诗人必须回到文字的基本含意中去，必须将这些文字结合得使各个字所隐含的意象得以完成和提高。"他强调："唯有文字的出现之始才像阳光的出现一样。那时，这个字仍是新鲜的有活力的，不是消色而用滥了的，每一个人都掌握其全部的含意。诗人们就从这一洞悉出发，回到了文字的原有含意上，回到了粗糙的方言形式上，回到了自然隐喻之上。"他引用一个叫亨利·大卫·梭罗的话表达了这种思想："能够用追溯文字之原来含意的方法（正像农人们春天里将冬天的霜雪所拱起的木栅栏又钉回到地里去一样）来恢复文字之本来面目的人都是诗人，我们从他们对文字的运用中立即意识到这些文字的原意和派生意义。他们将这些字连同其根茎上拖带的泥土一道移植到书页上来了。"② 法国现象学及存在主义哲学的代表人物莫里斯·梅洛—庞蒂也说："艺术家不满足于做一个文化动物，他在文化刚刚开始的时候承担着文化，重建文化，他说话，像世上的人第一次说话"，"如果我们想在言语活动的起因操作中理解言语活动，我们就必须装作从未说过话，并把言语活动置于一种还原之下（没有这种还原言语活动还是会把我们引向它对我们所意味着的东西时溜之大吉），我们必须像聋子注视着说话人那样来看待言语活动，必须把言语活动的艺术与其他表现艺术相比较，必须努力把它看成无声艺术中的一种。"③ 维特根斯坦说：

    当哲学家使用字词——"知识"、"存有"、"客体"、"我"、"命题"、"名称"——并且想抓住事情的本质时，我们必须时时这样问自己：这些字词在一种语言中，在它们自己的老家中是否真的这样使

---

① 玛克斯·德索：《美学与艺术理论》，中国社会科学出版社1987年版，第355页。
② 同上书，第329页，第333页。
③ 莫里斯·梅洛—庞蒂：《眼与心》，中国社会科学出版社1992年版，第53页，第73页。

用？——我们所做的是把字词从形而上学的用法带回到日常用法。①

回到语言的原意当中去，"像世上的人第一次说话"，"把字词从形而上学的用法带回到日常用法"，对于文学创作来讲就是要使文学文本言语负担起承载人之心、人之情感、人之生命律动、人之精神气息的责任来，就是要赋予文学文本言语以浓郁的人文气息。

我们在这里要特别指出的是，做海德格尔所说的"把语言从文法中解放出来，成为一个更原始的本质结构"这种事情的除了诗和创作之外，应该说后现代主义已经立下了汗马功劳，并还在继续着这样的努力。有论者指出：对后现代主义不应作简单的"时代"划分，而应重视哈贝马斯（Jurgen Habermas，1929—，德国著名哲学家、社会学家、法兰克福学派第二代代表人物）的看法，即对现代性的进攻。这种对现代性的进攻早从德国古典哲学时期就已悄然开始，只不过这种进攻在晚近的"解构主义"那里，变得更加猛烈，更加自觉。康德哲学将知识、道德、艺术加以分界，并给信仰留下地盘，为的是防止科学、理性越出自己的边界，向其他领域"僭望"；黑格尔将理性推向绝对理性的高度，他的辩证法的巨大的历史感在于将理性放在永恒的时间结构之中，从而结束了形而上学的终极观念；尼采以激进的姿态揭示出理性虽然战胜了上帝，而自己也异化为专制、保守、落后的东西，因而他被尊为"后现代主义之父"；胡塞尔鉴于近代欧洲自然科学的危机，主张将"自然主义的思维方式"放进"括号"里存而不论，实际上是对现代主义用理性解决一切这一观念的制止；分析哲学的所谓"语言学转向"，从语言分析的角度对现代主义过分自信的真理观进行"清理"；海德格尔对"存在"给予"诗意"的把握，以摆脱逻辑思维框架的束缚，使"真理"从被"遮蔽"的状态走向"澄明之境"；维特根斯坦后期坚信语言的过分逻辑化导致了人的"精神家园"的迷失，因此认为寻找日常语言就是寻找精神家园；法国的"解构主义"哲学是后现代主义的一支自觉的、激进的力量，主张通过对封闭的语言结构的"拆解"，使"意义"在历史的时间系列中显现出来②。在

---

① 维特根斯坦：《哲学研究》，生活·读书·新知三联书店 1992 年版，第 67 页。
② 见曲萌《马克思主义与后现代主义》，《教学与研究》1995 年第 6 期。

这样一个背景下，强调作家对最初的语言的顾盼是非常有道理的。这种顾盼正是对人文精神的一种向往和追求，对人类美好精神家园的一种希冀和翘盼。

3. 关于超语言问题

与作家对具象性的、情感性的语言"顾盼"情状相一致的是，哲学家、语言学家提出了"超语言学"的理论命题。波兰哲学家罗曼·英加登从语言学的角度将文学作品的构成划分为四个层次：一是语词声音层次，或语音层次；二是意群层次，或意义层次；三是事态、句子的意向性关联物投射的客体层次；四是这些客体借以呈现于作品中的图式化外观层次。罗曼·英加登还指出：在某些很伟大的艺术作品中，还有一种可以称之为"形而上的质量"的层次，这一层次可以体现出"崇高、悲剧性、可怕、骇人、不可解脱、恶魔般、神圣、有罪、悲哀、幸运中闪现的不可言说的光明以及怪诞、娇媚、轻快、和平等性质"，它显示为一种"气氛"，"用它的光辉透视并照亮一切"，使"生存的深层和本原"呈现在读者眼前，也使文学作品"达到它的顶峰"。罗曼·英加登说这是一种莫名其妙、难以言传的东西，一种洞然大开而又捉摸不定的东西，这些东西并不是"对象物的特性、品性或精神状态"，它只是在"环境和事件中表现出来它们的存在"，是伟大作品创生出的一种东西。他强调，对于文学艺术作品来说，这是弥足珍贵的东西，是文学艺术作品中的变化无定的"天空"①。罗曼·英加登所揭示的文学作品中的这一层次有点类似于中国古代文论中所说的文学作品的"氛围"、"意味"、"意境"、"境界"、"气韵"、"神韵"等，它们所指的都是文学作品中的一种言外之意、弦外之音的东西，即所谓韵外之致。

罗曼·英加登还进一步揭示了文学作品中五个不同层次的关系。从很伟大的作品的实际来看，这五个层次从外到里是一种层层包裹、不断推进、不断递升的关系，但它们的确定性则一层比一层松动，一层比一层"模糊"和"朦胧"，或者说是可意会而不可言传或不易言传。第一层语

---

① 罗曼·英加登：《文学的艺术作品》，见《二十世纪西方美学名著选》下，复旦大学出版社1988年版，第260—263页。

词声音层次，或语音层次，是完全确定的，读者都必须根据那些语词的读音来读；第二层意群层次或意义层次，较为确定，即语词的基本义和由此产生出的引申义、比喻义、象征义、双关义、反讽义、言外义等相对说来也比较固定，但会有若干歧义出现，这是因为人们对语词的意义的理解会有这样或那样的不同；第三层事态、句子的意向性关联物投射的客体层次，虽然有其系统的方向，读者对它们的把握一般来说不会是南辕北辙、移花接木、张冠李戴的，但它们在结合上有更大的自由度，生活经验、情感经验、思想经验、艺术经验不同的读者所再建起来的客体层次往往会有这样那样的区别，包括完整不完整、丰富不丰富等的不同；第四层客体借以呈现于作品中的图式化外观层次，在很大程度上只是一个"空筐结构"，要靠读者的经验和心境以及想象去填充，去拓展，去延伸，去创造，尽管这样，也总还有一个被填充的"空筐"，而不是漫无边际地任意地填充、拓展、延伸、创造；第五层即是一个氤氲混沌的层次，是一种可望不可即的、一种可以想象而不可置于眉睫之前的镜中之花、水中之月，是可以意会而很难传达的。如果说前面四个层次是用次语言、常语言表达的话，那么这个第五个层次就只能用超语言表达了。

　　巴赫金在《陀思妥耶夫斯基诗学》一书中专门列有《陀思妥耶夫斯基的语言》一章，作者说："这一章我们题名为《陀思妥耶夫斯基的语言》，指的是活生生的具体的言语整体，而不是作为语言学专门研究对象的语言。这后者是把活生生的具体语言的某些方面排斥之后所得的结果；这种抽象是完全正当和必要的。但是，语言学从活的语言中排除掉的这些方面，对于我们的研究目的来说，恰好具有头等的意义。因此，我们在下面所作的分析，不属于严格意义上的语言学分析。我们的分析，可以归之于超语言学（Металингвистика）；这里的超语言学，研究的是活的语言中超出语言学范围的那些方面（说它超出了语言学范围，是完全恰当的），而这种研究尚未形成特定的独立学科。"① 巴赫金还说："修辞学不应只依靠语言学，甚至主要不只应依靠语言学，而应依靠超语言学。超语言学不是在语言体系中研究语言，也不是在脱离开对话交际的'篇章'

_____

① 巴赫金：《陀思妥耶夫斯基诗学问题》，生活·读书·新知三联书店 1988 年版，第 250 页。

（Текст）中研究语言；它恰恰是在这种对话交际之中，亦即在语言的真实生命之中来研究语言。语言不是死物，它是总在运动着、变化着的对话交际的语境。"① 可以这么说，巴赫金评价陀思妥耶夫斯基创作的一个基本出发点，就是"超语言学"。所谓"超语言学"，即反对运用一般语言学的分析，而以语言学排除的"活生生的具体的语言"为研究对象，所"研究的是活的语言中超出语言学范围的那些方面"。所谓超出语言学范围的那些方面是指什么语言呢？简单地说，就是被语言学中的语法规则弃之不用的、而作家特别喜欢运用的语言。

　　海德格尔提出了一个非常关键的命题，即"语言是存在的寓所"。这里的"House"一般的中译都把它译为"家"或"家园"，有的研究者指出，这样译虽然富有诗意却难免失之片面。因为"语言"作为"寓所"或"房屋"，它既是"存在"之"家"，也是"存在"之"牢笼"。海德格尔从"语言是存在的寓所"这一命题出发，将语言分为"晦蔽"（"隐蔽"或"遮蔽"）之语言和"澄明"（或"去蔽"）之语言。他认为，"语言是存在本身的既澄明着又晦蔽着的到来"②。在海德格尔看来，既"澄明"又"隐蔽"正属"语言"的两种相反相成的功能。所谓"晦蔽"之语言是指逻辑语言、科学语言、概念语言、命题语言、日常语言，"日常语言是一种被遗忘的因此而耗尽的诗，在那儿几乎不再有召唤在回响。"③ 所谓"澄明"之语言是指原初语言或情感语言、诗性语言、具象语言，即未受逻辑污染、语言学污染、形而上学污染、可以直接"聆听"那"存在之音"的类似初始语言的语言，也就是还蕴含着人文精神的语言。这样的语言正是作家所顾盼的语言，这样的语言是存在的"家园"，而不是存在的"牢笼"。

　　结构主义之集大成者罗兰·巴尔特到了晚年不仅对语言而且对语言学深感失望，于是提出了"语言法西斯"这一看来有点耸人听闻的说法。关于罗兰·巴尔特提出的这一说法，我们想举出这么一个事例予以说明：

---

　　① 巴赫金：《陀思妥耶夫斯基诗学问题》，生活·读书·新知三联书店 1988 年版，第 277 页。

　　② 海德格尔：《关于人道主义的信》，《存在主义哲学》，商务印书馆 1963 年版，第 99 页，第 131 页。

　　③ 海德格尔：《诗·语言·思》，文化艺术出版社 1991 年版，第 181 页。

新洪堡特学派语言学家、萨丕尔的学生沃尔夫（B. L. Wohrf）在说明语言的威力时常常举出这样一个例子：当人们看见汽油桶上贴的"汽油桶"这样的标签时，往往比较警惕，但是看见"空汽油桶"的标签时却往往比较大意，随便在旁边抽烟、扔烟头。他指出，殊不知空汽油桶中含有易爆的蒸气，比装满汽油的汽油桶更容易爆炸，而人们对此似乎全然不察。沃尔夫将这种现象解释为语言的暴虐、语言的威力，也就是语言的法西斯。他认为语言决定一切、主宰一切。罗兰·巴尔特提出这一看法的根据是他所认为的：语言学一面趋向形式一极，一面又无节制地扩展其自身以至越来越远离其初衷，这就导致语言的"分裂"和"解体"。罗兰·巴尔特认为"语言学正在解体……我把语言学的这种解体过程称作符号学"。也就是说，单纯语言学方法已无法满足文本符号学的需求，而应当打碎语言学整体模式，使超语言学的东西（如历史、心理或社会等）渗透进去。与语言学的符号学主要研究语言结构不同，罗兰·巴尔特所设想的超语言学的符号学主要考察话语与权力的关系。这种新型符号学将接收被语言学不正当地排除掉的"不纯"部分，把语言学弃而不顾的东西收归己有，这包括那些语言中的所谓欲望、恐惧、表情、威吓、温情、抗议、借口、侵犯等①。

20世纪六七十年代名扬西方的前苏联塔尔图学派的代表人物洛特曼（Yury Lotman）认为艺术文本不同于作为初始模型系统的语言，是超语言的模型系统。他指出，艺术文本的特殊性在于它具有多层次结构，这个结构内部各层次之间存在复杂多样的相互作用，这些作用包括：从语词选择产生的强化效果、高度有机的结构组织、多重复杂的语言符码等。

德国语言学家赫尔曼·保罗对"重构原始语言"表现出了非常浓厚的兴趣，以至说出了这样的话："语言学中，凡是非历史的都是非科学的。"②

中国有的研究者已经注意到作家应该顾昐流变过程中的语言的起始状态。陈家琪在与他人合著的《形而上学的巴比伦塔》一书中指出："现代

① 见王一川《语言乌托邦》，云南人民出版社1994年版，第245—246页。
② 见弗雷德里克·詹姆逊《语言的牢笼》，百花洲文艺出版社1995年版，第3页。

西方哲学对自己传统的批判反思，特别是对语言在起始状态（Earliness）中所内藏意蕴（Implications）的召唤与守护，也有助于我们中国哲学下狠心摆脱西方近代认识论模式和科学技术主义思潮的影响。"①

鲁枢元在他的《超越语言》中甚至列有一张表，将语言分别称为语言1、语言2、语言3，它们依次是次语言、常语言、超语言，它们共同组成"言语的天地"②，以显示他对超语言的热切呼唤。

总而言之，作家在创作中运用超语言就是要运用被语言学家在研究语言中弃而不用的那些语言的边角碎料，而这些语言的边角碎料之所以被作家在创作中看中，正是因为它们本身所黏附、所包含的具象性、情感性以及那种与语言融为一体的活生生的生命与创造力。这种情形真有点类似于某些手工艺品制作者，正是他们将人们丢弃不用的零碎的布头、塑料纸、易拉罐等边角碎料收集起来，经过艺术加工和艺术处理而制成形态各异、色彩纷呈的工艺品，从而赢得人们的喜爱和赞誉，且经济收益也相当不错。

---

① 张志扬、陈家琪：《形而上学的巴比伦塔》，华中理工大学出版社 1994 年版，第 12 页。
② 见鲁枢元《超越语言》，中国社会科学出版社 1990 年版，第 190 页。

第六章

文学文本言语的人文价值本性

一 文学文本言语与人文价值

1. 文学文本言语与"文学是人学"

多少年来，我们总是说文学是人学、文学是心学，这为文学确立了它必须面对人、面对人心这样一个既非常现实又非常深刻的命题。围绕着这个命题，探讨和论争的声音不绝如缕，发表和出版的论著积案盈箱。人们普遍认为，文学是人写的，是写人的，是为人写的；文学是用人之心、人之情感、人之生命律动、人之精神气息写的，文学是写人之心、人之情感、人之生命律动、人之精神气息的，文学是为人之心、人之情感、人之生命律动、人之精神气息写的。所有这些看法都是对这一命题含义的正确阐释。但是，所有这些阐释又都忽视了一个与之密切相关的方面，这就是对于写之者所用的材料、被写者所负载的载体、接受者所接触的媒介的文学文本言语本身却一直未能纳入上述人写、写人、为人写等范畴来加以考察和研究，对于文学文本言语本身所具有的人之心、人之情感、人之生命律动、人之精神气息，一言以蔽之即对于文学文本言语的人文价值本性缺乏符合实际的深入的研究。应该说，文学文本言语也是人之心生出、承载人之心、为着人之心的。在这一点上，它和上述文学是人学、是心学的命题是完全一致的，也必须是一致的。这里涉及文学文本言语的人文价值问题。换一句话说，文学文本言语的人文价值是"文学是人学"这一命题中的应有之义。

文学文本言语的人文价值本性是一个很重要而研究尚少的问题。在过去相当长的时间里，中国传统文化和传统文化意识将"体"、"用"分开，把语言划归在"用"一类，不但认为语言是"明经"、"悟道"的工具，而且认为在语言的背后有本体的存在物，语言的重要就在于能本真地标记本体的存在物，在语言研究中要么深究"微言大义"，一旦"得意"便可"忘言"，要么专注于释典解意，久而久之加剧了语言与体现人的内在生机和心灵活力的文学之间的对立。在过去的文学研究和文学批评中对文学文本言语的研究也显得甚为淡漠和薄弱，理论家批评家对文学文本言语问题可说的或能说的非常之少，这使得文学上的很多原则的或重大的理论和批评命题都形同虚设，这意味着我们的文学创作、文学批评、文学研究离自知之明的境界还有相当长的路程要走。好在这些年来，情况已经发生了变化，走上这条路或准备走上这条路的越来越多了，这对于推动文学创作文学批评文学研究的发展和繁荣是极有裨益的。

2. 人文价值的含义

在说到人文价值的时候，我们不能不提到人文主义。在中国古代典籍中并没有"人文主义"这一词语，它是由西方的 Humanism 翻译而来，也有译作人本主义者。西方的这个字由人字（Human）而来，加上语尾成为主义，乃指以人为问题的中心，以人为研究的对象。在中国，"人文"一词源于《周易》。《周易·贲卦第二十二·象》云："观乎人文，以化成天下"，意思是观察人类的文饰情状，可以教化天下、促成天下大治；与"人文"对立的是"天文"："观乎天文，以察时变"，意思是观察大自然的文饰情状，可以知道四季变化的规律。很显然，"人文"和"天文"是两个相互依存又相互对立的认识对象。《后汉书·公瓒传》曰："舍诸天运，微乎人文"。一般说来，和天文并存的还有一个"地理"，也就是所谓的"地文"，"天文"也就是"天理"。综合起来看，天文、地文指的是全部非人为的自然现象，而"人文"则是人为的现象。正是从这个意义上，有人指出："人文就是人类文饰自己的方式"，是"人对自己的文饰，也就是一切人为的现象。人为现象，是人有意识的创造。"① 可以这么说，人文者，犹人事也。所谓人文主义，也可以说是人事主义，或者说

---

① 李申：《为科学辩护　为人文正名》，侯祥祥主编：《我的人文观》，江苏人民出版社2001年版，第50页。

就是关于人的主义。人文主义有别于唯神主义和自然主义。唯神主义将神当作宇宙的主宰，一切从神出发，一切又都复归于神，忽略了人的存在；自然主义以自然或物质为问题的中心和研究的对象，同样忽略了人的存在。由此可见，唯神主义和自然主义都不是以人事为主，唯独人文主义是以人事为主的。

　　"价值"一词在当前被各门具体学科广泛运用，诸如选择价值、票房价值、审美价值、价值取向、价值机制、价值工程、价值目标、价值观念等等，价值也成为广泛的日常生活用语。在当前的有关哲学的价值的论著当中，一般都把价值界定为"客观事物对人们需要的满足，即对人们的有用性"、"一切能够满足人和社会需要的东西"、"表示客体属性对主体需要的肯定或否定关系"等等。匈牙利哲学家 U. 维坦依在他的《文化学与价值学导论》一书中强调："什么是价值的起源？就是相关性、意义、应该（sollen）、理想、目的、感情意识、前景、意向、追求、绝对命令、人的自由、未来。"[1] 俄罗斯联邦功勋活动家、哲学博士、教授 U. 纳尔斯基在为这本书所写的序言中说："在书中，价值被看作是精神客体化的变种，因为它们是理想。这就意味着它们是人的活动的目标取向并且被主体理解为真正的目的"[2]。中国哲学家叶知秋在《超越虚无　走向真实——论超价值、价值和价值主体》一文中对价值作了详细的解释。他说："'价值'（VALUE）的本意是'可宝贵、可珍惜、令人喜爱、值得重视'。它源于古代梵文 WER、WAL（围墙、护栏、掩盖、保护、加固）和拉丁文 VALUS（堤）、VALLO（用堤护住、加固、保护），取其'对人有维护、保护作用'的含义演化而成。就这样，价值物从一开始就是指安全、舒适生活的保护物，而不是指像空气、水、阳光、食物那样的生存必需物；生存必需物不是'可宝贵、可珍惜、令人喜爱、值得重视'的事物，而是绝对不可缺少的事物。"他强调"价值在本质上是指使人感到美、自由、幸福、愉快的生命状态或生存处境，说某种事物有价值，等于是说这种事物使人感到美、自由、幸福、愉快或安全、可靠、可信，是人的美好、完满的生活不可缺少的部分，因此，价值物只能是唯独人类所特

　　① U. 维坦依：《文化学与价值学导论》，中国人民大学出版社 1992 年版，第 108 页。
　　② 同上书，第 5—6 页。

有的追求自由、渴望自由、对自由魂牵梦萦、孜孜以求这种本质倾向的对象物，因此，只有人类才能成为价值主体，苍蝇蚊子等其他的生命物无法与人类共享'价值主体'的'荣耀'。"①

我们说的人文价值的"价值"就是指上述这样的含义。明白了这些之后，再来说明语言的人文价值属性，也许就方便多了。

二 逻辑语言人文价值的失落

1. 人类言语的真实本性

说到底，语言是人从心里说出来的，是人以自己的心汁哺育、培养、浇灌出来的，它浸润着人的情感颤动与心灵轨迹，渗透着人的血脉骨肉与思维脉络。人之学会说话首先是一个学会表达、学会宣泄、学会释放、学会倾诉的过程，是一个学会生存、学会让人理解、学会与人交流沟通、学会自我塑造的过程。说话正是一种真正人的主体性的行为。语言对于一个人来讲是这样，对于一个部落、一个群体、一个民族来讲也是这样。语言积淀着一个部落、一个群体、一个民族的情感、意识、意志、想象、信念、信仰等心理因素及其发展演变的历程，语言积淀着一个民族的文化和心理。从这个意义上说，语言是原始文化的集中表现，有着丰厚的文化哲学的价值。德国近代心理学家、哲学家冯特分析语言便试图从中寻觅民族心理的历史线索。法国结构主义分析领袖拉康也认为语言是标记人的文化习惯的"无意识"，它体现为一种观念与精神模态。西方学术界公认为本世纪以来最重要的哲学家之一的恩斯特·卡西尔在《人论》中说："心理学家们一致强调，若不洞察人类言语的真实本性，我们关于人类心灵发展的知识就是不彻底不充分的。"② 可见，人类言语的真实本性与人类心灵的生成和发展是密切相关的。质言之，只有结合人类心灵的生成和发展的知识，才能够彻底地充分地洞察人类言语的真实本性。

在西方，不少语言学家、美学家、思想家都注意到要将语言的本性同语言的起源联系起来进行研究，指出语言起源问题就是语言的本性问题。

---

① 叶知秋：《超越虚无 走向真实》，《西北师大学报》1995 年第 6 期。
② 恩斯特·卡西尔：《人论》，上海译文出版社 1985 年版，第 167 页。

普通语言学奠基者、德国语言学家洪堡德研究了语言的起源问题，他的学生斯坦因哈尔在继续这一研究中借助于他的见解，重新抓住语言不属于逻辑学而属于心理学的命题，着力把语言从逻辑学的任何制约中解放出来，多次严肃地肯定语言完全自主地创造其有别于逻辑学的形式这样的原则，并将洪堡德的理论从波尔特—罗亚尔的逻辑语言的残留物中净化出来，认为"语言起源问题就是语言本性问题，就是它的心理学创生问题，或说得更确切些，是语言在心灵的进展中所取的位置问题。'至于语言，不存在最初的创造（Urschöpfung）和日常重复的那个创造的区别'……'语言是解放，今日我们仍能感到，当我们讲话时，我们的心灵能从重压下解放出来和得到宽慰'。"① 事实上也正是这样，我们不是经常这样劝人吗？你有什么就说出来，不要憋在心里，憋在心里会憋出毛病来的。克罗齐在《美学的历史》中指出："如果说帕乌尔对逻辑学和语法学之间关系的研究还仅是怀疑的话，那么他在恢复洪堡德关于语言起源和语言本性问题的同一性方面却建树了功勋；他再次肯定每次讲话时，语言都有它的起源。"② 克罗齐在引用了赫尔德所说的"语言是心灵和它自己的契约，这个契约就像人之所以是人一样必要"之后说语言不是"机械的、人为的或发明的东西，而是创造性的活动和人类精神活动的第一次肯定"，他强调"如果不把语言问题转向心灵问题之首，那么，对语言神秘认识的这种方式是不会被说清楚的。"③

事实上，我们可以通过质疑人为什么会产生言语表达的欲望，来揭示语言的真实本性。从语言的形成来说，语言首先是因为人的内在生机和心灵活力的产物，是人的精神与心灵原初创造力的结晶，是生命个体体验和生活价值展示的果实。语言是人由于和他人交往的迫切需要才产生的。原始人在劳动和劳动过程中，在同他人结成了关系的时候，内在的情感、意绪、愿望、欲念在跃动、在奔突、在喧阗，急欲找到一个突破口而一无阻拦地倾泻的时候，语言就开始但又是缓慢地产生了。语言是一种实践的、既为别人并仅仅因此也为自己而存在的现实的意识。早在古希腊时代亚里

---

① 见克罗齐《美学的历史》，中国社会科学出版社 1984 年版，第 171 页。
② 同上书，第 239 页。
③ 同上书，第 98—99 页。

斯多德就揭示过语言还是人的心意和抱负的表征的真实本性。原始时代确实有过被法国人类学家列维—布留尔称作"声音图画"的"无声语言"，这种"无声语言"是一种建立在原始人情绪体验和运动知觉之上的直观的"集体表象"，"一切都以'心象—概念'的形式呈现出来，亦即以某种画出了最细微特点的画面呈现出来，——这不仅在整个生物界的自然种方面是如此，而且在一切客体、不论什么客体方面，在由语言所表现的一切运动或动作、一切状态或性质方面也是如此。"① 古代祭祀和图腾崇拜中的狂舞动作与表情就是这种"无声语言"。当这种"无声语言"的内涵借助于有声语言表达出来之后，有声语言就像维特根斯坦（1889—1951）所指出的那样，其中有单凭科学和逻辑知识无法言说的意味。有声语言之中之所以有单凭科学和逻辑知识无法言说的意味，是因为那时的人并不像后来的人那样能够将客观外在的事实与主观内在的情志一分为二，事实与情志两者之间的界限并不分明，所有的词汇都是在表述着混沌的、朦胧的情志，语言的朴素的原初的形态充满了形象与情感，语言是情感、意绪、愿望、欲念的载体，是心智与灵魂的自我显现形式。恩斯特·卡西尔说语言"是人类情感的无意识表露，是感叹，是突进而出的呼叫……德谟克利特第一个提出这个论点：人类言语起源于某些具有单纯情感性质的音节"，最早的语言是情感语言，情感语言与后来的命题语言是不同的，恩斯特·卡西尔注意到"情感语言与命题语言之间的根本区别"，指出从情感语言向命题语言"这样的转化是在人的发音（utterances）被用作代表名称时发生的。在此之前，它只不过是表达情感的喊叫或悦耳的乐句而已。通过将发音作名称使用，最初一直是各种无意义的声音的混合体，就突然成了思想的工具。"②

追根溯源说来，语言有着更本原更内在的情感宣泄、意绪表达、愿望展示、欲念传递的属性。所有这些情感、意绪、愿望、欲念都是产生在语言之前的，都是不需要依赖语言、等待语言而产生的，这就是语言的人文价值本性。人们一方面哺育、培养、浇灌了语言的这种人文价值本性，另一方面人们又借助语言的这种人文价值本性所指示或所描述的对象来蕴

---

① 列维—布留尔：《原始思维》，商务印书馆 1985 年版，第 165 页。
② 恩斯特·卡西尔：《人论》，上海译文出版社 1985 年版，第 147—149 页。

含、表达人自身具有的欲望、需求、向往、喜悦、厌弃、鄙夷等价值态度，同时人还赋予那些用语言去表达的苍白、无情的对象以浓郁的人文气息。英国哲学家 J. L. 奥斯汀在创立"语言行为理论"的过程中区分了语言活动的两个基本形式："陈述性的"和"活动性的"，认为前者"陈述事实，以真伪为标准"；后者则"导致活动，以成败为标准"[1]；前者是断言性的，用于科学论著，用于界定事物的真伪；后者是执行性的，用于人们领悟对象事物对自身的价值或意义；"陈述性"是外在的手段，"活动性"是潜在的目的。这潜在的目的主要是用于表述人的情感、意绪、愿望、欲念。可以说，自古以来，语言中就包含着，甚至就其本原的性质来说，主要的还是蕴含着人文价值本性、富于浓郁的人文气息的。

2. 从表达情感到表达概念

从上述情形中可以看出，类似情感语言的存在，是人类语言发展过程中的一个重要阶段，同时，如果它只停滞在这一阶段，那么人类语言还远没有出现。因为这种所谓情感语言是黑猩猩也具有的。苛勒花了多年时间在加纳利岛类人猿观察站研究黑猩猩。他的研究结果告诉我们，"黑猩猩所发出的言辞只能表示各种欲望和主观心态（subjective states）；这些言辞是表达情感的，而不是表示任何'客观'的东西。"[2] 其他研究者也证明了这一情况。耶基斯的合作者勒尼德（B. Learned）曾经编辑了一本有32 种言语要素或"单词"的词典。这些单词不仅在语音上类似于人类的言语，而且含有某种意义，在某种程度上，它们是由某些情境或物体所引发的，这些情境或物体同愉悦或不快，或激励性的欲望、怨恨、恐惧等有关。这些"单词"是在类人猿等着喂食和吃饭时被记录下来的，或者当类人猿看见人出现时，或者当两只黑猩猩单独在一起时被记录下来的。它们是情感性的发声反应，或多或少是与喂食或其他重要情境有关的刺激相分化的，并且在某种程度上以条件反射的方式与这些刺激联系着：一种完全情绪化的语言。[3] 关于这一点，我们可以举出一个作家在他的作品中的

---

[1]　见沃尔夫冈·伊瑟尔《阅读活动》，中国社会科学出版社 1991 年版，第 68 页。
[2]　列维·谢苗诺维奇·维果斯基：《思维与语言》，浙江教育出版社 1997 年版，第 38 页。
[3]　同上书，第 44—45 页。

类似描写为例。岳恒寿在他的中篇小说《跪乳》① 中写了这样一段：

> 母亲说她后来在与羊的生活中，居然懂得了羊语。咩或是哼，同
> 一个音节，它只是声调和音调上的变化，颤颤的长音是有求于你，短
> 促的颤声是高兴、激动和满足的表示，尖而不颤是遇到了什么可怕的
> 威胁，颤而不尖是它习惯的歌喉。我从妈身上深信了"近山识鸟音"
> 的哲理。

从这段描写中我们可以知道，人最初的语言大致就是这个样子——不
是为了表达概念，而是为了表达情感。当然如果人老是停留在这一步，人
也就不成其为人了；人之所以成为人，就在于其在语言上从表达情感进到
了表达概念上来了，完成了关于人自身发展史上最伟大的进步。

语言完成由情感语言向命题语言是一种了不起的转移，"这样的转移
意味着，以前一直只是强烈情感的无意流露和吼叫的音调，正履行一个全
新的任务：它们在作为传达确定意义的符号而被使用。"② 于是，语言就
获具了另一种力量。亚里斯多德早就揭示了语言的逻辑性质。恩斯特·卡
西尔也说："从一有语言开始，语言在其自身内部就负载着另一种力量：
逻辑力量。这一力量是怎样逐渐大放异彩，如满月高挂中天；它又是怎样
凭借语言冲开了自己的道路，我们无法在此详述。不过在这个进化的过程
中，语词越来越被简约为单纯的概念的记号（Sign）。"③ 语言之是人的心
意和抱负的表征以及它的逻辑力量，就使得人们一方面多少可以用语言去
表达那种基于内在生机和心灵活力的情感、意绪、愿望、欲念，另一方面
用语言去传达这些情感、意绪、愿望、欲念时又会牺牲了这些情感、意
绪、愿望、欲念的若干方面。

问题还不止于此。近代以降，随着人们的逻辑能力和抽象思维能力的
发展和膨胀，语言逐步失去了主体意愿、赢得群体心灵应和的人文价值本
性。西方的结构主义语言学注重的是语言的共时性法则和句型模式，除了

---

① 《中国作家》1996 年第 1 期。
② 恩斯特·卡西尔：《人论》，上海译文出版社 1985 年版，第 150 页。
③ 恩斯特·卡西尔：《语言与神话》，生活·读书·新知三联书店 1988 年版，第 113 页。

自觉不自觉地排斥了话语主体的个性和风格之外，更主要的是排斥了话语主体之心、之情感、之生命律动、之精神气息，造成了语言与人们内在生机和心灵活力的日渐脱节。人们用语言描述表达自己的情感、意绪、愿望、欲念的时候，要花很大的气力去克服情感、意绪、愿望、欲念本身所具有的体验性、非语言性、个体性、具体性与语言符号所代表的概念的非体验性、抽象性、普遍性之间的矛盾。符号学理论把语言看作是人的心灵之家，既然是"家"，在有些人看来，它是"乐园"，在另一些人看来，它则是"牢笼"。说语言是"乐园"，意味着它是人的灵魂可以在其中怡然自得、随心所欲地畅游的自由场地；说语言是"牢笼"，是因为语言一旦形成，它即铸就为世世代代相因相袭的心理模式、文化模式、符号模式，其语音诵读、词汇释义、组词成句的语法规范、赋予文采的修辞手段、连句成段连段成文的结构章程等都对后人存在着有形的明显的约束力，而且必须有这些约束力，如果没有这些约束力就不能保证语言传达与用语言交往的有效性；同时，世世代代所形成的文风、文体、趣味、格调等对于说话者和写作者还是一种无形的潜在的约束力。由于这些约束力的存在和持续不断的作用，所以在口头语言向书面语言凝练、提高的过程中、在深层语言向表层语言转化、外化的过程中，话语者之心、之情感、之生命律动、之精神气息以及反映这些并与之相一致而表现出来的语气、语势、语态、语调等也逐渐地消解掉了而变得僵硬和板滞，显露出来的是没有什么感情、生命律动、精神气息的语言符号、文本样式、文体规范，如为了控制社会秩序、指令人们行动的法律条文、行规契约，出自施政布道目的的伦理说教，旨在阐明事理的科学论著等，其所用的都是最遵从上述各种约束力的言语，但也是最没有人之心、人之情感、人之生命律动、人之精神气息的言语。这些言语和日常言语中的某些言语越来越远离语言本身所具有的人之心、人之情感、人之生命律动、人之精神气息，因此而造成了语言与体现人之内在生机和心灵活力这一本来的机制的严重割裂与对峙，使二者互不关涉。

关于语言的这种情形，有的论者写下了下面这样两段文字：

乔治·奥威尔在《政治与英语》中，淋漓畅快地表达了对英美八股以及全人类的八股文的痛恨。他说，政治写作是最烂的文字，充满了垂死的隐喻、套话的假肢、装模作样的腔调和没有意义的字词。作者写它们并非因为有思想要表达，而恰恰是因为使用这些词语可以完全不用思想，因而它们不仅将意义空洞带给了读者，同时也带给了作者。政治语言往往包含大量的虚饰、抽象与朦胧，因为它们总是要掩盖真象，为那些不可辩护的东西辩护。

其实，奥威尔的论调可以毫不费力地拿来形容"十七年文学"和"文革后"初期的文学。——至于"文革"中，情况只有更恶劣。改革开放之后，一切百废待兴，语言文学界，也在如履薄冰地拨乱反正、心有余悸地解放思想。从最初的伤痕文学、反思文学这些幼稚粗糙的文字里，开始了一个接一个的题材突破、文字突破、思想突破。①

应该说这两段文字对我们这里的命题是一个很好的参照。

关于语言从情感语言转化为逻辑语言，有几点值得注意：一是这种转化不是一朝一夕完成的；二是从前者向后者的转化彼此之间也不是分得那么清楚严格、泾渭分明；三是有了这种转化并不意味着文学创作就不需要转化之后的逻辑语言。英国现代著名哲学家罗宾·乔治·科林伍德（1889—1943）说："语言就其原始性质而言，它所表现的不是这种狭义的思维，而仅仅是情感；虽然这些情感并不是未加工的印象，而是通过意识的活动被转化成观念了。"他还强调："在语言发展中有一个第二阶段，在那里为了服务于理智的目的而对语言进行了修正。可能有人会设想，因为是情感的想象性表现……美学家本人对于这种第二阶段的发展是毫无兴趣的。这将是一个错误。即使艺术从不表现思维本身而只是表现情感，它所表现的情感也不仅仅是单纯意识经验的情感，它们还包括了思维者的情感。因此，一种艺术理论必须考虑这样一个问题，即从根本上说，为了在语言的范围内表现这些情感，语言必须如何作出修正。"② 德国自然科学哲学博士福尔迈（Gehard Vollmer 1943—）在《进化认识论》一书中提

① 侯红斌：《百年汉语三次流变》，《新周刊》2005 年 8 月 15 日，第 209 期，第 25 页。
② 罗宾·乔治·科林伍德：《艺术原理》，中国社会科学出版社 1985 年版，第 258—259 页。

出："为了不是出自日常需要的目的，尤其是为了描述现实世界，我们语言还必须加以纠正、扩充，或者由人工语言取而代之。"① 虽然人们对人工语言有这样那样的指责，但是在语言发展/流变过程中，人们还是照样要提出人工语言的问题。

同时，我们也不能够将命题语言同情感语言完全分开。这里说说海德格尔的看法也许是必要的。海德格尔在 1946 年前后写的论著中，强调思维是一种最基本的诗歌创作活动，例如他在《阿那克西曼德之箴言》(1946) 一文中写道："……而思想乃是作诗，而且，作诗并不是在诗歌和歌唱意义上的一种诗。存在之思乃是作诗的原始方式。在思想中，语言才首先达乎语言，也即才首先进入其本质。思想道说着存在之真理的口授。思想乃是原始的口授（Dictare）。思想是原诗（Urdichtung）；它先于一切诗歌，却也先于艺术的诗意因素，因为艺术是在语言之领域内进入作品的。无论是在这一宽广的意义上，还是在诗歌的狭窄意义上，一切作诗在其根本处都是运思。思想的诗性本质（Das dichtende Wesen des Denkens）保存之真理的运作。由于它运思着作诗，因而那种想让思想的最古老之箴言说出来的翻译，必然表现为暴力性的。"② 从这种观点出发，他认为当一个诗人变得更加有意思时，这个诗人也就更加富有诗意。他并不主张诗人应当使自己成为一个冒牌的思想家，而毋宁主张诗人要"放弃"或"牺牲"他自己，以便达到与事物保持更深的交往。语言是存在的寓所，诗人和思想家的共同责任是要在建构语言时使存在回到它的寓所，这是人类一切活动中最富有人性的活动。原因是人居住在这个寓所中，那些使这个寓所繁荣起来的人们，是更加富有思想、更加富有诗意的。

三　文学文本言语的人文价值

1. 文学文本言语对人文价值的保留

值得庆幸的是，在所有各种语言当中，唯独文学文本言语还保留着语

---

① 福尔迈：《进化认识论》，武汉大学出版社 1994 年版，第 216 页。
② 海德格尔：《阿那克西曼德之箴言》，见《林中路》，上海译文出版社 2008 年版，第 298 页。

言本身所具有的那种表达人的情感、意绪、愿望、欲念的本性，还保留着语言本身所具有的那种人文价值。恩斯特·卡西尔在《语言与神话》中说："如果语言注定要发展为思维的工具，发展为概念和判断的表达方式，那么，这一演化过程只能以弃绝直接经验的丰富性和充分性为代价才有可能完成。最后，直接经验曾经据有过的具体的感觉和情感内容将只会残留下一具没有血肉的骷髅。可是，还有这样一个心智的国度：其中语词不仅保存下了它的原初创造力，而且还在不断地更新这一能力；在这个国度中，语词经历着往返不已的灵魂轮回，经历着既是感觉的亦是精神的再生。语言变成艺术表现的康庄大道之际，便是这一再生的完成之时。这时，语言复活了全部的生命；但这已不再是被神话束缚着的生命，而是审美地解放了的生命了。"① 看得出，恩斯特·卡西尔对此事持一种高度赞颂的态度。维柯曾雄心勃勃地要创建一种人类社会的科学，他在创建过程中最终"发现各种语言和文字的起源都有一个原则：原始的诸异教民族，由于一种已经证实过的本性上的必然，都是些用诗性文字（Poetic characters）来说话的诗人。这个发现就是打开本科学的万能钥匙，它几乎花费了我的全部文学生涯的坚持不懈的钻研，因为凭我们开化人的本性，我们近代人简直无法想象到，而且要花费大力才能懂得这些原始人所具有的诗的本性。"他进一步指出："诗性语句是凭情欲和恩爱的感触来造成的，至于哲学的语句却不同，是凭思索和推理来造成的，哲学语句愈升向共相，就愈接近真理；而诗性语句却愈掌握住殊相（个别具体事物），就愈确凿可凭。""按照诗的本性，任何人都不可能同时既是高明的诗人，又是高明的玄学家，因为玄学要把心智从各种感官方面抽开，而诗的功能却把整个心灵沉浸到感官里去；玄学飞向共相，而诗的功能却要深深地沉浸到殊相里去。"② 他不仅指明了诗与玄学的不同，而且指明了诗人与哲学家思维的相异之处。克罗齐在评述德国 19 世纪美学家施莱尔马赫的美学理论时指出："诗应从语言——它是普遍性的——中抽出个体性来，不要给它的创造品提出个体性和普遍性（科学的真正形式）相冲突的形式。语言有两个要素，音乐的和逻辑的；诗人应使用前者并迫使后者引出个体

---

① 恩斯特·卡西尔：《语言与神话》，生活·读书·新知三联书店 1988 年版，第 114 页。

② 维科：《新科学》，人民文学出版社 1986 年版，第 28 页，第 105 页，第 429 页。

性的形象来。说实在的，和纯科学相比，正像和个体性的形象相比一样，语言乃是某种无理性的东西。思辨和诗尽管都使用语言，但两者的倾向是对立的：前者企图使语言靠近数学定理，后者却靠近形象（Bild）。"① 米歇尔·福柯似乎于不经意间说出了文学文本言语的这种属性。他说："……这是因为，自从马拉美（Mallarmé）以来，文学作为优先的批评对象，不停地接近语言的真正存在，并据此激发了不再以批评为形式，而是以评论为形式的第二语言。"② 所以这些说法都含有文学文本言语本身是富于人文价值属性的。

2. 文学文本言语：超语言学的最佳代表

文学文本言语根本是为了人的精神需要、为了人的内在生机和心灵活力的需要而培育、创造出来的，它是为了人也是启悟人的，它并不是客观世界的产物，而是人类赋予世界的一种努力。当代西方现象学派代表人物、法国著名美学家杜夫海纳认为在语言学这一中央有两端：一端是次语言学领域，"另一端是超语言学领域，在这个领域里，系统是超意义的，它们能使我们传递信息，但没有代码，或者说代码越是不严格，信息就越是含糊不清；意义于是成为表现。"所谓超语言学是指某种语言中纯粹个别人的特点、姿态和手势等等。杜夫海纳强调："语言，它是意义的最佳场合"，"艺术似乎是超语言学的最佳代表。"③ 这就是说，意义在言语中实现，不过不是在一般的科学言语和日常言语等规范言语中实现，而是在文学文本言语中实现，原因就在于属于语言艺术的文学是"超语言学的最佳代表"。文学文本言语之所以是超语言学的、超科学的、超抽象的，在恩斯特·卡西尔看来是"因为诗人有一种特殊的禀赋，能把日常语言的抽象的一般名称掷进诗的想象的熔炉，铸出新的样式。由此他能够表达一切具有无限细微差别的情感，欢乐和悲伤、愉悦和苦恼、绝望和狂喜等等别的表达方式不可及的和说不出的微妙情感。诗人不仅用词汇描绘，他激起了，形象地显现了我们最深的情感。"④ 德国的诺瓦里斯对诗人和哲

① 克罗齐：《美学的历史》，中国社会科学出版社 1984 年版，第 162 页。
② 米歇尔·福柯：《词与物》，上海三联书店 2001 年版，第 107 页。
③ 杜夫海纳：《美学与哲学》，中国社会科学出版社 1985 年版，第 79 页。
④ 恩斯特·卡西尔：《语言与神话》，生活·读书·新知三联书店 1988 年版，第 143 页。

学家进行比较，说："对前者说来客观就是一切，对后者说来主观就是一切。前者就是世界的声音，后者就是最简单的一的声音、原则的声音；前者是歌，后者是讲话；前者的差异性把无限合而为一，后者的纷繁性把最终事物联合起来。"他指出："如果说哲学只是把一切安排得井然有序，诗人则解开一切束缚。他的字句不是一般的符号——而是声音——，是招呼各种美好事物集于自身周围的咒语。像圣者的衣服保有奇异的力量一样，某些字通过某种神圣的记忆而圣化，并几乎独自变成一首诗。"[①] 很显然，作家所使用的语言是对种种陈规陋习无所顾及的"超语言"，是诚挚、纯真的心境袒露，他们把平庸或拘谨的词语罗列在一起，点石成金似的塑造成具有个性印记的鲜活音律与式样，不仅赋予文学语言以艺术的光彩，而且让它成为表现人的内在生机和心灵活力的载体。

---

① 诺瓦里斯：《断片》，见《欧美作家论现实主义与浪漫主义》（二），中国社会科学出版社 1981 年版，第 394—395 页。

第七章

赋予文学语言以人文价值

一 问题与举措

1. 文学与语言：各自特征的二律背反

在语言流变的过程中，命题语言或概念语言丧失了语言在形成之初所拥有的人文价值属性，以至使得科学言语、公文言语，乃至某些日常言语显得呆板、枯燥、乏味、少有生气。但当人们阅读文学作品的时候，或许会发现在文学作品中作家所运用的语言还保留有较多的人文价值属性。当人们进一步研究这种现象的时候，又会发现，这里所说的文学文本言语的人文价值属性并不是与生俱来的，也不是人文价值属性自然而然地附丽于语言本身的结果，而是作家在创作中努力赋予的，换句话说，文学作品中的语言的人文价值属性是作家在创作中努力赋予的。

众所周知，文学的本性是宣达性情的，是个体的、自由的、感性的、审美的，而用以表达文学的这些本性的语言则是群体的、规范的、概念的、理性的。问题的根底就在于作家能否认识并克服这种二律背反的现象，回答当然是肯定的。

2. 语言的创造性运用

文学文本言语之所以异于刻板的言辞格局而闪烁出艺术与美的光焰，是由于它裹挟着作家不肯俯就于语言的概念、规范、理性等戒律的全新态度，使文学文本言语成为语言规范的叛逆，成为自由身心的淋漓尽致的表白，从而推动语言生生不息、日新月异。当 R. 巴尔特将语言研究的重心转移到"文本"上以后，他看出了文学文本言语是对语法规范的突破，文学文本言语使词语摆脱了语言共性的约束，而闪烁出自由的光辉。他认为必须依靠作家特殊的语言陈述、不落俗套的新颖词汇和个性风格，才能有机地生成文学文本言语。他形象地描绘了作家运用语言的心理过程：

> 言语是蕴含、效应、反响、迂回曲折的巨大光晕……词再不是像简单的机械一样虚幻地被理解，它们像发射、爆破、振荡、庞大的机器、浓厚的气味一样喷发而来。写作使知识变成为一个盛宴。①

"写作使知识变成为一个盛宴"，说得再形象不过了，文学创作更是使社会生活知识变成了一个更大的盛宴。后来的解构主义理论进一步把语言操作视为一种"策略"，试图借此使传统的语言形式软化、非实质化，从而启发个性心灵突破语言的束缚，承载文学所表现的人的内在生机和心灵活力。在文学创作上，作家正是适应了语言本身的特点而充分发挥并竭力运用语言的创造性而一展身手的。美国语言学家诺姆·乔姆斯基说："'语言运用的创造性'，指的是人类特有的、在一种'既定的语言'框架中表达新思想以及理解全新的思想表述的能力。'既定的语言'，是指作为一种文化产物的语言，它遵守部分是它特有的、部分是反映心理普遍属性的法则和原理。"他引用西班牙医生朱安·胡阿特所指出的人的第三种智能说，"'通过它，某些人无须学艺或研究，就能说出微妙的、让人吃惊的、但却是真实的事情，在此以前从未有人看到、听到、写过甚至想到过的这种事情'。这里涉及了真正的创造性，即以一种超出正常智力的方式运用创造性想象。"诺姆·乔姆斯基还指出："一个人在其母语中能立刻理解而不感到困难或生疏的句子，其数目是天文数字级的。隐藏在我们对语言的常规运用最底层的、并与我们语言中有意义的、易于理解的句子相对应的模式数目，比人生中所有的秒的数量级还要大。正是在这个意义上，我们说语言的常规运用是创新的。"② 作家在创作中所作的就是要使被概念化、抽象化、理性化的常规语言成为能够承载人之心、人之情感、人之生命律动、人之精神气息的具有人文精神、人文价值的文学文本言语。

---

① R. 巴特：《文学符号学》，《哲学译丛》1987 年第 5 期。
② 诺姆·乔姆斯基：《语言与心理》，华夏出版社 1989 年版，第 7—13 页。

二　赋予文学文本言语以人文价值属性的措施

1. 在语音上开掘情感要素

从人对语言的感知来看，语言兼有视觉表现形式和听觉表现形式，后者即为供人们发音和听声的语音。语言的发音和听声使得有可能要求语言的读和听都应该含有一定的声音之美，同时也决定了人们运用语言要兼顾读和听这样两个方面的一定要求，使所用的语言做到读起来朗朗上口，听起来款款入耳，上口和入耳的进一步要求则是顺口和悦耳。这种由口到耳必然涉及语言的音乐性。音乐是以节奏和旋律等乐音表现作曲家从现实生活中获得的审美感受和情感体验的，听众通过乐音就能够感受和体验到音乐内含的情绪，因为音乐之乐曲声本来就具有直接的表情因素。文学作品语言的语音虽然不像音乐那样含有直接的表情因素，但通过作家的创造性调节至少可以赋予它以间接的表情因素。特别是汉语言作家更能够做到这一点。这是因为汉语言是极富音乐性的语言，其声调之分为阴阳上去，音节之分明，韵脚之应和，平仄之交错，双声词、叠音词、叠韵词之众若繁星，加之元音、辅音等发音的或嘹亮清越，或尖脆锋锐，或暴烈抑塞，以及诵读的抑扬顿挫、轻重缓急、短促悠长，所有这些都为赋予语言的语音以情感要素提供了有利的条件。而且作家在作品语言的语音上的调节并不纯粹出于音乐之美、形式之美的考虑，主要还在于从一个特别的角度调动语言语音的情感要素，以增强文学文本言语的人文价值。罗曼·英加登说："当语词声音比较重要时，读者甚至会不自觉地轻轻地发出声音；这可能伴随着某种原动现象"，"当我们充分掌握某种语言并在日常生活中使用它时，我们不仅把语词声音理解为纯粹声音模式，而且还应该认为它传达或能够传达某种情感性质"，"安排语词时对语音形式的考虑不仅带来这样一些现象，例如节奏、韵脚、诗行、句子以及一般谈话的各种'旋律'，而且带来语音表达的直觉性质……不仅它们本身构成作品的一个重要的审美要素；同时它们也常常成为揭示作品其他方面和性质的手段"①。事实确实如此，我们自己往往有这样的阅读经验，当读到某处的时候会情不自禁地放声诵

———————————

① 罗曼·英加登：《对文学的艺术作品的认识》，中国文联出版公司1988年版，第18—21页。

读起来。开掘语言之语音的情感要素实际上是从一个侧面将语言本来就有的人文价值灌注到文学文本言语当中去，是回到语言的原意当中去的一个具体表现。

2. 在语汇的择用上推陈出新

文学作品有一个带有根本性的特质，即它的独创性。美国美学家鲁道夫·阿恩海姆在他的《艺术与视知觉》中说："在一件成熟的艺术品中，所有的东西看上去都彼此相象，天空、海洋、大地、树木、人物，看上去都是用同一物质材料构成的。这种相似性并没有掩盖这些事物的本质，而是在使它们服从于伟大艺术家所掌握的那种统一力量的同时，而把每一件事物再现出来。每一个伟大的艺术家所创造的都是一个全新的世界，在这个世界里，一切原来为人们所熟悉的事物都具有了一种人们从未见过的外表。这个新奇的外表，并没有歪曲或背叛这些事物的本质，而是以一种扣人心弦的新奇性和具有启发作用的方式，重新解释了那些古老的真理。"①文学作品的形象、典型、意象、意境等的新颖性归根结底要靠文学文本言语来实现，其中最主要的要靠语汇来实现，而为了使文学文本言语具有人文价值属性，又必须在语汇上推陈出新。语汇的推陈出新并非完全指要造出多少新的语汇，而首先是指在理解语汇的意义的基础上充分利用语汇的意义再生出其他相关的意义来，如引申义、暗示义、双关义、比喻义、反讽义、象征义等等。同时，理解语汇的意义又不能仅仅把语汇的意义理解为语汇本身所具有的意义。美国哲学家 V. C. 奥尔德里奇在他的美学专著《艺术哲学》中说："确切地说，词的意义就是你用词所做的事情，就是在你认识到词是某种事物的名称后，你用它来进行的那种语言活动。"②鲁道夫·阿恩海姆在《视觉思维》一书中指出："事实上，语词在不同的前后关联、不同的背景和不同的个人或不同的社会群体中，都具有不同的内涵。"③语汇的意义如同股票这一专门用于买卖交易的"通货"，其"价值"并不比股票本身稳定，它的价值是不断改变并无法预料的。语汇

---

①　鲁道夫·阿恩海姆：《艺术与视知觉》，中国社会科学出版社 1984 年版，第 68 页。

②　V. C. 奥尔德里奇：《艺术哲学》，中国社会科学出版社 1986 年版，第 105 页。

③　鲁道夫·阿恩海姆：《视觉思维》，光明日报出版社 1986 年版，第 360 页。

的意义也确实会因为不同的文化背景、不同的社会氛围、不同的个人和不同的语境而时时改变，以至无法预料。罗曼·英加登指出语汇一方面是"某种客观的东西"，另一方面是"一个具有适应结构的心理经验的意向构成。它或者是由一种心理行为——常常以原始经验为基础——创造性地构成的，或者是在这种构成已经发生之后，由心理行为重新构成或再次意指的。"① 叶耳姆斯列夫将符号的能指和所指都划分为形式和内容这样两个层次。R. 巴特（即巴尔特）强调："我们必须坚持这两个术语的新规定，因为其中的每一个术语，都具有一种有影响的词汇经历"，他指出："形式可以被语言学详尽地、赤裸地和有条理地描述（认识论的标准），而不必依靠超语言学的前提；内容是语言现象方面的整体层次，它不可能不依靠超语言学的前提而被描述。"② 所谓"词汇经历"是指某个词汇的历史发展过程。语汇的诸如此类由心理行为创造性的构成和由心理行为重新构成或再次意指以及超语言学的内容给予作家在语汇的择用上做到推陈出新留下了极为广阔的空间。

　　日常言语、科学言语、公文言语等是指向外部客观世界的，文学文本言语是指向作品内部的，它语音上的音乐性、语义上的形象化要求、深层意义上的象征寓意以及情感性等审美特征造成了文学作品特有的艺术魅力。但就具体的文学文本言语来说，作家赋予它的、使它具有并显现出来的人之心、人之情感、人之生命律动、人之精神气息是受具体使用时的语境（上下文、风格、情理、习俗等）的制约的，离开了具体作品中的具体语境其艺术魅力是不可能长期保持、经久不衰的。文学文本言语的修辞效果也只有当它对读者而言脱离了实用语言而显得新鲜、活泼、陌生、奇异时才能引起读者最为充分的注意，老是那种语汇或组词方式人们就由熟知、习见而颇不以为然了，就像人们一再讥笑的第一个用花形容女人的人是天才、第二个用花形容女人的人是庸才、第三个用花形容女人的人则是蠢材一样。因此，作家在语汇的择用上要敢于打破常规、不落俗套，有意识地避开那些人们熟知的语汇，使所用的语汇对读者来说是生疏的，做到择用的语汇像刚啄破蛋壳的雏鸡那样新颖娇嫩、如才捕捞到的鱼儿那样活

---

① 罗曼·英加登：《对文学的艺术作品的认识》，中国文联出版公司 1988 年版，第 23 页。
② R. 巴特：《符号学美学》，辽宁人民出版社 1987 年版，第 35 页。

蹦乱跳。赫拉克利特曾说太阳每天都是新的，恩斯特·卡西尔强调"这句格言如果对于科学家的太阳不适用的话，对于艺术家的太阳则是真的。"① 既然太阳每天都是新的，于是对于太阳无论是叙述还是描写，最好不要用那些已有的诸如太阳之类的语汇去描摹、去呈现、去形容，而是要独辟蹊径、别出心裁。于是，我们看到同一个太阳在不同的诗人笔下显出各自的不同来：

在郭沫若的笔下，太阳出来——

> 环天都是火云！/好像是赤的游龙，赤的狮子，/赤的鲸鱼，赤的象，赤的犀　　　　　　　　　　　　　　　（《日出》）

在闻一多的笔下——

> 你看太阳像眠后的春蚕一样，/镇日吐不尽黄丝似的光芒
> 　　　　　　　　　　　　　　　　　　　　　　（《你看》）

在艾青的笔下，1939 年——

> 午时的太阳/是中了酒毒的眼/放射着混沌的愤怒/和混沌的悲哀
> 　　　　　　　　　　　　　　　　　　　　　　（《马赛》）

艾青在 1979 年则不同了——

> 从远古的墓茔/从黑暗的年代/从人类死亡之流的那边/震惊沉睡的山脉/若火轮飞旋于沙丘之上/太阳向我滚来……　　（《太阳》）

在阵容的笔下——

---

① 恩斯特·卡西尔：《人论》，上海译文出版社 1985 年版，第 184 页。

蓝天和大海是一对恋人，/艳艳红日是他们吻别的朱唇"

（《在海边拾到的……》）

值得注意的是，作家在语汇上的推陈出新不只是为了使语汇新颖，更主要的是为了使所使用的语言能够对应于它所指的一个对象，从而让语言回归到它本身所具有的人文价值上面去。

3. 在语法上不落窠臼

以语言作材料的文学作品其语言的存在形式不同于绘画的存在形式，它既有水平方向上的历时性、横组合，又有垂直方向上的共时性、纵聚合，其意义既有显在的，又有隐在的，这种历时性和共时性、横组合和纵聚合、显在的和隐在的给了作家组词成句、连句成段以极广阔的创造天地。鲁道夫·阿恩海姆指出："一幅绘画意象，是整个地、同时性地呈现出来的，而一种成功的文学意象，则是通过一种可称之为'在随时修正中的冲积或合生（accretion）'而获得的。在这儿，每一个字眼和每一个句子都得到下一个字眼和下一个句子的修正，从而逐步接近所要表述的大体意义。这样一种通过对意象的逐步修正而达到的'构图'，使文学媒介本身'变活'了。这种效果完全超出了由纯粹的选择和各个方面的次序编排所达到的效果。"[1] 英国文学批评家艾·阿·理查兹在《文学批评原理》中指出语言具有科学和情感两种用途，他说："在语言的科学用途中要获得成功不但依据必须正确，而且依据之间的相互联系也必须是我们称为符合逻辑的。它们不得相互妨碍，而且必须组织得不致妨碍进一步的引述。可是为了达到感情的目的，逻辑性的安排就不是必要的了。"[2] 正因为优秀的出色的作家"完全超出了由纯粹的选择和各个方面的次序编排"，把逻辑性的安排视为"不必要的"，所以他们的作品常有在规范语法看来所谓不合规范语法之处，如有人就曾经指责莎士比亚的作品不合文法，福楼拜则辩解说我们不应该指望从最伟大的作家那里找到只有二流作家才会有的那种一本正经的规范。

---

[1] 　鲁道夫·阿恩海姆：《视觉思维》，光明日报出版社 1986 年版，第 366 页。

[2] 　见戴维·洛奇编《二十世纪文学评论》（上册），上海译文出版社 1987 年版，第 205 页。

　　为了不落窠臼，作家有必要把自己当作是第一次来到世界的人。法国现象学及存在主义哲学的代表人物之一的莫里斯·梅洛—庞蒂说："艺术家不满足于做一个文化动物，他在文化刚刚开始的时候就承担着文化，重建着文化，他说话，像世上的人第一次说话；他画画，像世上从来没有人画过"，"艺术家抛出的作品，像一个人说出第一句话"，"如果我们想在言语活动的起因操作中理解言语活动，我们就必须装作从未说过话，并把言语活动置于一种还原之下（没有这种还原言语活动还是会把我们引向它对我们所意味着的东西时溜之大吉），我们必须像聋子注视着说话人那样来看待言语活动，必须把言语活动的艺术与其他表现艺术相比较，表现努力把它看成无声艺术中的一种。"① 奥地利诗人、小说家雷纳·马里亚·里尔克在《致一位青年诗人的信》中要求青年诗人"把自己当作是最早来到世间的人之一，试着叙述你看到、体验到、为之钟情和失去的一切。"② 法国画家和雕塑家亨利·马蒂斯强调要"用儿童的眼睛看生活"，他指出："希望能够不带偏见地观看事物的这种努力，需要勇气这类东西，这种勇气对于要像头一次看东西时那样看每一事物的美术家来说是根本的。他应该像他是孩子时那样去观察生活，假如他丧失了这种能力，他就不可能用独创的方式（也就是说，用个人的方式）去表现自我。"③ 汪曾祺明确提出："一个小说作家在写每一句话时，都要像第一次学会说这句话。"④ 既然是"最早来到世间的人"，既然是"用儿童的眼睛看生活"，既然是"第一次学会说这句话"，当然就没有什么先在的语法规范可以遵守，没有什么先在的修辞手段可以因循，一切的一切都要自己试着去看、去体验、去摸索、去探讨、去设计、去创造。且让我们举几个例子：

　　在《红楼梦》中，刘姥姥一进荣国府第一次看见挂钟，但作者并不直接点明刘姥姥看到的是挂钟，而作了这样的描写：

---

　　① 莫里斯·梅洛—庞蒂：《眼与心》，中国社会科学出版社 1992 年版，第 53、73 页。
　　② 见伍蠡甫编《现代西方文论选》，上海译文出版社 1983 年版，第 164 页。
　　③ 亨利·马蒂斯：《用儿童的眼睛看生活》，见毕加索等著、常宁生编译：《现代艺术大师论艺术》，中国人民大学出版社 2003 年版，第 17 页。
　　④ 汪曾祺：《关于小说语言（札记）》，《新时期作家创作新探》，人民文学出版社 1991 年版，第 322 页。

刘姥姥只听咯当咯当的响声，很似打锣筛面的一般，不免东瞧西望的，忽见堂屋中柱子上挂着一个匣子，底下又坠着一个秤砣似的，却不住的乱晃，刘姥姥心中想着："这是什么东西？有煞用处呢？"正发呆时，陡听得"当"的一声，又若金钟铜磬一般，倒吓得不住的展眼儿。接着一连又是八九下……

需要说明的是作者写刘姥姥看钟是如此情景，原因是她从来没有看见过钟，从这一点来说，作者是成功的，但是用来写刘姥姥看钟的词也还是刘姥姥熟悉的物件，如"匣子"、"秤砣"、"金钟铜磬"等。由此可见，要达到上述要求该有多么的难。

斯妤在其中篇小说《出售哈欠的女人》中写了这样一段文字：

还有那些乌龟蝗虫章鱼似的东西，那些满大街横冲直撞呜哇乱叫的东西，要是稍不留心，撞到别人身上，那人就不仅仅打不出哈欠了，恐怕连鼻子都抽不了气了。

这是写什么呢？原来是写一个很懒、什么也不会、从小没爹没妈没兄没姐、谁也不知道她是怎么长大、从哪里来到哪里去、连她自己也不知道，而只会打哈欠的女人，有一天走岔了道，误入城市，在城市里所看到的各种各样的车辆。

再看毕淑敏在她的中篇小说《源头朗》[①] 中对一个叫作火石的小孩子第一次从穷乡僻壤的塞外来到北京与一个叫史诗的小女孩相会，下面几段文字是写到北京的当晚两个孩子在大人的带领下到一家饭店的情形，作者是以火石的眼光来描写他的所见所闻的：

正是华灯初上时分，无数霓虹灯把东方古都装饰成璀璨的宫殿。火石双手紧紧地撑在窗玻璃上，大声嚷着："嗨！这就是北京啊，我可看到你了！你怎么这么亮啊，你晚上都这么亮，白日里还不把人的眼晃瞎啊！你怎这么多人，比一百个源头朗村的人合在一处还得多

① 《小说界》1996 年第 3 期。

啊！这房子多高啊，比水母宫可高得多了，水母娘娘白做神仙了，连这么宽敞的房子也没住上啊！还有这路，怎么这么平？这能晒多少红荻麦？这么多的车，一个北京人能摊好几辆吧……"

我们一行向灯火辉煌的大堂走去，大理石的地面光彩照人。"乖乖，比俺们的炕席都光。"

"这房子是用什么盖的？怎么有那么长的檩条？"

"那妇女嘴上涂了啥？怎么比水母娘娘还鲜亮？"

"妈呀！那个人的鼻子怎么那么高？眼珠怎是蓝的？"

火石大声地抒发着他对这个新奇世界的感想，全然不管周围人粘过来的目光。

这几个例子既有古代小说也有当代小说，它们都较好地体现了作家在语法上不落窠臼的原则，值得作家学习与借鉴。

杜夫海纳指出："艺术的语言并不真正是语言，它不断地发明自己的句法。它是自由的，因为它对自身说来就是它自己的必然性，一个存在的必然性的表现。普通语言已经真正具有强制性了吗？有一些运用的规则，这一点小学生都很清楚。然而，维特根斯坦却注意到有这样的情况：'当我们进行工作时，我们就在制造规则。'没有一点自由就没有话语，语言学在考虑话语时应该承认这一点……之所以有语法是因为人们构造句子，构造句子要使用范例，要遵照系统的（音位学的、词汇的、逻辑句法学的）规律。但是，它也要求它的自由。雅可布森注意到，从不同特点组合成音素到把句子组合成陈述，'语言学的单元的组合，有着越来越大的自由度。'艺术作品就位于这个等级表的顶端。"[①] 在语法上不落窠臼说到底是作家在创作中要以自己的活跃的情感思想去张开、涨破、超越既有语法规范和修辞手段的限制和束缚，让情感和思想的鸟儿自由自在地翱翔。只有这样，文学文本言语才能真正具有文学所要求的人文价值属性。

上述无论是在词汇上推陈出新，或者在语法上不落窠臼，所使用的依然是语言和语法，而语言也好或语法也好，它们在被人们反复运用的过程中正如我们在前面说到的那样像在人们手中流通的钱币一样确实是磨损

---

① 杜夫海纳：《美学与哲学》，中国社会科学出版社 1985 年版，第 106—107 页。

了，为此人们就要想办法解决这样一个问题。王蒙在上海演讲时曾经这样说道："任何一种思想一旦用语言表达出来就僵化了，这是语言的悲剧。但语言是活的、有生命的东西，当它和生命起伏结合的时候就非常的有力量。作家的使命之一就是为语言'擦锈'，使之焕发出生命和力量来。"①
"为语言'擦锈'"，这个形象的说法真是道出了赋予语言以人文价值属性的真谛，值得我们好好地玩味和琢磨。

---

① 王蒙：《文学的方式》，《文学报》2002 年 11 月 7 日。

第八章

抽象的语言和具象的文学

一　语言的抽象性

语言是文学的材料，文学是语言的艺术，这是谁都承认的。但是从语言学的角度看语言和从文学的角度看文学，它们二者呈现出一种二律背反的现象：前者是抽象的，后者是具象的。这里就涉及一个问题：为什么用抽象的语言作材料创作出的文学作品会是具象的呢？这是文学理论中迄今未能正面面对的一个问题。

1. 形象性的含义

语言是不是抽象的？这个问题看来还有加以辨析的必要。过去的文学理论教科书或有关论著在论述文学文本言语的特点时几乎都众口一词地认为文学文本言语的首要特点就是它的形象性。过去说是瑞士而实际上是德国的著名文学理论家沃尔夫冈·凯塞尔也说："同理论的语言相反，文学的语言是用形象性来标志自己。"① 这一看法同语言、同文学文本言语的真正特点是不相符的。应该看到，"形象性"这个概念本身有其确定的含义，它是指能使人得到感性反映的事物的种种外部状况，如事物的外部状貌、颜色、声音、活动、联系等等，它是事物所表现出来的一种能够让人直接感知的属性。语言有这种属性吗？除开少数例外，绝大多数语言都不具有这种直观属性。

2. 哪些语言具有形象性

例外之一是原始人的语言。生民之初，本来是没有语言的，他们总是

---

① 沃尔夫冈·凯塞尔：《语言的艺术作品》，上海译文出版社 1984 年版，第 150 页。

打着手势，发出一些声音，做出表示危险或好感的信号，就像聋哑人那样表达自己的意愿。这种原始人的所谓语言正如列维—布留尔所称的是一种建立在原始人的情绪体验和运动知觉之上的直观的"集体表象"："在他们那里，在集体表象中，客观的形象与情感和运动因素水乳交融；在那里，人在意识中拥有客体的形象，同时又体验着必然与客体形象一同产生的恐惧感、希望感、逃跑的愿望、感谢、请求等等感觉和愿望。"① 这就是说，原始人的语言是用精确地按照事物和行动显现在视觉和听觉里的那种形式来表现它们的概念的，它具有绘声绘色的倾向，显示出一种具象性，原始人语言中的基本单位是和词语指称的具体对象联系着，或者是与具体对象在原始人主体记忆中的表象联系着。列维—布留尔将这种原始人的语言称为"声音图画"。

例外之二是某些象声词。象声词又称"拟声词"、"摹声词"，是指那些能用人的发声模仿客观世界中的事物的声音而构成的词语，如汉语中的"猫"、"鸡"、"鸭"等都是模仿这些动物的叫声而得名的，再如啄木鸟啄木的断续的笃笃声、雷的隆隆声、风刮过麦地的唰唰声、鸽子的咕咕声、豆荚爆裂的噼啪声、脚踩过矮灌木的窸窣声，以及"哗啦"、"叮叮叮"、"咚咚锵"、"叮里克郎"等。不论使用哪种语言的人都知道这些词语是指敲击某些物体或某些物体坍塌、爆炸所发出的声音。某些象声词之所以具有具象性是因为它们能够使人由听觉而去感知某些形象。

除上述两种例外，别的语言包括文学文本言语在内的语言都不具有形象性。

3. 语言为什么不具有形象性

语言为什么不具有形象性呢？我们拟从下面几个方面予以论证。

从语言的符号性来说。什么是语言？如前所说，这是一个众说纷纭、定义繁多的问题。在种种定义中，影响较大的是瑞士语言学家索绪尔从语言的符号功能角度来描述语言行为的理论。他最早指出，语言是符号系统，是人类用来交际的工具，它不是具体的事物本身，而是代表事物及其关系的抽象符号，语词本身是一种符号，它能使交谈者意识到它所代表的

---

① 列维—布留尔：《原始思维》，商务印书馆1981年版，第456页。

事物；句子则是符号序列，或者称为"符号链"。整个语言就是由这些符号及其组合规则构成的系统。

那么，什么是符号呢？艾恩斯特·纳盖尔在《符号和科学》的论文中给符号下的定义是："按照我的理解，一个符号，可以是任意一种偶然生成的事物（一般都是以语言形态出现的事物），即一种可以通过某种不言而喻的或约定俗成的传统或通过某种语言的法则去标示某种与它不同的另外的事物的事物。"① 沙夫在《语义学引论》中写道："每一个物质的对象、这样一个对象的性质或一个物质的事件，当它在交际过程中和在交际的人们所采用的语言体系之内，达到了传达关于实在（reality）——即关于客观世界或关于交际过程的任何一方的感情的、美学的、意志的等内在经验——的某些思想这个目的的时候，它就成为一个符号。"② 莫里斯对符号定义的表述是："一个符号'代表'（Standsfororrepresents）它以外的某个事物。"③ 简单地说，所谓符号就是我们人在交际过程中用来传达信息的有意义的媒介物，这个媒介物是与它所代表的对象相"符"的一个"号"码或"代号"，就像过去很多人排队买东西因防止有人插队而给每一个人编上号码一样，在这里，号码就是一个符号，它用来代表排队的那个具体的人。语言就是符号，它代表它以外的事物，即语言所指称的相应对象。

美国哲学家 C.S. 皮尔斯把符号划分为三种不同的类型：第一种，"图像式"符号，一幅画像依靠它所指事物的内在相似形或共同特征以及它所代表的东西而起一种符号的作用。比如，一幅肖像和它所描画的真人很相似。第二种，"参见式"符号，这种符号与它所表明的对象之间有种偶然的联系，如"烟"是"火"的标记，一个风标所指的方向代表风向。第三种，"象征式"符号（用更明显的术语表示为"符号本体"），在象征中，符号与它所表示的对象间的联系不是自然的，而是社会习俗慢慢形成的。例如，握手在许多民族中是表示"欢迎"的传统象征；红色的交通灯常常表示"停止"。这第三种类型的重要例子就是构成语言的词语④。

---

① 转引自苏珊·朗格《艺术问题》，中国社会科学出版社 1983 年版，第 125 页。
② 转引自俞建章、叶舒宪《符号：语言与艺术》，上海人民出版社 1988 年版，第 19 页。
③ 同上。
④ 见 M.H. 阿伯拉姆《简明外国文学词典》，湖南人民出版社 1987 年版，第 319 页。

　　很显然，语言这种象征式符号即符号本体是不具形象性的。恩斯特·卡西尔非常正确地指出："任何符号系统都不免于间接性之苦；它必然地使它本想揭示的东西变得晦暗不明。这样，尽管语言的声音努力想要'表达'主观和客观的情状、'内在'的和'外在'的世界，但在这一过程中它所保留下来的却不再是存在的生命和全部的个性，而只是删头去尾了的僵死的存在。口头的语词自以为所具有的全部'所指意义'实际上只不过是单纯的提示而已；在现实的经验的具体多样性和完整性面前，'提示'永远只是一只空洞而贫乏的外壳。"① 语言符号是间接性的，是远离直接材料的具体状况的，它根本无法向我们提供客体的生动形态，它向我们提供的是概念，而概念向我们展现的只是思维本身的形式而已。乌西诺在神话学领域研究中观察到"正是语言促使众多随意而个别的表达方式让位于一个公式，使之得以展延其所指范围，覆盖越来越多的特殊实例，直至最终指称所有的特殊实例，从而获得了表达这类概念的能力。"② 这个说法再清楚不过地表明了：语言涵盖了所有的特殊实例，只能表达类概念。类概念怎么能具有形象性呢？显然是不能的。心理学家也认为，语言、词是"个体反映现实的工具"，并且是"通过词而以抽象和概括的形式来反映。"③ 列宁也说过："任何词（言语）都已经是在概括。""感觉表明实在；思想和词表明一般的东西。"④ 用某一个词去指称它的对象就像阳光照在某物上面，该物投射到地上的阴影就只有大致的轮廓，物的实在性、具体性、可视性、可感性、可触性就都被印在一个平面上了。或者说就像一件时装挂在衣架上，其衣料、款式、质地、颜色、皱褶等都清清楚楚，而落在地上的影子则只有大致的轮廓，怎么也看不出它的衣料、款式、质地、颜色、皱褶等。用语言作物质媒介，以抽象概括的形式去反映客观事物，客观事物当然不会以它具体的状貌、颜色、声音、活动、联系等呈现在我们的眼前。语言本身不具有形象性。

　　从语言的流变/发展的历史来说。语言流变/发展的历史是不断同具象性相脱离的历史，在这一历史过程中语言变得越来越抽象。有关这个问题

---

　　① 恩斯特·卡西尔：《语言与神话》，生活·读书·新知三联书店 1988 年版，第 34—35 页。

　　② 转引自恩斯特·卡西尔《语言与神话》，生活·读书·新知三联书店 1988 年版，第 43 页。

　　③ 曹日昌主编《普通心理学》，人民教育出版社 1964 年版，第 99 页。

　　④ 列宁：《列宁全集》，人民出版社 1959 年版，第 38 卷，第 303 页。

我们在前面相关的章节中已经作过不少论述，这里只作为一个问题简单带过。

作为语言视觉表现形式的汉语言文字其始还具有图画的写实性质，但在以后漫长的发展演变过程中逐渐地线条化了，西安半坡遗址出土的陶钵口沿上有二三十种刻划符号，最常见的是一竖划，其次是"Z"形，到旧石器时代已有绘画，而至新石器时代绘画与文字则已分家，甲骨文时代保留的相当一部分象形文字已非原始的图画，而是抓住事物的特点把它简化为一种语言的符号。从写实的图画到概括的文字，从具体的图形到抽象的符号，是语言逐渐脱离具象性的历史的反映。

从语言的构成要素来说。在语言的构成要素中没有什么要素是具象的。众所周知，作为语言建筑材料的是词汇，而每一个词又是由几个要素构成的。前苏联心理学家维戈茨基在其《艺术心理学》中说："正像语言学的心理学体系所表明，在每个词里可以分出三个要素：一是外部的语音形式，二是形象或内部形式，三是意义。"他特别解释了第二个要素。他说："词的直接的词源学意义叫作内部形式，借助于这一意义，词才能表示它被注入的内容。在很多场合下，这种内部形式在日益扩大词义的影响下，被遗忘和被顶替了。"他举出一些词之后接着说，在"这样一些词里，内部形式至今清晰可见，日益扩大的词的内容逐渐代替形象的过程，以及词的原来的狭窄的使用同后来扩大的使用之间的冲突也是十分明显的。"① 这就是说，在词的三个要素中，形象的要素或者本来没有，或者即使原先有后来也被遗忘和被顶替了。

同时，语言的语音和语义之间是非物质的关系，联系本身也不是必然的本质的联系，而完全是使用某语言的民族或社会自然形成的习惯。这正如恩格斯所说的："正和负，也可以反过来叫……北和南也是一样。如果把这颠倒过来，并且把其余的名称相应地加以改变，那么一切仍然是正确的。这样，我们就可以称西为东，称东为西。太阳从西边出来，行星从东向西旋转等等，这只是名称上的变更而已。"② 这说明语言符号的语音和语义等要素的结合具有首次任意性和以后据此形成的约定俗成性，而不具

① 维戈茨基：《艺术心理学》，上海文艺出版社 1985 年版，第 33 页。
② 马克思、恩格斯：《马克思恩格斯选集》第 3 卷，人民出版社 1972 年版，第 539 页。

有形象性的特点。语言符号系统和现实之间则是描述、反映、交换、相互作用的关系。这里的现实不仅指自然界和社会中的事物、事件、性质、状态、行为等等，而且也指人类内心世界的感觉和知觉，以及意识形态、文明文化等方面的现象，按照沃尔夫冈·凯塞尔的说法就是"现实在这里不仅包含可以感性察觉的各种现象，同时也包含各种'抽象的'对象，也包含数学语言中的各种理想的对象，像点、线、三角等等。"① 总之，现实既包括客观世界，也包括主观世界，它包括语言所要表现的一切。当用语言去指称人类内心世界的感觉和知觉以及意识形态、文明文化等等现象，乃至点、线、面时，语言是不可能具有形象性的。

从语言的功能来说。语言并不具有具象的功能。语言在社会生活中具有多方面的功能，如认知功能、表白功能、认识功能、人际功能、信息功能、指令功能、执行功能、礼仪功能、意志功能、表情功能、美感功能等，以及具体用于写作的叙述、描写、抒情、议论等功能。认知功能就是用语言去叙述记载发生过的事实，或推求某个事理。被用于认知的语言是有指谓的，与指谓语言相对应的或者存在或者不存在却发生过的事实客观事理。表白功能指用语言传达说话者或写作者自己的感受。认识功能是用语言来证实自己事先设想可指望得到的反馈。人际功能即用语言来达到建立关系、保持接触以及确立自己地位这样的目的。信息功能就是用语言来改变受话人的认识状况和知识状况……美感功能是指用恰当的修辞于法使自己的话语和文章及作品引人入胜，给人以美感。语言的这许多功能都不能将表现对象的外在的状貌、颜色、声音、活动、联系等再现和表现出来。质言之，语言不具有具象的功能，而只具有抽象的功能。这是语言不同于人的思维的一个方面。人的思维除了具有抽象的功能以外，还具有具象的功能，如形象思维。

二　文学何以能具象

那么，究竟是什么原因使得用抽象的语言作媒介材料的文学作品具有形象性呢？我们认为有以下几个方面的原因。

---

① 沃尔夫冈·凯塞尔：《语言的艺术作品》，上海译文出版社 1984 年版，第 6 页。

1. 读者头脑中储存有大量的表象

所谓表象是指曾经作用于人的感觉器官而当前没有作用于人的感觉器官但是在头脑中所保持的关于对象和现象的映象。表象的生理基础是留在人的大脑两半球皮层上的过去兴奋过的痕迹。如我们过去看见过很多不同长度、不同宽度、不同深浅、不同流速、不同堤岸的河，每次见到"河"时那"河"就使我们的大脑两半球皮层产生兴奋，并留下痕迹，于是我们的大脑中就保留有关于"河"的映象，现在一提到河，表象就表现为两岸之间流动的一条长水。表象的突出特征是它的直观性，它以直观的形象来反映现实，它意味着在心中"看见"某个东西或"听见"某种声音，我们将其称之为内心视象。

2. 表象在刺激物的作用下产生映象

当刺激物刺激到人的感受器官时，人的大脑皮层便产生兴奋，并且这种兴奋像网络一样彼此相互连接相互作用，由于这种相互连接相互作用，于是在大脑中便产生了物体的完整的形象，使原来保留在头脑中的表象恢复起来，产生映象。这里所说的刺激物包括两个方面：一是具体的条件刺激物，通常称为第一信号系统的信号，如状貌、形态、颜色、气味等。例如我们闻到酸味，就能够使保留在头脑中的有关醋和酸菜以及其他有关带有酸味的食品等的表象恢复起来；二是概括的词语刺激物，通常是第二信号系统的信号，如口头或书面的语言。从作用上来说，概括的词语刺激物也是一种现实的条件刺激物，对于成年人来说，由于有较为丰富的生活经验，掌握了大量的词语，这些词语与来自体内外进入大脑半球的一切具体条件刺激物相互联系着，并且成为那些具体条件刺激物的信号，它们可以代替那些条件刺激物，即它们能够代替第一信号系统的直观形象，同样可以复现词语代表的形象，因而词语能够使保留在头脑中的表象恢复起来。在这里，作为抽象符号的语言本身并不带有具象性，但它可以通过储存在第二信号系统的概念信息相应地作用于第一信号系统的表象信息，从而使人的头脑获得具象的效果。

3. 恢复起来的表象能够使人看见该表象自身的表现

过去由于科学技术条件的限制，人们只把视象看作是人的纯粹心理特点的作用，这是不够的；现在由于科学技术的发展，情况则正如巴·华·西蒙诺夫所写道的那样：

> 现代心理学断言，想象的形象同人的高级神经活动的一切其他现象一样，绝不是那种不能用实感表现的纯心理现象。
>
> 倘若在想象中向某人提出某物品，那么眼球瞳孔所发出的光线会在照相纸上描绘出该物的轮廓……
>
> 换句话说，当我们在视象里想象出某客体时，我们的眼睛这一器官便犹如在细察这一客体时那样来引导自己。[1]

这就是说，除留在我们头脑中的表象经过刺激物的作用能够恢复起来以外，我们的视觉器官还能够细察表象所代表的客体，并在视觉器官的引导下使我们能够想象出该客体的轮廓。也许我们都有这样的经验：睁开眼睛对着天花板上的吊顶灯看那么一会儿，然后将眼睛从吊顶灯上离开，看着天花板上的另一个地方，或者看着地面，那吊顶灯的形状还照样存在于天花板或地面的另一个地方，虽然时间显得比较短暂。

同时，新的科学研究表明了人的大脑是如何"看见"物体的。据美国《科学》周刊发表的一项研究报告称，研究人员发现了当人们注视人脸、宠物或者无生命物体时大脑是如何"看见"物体的。科学家们利用磁共振成像来观察大脑的什么部分变得活跃，从而得知研究对象正在注视什么物体。研究对象看到的物体包括人脸、猫及房子、椅子、剪刀、鞋子和瓶子等五种人造物品。负责此项研究的美国精神卫生研究所的詹姆斯·哈克斯比说，研究发现大脑中存在不同的"地貌"，研究结果将有助于研究人员破解传输到大脑的信号。他说："脑显像可能会揭示出大脑如何给物体外观等复杂的信息编码，而不是仅仅告诉人们编码发生在大脑的某一部分。"[2] 虽然人们对大脑如何编码并认知复杂物体有着不同的意见，有些专家认为大脑的不同区域处理不同类型的物体，但是此项研究表明大脑

---

[1]　转引自尤·斯特罗莫夫《演员再创造再体现的途径》，中国戏剧出版社1985年版，第28页。

[2]　见《参考消息》2001年9月27日，第7版。

的不同区域实际上受到相同图像的刺激，也就是说人的大脑确实是可以"看见"物象的。

4. 词语是表象的表征

词语与表象的关系存在两种不同的情况。

一种是与有关表象联系比较紧密的词语，有关表象本身也比较清晰，比较稳定，如日月星辰、江河湖海、草木花卉、禽兽虫鱼、美玉明珠、琴棋书画、英雄美人等，这类词语比较容易使读者唤起相关的形象感，像威廉·詹姆斯所说的那样："一个字的静的意义，在这个字是具体的时候，例如'桌子'，'波士顿'，就是所引起的感官的意象。"① 作家在创作中大量运用这类词语，读者在阅读中接触到这类词语时比较容易引起有关表象的联想，唤起一定的形象感，直至在内心建立起相应的视象来，虽然在哲学政治论文和科技论文中也要运用这类词语，但那不过是作者用来加强论证说服的一种修辞手段而已，作者并不企望读者借此获得完整的形象感。

另一种是与有关表象联系不紧密的词语，有关表象也不清晰，不稳定，显得比较模糊，比较游移，如矛盾冲突、原则规约、困难麻烦、和平民主、正义号召、内在规律、悲愁苦闷等，人们在使用或接触这类词语时不容易引起有关表象的联想，在头脑里难以唤起有关的形象感，这也像威廉·詹姆斯所说的那样："在这个字是抽象的时候，例如，'刑事的立法'，'谬论'，意义就是所引起其他字词，所谓'定义'的。"② 这类词语在文学创作中也不能不运用，而且它们所蕴含的意义在文学创作中要特别地加以表现。但在表现的时候往往调动有关的修辞手段使之尽可能地靠近或接近第一类词语，或者通过第一类词语来表现。如写一个人的愁苦之多，愁苦之多这样的词语与有关表象联系不紧密，表示愁苦之多的表象也不具体不清晰不稳定，显得比较游移模糊，于是诗人便用比喻夸张等修辞手法写出了"问君能有几多愁，恰似一江春水向东流"这样的诗句，使不具体不清晰不稳定的表象转化成了比较具体比较清晰比较稳定的表象，

---

① 威廉·詹姆斯:《心理学原理》，商务印书馆 1963 年版，第 113 页。

② 同上。

读者可以通过"一江春水向东流"的表象来想象感知"多愁"的表象。另外，像"白发三千丈，缘愁似个长"也属同样的情形。这是文学创作中一种极为普遍的现象，作者努力寻求一种和有关表象联系紧密的词语，从而将读者对形象的感知引向具体，从无形导入有形。

5. 语言描摹功能的发挥

同一事物在不同场合、不同情况下，其性质可以发生变化，其功能也会呈现出不同的情形。记得李瑞环曾经说过这样的话：一根木头立在矿洞里叫支撑物，放在家具厂里叫木料，丢进锅炉里叫燃料，用它行凶叫凶器，拿到法庭上叫证据。这就是具体事物在不同的场合下其性质和功能的多样化的表现。语言在具体写作中也具有叙述、描写、抒情、议论等多种多样的功能，并且在作家的笔下都可以发挥得相当充分。尤其是由于语汇的丰富、富于变化和语法手段、修辞格式的多种多样，以及语言本身所具有的张力，作家总可以选择那些最为贴近表现对象的语汇、语法手段和修辞格式将表现对象的状貌、形态、情状、颜色、声音、气味、活动、联系等尽可能地描摹得准确鲜明具体切实一些。不妨打这样一个比方，设若表现对象是一面尚未蒙上鼓皮的鼓体，正像鼓匠要利用鼓皮的弹性张力将鼓皮准确无误地蒙上鼓体一样，作家最终也要运用语言的弹性张力等来准确鲜明具体切实地描摹对象。

除了上面所说的原因以外，我们还要看到在社会交际中，在民族生活实践的历史过程中，在社会约定俗成的过程中，语言的听觉形式和视觉形式与语言的意义有了较为稳定的联系；同时，还要看到作者和读者都有共同的生活经验，并掌握了共同的语言符号系统，对语言的意义有着一致或接近一致的理解；另外作者在运用语言、读者在理解语言的时候，并不仅仅依靠语言这一唯一的交流通道，现实中的种种环境、环境中的种种事实也在起着这种交流通道的作用，这是一种"语言使用场"的作用，这种作用的实现是读者理解能力的一种表现。同时，我们还要看到，这种理解能力极为活跃，读者接受理解语言的时候时时刻刻都在运用着这种理解能力，所谓只可意会不可言传的"意会"和由语言所产生的"联想"都从这里发生；还有，读者阅读作品在领会词义的过程中还可以作出自己的主观补充。维戈茨基指出："词是诗歌创作的真正材料，它本身决非必然有直观性……

词也可能引起感性形象，或者这种感性形象充其量不过是领会者对他所领会的词义所作的主观补充。""诗人说'马'时，他这个词既没有说飘扬的马鬃，也没有说马的奔驰，等等。所有这些都是读者随意加上去的。"① 美国哈佛大学著名创造学家 D. N. 柏金斯也指出："人们并非仅仅理解一个句子所陈述的是什么，而且还填充了它可能蕴含的意思。"他引用杰罗姆·布鲁勒的一句恰当的话说人类是"超越已有信息"的专家②。

研表究明，汉字的序顺并不
定一能影阅响读，比如当你
看完这句话后，才发这现里
的字全是都乱的。

（实际上，这则笑料正好表明人们对语言的理解已经"约定俗成"，几乎成了一种"模式"，稍微变化一点点似乎并不会影响人们对语义的理解）

上述各个方面使得读者在阅读作品的过程中能透过对那抽象的概括的词语的意义的理解，调动有关的表象的积累，经过一定的主观的想象和补充，从而在内心建立起相应的视象来，因而就获具了文学作品中艺术形象的形象感。这样，抽象的语言就能构成具象的文学形象。

语言的抽象性对于文学创作是一种限制，作家运用语言再现和表现他发现虚拟的生活情景及自己的主观情志的时候不能够像音乐家那样可以直接用声音模仿声音，也不能像画家那样可以用色彩直接涂抹色彩。这就逼迫着作家从浩如烟海的语汇中去挑选、熔炼最为贴切、最富表现力的语言，以便面对创作对象时能够穷形尽态，写真传神。同时，还要求作家在创作中极尽想象之能事，在不直接面对发现和虚拟的生活情景的情况下，通过艺术想象让一切将要再现和表现的生活情景、主观情志栩栩如生地呈现在头脑当中，使一切几近于可以看得清、听得见、摸得着。

---

① 维戈茨基：《艺术心理学》，上海文艺出版社 1985 年版，第 56 页。
② 转引自 D. N. 柏金斯：《创造是心智的最佳活动》，广东人民出版社 1988 年版，第 89 页。

第九章

文学文本言语意义的生成和作用

一 文学文本言语的意义

1. 语言的意义

韦勒克在《比较文学的危机》一文中指出文学作品的"语言成分可以说构成了两大底层：声音层和意义单位层。"① 这个意义单位层是指语言的意义，即语义，它是语言的重要的构成成分。罗素说："语言的要点是，语言是具有意义的，——那就是说，它和它以外的某种东西有关，那种东西一般说来是非语言性的……"② 语言具有意义应该是确定无疑的。

问题在于所谓语言的意义到底是指什么？是指句子的意义，还是指作为句子构成成分的语词的意义呢？

一般地说，只有语词进入句子之后，句子才能具有意义，人们平时所说语言的意义主要指句子的意义；但句子的意义是由语词的意义构成的，因此，也不能忽略语词的意义，而且词语本身还独立地具有意义。罗曼·英加登说："一个语词的意义可以用两种不同的方式来考虑：作为句子或更高语义单位的成分以及作为孤立的单词。尽管后一种情况在实践中很少出现，但对它进行考察仍然是明智的。"③ 而且在有些句子当中，某一个词语一旦更改，整个句子的意义会发生非常明显的甚至是颠覆性的变化。我们看两个例子：地主请某秀才为他写一副春联，秀才写的是："天增岁月人增寿，春满乾坤福满门"，地主看了后说哪里都会"人增寿"呢，应

---

① 韦勒克：《比较文学的危机》，《比较文学研究译文集》，上海译文出版社 1985 年版，第133—134 页。

② 《我的哲学的发展》，商务印书馆 1982 年版，第 10 页。

③ 罗曼·英加登：《对文学的艺术作品的认识》，中国文联公司出版 1988 年版，第 22 页。

该改为"娘增寿",于是叫秀才把上联改成"天增岁月娘增寿",秀才照地主说的改了,但他同时也把下联改为"春满乾坤爹满门"。在这里仅仅一字之异,春联的意义发生了根本性的变化。过去说某些商人是"一本万利",现在人们将这个成语改为"无本万利",揭露了某些腐败分子一分钱不花而大获其利的贪婪之心,这里也只是改动了一个字即一个词而已。

因此之故,考察语言的意义应该首先从语词的意义考察起。前苏联著名心理学家、文化—历史学说的创始人列维·谢苗诺维奇·维果茨基指出:"一个词的意义代表了一种思维和语言的混合(amalgam),以至于很难说清它是言语现象还是一种思维现象。没有意义的词是一种空洞的声音;因此,意义是'词'的标准(criterion),是词的不可缺少的组成部分。从这一点上看,它可被视作一种言语现象。但是,从心理学的观点来看,每个词的意义是一种类化或者一种概念。由于类化和概念不可否认地都是思维活动(acts of thought),因此我们可以把词的意义看作是一种思维现象。然而,不能由此得出这样的结论,即词的意义从形式上说属于精神生活的两个不同的领域。词义之所以是一种思维现象,仅仅是就思维具体体现在言语之中而言的,至于词义是一种言语现象,仅仅是从言语与思维相联结并由思维所启发(illumined)的角度而言的。因此,词义是一种言语思维现象,或者说是有意义的言语(meaningful speech)——言语和思维的一种联合。"① 因此,可以从词和句子两个方面的结合来理解语言的意义,具体包括语汇意义、语法意义、语用意义。

在说明文学文本言语的意义之前,先说明一下日常言语和科学言语的意义即一般言语的意义也许并非多余。一般说来,言语的意义可以分为四个不同的方面:

由语言和所指对象之间的关系所决定的客观意义;

由语言系统中各个表达式之间的关系所决定的语言学意义;

由语言和语言使用者的意向活动之间的关系所决定的精神意义;

由同一语言表达式的两个不同理解者之间的关系所决定的社会意义。

---

① 列维·谢苗诺维奇·维果斯基:《思维与语言》,浙江教育出版社 1997 年版,第 130—131 页。

正因为语言具有这样多方面的意义，所以语言就具有多方面的功能。美国语言学家罗曼·雅各布森把语言看作交流信息，在此基础上他分出了语言的六种功能：

表达信息发出者的态度感情的情感功能；

对信息接受者态度和情感施加影响的意动功能；

指向外部世界真实情况的指代功能；

用于检查交流双方是否使用相同代码的符号语言功能；

用于联系方式的交际应酬功能；

增强信息本身的符号可触知性的诗学的功能。

周辨明、黄典诚在他们共同译著的《语言学概论》中指出："语言通常有三个正常的功用：（一）它表示说者的思想、感觉等等；（二）它会感导听者的行为，这就叫作唤起功用（evoeative function）或成效功用（effectice function）（所谓"行为"，乃指最广义的行为而言）；（三）它象征着所指的事物，要是没有后面这第三功用，那前头的第一、第二两个功用就不能收效了。所以作为声音跟意义联系关键的象征功用，乃是语言机构的要素……语言乃是一种用人类的声音做材料的象征制度，它是社会成员的共同的实际工具。"[①]

所有这些看法都可以成为我们研究语言意义的重要参照。关于语言的意义，有一点似乎值得特别注意，这就是特雷·伊格尔顿所揭示的语言能够生成意义。他说："从索绪尔到维特根斯坦直到当代文学理论，20 世纪的'语言学革命'的特征即在于承认，意义不仅是某种以语言'表达'或'反映'的东西；意义其实是被语言创造出来的。我们并不是先有意义或经验，然后再着手为之穿上语词；我们能够拥有意义和经验仅仅是因为我们拥有一种语言以容纳经验。而且，这就意味着，我们的作为个人经验归根结底是社会的；因为根本不可能有私人语言这种东西，想象一种语言就是想象一种完整的社会生活。"[②]

同时，我们还必须明了，语言的意义并不是一成不变的，它会随着时

---

① 周辨明、黄典诚译著：《语言学概论》，福建教育出版社 1984 年版，第 1 页。

② 特雷·伊格尔顿：《二十世纪西方文学理论》，陕西师范大学出版社 1986 年版，第 76—77 页。

代的变迁、社会的变革和经济生活、政治生活的变异以及语言自身的变化而发生这样那样的变化。美国语言学家布龙菲尔德比较细致地指明了语言意义发生变化的类别：意义的缩窄，意义的扩大，隐喻，换喻——空间上或时间上意义相互接近，提喻——意义上作为部分和整体而相互联系，夸喻——意义由强烈而变微弱，曲意——意义由较弱转为较强、贬低、抬高提升等①。

在语言的意义当中有一种现象值得注意，这就是语言的多义性，即通常所说的一词多义现象。一词多义指一个词具有多种多样的意义，例如在词典中，对有关词的解释就列举了多项意义。一词多义是文明社会中人类语言的一个根本属性，古今中外概莫能外。这一点在汉语中表现得尤为明显。

一词多义现象既有积极的一面，又有消极的一面。积极的一面在于它使语言非常经济，说话者和写作者能够从词汇所具有的实际含义的有限集合中获得无限多的意义，并可以根据上下文选择一种与有关论题或目的最为吻合、最为一致的含义；消极的一面在于使话语产生歧义现象，听话者和阅读者可能产生这样那样的误解、曲解。

正因为如此，所以人们对于语言的多义现象采取两种截然不同的态度。

2. 文学文本言语的意义

语言具有"意指"和"效果"两大功能，任何一种语言的运用都首先是传达一定的意义，然后才谈得上产生一定的效果，包括审美效果。由此可见，文学文本言语与非文学文本言语都具有共同的语言"内核"，即传达某种思想信息的意指性。文学文本言语是以塑造审美形象、传达审美意识为指归的，这就决定了文学文本言语意指功能的特殊性。当我们把文学文本言语的审美特性与它的意指功能的特点联系起来考虑时就会发现，文学文本言语的审美特性主要包含自指性、曲指性、虚指性这三重内涵。这些内容在前面有关地方已经谈及，这里不再赘述。

在一般情况下，如在日常生活或在科学研究的表达当中，语言作为交

---

① 见布龙菲尔德《语言论》，商务印书馆 1980 年版，第 527—528 页。

际的工具和手段来使用，人们要求言语的意义比较明确、单一，只要能将意义准确地传达出来就行了，不允许存在歧义，更不允许存在含混不清的现象，人们想法消除语言的多义现象，并为此采取了一系列的措施，如用下定义的办法以限定词语的意义，再如用上下文对某些词语的意义加以限制等。

对于文学来说，情况就大不一样了。语言对于文学来讲，它不仅是载体，而且是本体。众所周知，文学之运用语言的根本目的在于传达审美信息，表达作者的审美感受、审美体验和审美意识，而作者的审美感受、审美体验和审美意识，应该也必须是新颖的、独特的、生动的、具体的、鲜明的、原初的、首创的。所有这些是很难用那种意义明确单一、只要能将意义准确地传达出来、不允许存在歧义、更不允许存在含混不清的语言来实现的。因此，文学对于语言就提出了新的要求，即它要求语言的意义不能像日常言语和科学言语那样准确、单一，它不仅不消除多义性，而且还要保留多义，提倡多义，并通过各种手段来造成一词多义现象。法国释义学派创始人保罗·利科（Panl Ricoeur, 1913—）说：

> 诗歌是这样一种语言手段，其目的在于保护我们的语词的一词多义，而不在于筛去或消除它，在于保留歧义，而不在于排除或阻止它。语言不再是通过它们的相互作用，构建单独一种意义系统，而是同时构建好几种意义系统。从这里就导出同一首诗的几种释读的可能性。[①]

文学文本言语的多义性指文学作品所使用的词语除了它们本身的字面义或词典义之外，主要是指文学作品所使用的词语具有双关义、反讽义、比喻义、象征义等等。我们依次作简单的说明。

双关义。所谓双关义是指利用语言中的同音和多义关系，使一个词语或一句话同时关涉到两种以上的事物，也就是同时具有两种以上的意义。如歌剧《刘三姐》中这样的唱词：

---

① 引自涂纪亮主编《现代欧洲大陆语言哲学》，中国社会科学出版社 1994 年版，第 162—163 页。

> 哥相思，
> 哥有真心妹也知。
> 十字街头卖莲藕，
> 节节空心都是丝。

这之中的"节节空心都是丝"具有双关义，"丝"与"思"是同音字，刘三姐利用这两个字之间的同音关系，一语双关地诉说了自己满"心"的情"思"。

刘淳在其长篇纪实文学作品《中国前卫艺术》① 中写 1979 年秋天参加"星星"美展的画家们到了 1984 年就烟消云散、自行解体了，作者写道：

> "星星"，当你们簇拥在一起的时候，照亮了夜空，当你们四分五裂的时候，则黯然失色。

"星星"既是天上的星星，又是当年举办美展的展名，因此，作者把它用在这里显然不光是指天上的星星，更是用来指那些曾经在一起的艺术家们。

再如在王朔编剧的电影《一声叹息》中，梁亚洲 42 岁生日的时候，李小丹来看他，两人在门外说话的时候被梁亚洲的妻子宋晓英听见了，她推门请李小丹进屋，接着宋晓英所说的话差不多都是有意针对李小丹的，李小丹感觉到了这一点，于是提出要走，宋晓英客气地要送，李小丹叫她不要送行，宋晓英说，别人走可以不送，你走不送不行。很显然宋晓英的这样的话也具有双关义。

反讽义。在古希腊文学中"反讽"表示"佯装"、表示从对方口中套取真实情况的发问技巧、表示"反论"或"反语"。反讽义就是表示字面意义与实际所要表达的意义不符或者相反，就是说表面看来是褒义，而在实际上却是贬义，或者表面看来是贬义而实际上却是褒义，也就是我们通

---

① 刘淳：《中国前卫艺术》，百花文艺出版社 1999 年版。

常所说的"正话反说"或"所言非所指"。如莎士比亚在《无事生非》中写道格贝里对康拉德的回击：

> 康拉德：滚开！你是头蠢驴，你是头蠢驴。
> 道格贝里：你难道怀疑我的职位？你难道怀疑我的年岁？但愿他在这里给我写下"蠢驴"二字。可是诸位先生，记着我是头蠢驴；虽然没有写下来，也别忘了我是头蠢驴。

道格贝里虽然并不承认自己是康拉德所骂的蠢驴，但口里却说"别忘了我是头蠢驴"，也是反讽义。

比喻义。比喻义是通过比喻这样的修辞手法而获得的，它不同于比喻，按照刘勰在《文心雕龙》的说法，"比"即为"附"，就是以彼物比此物。他指出："夫比之为义，取类不常：或喻为声，或方于貌，或拟于心，或譬于事。"① 比喻义是指通过比喻用法而使词语产生的意义，而且这种意义往往比较固定，如"摇篮"指"婴儿睡具"，这是它的本义，这个词的比喻义为成长地、发祥地；"帽子"的本义是指戴在头上的用品，可它的比喻义是指罪名或坏名声，如我们平时所说的"不要乱扣帽子"中的"帽子"就是取的比喻义。

文学文本言语的比喻义有明喻义、暗喻义、借喻义、博喻义、隐喻义等，其中隐喻义尤为值得注意。俄国形式主义者、英美新批评派都非常重视文学作品中的比喻，尤其强调隐喻。雅各布森写过题为《隐喻和转喻的两极》的文章，布鲁克斯曾强调重新发现并充分运用隐喻是现代诗歌的最主要的技巧，阿里斯托芬更是认为隐喻对于诗人来说是"最伟大的东西"。所有的比喻都由喻体和喻旨两部分构成，就它们的关系来说是两者相距愈远则愈好，也就是要做到"远取譬"，即"异质"性。被西方誉为经典性的隐喻的例子是"让我们熨平这个瓶颈"，这句诗中包含两个隐喻："熨平"比喻"消除"，"瓶颈"比喻"交通易堵塞的隘口"，按字面意义说，这句诗似乎写的是傻瓜都不会做的毫无用处的事，而在实际上则是指"让我们消除这个容易堵塞的交通隘口"的意思。

---

① 刘勰：《文心雕龙》，人民文学出版社1981年版，第194—195页。

象征义。在希腊语中"象征"一词的本义是指一块木板分成两半，双方各执一块，以保证以后相见时作为相互款待的信物，后来引申为任何观念或事物的代表或符号。象征包含象征客体和象征意义两部分，象征客体是具体感性的事物或特定的形象，而象征意义则含有比象征客体更丰富的含义或观念。在文学作品中，象征可以适用于一个词或词组，也可以适用于一个句子或整篇作品。

语言的象征义是指字面义替代另外一种意义，如十字架象征基督、羊羔象征圣女、森林象征世界的罪恶、狼象征人性中的贪婪、孔雀象征骄傲、鹰象征勇敢、初升的太阳象征诞生、落日象征死亡等等，例如郭沫若的《凤凰涅槃》中的"凤凰"、茅盾的《白杨礼赞》中的"白杨"、毛泽东的《卜算子·咏梅》中的"风雨"、"春"、"飞雪"、"悬崖"、"百丈冰"、"山花烂漫"等都是具有象征义的词语或短语。

除了双关义、反讽义、比喻义、象征义等赋予文学文本言语的多义性以外，还有其他很多手法可以赋予文学文本言语以多义性。文学文本言语的多义性可以使得文学作品的容量加大，内涵变得非常丰富，能够包容多种多样的生活经验、情感经验、思想经验，收到言有尽而意无穷的艺术效果。可以这么认为，如果说在一般的一词多义中，一个词语就是一首小型的诗歌、一篇小型的作品的话，那么，在一首长诗、一部长篇作品中的言语就是一个大的、连续的、持久的多义网络。

二　语言在文学文本中的意义

文学是语言的艺术，语言既是文学作品存在的显现，又是文学作品审美价值生成的重要条件。结构主义文学理论家罗兰·巴尔特说："语言是文学的生命（Being），是文学生存的世界；文学的全部内容都包括在书写活动之中，再也不是在什么'思考'、'描写'、'叙述'、'感觉'之类的活动之中了。"[①] 语言对于文学文本的意义是不言而喻的，其主要表现在以下几个方面：

---

① 引自安纳·杰弗森、戴维·罗比等著《西方现代文学理论概述与比较》，湖南文艺出版社 1986 年版，第 98 页。

1. 工具和媒介作用

文学是人生生活在作家头脑中审美创造的产物，而语言是承载这种审美创造产物的材料和工具，正如高尔基所说："文学就是用语言来创造形象、典型和性格，用语言来反映现实事件、自然景象和思维过程。"[1] 作家在创作过程中无论是观察生活、积累素材，还是酝酿和孕育艺术形象，或者是进行艺术传达，都要运用语言，因此，语言就成为作家描绘现实、表情达意、塑造艺术形象的唯一物质媒介，作家只能借助语言来再现、表现和能动创造人生生活和自己的社会理想、审美理想，语言的运用贯穿于文学创作的全过程。过去只把语言看作是作家在艺术传达阶段才使用的，这显然是不符合作家运用语言的实际情形的；今天强调语言是文学的本体，也不能忽略语言所具有的工具和媒介作用。

2. 造型作用

文学同绘画、雕塑等其他艺术一样，也要进行艺术形象的造型，但这种造型用的是语言这样抽象的不显形不具体非直观非可视的材料，而不像绘画、雕塑所用的材料是色彩、线条、金、石、泥、木等具体直观可视的材料。因此，文学文本言语造型就需要有着特别的途径，具体说来文学文本言语实现造型功能有以下三条途径：

一是要求语言能够尽可能具体地、生动地、细致地、充分地穷尽描摹对象的方方面面之能事，也就是要千方百计地发挥语言的描摹功能。

二是要使语言尽可能地诱发读者的想象，让所使用的语言能够帮助读者建构起审美意象来。如荷马史诗《伊利亚特》中写海伦王后从特洛亚城城墙上走过，引起那些从年轻一直征战到年老的老战士由衷地发出为这么一个女人打这么多年的仗值得的赞叹。再如"乐府民歌"《陌上桑》写罗敷的漂亮美丽虽然也写了她"头上倭堕髻，耳中明月珠。缃绮为下裙，紫绮为上襦"，但这些直接描写远比不上写"行者见罗敷，下担捋髭须。少年见罗敷，脱帽着帩头。耕者忘其犁，锄者忘其锄。来归相怨怒，但坐观罗敷。"原因是这些更能激发读者的想象。再如《三国演义》中不直接写关羽

---

① 高尔基：《和青年作家谈话》，《论文学》，人民文学出版社 1978 年版，第 332 页。

的本事大得如何了不得，而是先写华雄先后斩了俞涉、潘凤，再写关羽出战之前曹操教人酾酒一杯，关羽说："酒且斟下，某去便来。"接着没有直接写关羽如何杀华雄，而是写关羽"出帐提刀，飞身上马。众诸侯听得关外鼓声大振，喊声大举，如天摧地塌，岳撼山崩，众皆失惊。正欲探听，鸾铃响处，马到中军，云长提华雄之头，掷于地上……其酒尚温。"很显然这些都不直接写对象本身如何，而是激发读者的想象和再创造。

三是要求发挥语言的模仿性，特别是在叙事性作品中发挥语言的模仿性。美国作家利昂·塞米利安在他的《现代小说美学》一书中提出："作家的语言越是具有模仿性，其语言就越具有表现力。"① 举例来说，陈村的短篇小说《一天》就以它的语汇少、句式简单以及行文的单调、重复、啰唆、累赘模仿了主人公张三一天乃至一生的单调、重复、啰唆、累赘的生活，充分发挥了语言的造型性。我们在前面说到的叙述人语言要"适如其事"、人物语言要"期如其人"都是这样的意思。

3. 呈现文学文本风格的作用

文学文本是作家创作出来的，它并不是一些零散的、没有结构关联的语句的堆积，而是由一系列有着一定的结构规则的有机的艺术整体。这些结构规则一方面决定了文学文本的类型，使文本或成为诗歌，或成为散文，或成为小说，或成为戏剧剧本，等等。这是因为不同的文本对语言的要求是不一样的，如诗歌要求语言更加经济、整齐，富于节奏和韵律，具有音乐性；散文要求语言更加自然、清新、散漫、自由，具有感发性；小说要求语言具有更大的包容性，更加富于变化，具有张力；戏剧剧本要求语言富于个性化、口语化、动作性、潜台词，等等。这些已在前面作了说明。

另一方面语言不只是文学的媒介和造句谋篇的材料，作家也不是操作语言的"匠人"，语言是作家认识世界、掌握世界、拥有世界的方式，是作家沟通文学与现实世界审美联系的媒介，是作家创造世界的方式。当作家运用语言构筑他的文学文本的时候，他尤其注重对自己的言语的独创性、个性化的追求，从而使他的文学文本呈现出鲜明的言语风格。作家选

---

① 利昂·塞米利安：《现代小说美学》，陕西人民出版社1987年版，第211页。

择怎样的语音、怎样的语汇、根据怎样的语法规则造成怎样的句式、运用怎样的修辞手段，形成怎样的语篇，赋予它的文本以怎样的风貌特点，这些在各个不同的作家手里都是各不相同的，因而就形成各不相同的文本风格。例如同是写诗的杜甫和李白，对语言的运用就不一样，杜甫的诗歌文本的言语风格是沉郁、遒劲、悲怆、豪宕，李白的诗歌文本的言语风格是豪迈、奔放、清新、自然。再如同是散文的刘白羽、杨朔、秦牧，运用的语言各不相同，呈现出的语言风格也不一致，一个犹如嘹亮的军号，催人上阵；一个犹如精美的图画，令人流连忘返；一个则似智者的长谈，妙趣横生。同是写农业合作化的柳青、周立波，由于对语言的追求不同，所以在《创业史》、《山乡巨变》中呈现出来的语言风格并不一样。《创业史》用墨开阔、高亢、爽朗、豪迈，其风格显得像北方挺拔的白杨；《山乡巨变》用墨秀朴、精致、明丽、含蓄，其风格显得似南方的秀丽的楠竹。同写小说的王蒙、汪曾祺、刘索拉在 20 世纪 80 年代中期内对语言的追求各不相同，因此王蒙的小说文本的言语风格是句子短小，句号和逗号差不多一样多，传达出变动的生活、旋转的心态、跳荡的情绪、不连贯的感觉；汪曾祺的小说文本的言语风格是清丽质朴，冰凉如水，表面看似散淡，内在却丝缕如烟弥漫；刘索拉的小说文本的言语风格则像音乐的音符那样跳跃腾挪，具有一种模糊性，文句躁动，充满活力。如果说风格是佩戴在作家胸前的徽章的话，那么这个徽章的主要材料则是运用语言，语言能够呈现文学文本的风格。

三　文学文本言语意义的生成

文学文本言语的意义并不是凭空生成的，而是作家通过多种途径使之生成的。在说明这个问题之前，先说明一下语言传达的一般步骤，也许并不是多余的。周英雄在《从语用谈小说的意义》一文中说："人是社会动物，个人不可能长期离群索居，也不可能不与他人交通往来。往来之际不免要藉重语言传达彼此的思想。这时候自然而然会循三个步骤：一、他的思想起初只能说是不成形的意愿（因此有人主张说不出口的思想不算思想，所说的正是这种不成形的意愿），因此必须用比较具体的语意形式，来把内在的意愿加以组织整理；二、不过严格说来，这时的表现形式并不圆满，大部分的意念都是片断的，甚至缺乏连贯。于是要藉重语法，将意念的主宾关系交代清楚。为了保证说话清晰明白，这时也往往添加了许多所谓的剩余信息（redudancy），以避免听话的人有所误解。三、有了语法之形态后，于是发声成句，所藉重的是语音的体系。这种步骤到了听话人耳中、脑中，程序刚刚相反，由语音而语法而意义，而经过重建（reconstruct）的意义，并非百分之百的完整。"① 周英雄这是从语用的角度说明人们在生活中藉重语言传达彼此的思想，实际上和我们这里所说的文学文本言语的意义的生成是有联系的，也就是说，下面所说的文学文本言语意义的生成大都要经过这样的步骤或阶段。

1. 修辞手法的运用

修辞手法又称修辞手段，它是指为取得特殊的语言效果或语言意义而采用的不合习惯的语法结构、语词顺序和语词意义的各种语言使用方法，是用特殊的语言技巧、表达方式传达思想内容的艺术。修辞手法是导致文学文本言语意义以及多义性的重要依据。像我们在前面所说到的语言的双关义、反讽义、比喻义、象征义等主要就是通过修辞手法而生成的。修辞手法主要有两类，第一是不合语言习惯或标准的用法，即在不改变词的基本意思的情况下达到特殊的效果，如"人生的意义在于奉献而不在于索取。如果你是一棵大树，就撒下一片阴凉；如果你是一泓清泉，就滋润一方土地；如果你是一棵小草，就增添一分绿意。"很显然人既不是树，也不是清泉、小草，作者有意违背语言的习惯用法和标准用法而赋予这样的言语以新意；第二是转义或比喻，使词语的意思发生相应的变化，如骆宾王的《在狱咏蝉》："西陆蝉声唱，南冠客思侵。那堪玄鬓影，来对白头吟。露重飞难进，风多响易沉。无人信高洁，谁为表余心？"从字面义上看，它是一首咏蝉诗，而实际上它又不是一首咏蝉诗，特别是"露重飞难进，风多响易沉"可以说无一字不言蝉，但亦无一字不是在说自己，诗人通过特殊的修辞手法婉转、含蓄而贴切地表达了郁积在心中的凄怨和悲愤之情，使蝉再也不是"蝉"的意义，它的意义发生了转化，或者说诗人取的是"蝉"的转义。

常用的修辞手法有比喻、拟人、夸张、排比、对偶、反复、设问、反

---

① 周英雄：《比较文学与小说诠释》，北京大学出版社1990年版，第39—40页。

问、引用、借代、反语等。我们选几种予以说明。如"两岸青山相对出，孤帆一片日边来"、"好雨知时节，当春乃发生。随风潜入夜，润物细无声"、"女人坐在小院当中，手指上缠绞着柔滑修长的苇眉子，苇眉子又薄又细，在她怀里跳跃着"等运用了拟人的手法；"吟罢低眉无写处，月光如水照缁衣"用了借代手法；"蜀道之难，难于上青天"、"一个浑身黑色的人，站在老栓面前，眼光正像两把刀，刺得老栓缩小了一半"等运用了夸张的手法；"梨花院落溶溶月，柳絮池塘淡淡风"、"接天莲叶无穷碧，映日荷花别样红"运用了对仗手法；"八月湖水平，涵虚混太清。气蒸云梦泽，波撼岳阳城"运用了夸张的手法；"争渡，争渡，惊起一滩鸥鹭"运用了反复手法。

需要说明的是，各种各样修辞手法的运用，并不只是语言的运用问题，而是要赋予语言以新的生命。蒙田曾经这样说："经大作家的操笔和运用，语言的价值大大提高了。他们赋予语言新的生命，而不只是将它们搓搓捏捏，使之有力一点，用法多样化一些而已。"①

2. 特定语境的创设

语境又称"情景语境"，由英国人类学家马林诺夫斯基在 1923 年提出。它指使用语言时所处的实际环境，也就是言语行为发生时的具体情境。使用语言的实际环境包括语言之内的环境和语言之外的环境，具体说来是由这样三个方面的因素构成：第一个因素是上下文，即口语中的前言和后语，书面语中的上句和下句、上段和下段；第二因素是发生语言行为的实际情境，即说话人和听话人、发生语言行为的时间地点、交谈的正式程度、交际媒介和语域，以及参与者的诸如性别、年龄、职业、文化程度、性格特征乃至情趣和心境等；第三个因素是某个言语社团特有的文化背景、社会规范和习俗。例如文学文本中的某一个场面一方面由它的前后场面构成语境，另一方面又由整个作品构成。何贤景在他的《语词·语境·语感》一书中对语境作了详尽的论述。他认为，语境由言语交际的对象、交际双方的目的和动机、话语交际的方式、话语的内容和主题、话语的结构层次和上下文、言语交际的时间和地点及场合、有关话语的深层

---

① 蒙田：《有血有肉的语言》，见《世界文学随笔精品大展》，上海文化出版社 1992 年版。

次文化背景、言语交际者本人的文化层次和心理素质及个性质量等因素构成。语境本身具有主旨意义、题外意义、情感意义、背景意义、象征意义、双关意义等六种意义①。就语境的功能来说，它既有规定性功能，又有创造性功能。前者表现为对语义具有解释功能，可以消除言语交际中的歧义现象；后者表现为创造语法结构的简省形式、创造语词变异、创造修辞方式、语境为同一话语结构创造多种含义。

对于语言的意义的生成来讲，语境是非常重要的。同样的句子出现在不同的语言环境中，其意义会有很大的不同。例如"警察来了"这句话，既可以是普通群众安全的或获救的意思，也可以是提醒滋事嫌疑人逃跑以免被觉察抓住的意思，还可以说用来吓唬人、威胁人的意思。再如"今天是星期天"这句话在不同的发话者、受话者之间就会有不同的意思。如小孩对爸爸说，那意思是要求带他出去玩；中学生对家长说，那意思是今天可以休息，不写或少写作业；妻子喊丈夫起床，丈夫说"今天是星期天"，那意思是今天可以多睡一会。美国语言学家罗宾·洛克夫说："语言在不同的语境里对不同的人意味着不同的含义"，她举了这样两个例子：第一个，一位妇女在深夜的幽暗街道上听到一个陌生男人发出的令她受到惊吓、威胁的话，在一个这位妇女深爱着或信任的人讲来，那同样的话可能是二人关系微妙的表达；第二个，非裔美国人相互之间可以在特定的条件下毫无芥蒂地称呼对方为"黑鬼"，但他们决不接受一个白种人这样称呼他们。然后她强调说："语言从本质上讲是暧昧的、意义不明确的，对语境非常敏感。"② 作家在文学创作中正是通过对特定的语境的营造而赋予一般语言所没有的特殊的意义，读者也正是通过对语言的语境的理解而获知语言的意义的。如于谦的诗《咏煤炭》：

> 凿开混沌得乌金，藏蓄阳和意最深。爝火燃回春浩浩，洪炉照破夜沉沉。鼎彝元赖生成力，铁石犹存死后心。但愿苍生具饱暖，不辞辛苦出山林。

---

① 何贤景：《语词·语境·语感》，北京教育出版社1998年版，第59—74页。
② 罗宾·洛克夫：《语言的战争》，新华出版社2001年版，第111—112页。

表面看来，正如题目所表明的好像是一首咏煤炭的诗，实际的情形却是诗人通过对煤炭的吟诵在抒写自己为国家鞠躬尽瘁、为苍生谋得饱暖、死而后已的胸襟和抱负。这样的意义的获得光靠孤立的语言自身是不够的，而要联系诗歌语言之内和诗人所处的时代这样的诗歌之外的语境来理解。

3. 读者的参与

从某种意义上说，文学文本言语的意义是由读者在阅读与欣赏活动过程中积极参与理解生成的。文学用语言作材料塑造的形象是间接的，这种间接的艺术形象虽然不像造型艺术的形象那样具体生动可感，但它却为读者留下了极为广阔的想象空间，让读者能够根据自己的生活经验、情感经验、思想经验和肢体语言以及理解语言的能力，发挥充分的想象力和补充力、延伸力，进而生成语言的意义。且让我们看两个例子：

《红楼梦》第三十四回"情中情因情感妹妹，错里错以错劝哥哥"写宝玉挨了他的父亲贾政的打在屋里养伤，薛宝钗带了药去看他——

> 宝钗见他睁开眼说话，不像先时，心中也宽慰了些，便点头叹道："早听人一句话，也不至有今日！别说老太太、太太心疼，就是我们看着，心里也——"刚说了半句，又忙咽住，不觉眼圈微红，双腮带赤，低头不语了。

薛宝钗这没有说完的一句话就留给读者去补充和想象，通过补充和想象我们感觉到唯其这句没有说完的话才把薛宝钗此时此刻对贾宝玉的深切怜恤、些许怨怼、她自己的急不择言以及省悟过来之后的羞怯，乃至那种半遮半掩、羞羞答答等丰富复杂的情感与心理活动等等都真切生动地表现出来了，真个是此时无声胜有声。

鲁迅在《祝福》中写鲁四老爷知道祥林嫂从婆家跑出来又被婆家从他家抢回去之后说了两句话四个字："可恶！然而……。"其中的"可恶"好理解，因为像鲁四老爷这样一个所谓知书识礼的家庭竟出现了一个从婆家偷着跑出来的做工人，在鲁四老爷看来当然就"可恶"了；"可恶"就"可恶"呗，怎么又来了一个转折的"然而"呢？"然而"之后省掉的是什么？联系祥林嫂来到鲁四老爷家之后"她的做工毫没有懈怠，食物不论，力气是不惜的。人们都说鲁四老爷家里雇着了女工，实在比勤快的男人还勤快。到年底，扫尘，洗地，杀鸡，宰鹅，彻夜的煮福礼，全是一人担当，竟没有添短工"。啊，原来是祥林嫂来到鲁四老爷家里做工之后给鲁四老爷家里省下了雇短工的饭钱和工钱，这么好的事竟让祥林嫂的婆家给搅了，确乎有点遗憾，但这一想法不能直接说出来，说出来就能让人看出鲁四老爷也是这般斤斤计较、打小算盘的人，于是鲁四老爷在"然而"之后就赶紧打住。这样的内容需要读者参与进去进行补充才能明白。

第十章

艺术构思的内在环节和
构思中的言意活动

一　文学创作中语言构思的三个层次

就文学创作的实际情形来说，作家在素材积累中就已经运用了语言，而在艺术构思中更是离不开语言。从总体上看，文学创作的艺术构思是作家酝酿自己的审美感受、审美体验、审美意象的过程，这整个过程同时也是一个语言的过程。当作家沉浸于艺术构思的遐想中时，实际上就是在运用相关字词，按照相关的语法结构去整理、丰富自己的生活记忆、情感记忆和思想记忆，并虚拟、延伸、假设、发展这些记忆，使种种朦胧模糊的感性印象逐渐明晰化、词语化，把在艺术构思中出现的那些飘忽不定的瞬间意念和意象用词语固定住。换一句话说，作家在艺术构思中依靠语言对储存在头脑中的种种形象信息进行编码、排列、组合，并依靠语言将这些凝结、固定在头脑当中、观念当中。

从分析的层面上来说，作家在艺术构思中对于语言的运用是一个由隐而显、由模糊朦胧而渐趋清晰明朗的过程。如果允许作一个大致的划分，这里面有非语言思维、前语言思维和语言思维这样三个既不相同但有联系并逐渐递进的层次关系。

1. 非语言构思层次

这儿所说的"非语言构思"，实际上就是从艺术触发开始而至构思过程中灵感出现时这一阶段的情形，它是指用不清晰、不明朗的所谓意念，超越了艺术符号作为载体，而直接达到构思目的、获得构思成果的构思。这种构思是在作家无法意识到的潜意识层里"默默无闻"地不用艺术语言完成的。那么，这种非语言构思究竟是凭借什么完成的呢？肯定地讲，这种非语言构思也是由某种思维工具的激发并接续才得以完成的。这种思维工具有点类似于冥冥之中的神灵，或类似于飘忽不定的幽魂，它像游丝，如飞絮，似流萤，叫人难以捕捉和把握，以至显得非常神秘，乃至有人将它神秘化。

这里实际上涉及这样一个问题：在艺术构思中或在一般的思维中，是否一定要依靠语言来进行呢？回答不是肯定的。如果说思维必须依靠语言或者思维必须在语言的词和句子的基础上才能进行、才能产生、才能存在，那么，人的记忆中所储存的思想或信息也必然表现为词或句子。事实上，并非完全如此。关于句子，有人统计过，一部大部头的文学作品，其中竟没有两个完全相同的句子。在俄语中由 10 万个词构成的句子超过人类可以见到的宇宙中所含有的全部原子的数目；在英语中由 20 个以下的词构成的句子的数目是 10 的 30 次方，一个小孩要听完这些句子所需要的时间比地球的约计年龄多一千倍。比利时语言学家拜森斯教授（Eric Buyssens）在《从语言学角度看说话和思想》一文中指出，语言是线性的（指一个语素接一个语素，一个词接一个词，一个句子接一个句子，永远不能重叠），但是思想却不然，一个人可以同时想好几件事情[①]。维戈斯基认为，"思想的进行和运动跟言语的展开并不吻合。思想单位跟言语单位也不一致……思想有它特殊的结构和进程，从它转变为言语的结构和进程是很困难的"，"思想不像言语那样由单个词组成。如果我想表达这样一种思想：'我今天看见一个穿蓝上衣的小孩在街上光着脚跑'……我所看见的这件事是作为一个单一的行为呈现在思想之中的，但是在言语中我却将它分解为单个的词。演说家常常在几分钟内阐述的是同一个思想。这一思想是作为一个整体包含在他的脑子中的，而不是像言语那样一个一个单位地逐渐产生和展开。在思想中同时包含着的东西在言语中相继展开。"[②] 斯洛宾在他的《心理语言学》中指出，吉斯林（B. Ghiselin）写的《创作过程》（纽约，1955）一书中引了一些科学家、数学家、艺术家关于他们创作的思维过程的言论，这些言论表明，起先存在一个思想或问题的酝酿阶段，跟着突然豁然开朗，问题得到解决，剩下的困难只是将自己思维的成果翻译成言语形式。在这

---

① 引自伍铁平《语言与思维关系新探》，上海教育出版社 1990 年版，第 57 页。

② 同上书，第 71—72 页。

方面爱因斯坦的内省观察特别发人深思。爱因斯坦说，"我觉得，在我的思维机制中……言语中的词不起任何作用"。他认为他首先形成某种创造性的思想，然后才仔细地寻找适当的词或其他符号表达这一思想。这种表达是第二阶段的事情，是在上述思想已经相当牢固，可以根据自己的愿望任意复制之后①。英国的心理学家柯恩（John Cohen）在《思想与语言》一文中也引用了一些名家的看法，例如贝克莱认为"词语是思想的巨大障碍"；叔本华认为思想一旦用词语来表达，思想就"死亡"了；雪莱认为"当写作开始时灵感就已经衰退"；哈德马尔德（J. Hadamard）认为，思想是没有词语表达的，因为人们读过一段文章或听人提出一个问题以后，每当他要重新思考这段文章或问题时，原文或原来问题中的每一个词都消逝得无影无踪，但这丝毫不影响他的思考。爱因斯坦说过：在他的思索过程中，书面语言和口头语言看来都不起任何作用。他说，他将词在逻辑上连接在一起以前，同样经历的是一种视觉的肌肉的要素（可能是一些映象）的组合和联想的过程，只有在这以后才开始寻找相应词的艰辛过程。皮亚热认为，我的思维（autistic thinking）是跟映象（images）而不是跟词连在一起的，是属于前概念阶段的思维②。平常我们听人说话或看作品，所获得的是思想或信息，而不是语言或词与句子，这种情形和听写不一样，例如，某人说："关于这门课的考试根据教务处的安排准备这样进行……"在这里，听者所获取的是有关考试的信息，而不是一个一个的词或句子，如果某人这样说："下面我给大家按顺序读十个词，听完后请你们按照先后顺序写下来……"听者听取这样的话，获取的还是信息，接下来关于词的先后顺序，所获取的就不是信息而是十个词的先后顺序了。可以再举我们日常生活中的一个例子来帮助我们理解这一问题。我们可以想一想，我们要记起某一个人，当然要进行想象，这个想象是用词或者句子吗？显然不是。我们总不能先确定那人的脸有多长多宽，肤色是黑是白，个头是高或是矮，人长得是胖还是瘦，我们不会将这些统统化作词语然后想起这个人的种种情形来。实际情形是只要一想起那人，那么那人的整个面貌几乎一下子就呈现在我们头脑中。显然，这样的思维并不是靠所谓的语言。这就是说不用语言的思

---

① 引自伍铁平《语言与思维关系新探》，上海教育出版社1990年版，第72页。
② 同上书，第56页。

维确实是存在的。

非语言构思不依靠语言，那么，它究竟依靠什么呢？主要是依靠作家潜意识领域里的活跃和灵感思维的突现。作家的潜意识好像一个十分活跃的大熔炉，各种各样的生活积累、情感积累、思想积累以及各种各样的情感、思绪、意念、需求、欲望在这里奔突跃宕，腾跃冲折，加之生活中偶然性因素的出现和作家潜意识中的随意性，就会使得作家的心灵深处、头脑里层时常会出现非逻辑性的隐喻性联想，然后以这种隐喻性联想为契机，以思维的跨越升迁去开启灵感的闸门。在这种隐喻性联想的有关环节之间，往往很难找到明确的逻辑关系，所出现的只是一种难以言传的暗示和折转，正是这种暗示和折转将作家推进到了灵感思维的漩涡。在这个时候，平时断路了的神经线路突然接通了，潜意识与显意识汇合了，外在的平时无用而现在有用的信息与潜伏于作家意识底层的构思意向——即平时费力捕捉、酝酿、孕育的主题、形象、氛围、意蕴、况味……彼此相碰撞了。这个时候，就那么一刹那，灵感出现了，非语言构思顺理成章地开始了。

2. 前语言构思层次

前语言构思与前意识密切相关。前意识是意识的萌芽状态，它尚不具备意识所具有的那种清晰、有序、连贯等特性，但是已经挨近意识的边缘，因此有人将其称为从潜意识阶段过渡到意识阶段的"中间地带"，或者称为"半意识"。它要进到意识层面还需要相关的一系列步骤。

在创作过程中，与这种前意识相一致的是前语言构思。前语言构思的特点表现为艺术构思的模糊性、朦胧性与弥散性。就是说，作家在前语言构思阶段常常有一种兴奋不已、激动不已、意气风发、浮想联翩、活跃激越的思维活动，但这种思维活动又是模糊朦胧、闪烁不定、时前时后、时此时彼、时断时续的，或者说只是一种存在于头脑中的意象，尚不能用艺术语言将这种意象固定下来、传达出来，即所谓"只可意会不可言传"的情形。

建立在前意识基础上的这种前语言构思，虽然有许多妙不可言、无与伦比的形象精灵以及相关的意蕴和并不完整的场面、环境、景物、氛围等等产生和出现，但是还不能够用清晰的表象、准确的词语去将它们完全凝固住，这是文学创作中艺术构思的"原始形态"，是文学形象开始受孕并努力寻找寄存温床以便能够着床的时候，是从生活因子向艺术因子转化的关键环节。

前语言构思有些是自觉的，有些是自发的，自觉的如对较为陌生的情绪或印象的重新体验，作家试图想起某次谈话或体验某种感受；自发的则是指某些似乎被淡忘的记忆或一些模糊的印象、朦胧的体验，常常时隐时现地流动不居地浮现在作家的意识当中，使作家产生一种莫名的冲动，但这种冲动又无法说清，似乎这种模糊的印象、朦胧的体验像一条游鱼一样尚未积累到能够用语言之网去捕捞的程度。前语言构思处于审美认识的感性阶段，其构思过程和构思结果都尚未取得清晰完整的审美形象，更达不到对构思进行条理化整合和用语言概括的地步，这些构思中的模糊的印象、朦胧的体验是意识边缘的信息，它们都处在"半睡眠"状态，朦朦胧胧，似有似无，似连似断，在作家的头脑和意识中，仅有那么一个亮点而已，而这个所谓亮点的周遭则还是依稀模糊昏暗的一片，这个亮点要么逐渐消失在潜意识的暗夜里，要么走出那个所谓潜意识的暗夜，而进到意识的层面。这里关键在于作家怎么把握这个所谓的亮点了。

同时，我们还看到，前语言构思与意识领域里所进行的语言构思相比，它是流动不居的，起伏动荡的，缺少词语概括的条理化和凝固性，往往如过眼云烟一样——稍纵即逝。美国符号美学家苏珊·朗格说："艺术，也和语言一样，是从主观经验中抽象出来供人们观照的某些方面，然而这种抽象物却不是种种具有名称的概念。只有推理性语言才能比较成功和比较精确地把那些可限定的概念确定下来，而艺术表现所抽象出来的却是情感生活中那些不可言传的方面，这就是那些只能为感觉和直觉把握的方面，而不是那些以语言和注意为轴心的意识活动所能把握的方面。形式和色彩，声调、张紧力和节奏，对比与和谐，休止和运动，等等，都是组成那种可以表现出不可言传的现实概念的符号形式的要素。当我们提到某一件艺术品包含着一种确定的情感表现时，我们并不是说这件艺术品是这种情感呈现出来的症兆（就像啼哭是啼哭者情绪失调的症状一样），也不是说我们因这件艺术品的刺激而有了某种情感感受，而是说它为我们提供了某种可供观照的情感。"她特别强调："再也没有什么东西比那种无法用符号表达的概念更加难以捉摸的了，它就像那一会儿眨动、一会儿消失的微弱的星光那样，只能激起表现，而不能使表现固定下来。"① 前语言

---

① 苏珊·朗格：《艺术问题》，中国社会科学出版社 1983 年版，第 91 页。

思维实际上可以看作是一种**内部言语思维**，在这种内部言语思维中所包含的与其说是词，不如说是很难捉摸的关于词的提示。

内部言语思维是用内部言语进行的。所谓内部言语是指作家在内心里的自言自语、自话自说。作家用这种言语无声无音地"说话"：或倾诉，或记述，或讲述故事，并编造情节，或描写场景，或营造氛围，或塑造人物，或剖析心理……用这种言语想象、记忆、组合形象。内部言语是一种特殊言语，也只是每个作家自己使用、不能与人对话的言语，它不组成完整的句子，也不具备规范化特性，不讲究语序，不遵守语法，有时使用符号形象，有时又使用特殊的词语，既是跳跃地进行的，又是平静地流泻的，显得混乱无序。然而这种言语又有作家所独自掌握的规律和含义：它成段、成块地迅疾地行进，然后又如此这般地留存下来，作为一种初步的编码储存在作家的头脑中。作为内部言语，它常常以下面的形式出现：

山、树、花、草、河、水、堤坝、桥梁、某男、某女、修长、苗条、敞亮、黢黑、近、远、黑、白……春天的花、夏天的雨、秋天的果、冬天的雪、天上的云、空中的鸟、地上的风、遥远的荒丘、平展的耕地、奔跑的马、慢腾腾的牛、来、去、往、返、相见、离别、汽车、轮船、飞机、静、止、孤单的背影、消失的云彩、人流、远山、落日、薄雾、轻烟、人家、小桥、流水、白菜、萝卜、西瓜、蒜苗、面粉、馒头、面条、煎饼、街道、地铁、轻轨、商厦、广告、连衣裙、香水、面奶……

这些并不连贯的词语与符号在使用者的心里构成了一幅幅相对说来较为完整的、发展的、流变的图画。对于作家来说，是连贯的、合乎逻辑的、清楚的、完整的。这是一个意识流、意念流、言语流，它们被组成之后，流过意识，或者储存起来，或者压抑进入潜意识，到时候会根据作家的需要整块地或部分地释放出来应命效力。

一部以中国前卫艺术为题材的纪实作品《中国前卫艺术》在开篇中这样写道：

> 好像一切都是从餐桌上和酒杯中开始的。在碰杯的喧哗、讨论、争议及至面红耳赤中，开始对一个或若干个问题的思索，大概始于1994 年初冬，零碎的雪花从窗外飘进来，落在脸上立刻融化了，让我感到它的来去都是那么仓促，视野中的一切都是那么模糊，加之雪

花的飘舞，一切都显得混乱不堪。我所思考的问题更是浑浊不清，我无法让跳跃着的思维在宇宙中停顿下来。从酒杯到墨水瓶，从稿纸到墙壁，从艺术史到咖啡，心里总是沉甸甸的。穿过敞开的窗户，望着外面飘扬的雪花，我呼吸着有雪的空气，在一张宽大的写字台前思考、回忆并阅读，任思维像风穿行无阻，从敞开的窗子进来，又从门的缝隙中出走；于是，在我的脑子里呈现出一幅幅色彩斑斓的图画：城市　政府　街道　商场　饭店　酒吧　歌厅　出租车　人群　朋友

同事　警察　小贩　妓女　嫖客　不同背景的人们共同涌向的股票市场　那间谈爱情和艺术的黑色咖啡屋　那个经常有人高谈人道主义、英雄主义和价值观念的小酒馆　那个右手的食指放在嘴边，左手食指在翻看裸女画册的目光　那些从一次幻想开始，然后马不停蹄地日复一日年复一年地寻找机会，如今仍在旅途中疲惫不堪一无所获的人们　我身边的朋友和周围的同事　作家和艺术家　企业家和三流演员　政府官员和骗子　友谊和爱情　手淫和性生活　一个没有意义的展览　一把钥匙一张证明　那个至今还远在天边在昏暗的灯光下孤独地面对自我的可怜的友人　那个圆缺阴晴的夜晚　那一次遥远的旅途　——一切清晰或迷惘的……

　　脑子很乱，思绪更乱，也许一开始就是一种错误的选择，或是一种无病的呻吟，多情的行板。但我们面对广阔纷杂的世界，思维无法虚无。因此，生命的存在才有了种种体验，才有了被滋养、被开放、被挤压、被消耗的可能，生命融会了许多罪恶和智慧，为此，它才有了具体的意义。

　　信息以排山倒海之势在滚动，以巨大的能量在堆积。这一动一静，将世界变得扑朔迷离，使我们眼花缭乱，不知所措……①

可以说这些文字中有相当一部分是对于内部言语思维的一种形象的描述，可以很好地说明我们在这儿所说的内部言语思维问题。对文学创作而言，这种内部言语需要"翻译"，需要物化或外化为口头语和文字符号，这是一个从内到外的过程。这个过程在创作时（写作时）来完成。从内

① 刘淳：《中国前卫艺术》，百花文艺出版社1999年版，第1—2页。

心言语到作品言语，这不光是一个转化过程，更是一个创造过程。在这个创造过程中，内部言语得到发展，得到提高，它具体化、明确化、成形化了，也拓展了，深化了，它由片断的、零碎的、简略的，变成一个叙述完整故事、描写生动细节、刻画人物性格、剖析人物心理、展现具体场景、描绘具体景物的言语系统了。

法国的女作家、文学理论家纳塔丽·萨洛特在《对话与潜对话》中较为具体地描述了普鲁斯特创作中内部语言出现的情形，她说：

> 他想看得更远些，或更确切地说，他想看得更贴近些。很快，他就看见了隐藏在内心独白后面的东西，那是一团数不尽的感觉、形象、感情、回忆、冲动等任何内心语言也表达不了的潜伏的小动作，它们拥挤在意识的门口，组成一个个密集的群体，突然冒出来，又立即解体，以另一种方式组合起来，以另一种形式再度出现，而同时，词语的不间断的流继续在我们身上流动，仿佛纸带从电传打字机的开口处哗哗地出来一样。
>
> 就普鲁斯特来说，的确，他一心一意加以研究的，正是这些由感觉、形象、感情、回忆组成的群体，它们穿过或贴近内心独白的那一层薄薄的帷幕，通过表面上看起来无关紧要的一句话、一种语调或一个眼神突然显露出来。①

3. 语言构思层次

语言构思是文学创作中艺术构思的最高级形式，与这个层次的构思相对应的是作家的显意识，也就是意识。由此可见，这个层次的构思是在作家的意识状态之下进行的，因而是一种语言构思。语言构思不仅以语言为工具，不仅以语言来进行并加以完成，而且以语言为目的、为指归，作家要千方百计地把文学作品的艺术价值寄寓于语言之中。在这个过程中，要将前面的非语言构思和前语言构思中所模糊感觉到、朦胧体验到而未能凝结、固定住的意象转化成语言并凝结住固定住。在这个过程中，物与我合

---

① 纳塔丽·萨洛特：《对话与潜对话》，崔道怡等编《"冰山"理论：对话与潜对话》（下册），工人出版社 1987 年版，第 573 页。

一，形与神兼备，情与景交融，感性与理性融合，形象与抽象同一，作家的心理感受、情感体验、意志活动等都充分展开，直至酝酿、孕育出既能够用语言凝结、固定又能够用语言传达出来的艺术形象。在这个过程中，语言起着关键的作用。索绪尔说："思想离开了词的表达，只能是一团没有定形的、模糊不清的浑然之物。哲学家和语言学家常一致承认，没有符号的帮助，我们就没法清楚地、坚实地区分两个观念。思想本身好像一团星云，其中没有必然划定的界限。预先确定的观念是没有的。在语言出现之前，一切都是模糊不清的。"[1]

在语言构思中，贯穿构思始终的是言与意的关系。一般说来，我们可以将艺术构思大致地切分为两个既不相同但又相互联系的层面。一个层面是艺术构思中的意象活动层面，这是艺术构思中诸方面因素中最为活跃的层面，如题材的选择、主题的提炼、形象的孕育、性格的刻画、情节的安排、结构的布局、环境的描写、景物的布置、意境的烘托、气氛的酿造等；另一个层面是艺术构思中的言语活动层面，这是运用具体的媒介材料即语言符号来使作为艺术构思之结果的意象凝结、固定的层面。高尔基说："语言把我们的一切印象、感情和思想固定下来"[2]。这里所谓凝结、固定就是在艺术构思的言语活动中要选择并运用适当的语言来界定、说明、叙述、描写、修饰在艺术构思中通过意象活动所构思出的意象。

陆机在《文赋》中非常清晰地描述了创作中言意之间的复杂关系：

> 其始也，皆收视反听，耽思傍讯，精骛八极，心游万仞。其致也，情曈昽而弥鲜，物昭晰而互进，倾群言之沥液，漱六艺之芳润，浮天渊以安流，濯下泉而潜浸。于是沈辞怫悦，若游鱼衔钩，而出重渊之深；浮藻联翩，若翰鸟缨缴，而坠曾云之峻。收百世之阙文，采千载之遗韵。谢朝华于已披，启夕秀于未振，观古今于须臾，抚四海于一瞬。[3]

① 索绪尔：《普通语言学教程》，商务印书馆 1999 年版，第 157 页。
② 高尔基：《论散文》，《高尔基论文学》（续集），人民文学出版社 1979 年版，第 387 页。
③ 陆机：《文赋》，郭绍虞主编：《中国历代文论选》第 1 册，上海古籍出版社 1979 年版，第 170—171 页。

陆机在这里所说的是艺术表现开始时，切断通向外面的视觉、听觉以及一切感觉，命令它们统统收回返向作家自己，使自己既虚且静，就像佛家闭目冥坐一样。这实际上是说创作的前提是从有意注意退回到意识的弥散状态，把自然的物理时空转换为人为的心理时空；在这个时候"情曈昽而弥鲜，物昭晰而互进"，那些充满情绪和表象的文思由朦胧模糊逐渐达至清晰明澈；接下来无论想象是升高至"天渊"，还是深入到"下泉"，言语在心中升潜飘浮，或如春潮暴涨，安然顺流，更如下灌于泉水，暗暗浸入，无微不至焉。这个时候作家的创作进入了真境，笔下的词句会像鱼儿一样在作家的心理和意识之流中吞吐浮沉，最终被作家垂钓上来；像鸟儿一般在作家的言语场中飞旋盘绕，并最终能够被作家捕获住；而且这些被垂钓被捕捉住的词句是新鲜的，独创性像含露待放的花苞；即使表现的是具有广阔空间、悠长时间的内容，但词句本身则是诞生于"须臾"和"瞬间"的。

在艺术构思的言语活动中，作家的言语活动实在是超出了一般人的想象的。关于这一点，我们可以举出斯妤在她的长篇小说《竖琴的影子》中所写到的情形来说明。这部作品中写一个叫丛容的作家，在其生存的方式中有对语言和文字的高度迷恋，这种高度迷恋成了她生命的一大误区。正如她自己所认识到的那样，自己分明就是一个"纸人"，"她对这个世界的看法全都来自书本，可是书本上的结论和真实世界的情景总是那么不一样，甚至大相径庭！"从很小的时候起，丛容就有着对于语言和文字的信仰。少年时代她能够每天听患有精神病的工宣队长的儿子的"演讲"，其实是折服于语言本身的魅力，在她的价值观中，"语言里的世界有条不紊，井然有序，善恶分明，是非清楚，语言里的世界善有善报，恶有恶报。语言体现了永恒价值，语言指认了完满人性，语言制作了美好世界"，"从大到小，她使用的都是文字的视角，文字的标准，文字的观念，她已经不知不觉而又差不多百分之百地给自己换了血：如今在她的血管里流淌的，已经不是原来的血，本能的血，而是人造血了，是源远流长的语言文字涓涓不息地输给她的。"如果丛容作为一个普通人这般迷恋语言固然不好，但是，她作为一个作家这样迷恋语言并用语言体现永恒价值、表现完满人性、创设美好世界，却应该受到首肯和礼赞。

二 艺术构思中的意象活动和言语活动

1. "以意遣辞"和"以辞达意"

在艺术构思的两个层面中，意象活动和言语活动密切相关，谁也离不开谁，它们共同构成"以意遣辞"和"以辞达意"的关系。贾岛的"僧敲月下门"、王安石的"春风又绿江南岸"之最终选择了"敲"字、"绿'字，都非常生动地说明了这种关系。一般来说，总是意象活动中的"意"在先。人在思维中先有一种用特殊代码表达的动机，然后才找到人类自然语言作为表达形式。在文学创作中，作家在构思时先有一种用特殊代码表达的动机，然后才去寻找并找到人类自然语言或中性语言作为表达形式。文学创作中特别是诗歌创作中不乏搜尽枯肠寻找最能表达诗人自己思想感情的例子，李商隐的"寻幽殊未尽，得句总堪夸"，杜甫的"语不惊人死不休"，"用笔不灵看燕舞，行文无序赏花开"，以及梅尧臣所说的优秀的诗篇"必能状难写之景如在眼前，含不尽之意见于言外"等等都反映了文学创作中这种搜寻语言的过程。作家在找到最恰当的语词之前，存在于脑子里的正是一种没有定形的、用一种不同于自然语言或中性语言的特殊代码表达的思想或意念。是这种思想或意念决定选择运用哪一种语言形式将它准确地表达出来，有时感到思想或意念无法用语言表达，即所谓"言在耳目之内，情寄八荒之表"，是一种只可意会不可言传的情形。在艺术构思中，作者根据自己所酝酿、孕育的意象选择、调遣最合适的语言，使不大稳定甚至呈摇摆状的意象固定下来，从而让意象显得比较稳定，比较清晰。列夫·托尔斯泰在《哈泽·穆拉特》第一稿中曾用"全村子冒烟"一句传达他经过构思得来的一个审美意象，后来他将这一句改为"契泰族的不平静的村子，冒着干牛粪烧出的喷香的烟"，使审美意象显更加具体，更加清晰，更加可以感觉，而且也更加丰富。试比较鲁迅《阿Q正传》中的阿Q从城里发财回来到酒店喝酒的未定稿和定稿：

未定稿是：

> 阿Q从腰间伸出手来，满把是钱；在柜上一扔，说："现钱！打酒来！"

定稿是：

> 阿 Q 从腰间伸出手来，满把是铜的和银的，在柜上一扔说："现钱！打酒来！"

很显然，鲁迅在艺术构思及艺术表现中对未定稿有满意的也有不满意的。这里所谓满意不满意的标准是什么呢？这个标准是看以"意"遣来的词语是否能准确鲜明生动具体地传达审美意象。未定稿未能充分地做到这一点，定稿是阿 Q 把两种价值相隔几十倍的钱币胡乱地混杂在一起，一把抓出，随手一扔，他那马虎劲儿、满不在乎的神情、一时之间"财大气粗"的心境，都跃然纸上，因而最为准确鲜明生动具体地传达了审美意象。

在这个过程中，我们看到作者的意象活动规定着、制约着言语活动，言语活动又固定着、传达着意象活动。意象活动的变化引起言语活动的变化，言语活动的变化又引起意象的进一步修正和完善。作者在意象活动中确立了意象怎样的状貌、形态、行为、动作、性质，作者的言语活动就会相应地选择怎样的名词、动词、形容词以及修饰语等等，言语活动的变化又促进意象活动的变化，最终选择的语言因为是有关的名词、动词、形容词、修饰语等等，而这些名词、动词、形容词、修饰语等等说明、界定、修饰的是相应的意象的名称、状貌、形态、行为、动作、性质，所以它们必然引起相应的意象活动同原来作者在意象活动中构思的意象有所不同。这就是说，在言语活动中言语的酌定导致意象的显现，而显现出来的意象和作者最终构思出来的意象总有一定的距离。威廉·詹姆斯说："人类语言中有很大部分只是思想内方向的符号（signs of direction）"①。在艺术构思中意象活动给言语活动以方向，这种方向在作家的意识里造成一个"缺口"或一个"空隙"，威廉·詹姆斯生动地描述了这个缺口和空隙：

> 设想我们追忆一个忘记了的姓。我们意识的状况是很特别的。我们意识里有个缺口；这缺口是个极端活动的缺口。这缺口里好像有个

---

① 威廉·詹姆斯：《心理学原理》，商务印书馆 1963 年版，第 100 页。

姓的魂魄，指挥我们朝某个方向去，使我们在有些瞬间觉得快要记起，而所要记的姓的结果又没来，使人沮丧。假如想起来的姓是错的，这个非常特别的缺口就立刻排斥它，因为这些姓与这个缺口的模型不相配。两个缺口，只作为缺口讲，当然好像都是空无所有，可是这一个字的缺口跟另一个字的缺口，我们觉得不相似。①

他还说：

在一切我们着意的思想，总有一个为思想的一切分子所环拱的题目。在一半时候，这个题目是个问题，是个我们还不能用个确定的图象，单字，或缺语补满的空隙。可是，这个空隙却在心理上以很活动很确定的方式左右我们。无论眼前的意象和词语是什么，我们总觉得它们与这个恼人的空隙的关系。把这个空隙补满，就是我们的思想的归宿。有些思想使我们更靠近那个归结。有些思想，被这个空隙认为完全无涉而拒绝它。每个思想都在我们觉得的关系边缘中流动——上说空隙就是这些关系所牵连的项目。或是，我们并没有个一定的空隙，只有个发生兴趣的情怀。那么，无论这情怀怎么晦昧，它的作用总一样——对那些心上想起的表象与这情怀组合的，就觉得有连锁，对一切那些与这情怀无涉的表象，就觉得厌烦或不和。②

无论是"缺口"也好，还是"空隙"也好，在它们里面都存有寻找语言材料的魂魄，这个魂魄指挥着创作主体朝着某个方向活动，假如所选择的语言不恰当，这个"缺口"或"空隙"马上就否定它、拒绝它、排斥它，直至所选择的语言材料能满足这个"缺口"或"空隙"的要求为止。从这里可以看出，言语活动并不是被动地为意象活动所决定，它作为一种媒介材料的活动，也有自己的独立性和能动作用。这正是文学文本言语之所以是文学本体之所在的根本体现。

从上面所作的说明中，可以进一步知道，对于艺术构思来说，作者对

① 威廉·詹姆斯：《心理学原理》，商务印书馆1963年版，第98页。
② 同上书，第106—107页。

媒介材料的选择并不是一道外在的物理的加工工序，作者的艺术构思本身无论是进行的过程，还是进行的最终结果，都是沿着语言这种媒介材料来伸展的，也只能沿着媒介材料来伸展。实际上，艺术构思就是作者的一种实践性的感觉力，这种实践性的感觉力不仅要求作者把语言"写"在"纸"上，而且要求作者在把语言"写"在"纸"上之前用一个读者的眼光去"审读"它、想象它、感知它、评价它。这就像一个作曲家在头脑中构思出了相关的乐句，最终还要到钢琴上去试弹、去"敲定"一样。"审读"的结果如果比较满意，就把那些语言保留下来；如果不大满意，就作某些必要的修改、调换；如果完全不满意，就要将原来的语言弃之不用而选择另外的语言。相对于真正的落笔写作来讲，这种审读、想象、感知、评价至少是一种前实践性的感觉力，它包含了依赖语言媒介以完成作品的能力。因为作者的艺术构思不仅运用的是语言材料，而且最终总得经过他所依据的语言媒介材料的检验，适合于媒介材料的构思就保留下来，不适合于语言媒介材料的构思就要改变，乃至重新构思。从这里可以看出，言语活动并不是被动地为意象活动所决定，在意象活动规定着、制约着言语活动的同时，言语活动也诱导着意象活动的发展和变化。因此，言语活动、言语构思是艺术构思的一个内在环节，是艺术构思的进一步深化、定型和完善。

2. 言语活动：艺术构思的内在环节

我们之所以说语言媒介的选择是艺术构思的一个内在环节，是艺术构思的进一步深化、定型和完善，还因为艺术构思在很大的程度上是在对语言媒介的选择过程中实现的。选择语言媒介的过程也就是实现艺术构思、修改并完善艺术构思并使艺术构思定型的过程。正因为这样，所以作家们一般都强调要先写出来。果戈理曾经这样说：

> 先把所想到的一切都不假思索地写下来，虽然可能写得不好，废话过多，但一定要把一切都写下来，然后把这个笔记本忘掉吧。之后，经过一个月，经过两个月，有时还要经过更长的时间（听其自然好了），再拿出所写的东西重读一遍：您便会发现，许多地方，写得不是那么回事儿，有许多多余的地方，但有的缺少某些东西。您就在稿纸旁边修改吧，

做记号吧，然后再把笔记本丢开。下次再读它的时候，纸边上还会出现新的记号，要是地方不够了，就拿一张纸从旁边粘上。等到所有地方都这样写满之后，您再亲自把笔记誊清。这时将会自然而然地出现新的领悟、剪裁、补充，文笔也变得洗炼了。从先前的文字中会跳出一些新词儿，而这些词儿还非得用在那里不可，可是不知怎么一下子想不起来。您再把笔记本丢开，去旅行吧，散心吧，什么也别干或者另外写别的东西吧。到时候又会想起丢开的笔记本。把它拿出来，重读一遍，然后再用同样的方法修改它，等到再涂抹得一塌糊涂的时候，再亲自把笔记本誊清。您这时便会发现，随着文笔的坚实，句子的优美和凝练，您的手也仿佛坚实起来。依我看需要这样改八遍……①

　　果戈理在这里说的是语言形之于外的情景，据此我们可以想见得出这些语言还没有形诸于外的时候，在作者的内心又何尝不是如此这般地一次又一次地"丢开"、选择、修改、"誊清"呢？作家们清楚地知道如果艺术构思中的意象活动还没能词语化，还没有精确地词语化，作者在构思中感知的意象就不能成为客观存在的检验对象，作者感知意象就无法进一步精确化，作者也无法凭借内在的视力来检验意象。

　　同时，在艺术构思中，语言又是形象、意象、意境的召唤者，它召唤形象、意象、意境的出现，并使它们定型。泰纳在《巴尔扎克论》中说：

　　　　我们用的字都是一种概念的记录，每一个有它确切的含义，受着字根和字族的限制；巴尔扎克用的字却是象征，它的意义和用法是由起落不定的梦想来决定的。据他说，他曾经花了七年的时光才弄懂了什么是文法。他对文法的确作了很深的研究，但是他的研究法却是他自己的，好像有些被指斥为蛮子的人所做的那样。对于这些人，一个字不仅是个符号，而且是形象的召唤者。他们把这个字加以衡量、翻弄、击节吟哦；在这其间，一阵情感和缥缈的形象通过他们的脑际，千百种不同色调的情绪，千百种纷杂的回忆，千百种混乱的见解，一支乐曲，一幅山水在他脑袋里交错着涌现出来；这一个字便是对这个早已消逝了的形影的缥

_____

① 引自 A. 科瓦廖夫《文学创作心理学》，福建人民出版社 1983 年版，第 132—133 页。

缈世界予以突然唤醒的符号。这一个字义和语法家的字义相去是不可以道里计的。——但是,它还是一个字义;你不能因为它不易捉摸,就予以否认。这里边,仿佛有一种建筑学在,是新的建筑学,我承认,但是它和老的建筑学是一般广阔的;新建筑学不必把自己的规律强加于老建筑学,也不必屈从老建筑学的规律。①

泰纳的这个描述真是太精彩了,在作家的艺术构思中语言的活动和作用真的就是这样的——语言是形象、意象、意境的召唤者。

我们在这里不能不指出,作家对语言的运用并不是一蹴而就的事情,作家为了能够运用上准确的语言,平时该花了多少时间多少功夫,该费了怎样的气力啊。美国传记作家欧文·斯通为作家杰克·伦敦写的传记《马背上的水手》中有这样一段文字:

> 杰克觉得世界上最伟大的东西是文字,美丽的文字,好听的文字,有力、尖锐而锋利的文字。他时常带着一部字典读沉重而渊博的大部书,把书中的字写在一片一片的纸上,插在梳妆台的镜缝里,以便他在刮脸和穿衣时记诵;他又把一串一串的字用扣针悬在晒衣绳上,以便他向上看或走过房间时可以看见这些新字及其意义。他每个衣袋里都装着一串一串的字,当他到图书馆或玛贝尔家时,他便加以阅读,当他吃饭或临睡时,他也念叨它们。当一篇小说需要一个正确的字时,于是一个含有准确意思的字就从成百串中跳出来,使他感动得入骨。②

事实上不光是杰克一个作家这样,应该说所有的作家都是这样时时刻刻注意语言追求语言的,实在要说有什么不同,那是程度不同而已。

---

① 泰纳:《巴尔扎克论》,《古典文艺理论译丛》第 2 期,人民文学出版社 1957 年版,第 71 页。
② 欧文·斯通:《马背上的水手》,中国青年出版社 1982 年第 2 版,第 94—95 页。

第十一章

语言作为符码和文学创作
对于语言的编码、超码

一　语言作为符码

1. 索绪尔的"语言"和"言语"

　　索绪尔在创立他的结构主义语言学的过程中，除了提出能指和所指、历时和共时、横组合和纵聚合等一系列各自对立的概念外，还提出了语言和言语这两个同样对立的概念。具体说来，索绪尔把语言（Language）分为语言（Langue，又译为语言结构）和言语（Parole）。他分出的所谓"语言"是指一个民族在长期的交际过程中所形成的具有一整套语法规则、能够表达观念的符号系统，是一个民族成员、甚至只要是使用该语言的成员都必须遵循而不能违背的语言的法典，是语言集团运用语言的总的模式；"言语"则是指个人在语言法典的规定和制约下对语言的具体运用，是在特定语境下个人的言语活动，是个人在语言法典范围限制下的心灵、意志和智能的行为。前者是社会的、集体的、主导的，后者是个人的、私人的、从属的，并且多少带有一定的偶然性。R. 巴特说："言语是一种立法。语言则是关于言语的法典。"[①] 一般说来，语言结构指的是一个民族代代相传的语言系统，包括语音、词汇、语法、句法，而言语指的是运用语言者可能说出、写出、创造出或理解的全部内容，这是其一；其二，语言结构指的是语言的社会约定俗成方面，言语则是指个人说出的话语或写出的文本；其三，语言结构是一种代码（Code），而言语则是一种信息（Message）。与此同时，索绪尔还强调，语言结构和言语"这两个对象是紧密相联而且互

---

①　R. 巴特：《文学符号学》，《哲学译丛》1987 年第 5 期。

为前提的：要言语为人所理解，并产生它的一切效果，必须有语言；但是要使语言能够建立，也必须有言语。从历史上看，言语的事实总是在前的……语言和言语是互相依存的；语言既是言语的工具，又是言语的产物。但是这一切并不妨碍它们是两种绝对不同的东西。"① 我们在这里要特别强调，语言在未被说话者和写作者使用之前，只是作为不含有意义的一种符码存在。应该说，这早已成为大家的一种共识。

2. "符码"、"编码"和"超码"

在西方文体学研究中有一种关于文体含义的说法，即所谓"编码"说和"超码"说。有的文体学研究者认为，语言本身当它未经使用时只是作为语言的素材总体而存在，它是中性的，是语言现象的代码而已，而当说话者和写作者受到相关情景的制约所说的话和所写的句子、文章，已经是对语言的具体运用，是对语言进行编码（Encode）和超码（Surcodage）的一种结果，这时候语言已经由代码变成为信息。质言之，人们对语言的运用就是对语言进行"编码"和"超码"。

从作家的创作来说，情形也是一样的。具体说来就是，作家在创作中一方面要运用作为中性语言现象的代码，另一方面一旦运用了这样的中性语言现象代码以后，中性语言现象代码就再也不是原来的语言现象了，而是摇身一变成了语言的编码和超码，经过编码和超码处理的语言现象就显示出了它们的意义和作用：塑造艺术形象，展开故事情节，描绘环境景物，烘托氛围，创造意境，表达作家主观的情感思想，呈现作家个人的语言特色，语言风格。经过编码和超码以后，语言中的众多的语汇就排列、组合起来，而成为话语，这些话语不但传递了审美信息，而且获得了审美品格，同时还形成了有关的语言风格、语体特征，这有关的语言风格、语体特征共同表现为文体特征。

二 文学创作中的编码与超码

1. 从"符码"到"编码"和"超码"：语言的运用

这里撇开文体特征不说，还是回到文学创作对于语言的运用这一问题

---

① 索绪尔：《普通语言学教程》，商务印书馆1999年版，第41页。

上来。如前所说，作家对于语言的运用过程就是一个对于作为中性符码的
语言的编码和超码的过程。或许正是在这样一个意义上，人们才称作家为
语言的"建筑师"。例如，霍凯特就曾经这样说："一般认为莎士比亚、
弥尔顿这样的大作家是'英语的建筑师'；就是说，后代普通人的口头语
言的成形主要归功于有特殊才能的个人。"① 问题在于，像作家这样的
"语言建筑师"是从什么时候开始运用语言以建筑他的金碧辉煌的艺术宫
殿的呢？

　　在这里，我们不妨暂且认同前苏联作家法捷耶夫把文学创作过程分为
素材积累、艺术酝酿、艺术传达这样三个阶段的说法。虽然这个说法是这
样的粗浅、疏漏。那么，应该说，在文学创作的第一个阶段即素材积累阶
段作家也是运用语言来进行的。换一句话说，作家是凭借语言来积累创作
素材的。所谓素材积累是指作家在日常生活和深入社会生活中对于生活材
料的自觉或不自觉的累积。这种累积不同于画家或雕塑家对于生活素材的
累积，画家或雕塑家，至少可以将一些具体的材料，如色彩、石块、木
头、式样等或夹在自己的生活札记本里，或干脆搬到自己家中，或放进储
藏室，以备不时之需。我曾经为自己的一本拙著的封面设计亲眼看到一位
封面设计者设计封面，他向我说明哪块哪块用什么色彩时就将一本厚厚的
文档夹打开，从里面拿出各种各样的色块，让我挑选，而不是费尽口舌地
将他所要的色彩对我说上那么一通，经过商量，我和他都同意某种颜色之
后，他就从那块颜色的纸上剪下一块粘贴到封面上的某一部分，色彩的问
题就这样解决了。作家没有条件这样做。作家首先面临的是对素材的观察
问题，以及如何将观察得来的素材转化成词语的问题。观察有两个方面的
条件：一是观察的主体；二是观察的客体。这里撇开客体不说，单说观察
的主体。观察首当其冲的是要把握被观察对象的名称、所占空间的大小、
独具的形貌、情状和色彩、光泽、纹理，以及不同于其他事物的个体特
征，而且所有这一切都要用相关的语言去"记录"、去"刻写"、去"描
摹"。这里有两个方面的情形：

　　第一个方面的情形是，这种观察要受到语言的制约。美国佛蒙特大学
哈维兰教授（W. A. Haviland）引用了"沃夫假设"，他说："沃夫提出一

---

　　①　霍凯特：《现代语言学教程》（下），北京大学出版社 1987 年版，第 296 页。

种语言并不单是一个把我们的想法和需求变成声音的译码程序，相反，语言是一种成形的动力，它通过提供表达的习惯用法，预先安排好人们以某种方法观察世界，因而引导人们的思想和行为。"① 这就是说，语言作为一种成形的动力，一方面它能够预先安排好人们对世界的观察，另一方面它还能够使被观察的生活素材成形，即转换成语言。正因为这样，作家才能够用语言将被观察的对象变成为可以表述的对象。

第二个方面的情形是，为了把握并运用语言去"记录"或"刻写"或"描摹"观察对象的名称、独具的形貌、情状和色彩、光泽、纹理以及不同于其他事物的个体特征，作家对事物的观察要有一定的透视性、选择性和构造性。

透视性是指观察主体将自己的位置、运动状态和意识形态渗透到被观察的客体对象当中去，也就是作家自我向作为对立物的客体世界即被观察对象接近，并进而使自我与客体世界一体化，主体与观察对象相互交织在一起，做到你中有我，我中有你，两者合而为一，浑然一体。

选择性是指观察主体在观察过程中在自己的主观意识的作用下自觉或不自觉地只选择那些自己能够认同、能够接受、有可能进到自己的认识活动当中来并与自我、与主体结为一体的事物及其属性。一个人对事物的观察并不是凡是从眼前经过的东西都能够被眼睛观察到，即使观察到了也未必能被眼睛接受。在这里文化传统、文化背景、知识构成、心理结构等先在的储备总在起着这样那样的作用。

构造性是指观察主体在观察过程中既同客体一道积极地去共同决定认识，又从根本上首先使认识成为可能，同时又进一步使作家能够用语言使观察和被观察的对象相互连接起来，形成一种同构关系，而这种同构关系可以用语言表达出来。只有构成了这种同构关系，所谓的观察才是真正富有成效的。这一点显得尤为重要。

在日积月累的观察过程中，作家通过全部感觉器官观察到了、感受到了大量的生活材料，那么用什么去"记录"或"刻写"或"描摹"那些生活材料呢？也就是说，用什么使那些生活材料储藏在作家的记忆仓库里或记录在作家的生活札记里呢？很显然，正是语言。现代心理学研究结果

---

① 威廉·A. 哈维兰：《当代人类学》，上海人民出版社 1987 年版，第 283 页。

表明，人们观察、感受事物的时候，如果事物与词语之间还没有建立起联系，那么，人们对事物的观察、感受的任务并没有最后完成。只有当自己对事物的观察和感受词语化了，也就是观察、感受者能够用词语去表达被观察、被感受的对象，才能算完成了对事物的观察与感受。这是因为只有观察、感受词语化了，事物才能化为最小的信息单位而被观察者储存和记忆，这里的最小信息单位对于作家来说主要就是作品中将要描写与刻画的细节。这里存在一个转化和编码的系统过程。

所谓转化是指作家把自己观察到、感受到的具体事物的直观形象转化成能够恰当地表征这些事物的直观形象的词语。一般说来，对于自己比较熟悉的事物来讲，这个转化过程几乎是在瞬息之间迅速完成的，以至人们都习以为常而似乎感觉不到这一过程的存在，甚至忽略了这个过程的存在，如果停留在这一阶段，那么到头来写出来的东西就会一般化，而不具有个性化的特点。一般人和初学写作者往往容易犯这样的毛病，以至于不能描写和刻画出富有特色的、与众不同的细节来。

编码是对转化的结果的处理，也就是使具体事物的直观形象变成词语即信息的最小单位之后把它们最终归档到记忆仓库里或写在生活札记本上，从而使具体事物的名称及其独具的形貌、情状和色彩、光泽、纹理以及不同于其他事物的个体特征在作家的头脑中成为一种似乎看得见、摸得着的有序的排列。相对说来，这个过程要显得长一些，以至在进行的过程中有时难免出现注目凝神、冥思苦索，乃至驻笔探究的情形，作家经历的语言痛苦主要表现在个过程中。穿越了这个过程，富有特色的、与众不同的言语也就出来了。

在这里，无论是转化的过程还是编码的过程，都要靠语言来进行，而作为编码和转化之结果的，也是靠语言来凝结和定型。在这个过程中，一方面是观察对象"选择"、"催生"、"产生"词语，另一方面词语本身也"选择"、"催生"、"产生"观察对象。不言而喻的是，前一个对象偏重于客观性，后一个对象则偏重于主观性。

2. "编码"和"超码"的具体方法

在说明具体的"编码"和"超码"之前，我们首先想引用美国的 N. 维纳说的一段话。他说："人对语言的兴趣似乎是一种天生的对编码和解码的兴趣，它看来在人的任何兴趣中最近乎人所独有的。言语是人的最大兴趣，也是人的最突出的成就。"① 认识到这一点，对我们理解作家怎样进行编码和超码应该是有帮助的。

那么，作家到底怎样进行编码和超码呢？首先要明了的是这一过程非常复杂，并且极为不易。周辨明和黄典诚在他们合作译著的《语言学概论》中写下了这样一段话：

> 给事物起名称跟给东西编号码，两者的手续恰好是同样的。譬如我们有一万个不同的物件堆积在一起，同时又有号码各不相同的纸条一万张。这么着，叫几个人先后走进那堆东西的房子里去，让他们随意在各物件的上面贴张纸条。试问各人用同一号码的纸条贴在同一物件的上面，这机遇究竟有多少呢？数学家必定告诉我们说：不或然的机遇一定是个庞然巨大的数目，那各人的贴法直接可以说是全不会相同的了。构成语言的步骤，非但跟这例子一样，其实还要复杂得多哪。②

在文学创作中作家进行语言的编码和超码跟这情形应该说是差不多的，只是在程度上显得更复杂、更困难。原因是给物件贴号码毕竟有一万个物件在，毕竟有一万张纸条在。文学创作的情形则全然不同，表现对象比所谓的一万个物件要多得多，用来表现那些物件的语言也比所谓的一万张纸条要多得多。文学的表现对象是那样的丰富繁复，而语言之词语本身又是如此地浩如烟海，两相比较，比这里所说的贴纸条不知要复杂多少倍，不知要困难多少倍，当然也非常地具有意味，简直类似于充满情趣的游戏。

让我们举出一个例子：胡发云在其小说《老海失踪》中写了三个人物在大学读书期间和其他同学一起做的一个拼词游戏：

> 几个节目之后，开始做一种拼词游戏。每个人写四张纸条，第一

---

① N. 维纳：《人有人的用处》，商务印书馆 1978 年版，第 65 页。
② 周辨明、黄典诚：《语言学概论》，福建教育出版社 1984 年版，第 8 页。

张写"某某",第二张写"和某某",第三张写在什么地方,第四张写做什么事情。当时这个游戏还没在校园里流行,大多数人不知道是怎么回事,便认认真真地写上一些非常正经的话,如小明——和妹妹——在家里——做作业;工人——和农民——在祖国大地——干四化;孙悟空——和猪八戒——到西天——去取经,等等等等。思思派人将这些纸条收上来,各自放进一只纸箱,盖上后像调鸡尾酒一样上上下下摇晃几下,然后再从中任意各抽出一张,重新拼出一句话,由思思大声又严肃地念出来。于是,大家听到的每一句话,都变成了荒诞派的杰作。如"张红卫和猪八戒在床底下干四化。""李新民和严芬在男厕里所捉蛐。""老阳和叶欣欣在美国白宫卖甘蔗。"……在这种拼接中,任何正经词汇都会在不意间变得离题万里或恶俗不堪,而写作者却可以不负任何责任,编辑者也可以不负任何责任。后来,思思刚念到"思思和郝大海——"便停住不念了,被刺激得疯疯癫癫的同学们立刻起哄喊叫:"下面呢?思思和郝大海怎么啦?""念呀!快往下念哪——"思思正要将那几张纸条揣到口袋里,被眼疾手快的监票员一把抢了过去,跑到一边大声读了出来:"思思和郝大海在月球上打糍粑——"在本地方言中,"打糍粑"与"打赤膊"同音。本地的同学立刻听懂了,笑得是前仰后合,然后又鬼鬼祟祟地告诉那些未解其义的外地同学。这一下,整个教室更是闹作一团,几个坏孩子齐声高喊:"打糍粑!打糍粑!我们要吃打糍粑——"老阳和老朝几乎同时都注意到,一向大大咧咧的思思突然间惶乱起来,两朵淡淡的红云飞上双颊。他们后来都说,从那一刻起,他们感觉有一个故事要发生了。当然,他们都曾隐隐地希望这故事发生在自己身上。思思毕竟是一个太让人喜欢的女孩子,特别对于他们这些历经沧桑的男人来说,她能让你重新变成少年,重新燃起那种蓬蓬勃勃的火焰。

　　后来,当思思和老海有什么单独行动的时侯,人们就会说:"打糍粑去了。""打糍粑"这个词很快变成了"谈恋爱"、"轧马路"、"拍拖"的代词,在校园里流行了几年。

　　多年以后,当老阳与何必已经能够用"打糍粑"之类的语言互相戏谑的时侯,他对何必讲到了那一次元旦晚会,他说,那个组词游戏,真是意味无穷,它会让所有的语言在一个规则中突然转一个大弯，让意义变得面目全非。何必竟然不知道有这个游戏，听老阳作了详细的讲解之后，突然说，你看，几十年来，我们的报纸、电台、电视台是不是也在做这个游戏？我们——要解放——天下——三分之二的受苦人，全党、全军、全国人民——统一在——毛泽东思想——的伟大旗帜下，广大工人——和农民——坚决要求——清除——精神——污染……说着说着何必笑起来，你看，每一个词儿都绝对正确。

从文学创作中作家对语言的运用的实际情况来看远比这个拼词游戏要复杂得多。

作家对语言的编码和超码大致有这么几种做法：

一是根据已有的事物的名称，用现成的语汇进行"记录"、"刻写"、"描摹"。实际上，这是人类的语言传承、文化传承问题。例如，包括作家在内的很多人无论是说话或是写文章，大多运用已有的现成的词语。

二是把两个已知的或并列、或对立、或从属、或递进的名称连接起来，赋予不同于它们本来含义的另外的新的意义。例如，父母或祖父母、外公外婆给新出生的孩子起名字，往往会选取两个不同的字（或词）组合在一起，这样就赋予了那被选来的两个字（或词）以既不同于这一个字（或词）也不同于那一个字（或词）的意义，表明了长辈对孩子所寄予的希望与期盼。

三是从别的学科或事物当中移植相关的术语、名称，并根据需要进行必要的改造，赋予一种全新的意义。这种被赋予全新意义的语言能够给读者一种新颖的、奇异的、陌生的感觉。特别是在今天，这种情形已经屡见不鲜。要做到这一点，关键在于作家在创作过程中的探索精神和创新意识。换句话说，要求作家具备一种特别的本事，即能把那些相关或根本不相关的事物用接近联想、类似联想、对比联想等想象活动使之联系起来，形象一点说，过去是"井水不犯河水"，现在则不仅要"井水"去犯"河水"，而且还要"河水"去犯"井水"。例如，现在不少作家从计算机配件、计算机技术当中选取一些词语来形容人们的婚姻状况以及其他有关状况，这一点我们在以后的章节中说到文学文本言语的新变中将会看到。

在这种编码和超码当中，最为困难的是作家怎样把自己内心深处的那团丰富、饱满而又氤氲的原生状态的东西尽量自然地、鲜活地、生动地、充沛地形诸语言。英国女作家弗吉尼亚·伍尔夫把那团所谓丰富饱满而又氤氲的原生状态的东西称之为"那一点"，为什么"那一点"那么难以形诸语言呢？她是这样说的："对于现代人来说，'那一点'——即兴趣的集中点——很可能就在心理学暧昧不明的领域之中。"① 事实确实如此，那些有趣的东西总是存在于人们心理的隐蔽的晦暗不明的角落里，存在于人的内心深处的最底层，而这往往是文学作品中最有价值的内容，因此也最值得作家去描写、去表现。法国女作家娜塔丽·萨洛特坚信文学的价值在于描写人的"潜世界"，她关心"隐藏在内心独白后面的东西"。她说："那是一团数不尽的感觉、形象、感情、回忆、冲动、任何内心语言也表达不了的潜伏的小动作，它们拥挤在意识的门口，组成了一个个密集的群体，突然冒出来，又立即解体，以另一种方式组合起来，以另一形式再度出现，而同时，词语的不间断的流继续在我们身上流动，仿佛纸带从电传打字机的开口处哗哗地出来一样"，"……正是这些由感觉、形象、感情、回忆组成的群体，它们穿过或贴近内心独白的那一层薄薄的帷幕，通过表面上看起来无关紧要的一句话、一种语调或一个眼神突然显露出来。"② 实际上，这是一种不能用形象、语词、思维或任何动作表达出来的认识，一种非语言的、无意识的或前意识的认识，是一种意会、一种体验、一种意向。

美国当代著名心理学家西尔瓦诺·阿瑞提把上述那些东西称作"内觉"（Endocept）或"无定形认识"（Amorphous cognition）。他说："内觉是对过去的事物与运动所产生的经验、知觉、记忆和意象的一种原始的组织。这些先前的经验受到了抑制而不能达于意识，但继续产生着间接的影响。内觉虽然超越了意象阶段，但由于它不能再现出任何类似知觉的形象，因此不易被认识到。同样，它不能导致直接的行动，不能转化为语词的表达而停留在前语词水平。它虽然含有情感成分，但并不能发展为明确的情绪感受"，"我们可以把它看作一种在简单的心理活动受到抑制之后

---

① 弗吉尼亚·伍尔夫：《论现代小说》，《论小说与小说家》，上海译文出版社1986年版，第11页。

② 参见娜塔丽·萨洛特《对话与潜对话》，崔道怡等编《"冰山"理论：对话与潜对话》（下册），工人出版社1987年版。

所体现出来的情感倾向、行为倾向、思维倾向。""有的时候内觉似乎完全不能被意识到。有的时候一个人会把内觉当成是感受到了一种气氛、一种意象、一种不可分解或不能用语词表达的'整体'体验——一种相似于弗洛伊德所说的'无边无际的'感受。有的时候，内觉这种还未达到意识水平的阈下体验和那种模糊的、原始的情感之间并没有什么明显的界限。而有时内觉伴随有强烈的但不能用言语表达的情绪感受。"①

无论是弗吉尼亚·伍尔夫称作的"那一点"，或者娜塔丽·萨洛特称作的"潜世界"，或者是西尔瓦诺·阿瑞提称作的"内觉"、"无定形认识"，这种有趣的东西最有价值，最值得作家去描写、去表现，虽然描写它、表现它是如此地困难。

问题在于作家怎么去描写，怎么去表现。很显然，用一般的规范化的语言不行，而必须用次语言，用超语言。这一点，我在以下在有关章节中会作详细的说明，这里暂付阙如。

我曾经写过这样一则短文：《写作是语言的……》，现抄录在这里，或许对于我们理解文学创作中语言的运用会有一点帮助：

> 写作是语言的运动，语言的体操，语言的竞技，语言的游戏，语言的梦游；
> 写作是语言的发现，语言的调度，语言的搭配，语言的编码，语言的运输，语言的建筑；
> 写作是语言的阴性与阳性、中性与变性、褒义与贬义、中义与变义等等的相遇与相合、相斥与相引、放电与回电，直至相恋，直至结合，直至最终组成家庭，生儿育女，繁衍生息……

维特根斯坦把语言的运用称作"语言游戏"。他说："语言以及把语言编织起来的行为，这个整体构成语言游戏"②。事实也确实如此，一个作家在自己的创作中翻来覆去地、颠来倒去地、循环往复地遣词造句，进行这样或那样的排列、组合，乃至扭曲、变形，从某种意义上说就是在做

---

① 西尔瓦诺·阿瑞提：《创造的秘密》，辽宁人民出版社1987年版，第69—70页。
② 引自杨国斌《〈文心雕龙〉译后，想到维特根斯坦》，《读书》1996年第1期。

语言游戏，前面有关章节说到的文学文本言语的相关特征，如修辞性或曰艺术性，就是语言游戏的结果。

三　编码与超码过程中的言意矛盾

1. 言意矛盾及其成因

在整个文学创作的编码与超码过程中，有一个不可回避的问题，这就是言与意的矛盾问题。

所谓言意矛盾是指文学创作中用有着固有或约定俗成的含义及相当稳定的文化内涵的语言去表达千差万别的事物和那些极富个性特征的生命个体对社会人生的生动、丰富、复杂的感受及体验时，前者往往造成对后者的遮蔽，或者造成一种言不尽意、词不达意的情形，两者之间不能完全吻合或一致，以至形成了一定的间距。这种情形不光在文学创作中存在，在人们日常生活中同样存在。就是说言意矛盾是普遍存在的现象。

造成文学创作中言意矛盾的原因是多方面的，具体说来主要有下面一些方面。

一是，文学创作所表现的"意"具有丰富性、多样性、模糊性、朦胧性、不确定性，而用来表现这些丰富性、多样性、模糊性、朦胧性、不确定性的"意"的语言却总有一定的边界或限度，而且有着一定的或较为固定的含义，这样就使得两者之间存在着差异、距离或曰不对等性。《庄子》中对此作过论述。在关于轮扁的故事中，当桓公问轮扁的车轮的制作秘诀时，轮扁说，为了使车轴紧紧地固定在轴孔里，其削木之法不可过松，也不可过紧，过松则晃动，过紧则难动，只能采取一种"不徐不急"的削法，而这种方法只能"得之于手而应之于心"，若要用语言向人说明，即使父子之间也难以做到，即难以说清楚。在《秋水篇》中，北若海说，可以用言语来谈论的东西，是事物外在的粗浅的表象；可以用心意来传告的东西，则是事物内在的精细的实质（可以言论者，物之粗也；可以致意者，物之精也。）就是说事物内在的精细的实质只能以"心"来把握。所有这些都表明语言本身的功能的限度。语言学家温德尔·约翰逊指出："英语共有五十万至六十万个单词，它们要表述的却是几百万种不同的事实、经验和关系。而人们日常用的词还要少得多。电话用语一般只限于五千个，一般小说用语在一万个左右。"① 拿几百万种不同的事实、经验、关系与几十万甚至万把个词相比——"意"的无限和词语的有限是非常明显的，正是这种悬殊的比例造成了言意之间深刻的矛盾。

二是，由于语言，特别是由于文学文本言语所具有的一词多义性，其本身所携带的"意"太多，太丰富，太复杂，显得不那么单纯、透明，它遮蔽甚或歪曲"意"的表达，它所言传的"意"需要读者去意会去领悟，而读者所意会所领悟的"意"未必就是作家所要传达的"意"，这同样造成了言意两者之间的不合或曰矛盾。

三是，由于生命个体丰富的社会阅历，他们对于自然、社会、生活和人生的感受、体验、领悟多而复杂，往往具有不可言说或言说不尽的特点，而这些特点即所谓的"意"诚如庄子所言"不可以言传也"，硬是要用语言去传达，其矛盾之存在是必然的。

四是，对于生命个体而言，语言总是一种"先在"，这种先于个人而存在的语言一方面能够使个体的人在成长的过程中、在语言的使用中避免少走很多摸索探求的弯路，另一方面它们又会影响个体的人的感觉与思维，从而限制了个体的人的感受与思维向独特的方向的形成与发展，因此，当人们特别是当那些运用语言的作家要用语言去表现自己的感觉、体验与思维的时候，就会感到语言对于感觉与思维表现的限制，受困于语言的"牢笼"而感到不能尽意，逾越语言的"牢笼"又担心读者的理解，甚至怕读者不予认可，乃至发生误解，两者之间的矛盾同样存在。

2. 言意矛盾的解决

怎样解决这一矛盾问题呢？概括起来，主要有这样几条途径：

一是，对语言本身加以充分利用，使其负担起别的方面的职责，从而尽其所能。早在《周易·系辞》中就有这样的说法："子曰：'书不尽言，言不尽意。'然则圣人之意其不可见乎？子曰：'圣人立象以尽意，设卦以尽情伪，系辞焉以尽其言，变而通之以尽利，鼓之舞之以尽神。'"② 孔子这儿所说的"意"是指深奥之理，这种理虽然很难用语言表达，但却

① 见程伟礼《灰箱、意识的结构和功能》，上海人民出版社 1987 年版，第 288 页。
② 黄寿祺、张善文撰：《周易译注》（修订本），上海古籍出版社 2001 年新 1 版，第 563 页。

可以通过语言所塑造的形象来表达，读者可以通过把握形象来领会意。《庄子·外物》篇说："筌者所以在鱼，得鱼而忘筌；蹄者所以在兔，得兔而忘蹄；言者所以在意，得意而忘言。吾安得失忘言之人而与之方哉！"庄子这儿所说的"意"是指玄妙之道，虽然可以不注意语言，但毕竟是通过语言来把握意的呀，完全忽略语言又怎么可以把握意呢？三国时魏国思想家王弼在《周易略例·明象》中把《周易·系辞》中的"言不尽意"和庄子所说的"得意忘言"结合起来，提出了玄学中非常著名的关于言意关系的命题。他说：

> 夫象者，出意者也。言者，明象者也。尽意莫若象，尽象莫若言。言生于象，故可寻言以观象；象生于意，故可寻象以观意。意以象尽，象以言著。故言者所以明象，得意而忘言；象者所以存意，得意而忘象。犹蹄者所以在兔，得兔而忘蹄；筌者所以在鱼，得鱼而忘筌也。然则，言者象之蹄也，象者意之筌也。是故存言者非得象者也，存象者非得意者也。象生于意而存象焉，则所存者乃非其象也；言生于象而存言焉，则所存者乃非其言也。然则，忘象者乃得意者也；忘言者乃得象者也。得意在忘象，得象在忘言。故立象以尽意，而象可忘也，重画以尽情，而画可忘也。①

比之孔子和庄子，王弼肯定了象是可以达意的，言是可以解释象的，象和言不但可以达意而且能够尽意。当然这个"尽意"也只是相对而言罢了。

二是，并不拘泥于语言。接着上述的意见加以论述。王弼并不满足于上面的见解，他进一步引用《庄子》中的话："故言者所以明象，得象而忘言；象者所以存意，得意而忘象。犹蹄者所以在兔，得兔而忘蹄；筌者所以在鱼，得鱼而忘筌也。"这就是说，在王弼看来，如同筌的功用是捕鱼、蹄的功用是捉兔一样，象的功用是存意，言的功用是明象，象对于意、言对于象，都只具有从属的地位。所以，他认为，"言"、"象"、"意"的关系实际上就是"言"与"意"的关系，只要得到了"象"就

---

① 王弼：《周易略例·明象》，见邢璹撰《汉魏丛书》。

不必拘泥于原来的用以存"意"的"言",同样,只要得到了"意"就不必拘泥于原来用以存"意"的"象"。这正像他说的:"是故存言者,非得象者也;存象者,非得意者也。象生于意而存象焉,则所存者乃非其言者。然则忘象者乃得意者也,忘言者乃得象者也。"这就是说,拘泥于言,并没有真正得到象;同样,拘泥于象,也并没有真正得到意。原因是,象是由意产生的,离开了意而拘泥于象,所拘泥的已不是真正能表意的象了;言是由象产生的,离开了象而拘泥于言,所拘泥的已不是真正能表象的言了。所以,只有能将象忘掉,才能真正得到意,同样,只有能忘掉言,才真正能得到象。因此,王弼得出了"得意在忘象,得象在忘言"的结论。需要说明的是,王弼所说的"忘象"、"忘言",不是完全抛弃它们,而是指不要拘守于它们,不要执着于它们,而要由此及彼,由表及里,不要忘记文学创作的目标所在。

三是,在语言之外想办法,即把语言的限度或不彻底性作为一种动力来加以利用,由此扩大语言的表现力。《毛诗大序》或《礼记·乐记》中这样说道:"诗者,志之所之也,在心为志,发言为诗。情动于中而形于言,言之不足故嗟叹之,嗟叹之不足故永歌之,永歌之不足,不知手之舞之,足之蹈之也。"① 这里说的是,当语言不能充分表达意志时,则要依据其他方法加以扩充,从而充分表现内心的情思。文学作品中之语言不能尽意时当然不能靠音乐舞蹈来凑,但我们可以借助人物的形体动作、长吁短叹、无可奈何、"此时无声胜有声"以及欲语无声、欲哭无泪等这些语言之外的办法来进一步完成语言未能尽意的内容。

很显然,解决文学创作中的言意矛盾不是这儿所列举的这么几条就能够完全奏效的,它有赖于作家的创造性的劳动,有赖于作家对创作过程中的种种意象、意境、形象、典型以及感受、体验、感悟的特殊的把握,然后在这样的基础上对语言的选择和运用。只有这样才可以庶几解决文学创作中的言与意矛盾中的诸多问题。

---

① 郭绍虞主编:《中国历代文论选》,上海古籍出版社 1979 年版,第 63 页。

第十二章

语言传达的痛苦

一 作家的语言痛苦和原因

1. 语言痛苦

古往今来，凡是有说话和写作经验的人，可以说无一例外地都感受到了说和写的困难，体验到了运用语言的种种痛苦。人们不止一次地谦称自己笨嘴笨舌不善言辞，也不止一次地用"明于心不明于口"来为一时说不出恰当的话作搪塞或自我解嘲。不仅说话的人有"沉默时我很充实，一开口又很空虚"的痛苦心境，就是听话的人有时也忍俊不禁地说出"你不说我倒明白，你越说我越糊涂"的感觉。语言该困扰了多少人啊！前苏联《哲学问题》1977 年第 9 期刊登杜布罗夫斯基的文章——《存在着没有语言的思想吗？》，作者引用胡克（A·Hooker）的话："大脑包含大量的不能用任何自然语言表达的概念信息"，并认为"存在着没有语言的思想，这种思想是认识过程必须的组成部分"。作者指出，许多大诗人和作家都有"语言的痛苦"的亲身体验。这说明在他们寻找最恰当的语言表达形式之前，他们头脑里已经存在着某种思想。正是这种思想决定了他们抛弃他们认为不恰当的词，选择他们认为最恰当的一种表现方式。作者引用前苏联诗人费特的一节诗，说明语言不能完全表达思想的痛苦："我们的语言多么贫乏！我的思想像清澈的波浪在心中翻滚。我想对朋友……尽情倾诉，可是我却无能为力。我的心永远徒劳地为这烦恼。连年高德劭的圣哲也只好在这命定的谎言前，低垂下他的头颅。"①

比起一般人来，作家运用驾驭语言的能力自然要强得多，但这绝不意

---

① 引自伍铁平《语言和思维新探》，上海教育出版社 1990 年第 2 版，第 60 页。

味着他们躲过了语言痛苦的困扰，从某种意义上说，他们经受了更多更大更深刻的语言痛苦。陆机在《文赋》中说过："沉辞怫悦，若游鱼衔钩，而出重渊之深，浮藻联翩，若翰鸟缨缴，而坠曾云之峻。"① 他把语言辞藻比作鱼和鸟，把作家对语言辞藻的选择运用比作用钓钩钓水中游动的鱼和用弓箭射空中飞翔的鸟，想想这里面该有多少焦灼的等待，伴随着这种焦灼的等待该有多少难以与人言说的痛苦。刘勰说："方其搦翰，气倍辞前，暨乎篇成，半折心始。何则？意翻空而易奇言征实而难巧也。"② 一个作家用语言所表达出来的内容只是他构思中所想要表达的一半，想象中的意境是那样的出色美妙，而用具体的语言表达时却又难以达到精巧，这该是一种怎样不可名状的痛苦啊！法国诗人马拉美说："所有的语言都是缺憾不全的，因为太多样歧异：真正的超绝的语言仍未建立……地球上语言的多样性，使得没有人能够说出保持'血肉俱全的真理'……从美学的立场来说，当我想到语言无法通过某些键匙重现事物的光辉与灵气时，我是如何的沮丧！"③ 作为提倡"纯诗"论、作为主张用暗示和隐喻表达诗人的直觉、作为追求用字的新奇和语言的音乐性的象征派代表，马拉美在运用语言上肯定比其他的诗人经历更多的运用语言的"沮丧"。可以毫不夸张地说，作家较之一般人确实要经历更多更大更深刻的语言痛苦。唯其如此，他们才成了驾驭语言这匹烈马的高明骑手，其成就之伟大者才荣戴了语言艺术大师这样的桂冠。

科学地解释作家在艺术表现当中所遇到的语言痛苦，正确地总结作家力图摆脱语言痛苦的阻遏，选择和运用较为出色的语言的经验，是摆在我们面前的一个既非常艰巨又富有现实意义的课题。

2. 语言痛苦的原因

作家为什么会遇到语言痛苦呢？原因有以下几个方面。

第一，在语言的生成过程中遇到了阻遏的情形。

过去的语言学，一直认为语言是思想的直接现实，日常生活中也有一

---

① 郭绍虞主编：《中国历代文论选》第 1 册，上海古籍出版社 1979 年版，第 170 页。
② 同上书，第 233 页。
③ 引自叶维廉《语言与真实世界——中西美感基础的生成》，《寻求跨中西文化的共同文学规律》，北京大学出版社 1986 年版，第 642 页。

种类似谣谚的说法：言为心声。实际考察起来，并非都是这样的情形。这需要从语言的生成说起。20世纪50年代美国语言学家诺姆·乔姆斯基提出了一种新的语法理论，叫"转换生成语法"。转换生成语法又称"生成语法"或"转换语法"。众所周知，结构主义语言学发展到20世纪50年代，已经建立起一套以结构和系统为基础的语言理论和严格的工作程序，但是它无法在结构主义假设的框架里解释语言的创造性这样一个明显的事实。诺姆·乔姆斯基借鉴了近百年来迅速发展的数理逻辑理论，试图用递归功能的原理来说明这一事实，也就是用有限的规则生成无限的句子。

诺姆·乔姆斯基认为，语言是句子的无限集合，创造性是语言的本质属性，它是由语言的生成性所决定的。他的转换生成语法是在发现并总结人类语言的生成性这一普遍的也是本质的属性的基础上提出来的。其基本内容是两点：

第一点，是将索绪尔的语言和言语转换成语言能力和语言运用。语言能力指的是某一语言共同体中的每个成员都可以理解并说出从来没有过的句子的能力，或者说是掌握该语言所有说话的基础的代码，理解和生成新的、合乎语法的句子的能力；语言运用指的是上述代码在语言使用中的实现，即指个别的话语。

第二点，是将句子分为深层结构和表层结构。诺姆·乔姆斯基1965年在《句法理论的各个方面》中提出将句子分为深层结构和表层结构，这部代表作的中心课题是语义，语法模式由句法、音位和语义三部分组成。句法部分生成句子的深层结构和表层结构，分别是语义和音位部分的输入，经过语义规则和音位规则，分别得到句子的语义表达和语音表达。通俗一点说，所谓深层结构是存在于内心的对事物的一种基本情感、态度、看法，它是抽象的、朦胧的，不能为读者听者具体感知，实在说来，它还只是一种基本情调，一种心理表达方式；所谓表层结构是由深层结构转化生成而来的。写作和说话的人只有把句子的深层结构即把那种对事物的基本情感、态度、看法转换生成大致相应的词汇、语法结构、修辞手段，也就是把那种对事物的基本情感、态度、看法转换生成基本语调、笔调，或者说要有所谓声音或字词，只有这样，说话者和写作者的语义才能够让读者听者具体感知。在这里，句子的深层结构是怎样转换生成表层结构的呢？或者换一句话说，包括作家在内的一切写和说的人，他们所写的每一个句子、所说的每一句话是怎样生成的呢？

关于语言的生成过程是 20 世纪初以来在心理学中首先提出来的。维茨堡学派的一些学者把言语形成过程看作是思想体现为扩展性言语，把言语理解过程看作扩展性言语向思想的转化。还有的学者把言语的形成与理解过程明确归结为"由思想到言语的途径"和"由言语到思想的途径"。到维戈茨基才在揭示言语的形成与理解方面迈出了重要的一步。维戈茨基在 1934 年发表的《思想和言语》中指出，思想不是在词中体现，而是在词中完成，他认为思想受某种动机的支配，是对现实复杂而概括的反映；在思想与外部言语之间有个中间环节——内部言语。内部言语有两个特点：一是在功能上具有述谓性，二是形态上具有凝缩性，无语法形态性，因为用言语表达的思想总带有主观性，内部言语即是把内部的主观意思转化成外部的扩展意义的一种机制。

前苏联神经语言学家 A. P. 鲁利亚在《神经语言学》中论述了语言的生成过程。他说：

> 由思想到言语的途径，如前所述，在于准备言语：1) 起始于某种动机与总的意向（主体从一开始就概括地知道这总的意向）；2) 经过内部言语阶段，此阶段可能以语义象格式及其潜在的联系为基础；3) 形成深层句法结构，而后 4) 扩展成为以表层句法结构为基础的外部言语。①

他接着指出：

> 诺姆·乔姆斯基讲得很对，言语的理解途径是在每一个更深的层次上对言语进行改造，将言语的表层转换成深层句法结构，然后再转换成初始的言语思维最深层的语义表象（Chmsky，1957，第 79 页，102 页等）。②

---

① 赵吉生、卫志强译，A. P. 鲁利亚：《神经语言学》，北京大学出版社 1987 年版，第 37—38 页。

② 同上书，第 40 页。

在这个过程中，是不是起始的某种表达或交流的动机、欲望、总的意向最终都转换生成为外部言语了呢？也就是说是不是所有的深层结构都转换生成了表层结构了呢？就像我们为了彻底清扫房间而将室内的家具完完全全地搬出了室外了呢？问题远没有这样简单。应该说这种转换生成是不彻底的。造成这种转换不彻底是有其原因的。

首先，在转换生成过程中，写作者或说话者一时语塞。这种情形具体表现为或者找不到恰当的语汇，或者找到了语汇而一时不能运用合适的语法结构将这些语汇组织起来，或者是既有恰当的语汇，又有合适的语法，而一时找不到新颖独到的修辞手段，因而锤炼不出更恰当的优美的句子来，也就是出现一种词汇稀少、句法关系松散、结构残缺、修辞手段不新颖等情况。这就是说心里有某种情感、态度、看法，笔头上不一定马上能写得出来，或者口头上不一定能马上说得出来。我们也许都见过哑巴，有时哑巴碰到一件什么急于告诉人们的事，他指手画脚，满脸通红，口里咿呀咿呀地做说话状，但就是吐不出一句完整的能够表达他的意思的话来。稍有写作经验的每每会遇到类似哑巴的这种情形。心中的情感如大海涨潮般地翻滚奔涌，四处探寻泄洪口，他扣打自己的脑门心，抓揪自己的头发，在写作室里来回不停地踱步，但只能像着魔一般地不知所措。某种表达或交流的动机、欲望、总的意向在内心造成一种巨大的表达撞击，而一时之间又不能让这些转化生成外部言语。这痛苦有点像饥饿至极的婴儿嗅到奶味而一时尚未吸吮住母亲的乳头一样。我国古代诗论文论在十分强调炼意的同时，也十分强调炼字炼句，在这些炼字炼句当中，我们可以体会到诗人作家所经历的这样一种语言痛苦。例如，贾岛说到他写"独行潭底影，数栖树边身"这两句诗时说"二句三年得，一吟双泪流。诸君若不赏，归卧荒山丘。"

其次，是心理障碍造成的。在包括作家在内的一切正常人的身上，如弗洛伊德所言都存有两种原则，即快乐原则和现实原则，一方面有各种各样的欲望和要求，另一方面作为社会的人，他在一定的家庭伦理、社会道德、集体规范、公众心理的教育、训练与规约下，又养成了一定的羞耻之心，这种羞耻之心会自觉不自觉地去保护、遮拦、掩盖内心的某些欲望和要求，至少使那些欲望和要求不能够"明目张胆"地表现出来。元代的高明在他的《琵琶记·五娘剪发卖发》中写道："上山擒虎易，开口告人难。"上山捉虎该是多么危险多么困难的事情，但比起张口求人又是容易做的事情了。开口求人为什么难，原因是有心理障碍存在。日常生活中，我们或者有求于人的时候，或者男女青年第一次要向异性表达爱慕之情的时候，常会用到这样一句话："我不好意思说。"仔细揣摩一下这个"不好意思说"或许是很有意思的。这个"不好意思说"，首先是有了某种意思，其次是不好直接将这种意思表达出来，再次是虽然不好意思把那种意思表达出来，但还是要表达。设想，如果没有某种意思就不存在不好意思了；如果能将某种意思直接表达出来，也不存在不好意思说的问题。恰恰是有了某种意思而又想遮拦、想掩盖某种意思，才有所谓"不好意思"。同这种说法相近的还有"欲说还休"、"欲说还羞"等说法。我们在日常生活中还会听到一句粗鄙俗气的话："有话就说，有屁就放。"其实这里面含有鼓励说话人，让他们减少心理障碍和心理压抑而把话直接说出来的意思。

人正像有"饥不择食"一样，有时也有"慌不择言"的时候。在某些欲望、要求表现得很强烈的时候，人稍不注意就表现出来了，对这种通过语言"泄密"的活动，人又能立即采取紧急措施予以制止，就像司机开车猛然遇上前面有行人，赶紧来个紧急刹车一样。这就使得人的外部言语不能完全传达出人的内部言语，也就是人的语言不能完全表现人的心理意识。这也导致作家语言痛苦的产生。这种情形表现在作者本人和作品中的人物这样两个方面。就作者来说，他并不能将心中所想的都完完全全写出来，于是他要变着法儿使所写的显得含蓄些，曲折些，隐晦些，除了修辞学上的考虑之外，还要考虑到能让作品获得检查机构的审查和社会公众的认可。就作品中的人物来讲，作家也要把他们写得如现实生活中的人一样，这样他们也就不能把自己心里所想的和盘托出。于是在慌忙之中像说漏了嘴一样说出了一点什么但马上就发现再也不能按照原来的想法和思路说下去，于是就想补救的办法，或者将已说出的缩回去，或者打住不说，或者将话题转移或支吾开。王希廉在评论《红楼梦》中的人物语言时就指出过这种情况，他说："书中多有说话冲口而出，或几句说话止说一二句，或一句说话止说两三字，便咽住不说。其中或有忌讳，不忍出口；或有隐情，不便明说，故用缩句法咽住，最是描神之笔。"①

　　第二，在语言的生成过程中存在"倏作变相"的情形。

---

① 一粟编：《红楼梦卷》第 1 册，中华书局 1963 年版，第 149 页。

我们必须明了，从内部言语到外部言语是语言生成的一个运动过程，在这个运动过程中，由最初想要表现的某种思想、意念到形成初步的词汇、语句（即使是残缺的、不完整的），直至最后表现出来的句子，是不断变化的，这个生成过程借郑板桥的话来说则是所谓的"倏作变相"。郑板桥讲到画竹时说过这样一段话：

> 江馆清秋，晨起看竹，烟光露气，皆浮动于疏枝密叶之间。胸中勃勃遂有画意。其实胸中之竹，并不是眼中之竹也。因而磨墨展纸，落笔倏作变相，手中之竹又不是胸中之竹也。[①]

郑板桥说画出的竹并不是胸中之竹，而胸中之竹也不是眼中之竹，眼中之竹也不是园中之竹，或者说园中之竹变成眼中之竹，眼中之竹变成胸中之竹，胸中之竹变成手中之竹，一步步地屡屡发生不断的变化，即所谓"倏作变相"。画竹如此，文学创作中的语言运用也是如此。作者最终写出来、能为读者直接感知的句子和最初所想的要写出来的句子总有一定的距离，总会呈现出一定的变化来。应该说这是不难理解的。只要我们把人的语言活动看作一个运动过程，那么这个运动过程就会符合一般的运动过程的规律，最终运动的结果和最初运动的发生总会有些不同的。这是因为在运动进行的过程中，运动受到周围诸种因素的影响和作用，使得运动在进行的过程中不断发生变化。这种情形类似于人的意识的流动过程。

现代心理学认为，人的意识是指各种不同程度的感觉和情绪的反应，包括从最低程度上未形成语言的模糊感觉直至最高程度上得到清楚表达的合理思维。一个人的意识在某一特定时刻是所有各种不同程度的感觉、思维、记忆、幻觉、联想等所汇成的一股飘忽不定、连绵不绝的流，这种流纷繁复杂，变化多端，它从最初形成到流经地直至最后表达出来，当然不会是不变的。明白了意识如此，也就不难理解语言在生成过程中的整个变化了。威廉·詹姆斯认为思想（意识）有五大特点，其中之一则是思想（意识）是不断变化的。他引用了霍治孙对这一说法的描写的话：

---

① 郑板桥：《郑板桥集》，上海古籍出版社 1979 年版，第 154 页。

"我不说我从知觉，或感觉，或思想，或任何特种的心理作用方面研究，我一直从事实里寻求。只要我随便看一看我的意识，我所看见的就是这个情形：只要我有一点点意识，我意识内不能不有的，是一串串各不同的觉态；我不能摆脱的，是这样一串的觉态。我可以把我的眼睛闭上，完全不动，想法子不由我自动参加什么；便是无论我想，或是不想，无论我觉得外物或是不觉得，我总是有先后继续的一串不同的觉态。任何其他我也许有的，具比较特殊性质的，都是这一串的一部分。没有这一串不同的觉态，就是没有意识。……意识的链锁就是先后继承的一串的不同现象（difference）。"①

意识如此，用来表达意识的语言其生成过程也必然如此。它们都是一个运动过程，都符合一般运动过程的规律，运动的最终结果和运动最初发生的情形有着明显的不同，这种不同是由于在整个运动过程的一系列变化引起的。从这种变化中我们可以检测出语言在生成过程中的不彻底性。

第三，语言本身的局限造成的。

语言是一种符号，它可以去指称相应和相关的事物，但这并不意味着世界上所有的物象、形态、意绪等都可以用语言指称出来。这原因在于语言本身具有一定的局限性。关于这一点前人多有论述。庄子说："意之所随者，不可以传也"②，意思是所附带的言外之意，是难于用语言表达的。杜牧指出："凡为文以意为主，以气为辅，以辞彩章句为之兵卫……是以意全胜者，辞愈朴而文愈高；意不胜者，辞愈华而文愈鄙。是意能遣辞，辞不能成意。"③ 辞可以成意，但不能完全成意。康德说过这样一段话："现在我主张，这个原理正是使审美诸观念（译者按：亦可译审美诸理想）表现出来的机能。我所了解的审美观念就是想象力里的那一表象，它生起许多思想而没有任何一特定的思想，即一个概念能和它相切合，因此没有言语能够企及它，把它表达出来。人们容易看到，它是理性的观念的一个对立物（Pendant），理性的观念是与它相反，是一概念，没有任何一个直观（即想

---

① 威廉·詹姆斯：《心理学原理》，商务印书馆 1963 年版，第 77—78 页。

② 《天道》，见曹础基著《庄子浅注》，中华书局 1982 年版，第 203 页。

③ 郭绍虞主编：《中国历代文论选》第 2 册，上海古籍出版社 1979 年版，第 182 页。

象力的表象）能和它相切合。"① 康德所说的也是语言在表现表象上的有限性。威廉·詹姆斯指出，如果是有觉态这种东西，那么，在自然事物中确有物与物间的关系，我们也确实，并且更确实，有认识这些关系的觉态，"无论是哪一方面，关系是无数的；现在的语言没有能够把一切各色各样的关系都表现出来的。"② 所讲的也是语言本身所具有的局限性。高尔基也说过："很少有诗人不埋怨语言的'贫乏'"，"这些埋怨的产生，是因为有些感觉和思想是语言所不能捉摸和表现的。"③ 所说的也是语言在捉摸和表现某些感觉和思想上的缺憾。德国阐释学权威伽达默说："语言表达无论如何都不仅不够准确，需要再推敲，而且必然地总不能充分地表情达意。"④ 语言总不能充分地表情达意，这意见是非常中肯的。语言本身的局限性使它既难以完全地穷形图貌，也难以充分地传情达意，同时更难以描绘具体事物的"委曲"精微和情感的微妙、细腻和复杂。所有这些情形使作家在创作中备受语言痛苦的煎熬。

二　作家如何摆脱语言痛苦

作家是最富有创造性的人之一，面对语言痛苦，他们不愿成为被语言痛苦征服的奴隶，而要成为驾驭语言这匹烈马的技艺高超的骑手。他们想方设法要摆脱语言的痛苦，其途径是多种多样的：极大地丰富自己的语汇量，多方融汇组织语法结构，努力增加自己的修辞手段，等等，所有这些都是为了增强语言的表现力。但是，所有这些都是不够的，甚至是很不够的。说到底，这些都是形而下的手法。对于文学创作来讲，在语言面前还必须有形而上的手法。这里所谓形而上的手法主要是指以下两个方面。

1. 将语言符号转化为艺术符号

在作家的笔下，语言不是一般的传达信息的符号，更重要的是它要创造出艺术符号来，用艺术符号建构起相应的艺术形象体系，以便让读者具

---

① 康德：《判断力批判》上册，商务印书馆 1964 年版，第 160 页。
② 威廉·詹姆斯：《心理学原理》，商务印书馆 1963 年版，第 93—94 页。
③ 高尔基：《论文学》，人民文学出版社 1978 年版，第 189 页。
④ 引自张隆溪《诗无达诂》，《文艺研究》1983 年第 4 期。

体感知。如果作家只是滞留于语言符号而不创造出艺术符号来，那么，这样的作家可以说还没能真正进入创作的境地，对语言符号也只停留在一般的运用上而未能予以超越。在文学作品中，语言符号只是作为艺术符号的构成要素而存在的，它本身并不是艺术符号。清代著名诗人、诗论家元好问在《陶然集诗序》里说：

> 诗家所以异于方外者，渠辈谈道不在文字，不离文字。诗家圣处不离文字，不在文字。唐贤所为情性之外不知有文字云尔。以吾飞卿立之之卓，钻之之坚，得之之难，异时霜降水落，自见涯矣。吾见其溯石楼，历雪堂，问津斜川之上。万虑洗然，深入空寂，荡元气于笔端，寄妙理于言外。①

美国当代著名文学理论家韦勒克、沃伦在他们合著的《文学理论》中说：

> 诗歌不是一个以单一的符号系统表达的抽象体系，它的每个词既是一个符号，又表示一件事物，这些词的使用方式除诗之外的其他体系中是没有过的。②

我们将这两位文论家关于这一问题的论述并列在一起，意在说明古今中外的文论家们对这一问题的几近一致的看法。无论是元好问所说的"不离文字，不在文字"也好，还是韦勒克、沃伦所说的"每个词既是一个符号，又表示一件事物"也好，都是一个意思，即所谓"不离文字"、"每个词既是一个符号"，指的是作家进行艺术构思和艺术传达都必须借助语言这一媒介材料；所谓"不在文字"、"又表示一件事物"，指的是作家的艺术构思和艺术传达的最终成果又超越了语言这一媒介材料本身，作家之依赖语言符号是"荡元气于笔端，寄妙理于言外"，是要通过语言符号另外创造出一个事物来，即要创造出艺术形象来。极而言之，语言在这里就像渡水之舟、捕鱼之网，只

---

① 郭绍虞主编：《中国历代文论选》第 2 册，上海古籍出版社 1979 年版，第 465—466 页。
② 韦勒克、沃伦：《文学理论》，生活·读书·新知三联书店 1984 年版，第 201 页。

不过是一件工具罢了，渡水之游人、捕鱼之渔民一旦渡过水、捕着鱼就会着意于赶路和赏鱼——另有目的所在——而将舟、网弃之一旁于不顾。当然这只是极而言之，并不意味着我们对有关语言说法的否定。

作家借助语言符号全力创造的是艺术符号，读者借助语言符号欣赏的也是艺术符号。美国著名女哲学家、符号论美学的代表人物苏珊·朗格说：

> 一个真正的符号，比如一个词，它仅仅是一个记号，在领会它的意义时，我们的兴趣就会超出这个词本身而指向它的概念。词本身仅仅是一个工具，它的意义存在于它自身之外的地方，一旦我们把握了它的内涵或识别出某种属于它的外延的东西，我们便不再需要这个词了。然而一件艺术品便不相同了，它并不把欣赏者带往超出了它自身之外的意义中去，如果它们表现的意味离开了表现这种意味的感性的或诗的形式，这种意味就无法被我们掌握。在一件艺术品中，我们看到的或直接从中把握的是浸透着情感的表象，而不是标示情感的记号。正因为如此，当我们把艺术品称为"有意味的形式"时，才造成了混乱和错误。在我看来，艺术符号的情绪内容不是标示出来的，而是接合或呈现出来的。一件艺术品总是给人一种奇特的印象，觉得情感似乎是直接存在于它那美的或完整的形式之中。一件艺术品总好像浸透着情感、心境或供它表现的其他具有生命力的经验，这就是我把它称为"表现性形式"的原因。对于它所表现的东西，我们不是称它为"意义"，而是称为"意味"。意味是某种内在于作品之中并能够让我们知觉到的东西。它是由作品清晰地呈现出来的，因此在把握它时便不再须经过抽象的步骤，正如一个神话故事或某种真实的比喻离开它们那富有想象的表现就不存在一样。①

之所以不需要这个词是因为要去欣赏这个词所包容和所表现的深刻的多方面的内涵或外延，如果拘泥于词本身，那是无法欣赏到词所包容和所表现的深刻的多方面的内涵或外延的。

法国象征主义诗人和文艺理论家瓦莱利（Paul Valery，又译梵乐希或

---

① 苏珊·朗格：《艺术问题》，中国社会科学出版社1983年版，第128—129页。

瓦勒里）说：

> 语言可以产生两种很不相同的效果。其中一种效果倾向于完全否定语言本身。我向你讲话，如果你已经听懂了我的话，那么这些话就作废了。如果你已经听懂，这就是说，那些词语已经从你心中消失，而为它们的对应物——形象、关系、冲动——所代替；那么你有能力用一种可能与你听到时很不相同的语言来重新传达这些思想和形象。"懂得"的意思是：一套声音、间歇和标记较快地被一些很不相同的东西所代替；这些很不相同的东西，简言之，就是听话人起变化或其内心重新组织。这个命题的反证就是：没有听懂的人把话重述一遍，或叫别人对他重述一遍。

> 因此，一次以理解为唯一目的的交谈，其圆满完成的关键在于交谈的话被顺利地转变为很不相同的东西：语言首先转变成为"非语言"，然后，如果我们愿意的话，再转变成为一种与原来形式不同的语言。

> 换句话说，在实际或抽象使用语言时，形式——即有形的、具体的部分，即讲话这个行为——并不持续下去；理解之后它就不存在了；它在亮光中融化了；它已经起过作用了；它已经做完了它的工作；它已经造成了理解，它已经存在过了。①

根据读者在阅读中要用形象、关系、冲动等去代替语言符号这一情况，作家在创作中就要特别注意将语言符号转化为艺术符号，更强调作品艺术符号的意义，这个意义通常不是从字面上就可以看出来的，而是要透过字面去理解隐藏在字面之外、字面之后的意义。

读闻一多的《红烛》、《死水》等诗作，从字面上是怎么也理解不了它的意义的，诗人不会闲得无事，对一只燃烧的蜡烛和一潭死水感兴趣而去描写它、表现它。当代诗歌创作也有这种情形，试看曾卓的《悬崖边的树》：

> 不知道是什么奇异的风
> 将一棵树吹到了那边

---

① 伍蠡甫主编：《现代西方文论选》，上海译文出版社1983年版，第33页。

平原的尽头
临近深谷的悬崖上

它倾听远处森林的喧哗
和深谷中小溪的歌唱
它孤独地站在那里
显得寂寞又倔强

它的弯曲的身体
留下了风的形状
它似乎即将倾跌进深谷里
却又像是要展翅飞翔……

　　从文字上看，这首诗只不过写了悬崖边的一棵树罢了，而隐藏在文字之外的意义则是诗人对一切正直的工人、农民、干部、知识分子的高贵品质的热烈深情的歌颂，诗人通过悬崖边的树这一形象所表现的是仁人志士和人民群众在险恶的环境面前没有低头、没有屈服、没有倒退，而是以昂扬的姿态顶着逆风矢志展翅飞翔的优秀品质。因此这棵树正是历经政治厄运和其他种种磨难而最终没有倒下去的中国老百姓的真实写照。我们一定要记取，优秀的诗歌作品都是另有所指的，读诗停留于字面上不是真正读诗。至于西方现代派如象征主义诗歌就更不用说了。可以说，在优秀的文学作品里都有两种符号、两种系统，读文学作品都要做到由此及彼，由表及里，读出蕴含在作品之外之内的意义来。

　　很显然，上述诗歌的作者在诗歌创作中运用语言符号进行艺术构思，其艺术思维方式是不同于一般人运用语言符号进行的思维活动的。中国古代文论把这种艺术思维方式称作"隐"。刘勰解释说，隐是"遁辞以隐意，谲譬以指事也。"① 遁辞者，不直说也；隐意者，即意有所指也；谲譬就是绕弯子作譬，以指另外的事。西方现代文论家把这种艺术思维方式

———————————

　　① 刘勰：《文心雕龙·谐隐》，见周振甫注《文心雕龙注释》，人民文学出版社 1981 年版，第 160 页。

叫作象征，或者叫作用象征来进行暗示。爱尔兰诗人叶芝在《诗歌的象征主义》中分析彭斯的两句诗说：

> "洁白的月亮在白色的海浪后面落下去了，
> 时光也在和我一道消逝，哦！"

没有比彭斯的这些诗句更富于令人感伤的美的诗句了。而且这两行诗具有完美的象征意义。去掉了形容月亮的白和海浪的白，它们与时光消逝之间的关系便非人的智力所能捉摸，从而你就失去了它们的美。但是，当这一切，月，海浪，白，消逝的时光，还有那最后一声感伤的呼喊，都聚集在一起时，它们唤起了一种情感，这种情感是任何别的颜色、声音和形式的组合所无法唤起的。我们可以称它是隐喻手法，但最好把它叫作象征手法。因为当隐喻还不是象征时，就不具备足以动人的深刻性。而当它们成为象征时，它们就是最完美的了，因为在纯真的声音之外，可以说它们最为神秘，而且通过它们，人们可以最深刻地领会什么是象征。①

法国象征主义诗人和理论家马拉美说：

与直接表现对象相反，我认为必须去暗示。对于对象的观照，以及由对象引起梦幻而产生的形象，这种观照和形象——就是歌。但是巴拉斯派诗人仅仅是全盘地把事物抓起来加以表现，所以他们缺乏神秘性，他们把相信他们是在创造——这种美妙的乐趣，都从精神上给剥夺了。指出对象无异是把诗的乐趣四去其三。诗写出来原就是叫人一点一点地去猜想，这就是暗示，即梦幻。这就是这种神秘性的完美的应用，象征就是由这种神秘性构成的：一点一点地把对象暗示出来，用以表现一种心灵状态。②

这些论述告诉我们，诗歌作品中有两个不同的世界，一个是现实的世

---

① 伍蠡甫主编：《现代西方文论选》，上海译文出版社 1983 年版，第 53—54 页。
② 伍蠡甫主编：《西方文论选》下卷，上海译文出版社 1979 年版，第 262 页。

界，另一个是象征的世界；诗歌也有两种不同的符号，一种是语言符号，另一种是艺术符号。艺术符号既是作者用语言符号传达出来的，更是作者凭着自己的社会理想和审美理想以及审美感受、审美体验、审美想象创造出来的。这就要求读者依据自己的审美理想和审美感受、审美体验、审美想象去感受，去体验，去再建。艺术符号常常通过象征、暗示、隐喻来起作用。作者对它的创造没有停留在现实世界和语言符号上，读者对它的理解当然也不能停留在现实世界和语言符号上。由此就带来作家所企求的一个很好的结果，即减少了语言本身表情达意的局限。因为在高明的作者那里，他之运用语言符号原本就不只在语言，他要通过语言创造另外一种东西，即艺术，就像面包师之用酵子和面粉一样，他原本是要通过酵子和面粉制作出松软可口的面包来啊。

其实，如果我们并不拘泥于字面上的理解，岂止是在诗歌中，在其他所有体裁的文学作品中几乎也都有象征暗示的成分在里面。以小说而言，小说的真正意义并不仅仅在于所呈现出的语言符号中，同时也存在于作者通过这种语言符号所创造的艺术符号中。这种艺术符号或者是整体意象，或者是作品的情节结构所建构起来的贯穿性意象，或者是作品中反复出现的局部意象。海明威的名篇《老人与海》就语言符号来看，它所叙述的只不过是老人捕鱼的简单故事，但它的艺术符号中却蕴含着深刻的人生哲理：老人的行为是人对厄运的宣战，是永恒对有限的宣战，是自然的人、社会的人的追求对现实的宣战。正是在这种宣战中，人才真正显示了自己的无与伦比的价值和尊严。邓刚的《迷人的海》，其语言符号所叙述的只不过是两个海碰子与大海的惊心动魄的搏斗，但其艺术符号所表现的却是一种犷悍、冷酷，但又充满热情的生活历史，一种世世代代永远追寻着的坚定硬朗的人生观念，一种被现实的挑战所唤醒的不屈不挠的追求意志和不止不息的拼搏精神。

问题还远不仅如此。人，从根本上说是一种符号动物。恩斯特·卡西尔在他的《人论》中指出：动物生命体"各有一套察觉之网（Merknetz）和一套作用之网（Wirknetz）——一套感受器系统和一套效应器系统。没有这两套系统的相互协作和平衡，生命体就不可能存在。靠着感受器系统，生命体接受外部刺激；靠着效应器系统，它对这些刺激作出反应。这两套系统在任何情况下都是紧密交织、互不可分的，它们被联结在同一个系列之中——这个系列被乌克威尔称为动物的功能圈（Funktionkreis）。"恩斯特·卡西尔接着说："在使自己适应于环境方面，人仿佛已经发现了一种新的方法。除了在一切动物种属中都可看到的感受器系统和效应系统以外，在人那里还可发现可称之为符号系统的第三环节，它存在于这两个系统之间。这个新的获得物改变了整个的人类生活。"他强调："人不再生活在一个单纯的物理宇宙之中，而是生活在一个符号宇宙之中。语言、神话、艺术和宗教则是这个符号宇宙的各部分，它们是组成符号之网的不同丝线，是人类经验的交织之网。"因此，他提出："我们应当把人定义为符号的动物（Animal symbolicum）来取代把人定义为理性的动物。只有这样，我们才能指明人的独特之处，也才能理解对人开放的新路——通向文化之路。"① 明了这一点，我们就更加不难理解作家运用语言符号创造艺术符号的隐秘之处了。

2. 扩大语言的艺术张力

张力（Tension）是由美国批评家艾伦·退特于 1937 年在《论诗的张力》中首次提出来的，自那以后它成为西方文学批评中应用相当广泛的一个术语，在 20 世纪的文艺理论中频频出现。根据罗吉·福勒主编的《现代西方文学批评术语词典》的解释，所谓张力是指"互补物、相反物和对立物之间冲突或摩擦。""一般而论，凡是存在着对立而相互联系的力量、冲突或意义的地方，都存在着张力。"张力概念的提出"反映了当前作家愈来愈清楚地认识到存在于心理、社会以及作为其表达手段的语言结构之间的张力。"② 张力实际上是指作品所能发现的全部外延和内涵的有机整体。语言作为交际的一种工具，作为语境中的构成要素之一，作为作家和读者沟通的一种媒介，作为读者用视觉、听觉以及思维等去感知、识别的一种材料，其间也存在着一定的张力。作家为了突破语言本身的局限就必须努力地去扩大语言的张力。这里所谓扩大语言的张力就是尽可能增加语言的表现力，力求用尽可能少的语言表现尽可能丰富的思想内容。

---

① 恩斯特·卡西尔：《人论》，上海译文出版社 1985 年版，第 32—34 页。
② 罗吉·福勒主编：《现代西方文学批评术语词典》，四川人民出版社 1987 年版，第 280 页。

　　从创作实践来看作家扩大语言张力的主要策略有以下几种。

　　一是利用不同语言之间的冲突或摩擦造成它们之间的交叉和互补，以增加语言的张力。这里所谓不同语言不是指不同语种的语言，而是指古代汉语与现代汉语、口头语与书面语、普通话和方言、文学语言与日常语言、科学语言、公文语言、应用文语言，以及不同人物的语言、不同文体的语言，等等。如贾平凹的创作在立足当代陕南生活的基础上，努力吸取楚辞语言的怪异、汉代石刻语言（文字）的古拙、陶谢王孟诗的语言的空灵、笔记小品语言的意趣，同时，还向《世说新语》、传奇、话本以及《聊斋志异》等古代作品学习简练、隽永、传神的语言。这就使得他作品中的语言形成了这样的情形：文言和白话杂糅，雅语和俗话兼具，朴拙而显露灵巧，奇崛而不失真率，含蓄而不致晦涩，普通话中间或杂以陕南方言。很显然，这样两两对应的语言之间是有着一定的冲突或摩擦的，作者机巧地把它们组织在一起，大大地强化了语言的表现力，丰富了作品的内涵。

　　二是利用隐喻等修辞手法，以增加语言之间的张力。隐喻（Metaphor）的本义是"传送过去"，以后演变为"用打比譬的方法传达意义"。因为要用打比譬的方法传达意义，这就使得"隐喻"既有"比譬"这样一个方面，又有"意义"这样一个方面，即通常所说的"喻体"和"喻旨"。为了扩大语言的张力，作家诗人在运用隐喻的时候，往往尽可能地拉大喻旨和喻体之间的距离，使它们之间形成特别突出的"异质"现象，即喻体所描写或刻画的具体的现象与作品所要表现的主旨两者之间的距离越远，对于作品来说则越好，用瑞恰兹的话来说就是要遵循"远距化原则"。像贺知章的"二月春风似剪刀"、李清照的"人比黄花瘦"等就是，在春风和剪刀之间、在人和黄花之间，能有什么相同的呢？可以说是风马牛不相及，但恰恰是这风马牛不相及的远距离才凸现了柳树的生机、闺中的寂寞和离情。

　　三是增加语言的厚度、密度和丰富性。语言是一种交际工具，而要交际必须有一定的场合、并围绕着一定的话题展开对话，这就构成了交际的语境。说话的时间、地点、说话人的状况以及谈话的话题的不同，同样的语言也会传递出不同的信息，产生出不同的含义，这为扩大语言的张力提供了一个很便利的条件。特别是汉民族的思维形式具有"散点透视"、

"意在言外"、"虚实相间"等特点，和这些思维特点相适应，汉民族的语言也有渗透、流动、铺排、气韵生动、语言内部可以相互衬托以及语言结构上的限制不多等特点，这就使得说话者和写作者可以较为充分地运用当时说话的环境气氛以使语言显得更为经济。所谓经济不光是指词语的简约凝练，它主要是指语言的厚度、密度和丰富性，即强大的表现力。戏剧舞台上的用于迎进、送出、问候、请安等语言既不多又不长，显得非常简洁，但谁也不会认为那是经济的语言，原因是那些语言放在戏剧舞台上是必不可少的，而在文学作品中则往往可以省略或用一两句话概括性地带过即可，它既没有厚度，也没有密度和丰富性，因此也谈不上有什么表现力。《红楼梦》第八回写贾宝玉在薛姨妈家将喝酒未喝酒之际引出薛宝钗、林黛玉之间的话语：

> 这里宝玉又说："不必烫暖了，我只爱喝冷的。"薛姨妈道："这可使不得：吃了冷酒，写字手打颤儿。"宝钗笑道："宝兄弟，亏你每日家杂学旁收的，难道就不知道酒性最热，要热吃下去，发散的就快；要冷吃下去，便凝结在内，拿五脏去暖他，岂不受害？从此还不改了呢。快别吃那冷的了。"宝玉听这话有理，便放下冷的，令人烫来便饮。
>
> 黛玉磕着瓜子儿，只管抿着嘴儿笑。可巧黛玉的丫鬟雪雁走来给黛玉送小手炉儿，黛玉因含笑问他说："谁叫你送来的？难为他费心。——那里就冷死我了呢！"雪雁道："紫鹃姐姐怕姑娘冷，叫我送来的。"黛玉接了，抱在怀中，笑道："也亏了你倒听他的话！我平日和你说的，全当耳旁风；怎么他说了你就依，比圣旨还快呢！"

不能说这些话很少，但我们却认为这是最为经济的语言，原因是这些对话把她们各自的机敏、情感、话锋、性格，以及隐藏在她们之间的矛盾冲突、利害关系等等都表现出来了，语言的厚度、密度是不用质疑的，显示出了丰富的表现力。

四是借助读者的五官感受力，让读者多方面地感受语言，以诱发读者对语言的想象力。读者是通过语言来感知文学作品的，而读者阅读文学作品虽是从读字始但又并不止于读字，他的视觉器官一旦接触到语言，认识

了，初步理解了，就迅速地将语言符号所传达的信息传送给耳、口、鼻、
舌等别的感觉器官，让所有这些器官一道共同来感知文学作品的语言，从
而激发起想象力，体味作品语言的张力。何立伟认识到"中国的文学语
言与西方作品的讲究语法的叙述序列是大有区别的。它的一些特殊的用
法，譬如名词或形容词作动词用，譬如句式或词序的音韵与节奏上的错
列，皆成就着一种独有的音乐韵律与画面联想的美感，且赖此以完成形象
的传神勾勒和意境的苦心营造。"他把这作为自己艺术追求的一个目标。
他在《白色鸟》中"企图打破一点叙述语言的常规（包括语法），且试将
五官的感觉在文字里有密度和有弹性张力的表现，又使之尽量具有可触
性、'墨趣'和反刍韵味。"① 如这篇小说开头的文字："设若七月的太阳
并非如此热辣，那片河滩就不会这么苍凉这么空旷。唯嘶嘶的蝉鸣充实那
天空，因此就有了晴朗的寂寞。又何况还是正午，云和风，统不知趔到哪
个角弯里去了。"这样的语言不光诉诸读者的视觉，还作用于读者的味
觉、触觉、听觉以及其他知觉等种种感觉，从而就诱发了读者的想象力，
能让读者通过各种感觉器官、从各个方面感受到语言的表现力。

---

① 何立伟：《关于〈白色鸟〉》，《小说选刊》1985 年第 6 期。

第十三章

文学文本言语的新变(上)

一　语言变化及其总体表现

1. 语言的变化

我们在前面的章节里，曾经说到语言的流变情况，其实那些情况正像美国语言学家、加利福尼亚大学（伯克利分校）教授罗宾·洛克夫所说的那样，"在语言中变化就是规则。"① 回首语言所走过的漫长的历程，我们不难发现，世界上任何一个文明民族的语言都是随着时代、社会、科学技术和人类自身及人类生活的变化而不断变化的，拿现代汉语和古代汉语进行比较，无论是语音、文字，还是语汇、词义、语法结构、修辞手段等，都发生了一系列明显的变化，其他民族的语言亦然，语言并没有也不可能停留在一个永恒不变的地步和水平上。

就总的规律说来，语言的变化是以微小而隐在的方式缓缓地进行的，这一点是用不着质疑的。但当时代、社会、科学技术和人们的生活方式、思想意识、价值观念、思维模式发生急剧而深刻的变化时，语言的变化也有可能改变其固有的微小、缓慢的方式，而变得迅捷明显起来。这之中的原因是这样的：语言既是人类文化的最深刻的积淀，同时也是人类文化的最忠实的见证和表征，它总是与时代、社会、科学技术和人们的生活方式、思想意识、价值观念、思维模式的变化同步的。西方社会在战后几十年的变化引起了语言的巨大而深刻的变化，是有目共睹的事实。

中国社会近半个多世纪以来，都发生了明显的、巨大的、深刻的变化，这种变化步子之大、速率之快、波及之广，可以说都创了历史的新

---

① 罗宾·洛克夫：《语言的战争》，新华出版社 2000 年版，第 75 页。

高，电视、电冰箱、空调、电吸尘器、电饭煲、电烤箱、微波炉、互联网……所有这些都似春天的小燕飞入寻常百姓家。新的科学技术及其产品，如电子计算机、超音速飞机、航天技术、遥感遥控、高速公路等等，雨后春笋般地出现。同时，这些变化影响到社会和人的精神生活领域。作为这些变化见证和表征的则是一些新的语言现象的频频出现。用语言作材料的作家敏锐地感到了这一点，在自己的创作中吸纳了今天涌现出的新的语言现象，这点在小说中表现得更为明显。研究这一现象，对于当代文学创作、文学研究、文学批评都有一定的裨益。本书涉及的文学语言将以小说的语言为主。

2. 语言变化的总体表现

我们首先来看看语言的新变在当代文学创作中的总体表现。

王一川在《近五十年文学语言研究札记》一文中从宏观上描述了文学文本言语的变化情形，他把自 20 世纪 50 年代以来文学文本言语的变化归纳为四种演化形态：一是 1949—1977 年的"大众群言"；二是 1978—1984 年的"精英独白"；三是 1985—1995 的"奇语喧哗"；四是 1996 年直至今天的"多语混成"。王的文章发表于 1999 年，到现在已经过去了十多年，应该说情形依然是这样的。而且，王一川的研究持的是这样一种指导思想，即他所说的："讨论时则不是仅仅在文学内部谈论语言，而是从文化语境状况去说明一般语言状况进而阐释文学语言状况。文化语境是指影响语言变化的特定时代总体文化氛围，包括时代精神、知识范型、价值体系等，这种氛围产生一种特殊需要或压力，规定着一般语言的角色。一般语言是特定时期的普遍性语言状况，不仅包括文学中的语言，而且还包括其他各种语言如政府语言、新闻语言、学术语言和民间语言等。这种一般语言状况既是文化语境压力的结果，又与文学中的语言状况具有直接关联：作家对语言的选择和使用受制于当时一般语言状况的总体语境。而一般语言状况又从深层显示出文化语境的制约。文化语境、一般语言和文学语言，这三者相互渗透和共生，从而可以作相互阐释。"① 王一川对文学语言的这种宏观描述可以成为我们这儿研究的一种参照。

---

① 王一川：《近五十年文学语言研究札记》，《文学评论》1999 年第 4 期。

和王一川对文学语言的宏观研究不同,我们在这里的研究是微观的,也就是说,我们将主要描述语言的新变在文学作品中的具体表现。

需要说明的是,其实在进入新时期以后,当语言尚未发生怎么明显的变化的时候,文学创作中早已出现了不同于过去的作家对于语言的运用的情况。我们先将描述这一情形。

二　语言变化的具体表现

1. 数理语言进入文学

从传统的文学理论和文学创作观点看,最为抽象概括的语言同文学作品所要求的具象性、生动性等是不相容的,认为抽象概括的语言会损害文学作品的具象性和生动性,破坏文学的审美性。其实情况并非都是如此。20 世纪初,一些心理学家在研究过程中发现:人的思维其实是一连串时而分明、时而浑浊的生理与心理的活动状态,作家们在描写这种生理和心理活动状态并用语言去表现它们的时候,首先就需要进行语言上的革命,于是所谓"非美文学语言"、"反文学语言"等出现在文学作品中就是自然而然的事情。既然所谓"非美文学语言"、"反文学语言"等可以出现在文学作品中,那么,数理语言出现在文学作品中也就不怎么新鲜稀奇了,但当它们最初出现在新时期的文学作品中的时候,还是十分引人注目的。如王蒙的《说客盈门》:

> 请读者原谅我跟小说做法开一个小小的玩笑,在这里公布一批千真万确而又听来叫人难以置信的数字。
> 在六月二十一日至七月二日这十天中,为龚鼎找丁一说情的:一百九十九点五人次(前女演员没有点明,但有此意,以点五计算之)。来电话说项人次:三十三。来信说项人次:二十七。确实是爱护丁一怕他捅娄子而来的:二十,占百分之十。直接受李书记委托而来的:一,占百分之零点五。受李书记的人的委托而来的,或间接受委托而来的,六十三,占百分之三十二。受丁一的老婆委托来劝"死老汉"的:八,占百分之四。未受任何人的委托,也与丁一素无往来甚至不大相识,但听说了此事,自动为李书记效劳而来的:四十

六，占百分之二十三。其他百分之四属于情况不明者。

在这里，作者有意"跟小说的做法开一个小小的玩笑"，用了一系列的数字，应该说作者的这个玩笑开得很好，给了当时的读者耳目一新的感觉。

再如刘心武的纪实小说《5·19长镜头》：

> 路透社巴克先生的报道失真：他说球迷从看台上朝场内扔了西红柿，但事后经过中国有关部门细心统计，从容纳8万人的看台掷进场内的物品，共计软包装汽水瓶2995个，汽水瓶156个，面包143个，半截砖头13块，苹果15个。当天西红柿在北京的牌价是每市斤超过一元，而且并不好买。

刘心武的另一篇纪实小说《公共汽车咏叹调》，悉心安排了5个小节，用近600字的篇幅，以22个统计数字，翔实地比较了巴黎和北京两大都市的公共交通现状，现在不妨抄录如下：

> 国外许多大城市的公共交通起码有三个层面。一是地下的地铁，二是高架铁路上的电气火车，第三才是地面上的公共电、汽车。
>
> 其中起主要作用的一般是地铁。
>
> 例如法国巴黎，它那蛛网般的地铁超过一百九十公里，沿途有三百七十多个车站，平均每天运载旅客四百万人次，在公共交通中远居首位。
>
> 而北京目前只有两条尚不能沟通的地铁线路，统共只有三十九点五公里长，两边合起来统共也才二十九个车站。北京全年公共交通载客达三十多亿人次，地铁只有一亿多人次，仅占总运载量的百分之三点二。
>
> 北京并无高架铁路，载客的负荷，自然主要压在了地面上的公共电、汽车上。目前北京的公共电、汽车已设一百五十八条线路，有四千零九辆车在这些线上跑，运载总长度是一千八百六十五公里，每天客运量大约是八百五十六万人次。巴黎在一九八〇年，其公共汽车（尚不包括有轨电车）已设二百一十九条线路，有三千九百九十二辆车在这些线上跑，运载总长度是两千三百三十九点九公里，而每天客运量仅约二百零八万

人次。北京公共电、汽车的定员标准是每平方米最多装载九人，实际上高峰时已达每平方米装载十三人，而巴黎公共汽车的定员标准是每平方米最多装载六人，但由于他们的满载率不足百分之七十，所以实际上常常每平方米仅有三—四人。怪不得北京的公共汽车常常是挤成黑压压的一团，而巴黎的公共汽车上很少有人站着。

这些数理语言用在这里不仅不显得单调、枯燥、乏味，相反倒以触目惊心的数字事实所形成的鲜明的反差刺痛了读者的心，令人击节，叫人信服，禁不住同作者一道为我们的城市交通、为我们的公益事业，乃至为我们的祖国、我们的民族、我们的人民、我们的事业来咏叹了。

比这种数理语言更进一步的是，有些小说的作者将百分率等语言也写进了小说作品。记不得是哪篇小说最先写有些姑娘之所以穿着时髦、打扮入时、描眼画眉，是为了追求走在路上的"回头率"。女作家郝军在她的中篇小说《倒流的时光》中也用了"回头率"：

> 我仿佛又回到我生命中最辉煌的日子，我和尹凡手挽手地拥挤在市中心的人流中。尹凡总要附在我耳朵上轻轻说："喂！百分之百的回头率！"那时我心里就会升起一团疑惑。我不喜欢他那卖弄漂亮老婆的神气儿，一个人的青春总会逝去的，一个漂亮女人的青春只会逝去的更快，更叫人寒心。

有的作家甚至将数理语言用于小说的标题，如张抗抗的《一千和一》、《39.5℃——41℃——37℃》，叶蔚林的《五个女人和一条绳子》，白桦的《五个少女和一条河》，朱宜江的《453！180！》，唐镇的《第十三条准则》等。中国台湾作家王文华的第一部长篇爱情小说《61×57》更为明显。这部小说的题目本身即是数理语言，而且明明白白地是一道算式。作品的女主人公林静惠的侧面像酷似雷诺阿的《小姐的肖像》，这幅画的尺寸是61厘米乘以57厘米，小说的题目由此而来。

和上述数理语言被运用于小说相联系的是，有的小说作者将一般公文体用于小说的标题，如许世杰的《关于添置一把铁壶的报告》，谌容的《关于仔猪过冬问题》，徐小斌的《对一个精神病患者的调查》，张笑天的

《来自居里大学的报告》，李功达的《对一个失踪者的调查》等等。

2. 电报式语言进入文学

众所周知，电报语言是一种最经济、最简洁的语言，只要能够将意思传达出来就可以了，一般情况下不加任何修饰语和附加语。原因是电报是按字计费的，字数多就要多付钱。

新时期以来，电报式语言大量进入文学作品，表现为一种极短句的集合，具体形态有以下几种：完整式短句的集合、不完整式短句的集合、以词为句的短句的集合，以及将上述几种句式结合起来加以运用，所有这些都构成为不同句式的短句的集合。

文学作品中的电报式语言具有以下特点：

第一，行文像电文那样简洁明了，不加任何修饰。

第二，每个短句都是一个独立的、能够表达完整意思的语言单位，往往一个短句就是一层意思，传递一条信息，而且每句的结尾差不多都是一个句号。如王蒙的《海之恋》中相关段落的语言就包含有较多的社会信息量，还为作品主人公即老年知识分子提供了一个广阔的心理背景，于简约之中透露出丰厚。《春之声》中有关文字提供了一个从政治到经济、从社会到家庭、从生产到销售、从穿着到娱乐的广阔的社会背景，篇幅虽然非常短小，但储存的社会信息量却相当大，有如品位极高的矿石。

第三，随意性大，跳跃性强。纵观《海之恋》、《春之声》等有关段落的文字，我们都可以感觉到那些文字似乎是从作者的笔端随意流泻出来的，各个短句之间似乎都是独立的，没有什么关系和联结，但整个看来，诸多并无多大关联的短句一经集合起来就产生了质的飞跃，使作品的内容显得丰厚，蕴藉显得深邃，而且它们都如出一胎，都统一于、服务于全篇的整体构思或本章节的叙述安排，究其原因是这些句子都是伴着作品中主人公的观察、感受、体验、意识流动而形诸文字的，是随着意象的跳跃、闪动而腾然于纸上的。

3. 粗俗化、非规范化语言进入文学

新时期以来，一些作者按照生活的原生态写小说作品，小说内容的这种选择导致小说语言形式作另一种凝定，这就是粗俗化、非规范化的语言

进入小说作品。这之中有这么三种情况：

一是采用方言俚语、粗俗野气的语言。如韩少功的《爸爸爸》是以湘西山区为背景的，而湘西山区是著名的风景瑰宝之地张家界的所在地，但在作品中却不见对壮美如画的风景的描写，只见生僻俚俗的方言土语充斥其间，显得粗野鄙陋，俗而不畅，这一切又都掩藏着内在的艰深。林斤澜的"矮凳桥系列"小说是以温州一带的方言俚语为基础来调理自己的语言的。徐星的《无主题变奏》不过万把字，全篇却有二十多处国骂，这种"国骂"多用于主人公"我"的叙述，如"那他妈太无主题了"、"见了他妈鬼"、"真他妈恶俗恶俗的"、"原来外国女人也会他妈那个……"刘索拉的《你别无选择》中这样的"国骂"也不少见。陈建功的《鬈毛》以第一人称的写法，写的是主人公粗鲁野气的言辞，寄予着对于一切世俗成规的鄙视。某些所谓美女作家的作品中鄙俗不堪的语言也比比皆是。

二是用非规范化语言。主要是用无主语、多主语、变化词性的句子造成一种独特的语式。如阿城的《遍地风流·峡谷》："森森冷气漫出峡口，收掉一身粘汗。近着峡口，倒一株大树，连根拔起，似谷里出了什么不测之事。把大树唬得跑，一跤仰翻在那里。峡顶一线蓝天，深得令人不敢久看。一只鹰在空中移来移去。"又如《遍地风流·洗澡》："我急忙用手使劲搓胸前、脸上、腿下，又仰倒在水里。水激得胸紧紧的，喘不出大口的气。天上的云隐隐地快跑。"何立伟的《白色鸟》："那鸟恩恩爱爱，在浅水里照自己影子。而且交喙，而且相互的磨擦着长长的颈子。便同这天这水，同这汪汪一片静静的绿，浑然的简直如一画图了。"

三是取消标点符号。如刘索拉的《你别无选择》①：

三和弦的共振是消失在时空里只引起一个微妙的和谐幻想，假如你松开踏板你就找不到中断的思维与音程延续生命断裂，假如开平方你得出了一系列错误的音程平方根并以主观的形象使平方根无止境地演化，试想序列音乐中的逻辑是否可以把你的生命延续到理性机械化阶段与你日常思维产生抗衡与缓解并产生新的并非高度的并且你永远

① 《人民文学》1985 年第 3 期。

忘却了死亡与生存的逻辑还保持了幻想把思维牢牢困在一个无限与有限的机合中你永远也要追求并弄清与追不到的还是要追求与弄清……

这一段先是少用后是不用标点符号，虽然读起来有饶舌费解之感，然而透过这一饶舌费解的语言，我们看到的是一种厌烦、嘲弄、理不清的情感色彩与思维意绪。这种少用或不用标点符号的句子能最准确地表现人物的下意识活动或梦境。

再如张洁的《他有什么病》①：

你不知道耽误了我的时间就是耽误了国家领导人的时间耽误了国家领导人的时间就是耽误了党和国家的大事耽误了党和国家的大事是什么性质的问题这个后果你考虑了没有你负得了责任吗你负不了责任你就得给我先看你不给我先看我就去找你们的领导到时候你还得给我先看你别指望拿着落实知识分子政策的鸡毛当令箭现在就让你瞧瞧还是谁说了算……

还有如洪峰的《明朗的天》②：

讨论会。一百人。围坐在大会议室。眼镜闪闪烁烁。烟雾使会议迷迷蒙蒙。咳嗽声喝茶声和讲话声差不多同样响亮。

"现实主义传统必须坚持。当然了，可以吸收外来的流派，借鉴一些现代派手法嘛。"讲话者慢条斯理，但字字铿锵有力，声音无可辩驳。

红旗谱东方欲晓（莫道君行早）大刀记李双双小传雷锋之歌一月的哀思雪落黄河寂无声王蒙意识流谌容荒诞邓刚柯云路新星现实主义深化伪现代派刘索拉残雪红楼梦鲁迅巴金茅盾老舍小说选刊秀短篇小说评奖野狼出没的山谷坚持百花齐放百家争鸣民主自由社会效益全

---

① 张洁：《中国国外获奖作家作品集·张洁》，云南人民出版社2001年版，第235—236页。
② 《百花洲》1991年第1期。

心全意为民族为人民。

他感觉到十分饿，梦里吃一只鸡。他就醒了，继续听文学理论家和作家们讲文学讲世界。

后来就到了中午，大家纷纷涌进饭厅吃饭喝酒。

重点作品评论会文艺理论讨论会中篇小说创作探讨会，青年作品研究，创作趋势研究会，中青年交流会作品评奖筹备会文学与时代研究讨论会，文学与时代与改革探索讨论会交流会。

他开始发胖，然而还不到发胖的年龄，这怪不得别人，怪只能怪他自己，他食欲过分旺盛，这么多重要的会议为他提供了让他流口水的高档菜，他无法劝阻自己，只好吃。于是就开始发胖，他不无担心地看着一天天凸起的肚子，却无可奈何，下决心锻炼几天，最终还是放弃了努力。

4. 淡化倾向的语言进入文学作品

一些当代文学作品与传统的现实主义文学作品在对语言的追求上有着明显的不同，它不讲浓墨重彩，但求精微简约，修饰和扩展的成分大大减弱，往往长话短说，甚至有话不说，使语言表现出一种极为淡化的倾向。这里有几种不同的情况：

一是语言显得极其简淡紧凑。阿城的《树王》中有个叫肖疙瘩的人，这是个以树为命、终于以身护林未成最后忧郁而死的人，当他看到山中树木被强制性地砍光伐绝、被一场熊熊大火烧得精光的时候，可以想见他心中该是怎样地剧烈疼痛，他心中该有多少话要吐要说，可是作者写这一点的时候却没有浓墨重彩地大肆铺写，而是用短得不能再短、简约得不能再简约的语词写了六个字、三句话，而且用了三个句号："冷。冷啊。回去吧。"这种简淡、短小、紧凑的语言用在此时此地真胜过了万语千言，极为贴切地表达了肖疙瘩此时此刻欲哭无泪、欲语无声的极度痛苦的心理感受。

二是语言符号即单个字的运用非常简约省俭。上一种情况说的是以极为有限的篇幅表现尽可能丰富的内容。这第二种情况正相反，即作者不厌其烦地饶舌，絮絮叨叨，用不多的单字、单调的句型写很多的句子。

三是句子或句群之间具有很大的跳脱性。当代有些小说作品的语言不注重句子与句子之间、句群与句群之间的联系，而是用互不相关的一个个短句组成一个个意象，跳跃着组成句段，如阿城的《棋王》中写王一生"静静的像一块铁"，面对九个强手开棋大赛，墙内墙外寂然无声，"似乎都把命放在棋里搏"时，"我心里忽然有一种很古的东西涌上来，喉咙紧紧地往上走。读过的书，有的近了，有的远了，模糊了。平时十分佩服的项羽、刘邦都在目瞪口呆，倒是尸横遍野的那些黑脸士兵，从地上爬起来，哑了喉咙，慢慢移动。一个樵夫，提了斧在野唱。忽然仿佛又看见了棋呆子的母亲，用一双弱手一张一张地折书页。"作者一连用几个互不关联的句子写出了几个栩栩如生的意象。

　　非美文学语言、反文学语言在当代小说中的运用对于文学文本言语的陌生化来讲肯定是有益的，很多作家运用得也非常健康，积累了相当丰富的经验。但应该有一种清醒的自我限制。有些作品中也出现了一些令人不安的迹象：有的作品出现了没完没了的大段五线谱，烦琐复杂的化学方程式和数学公式，游离于人物和作品题旨的哲理论辩，有意为之的错句病句，取消标点符号的过长的大段大段的叙述。另外，如莫言在《红蝗》中大肆铺写大便，在《欢乐》中极其入微地描述主人公呕吐出的蛔虫在阳光下反射出"金子般光芒"的景象，以及那个"半是天才半是浑蛋"的疯子极其放肆的肮脏语言。这些与文学本身的宗旨多少有些背道而驰的嫌疑。

第十四章

文学文本言语的新变(下)

一　文学文本言语变化的原因

进入新时期以后，特别是进入所谓"后新时期"以来，日常语言发生了日益明显的变化，这种变化被作家及时地吸收到自己的创作中了，且随着人们把作家在创作中所使用的语言运用于日常生活，因此，又进一步推动了在日常语言中普及那些先是在文学作品中出现的变化了的语言，这样就引起语言的更为深入的变化，而这又进一步影响了文学文本言语的变化。

我们不妨先来简单分析日常语言发生变化的原因。

1. 社会生活的急剧变化引起日常语言的变化

众所周知，语言是思想的直接现实，语言是思想和文化的一种载体，语言是思想和文化的一种传播媒介和手段，是伴随着人们命名和交流的需要而形成的，归根结底，它是伴随着人类社会生活的产生而产生、发展而发展、变化而变化的。中国实行改革开放以来，随着计划经济向社会主义市场经济的转化，处于转型期的中国社会从经济体制、意识形态到生活方式、价值观念、文化消费都发生了巨大而深刻的变化，这种变化波及和影响到社会和生活的各个领域、各个方面，并冲破了此前的经济体制、意识形态、生活方式、价值观念、文化消费给人们的各种各样的束缚和制约，使得人们的生活、生存呈现出五彩缤纷的态势：致力于自我实现、参与市场竞争、建构理想生活、讲究生活质量、追求生命意义……当越来越多的人在转型期重新发现自己的价值以后就不停地为自己寻找新的位置，下海、经商、开公司、做老板、炒股、考托、转岗、培训、出国、留学、跳槽、炒鱿鱼、拿驾照，等等，社会和人们的生活呈现出一派热闹繁忙的景象……所有这些使得人们感到既有的语言已经不能满足人们的思想现实的、文化载体的、传播媒介和手段的需要，于是在开掘现有语言的意义、在赋予现有语言以新的意义的同时不得不进一步把语言作为一种创造力量来建构，根据现实生活的需要来重新组合和重新命名一些新的语汇。这样，新的语言就随着社会生活的发展变化而产生了，这首先表现在语汇方面。这是因为，语汇是语言中最活跃的成分，也是最敏感的成分，同时还是变化最迅速的成分。随之而来的则是语法规则的变化和人们对语言的运用的变化。

2. 科学技术的迅猛发展引起日常语言的变化

新中国建立以后，先是有关国际势力对我们国家采取封锁政策，后是我们自己实行了一段时间的闭关自守，这些情况使得中国的科学技术的发展与世界先进的科学技术比较起来落后了相当大的距离。进入新时期以后，随着思想解放运动潮流的风起云涌，中国科学技术工作者在引进西方先进科学技术的同时，也发挥自己的积极性和创造力，开发和创造了新的科学技术产品，并且随着这些新的科学技术产品日益进入人们的生活领域而逐渐向其他领域渗透，以至一方面出现了表述这些新的科学技术产品的语汇，另一方面这些新的语汇又渗透到其他领域，直至成为人们日常生活中运用的语汇。有关这方面的情形，只要驻足大街小巷看看那些广告、浏览那些店铺、听听人们饭前酒后的交谈就可以略知一二。语言学家尘元（陈原）在他的《在语词的密林里》一书中指出："……八十年代'引进'的则是一大串自然科学名词：心疼倾斜，文化落差，时代同步，怪圈，深层结构，超前折射，递归意识，撞击，嬗变，启动，衍射，半衰、热寂、强相互作用，场，偏振，散射，再生制动……这是一种新的语言现象：说明科学在冲击社会生活和人的意识，可能会有一点启动作用，也可能有一点负效应，引起主轴心的倾斜……"① 科学技术确实影响着语言的变化和发展。

3. 生活方式、行为准则、思想意识、价值观念的变化引起语言的变化

中国实行改革开放和由计划经济向市场经济的转化是一场多方位的、

---

① 尘元：《在语词的密林里》，生活·读书·新知三联书店 1991 年版，第 8 页。

全面的社会变革，其波及之广泛、影响之深刻超乎一般人的想象。改革开放的实行使得思想解放的洪流冲刷着社会的各个层面，人们旧有的生活方式、行为准则、思想意识、价值观念受到检验，甚至其中的一些有用的东西被扬弃，与此同时西方各种思想文化学术著作由翻译介绍而进入中国，形成了巨大的影响力；计划经济向市场经济的转化，导致多种经济和私营业主的出现、外资的引进、中外合资的兴起，以及与这些相适应的社会阶层的重新划分、重新分配，一时之间一些人更加注重生活水平、生命质量，追求物质享受，强调自我实现和自我发展，乃至以自我为中心，丧失信仰，放弃理想，世俗化，粗野化，追逐时尚，自我调侃，玩世不恭……所有这些都引起人们的生活方式、行为准则、思想意识、价值观念的变化。变化了的这些内容需要新的语汇去表述，去称谓，去标榜，正是这些新的需要催生了新的语汇的产生。

不仅如此。甚至中国式英语对英语本身也在发生影响。德文版的《欧洲新闻》2007 年 1 月 13 日报道称：

> 根据全球语言监督机构的最新报告，英语正在经历历史上从未有过的变革，究其原因是受到全球化大环境下中国式英语的强烈冲击。
>
> 中国约有 2.5 亿民众学习英语，加上日益上升的全球影响力，意味着中国人每天都在制造英文新词。根据报告，逐字翻译的中式英语"很久不见"（Long time no see），还有从广东话吃点心的"饮茶"直译过来的 Drinktea 等，现已成为标准的英文词组。更多中式英语还在继续产生，包括从前就已中英混合的如"苦力"（Coolie）、"台风"（Typhoon）等。当这些新命名的单词在网上流通，英文词汇库必然迅速增长。
>
> "全球语言监督"主席帕亚克表示："令人惊讶的是，由于中国经济增长的影响，它现在对国际英语的冲击比英语国家还大。"自 1994 年以来加入国际英语行列的词汇中，中式英语贡献了 5% 到 20%，超过任何其他来源。这些新词和词组，不用向母语为英语的人士特别解释，都能被理解。
>
> 今天，中国学英语的人几乎相当于上世纪 60 年代全世界说英语人数的总和，这个数字在未来 7 到 10 年还可能翻倍。难怪有人预测，

倘若国际英语分崩离析，中式英语很有可能成为最突出的分支。①

　　语言的变化是一个客观存在的事实，但这个事实怎么样映入作家的视野，怎么样进到文学作品中来，却需要另外作出解释。进入新时期以后，当上述那些变化出现时，一向极为灵敏的作家不仅及时地感觉并捕捉到了这一点，不少作家更是走在一般人的前面。他们更加敏锐地感受到了西方的文化思想、科学技术、价值观念、哲学、文学、艺术等给本土的文化思想、科学技术、价值观念、哲学、文学、艺术等所带来的影响和冲击，其中的激进者先锋者实验者率先淡漠大众意识，增强私人意识和女性意识，叛离传统知识分子和文人所固守的崇高的理想主义，遁入世俗化，竭力实践并倡导个人写作、世俗化写作、女性写作等写作方式……他们各自带着并不相同的创作目的和审美追求有意识地参与和推行文学的改造和重构，既选取了不同的文学观念，也选取了不同的题材内容和不同的表现技巧，同时还竞相吸纳新的语汇、新的组词方式、组句规则，从而使得文学作品中不断涌现出新的语言景观，虽然对于他们在创作中所呈现出来的结果可以作出有保留的价值判断来。

二　作家对新语言的吸纳

1. 新的语汇进入文学作品

　　无论是从人类发展的历史，还是从语言学本身发展的历史来看，语汇作为一种记事的符号，它总是像灵敏的地动仪一样，一方面能够及时地感受着事物的最新发展和细微变化，另一方面又能够将事物的最新发展和细微变化近似同步记录下来。因此，人们通过一个时代的语汇就能够察觉到、感受到时代及该时代生活和其事物的最新发展与细微变化。可以毫不夸张地说，语汇同样能够荣耀地佩戴和文学一样的桂冠：它是时代的风向标。无论是研究语言学，还是研究文学，或者是研究人类学、社会学，任何时候都不能忽略或小看语汇。举例来说，对于今天的青年人来讲，大概很难了解"文化大革命"是怎么回事，但是只要看看这样一些语汇和短语就不

---

① 罗森·巴赫、青木译，《环球时报》2007年1月15日。

难想象所谓"文化大革命"究竟是怎么回事了:"五一六通知"、大字报、红卫兵、造反派、老保、走资派、一小撮、死不改悔、揪斗、戴高帽、喷气式、逼供信、大串联、打砸抢、斗批改、臭老九、黑线、黑帮、牛鬼蛇神、派性斗争、文攻武卫、反戈一击、工宣队、军宣队、三结合、革委会、五七道路、刺刀见红、上纲上线、一片红、五七干校、天天读、早请示、晚汇报、风派、老三篇、活学活用、讲用会、红五类、黑五类、红宝书、样板戏、背靠背、掺沙子、斗私批修、灵魂深处闹革命……正是这样一些语汇和短语真实地记载了"文化大革命"那个时代的情形,我们甚至能够根据这些语汇和短语复制"文化大革命"那个时代的种种事状和具体情形。

进入新时期以来,中国的社会生活发生了巨大而深刻的变化,新现象、新事物、新科学、新技术、新思想、新观念、新概念、新产品等等如雨后春笋,层出不穷。这些情况必然反映到语汇中来,也正是通过新的语汇才将它们记录了下来。举例来说,下面一些语汇或者是以前没有的,或者有也不像现在这样几乎妇孺皆知:改革开放、特区、开发区、放权、引进、承包、外向型、个体户、留成、创汇、利改税、外引内联、与国际接轨、国际大循环、提速、减负、按揭、大款、大腕、托儿、信用卡、多媒体、互联网、上网、点击、信息平台、切换、闪回、菜单、硬件、软件、程控电话、电子商务、BP 机、手机、LP 卡、卡拉 OK、埋单、AA 制、写真、迪斯科、发烧友、追星族、侃大山、炒鱿鱼、艾滋病、磨合、反馈、克隆、短平快、二传手、时间差、打快球、反越位、罚点球、亮黄牌,以及私家车、自驾车、高铁,等等。此其一;其二,这些新的语汇在口语、广播、电视和书籍、报纸、杂志中流传的速度极快。有人曾经以"速度"这个词为例说:

> 速度。这两年我们常听到一个词:提速。提速就是提高速度的简略,表达也在提速。提速使我们这个巨大湖泊的层流后浪推前浪,水面永远涌动激流的浪花。①

为什么这些语汇能够以极为快的速度流传呢?一是人们对这些语汇所代

---

① 林宋渝:《时尚的溺水者及其他》,《大家》1999 年第 6 期。

表的新事物、新思想的普遍认同与接受；二是在开放型的社会里交际的速度非常之快；三是这些新的语汇一般都比较短，其本身大多经过了"压缩"或"省略"，尘元在他的《在语词的密林里》一书中举出"感冒丹"应当理解为"预防感冒丹"、"伤风丸"应当理解为"防治伤风丸"之后说："……习惯成自然，人们宁可用较短的压缩词——有个数理语言学家说过，凡是最流行的语词，必定是最短的语词。"① 事实本身正是这样的。

　　语言发生变化，涌现一些新的语汇，并非哪一个国家独有的情形，美国语言学家罗宾·洛克夫在她 2000 年出版的《语言的战争》中这样写道："仅仅在过去的几年里就出现了许多全新的词汇，如'拖车垃圾'、'无用输入'、'高低概念'、'高低维持'、'兆字节'；还有从'水门事件'不断生发出来的一系列描述高层违规行为的'—门'（—Gate）：朝鲜门、伊朗门、旅游门、中国门及仅限于诉诸司法的案例就有莫尼卡门、性欲门、拉链门、帕克门等。"她在罗列这些新的语汇的出现时特别强调："任何一个新词从出现到进入广泛接受的词典中都反映着外在世界的变化，改变着我们对世界的认识预示：它定义了真实和值得提及的新概念并将它们纳入我们的结构之中，从而使得我们能够运用这些新的词汇交谈和思考。"② 由此可见，新的语汇的出现是语言演变的普遍规律，以至有人将这种情形称为"语言时代"。法国学者海然热 1985 年 2 月为他的《语言人》写的《法文版作者前言》中说："本世纪最后这些年代堪称实实在在的语言时代"，"本世纪最后二十五年，人类已经没入词句的汪洋大海当中。"③

　　事实确实如此。从新的词语可以看出一个时代的变迁和发展。高虹写了一本书，书名是《流行词语看中国》④，这本书收录了 1978 年至 2008 年 31 年来在中国出现的流行词语 300 个，该书的内页上分行写下了这样的类似广告的提示语：

　　　　改革开放 30 年
　　　　流行词语 300 条——

---

　　① 尘元：《在语词的密林里》，生活·读书·新知三联书店 1991 年版，第 2 页。
　　② 罗宾·洛克夫：《语言的战争》，新华出版社 2000 年版，第 91—92 页。
　　③ 海然热：《语言人》，生活·读书·新知三联书店 1999 年版，第 4 页。
　　④ 四川文艺出版社 2008 年版。

300 只大脚印

300 扇新窗口

300 个活记忆

——组成一部编年体"史记"

需要指出的是这本书所收录的词语并不都是严格意义上的词语，其中有很多词组、短语，甚至是句子，例如有"实践是检验真理的唯一标准"、"味道好极了"、"燕舞！燕舞！一曲歌来一片情！"、"拿手术刀不如拿剃头刀，搞导弹不如卖茶叶蛋"、"《第一次的亲密的接触》"，另外选择所谓的词语有些显得不够严肃，有些仅仅像流星一样划过的所谓词语也选进去了，例如"芙蓉姐姐"之类的，当然还存在其他一些问题，但是从这本书中确实可以看出改革开放 30 年以来中国社会和生活的变迁和发展，词语在这方面作了忠实的记载和反映。

广东省出版集团主办的《新周刊》2005 年第 16 期曾经对使用非常广泛的《现代汉语词典》这些年来收集新词汇的情况作过一个粗略的统计，该刊第 47 页刊载的材料称：

《现代汉语词典》第一版 1978 年面世。

1983 年修订版增加新词很少。

1993 年收入相当多的新词：

新事物：特区、歌星、信用卡、连续剧、立交桥、健美运动、快餐、专业户等。

新观念：代沟、反思、减肥、弱智、脱贫、安乐死等。

科技新发展：微机、联网、软件、基因工程等。

外来语：巴士、的士、托福、热狗、桑拿、卡拉 OK 等。

简称：彩电、家电、公关、人流、环保、边贸等。

2002 年增补本："艾滋病"、"安全套"、"白色污染"等当时新出现的词汇被收入。

2005 年加入 2000 多个新词汇：

港台词汇：按揭、廉租、猪头、峰会、物业（香港）；互动、整合、双赢、主打、资深（台湾）。

内地方言：大款、砍价、神侃、宰人、宰客、砸牌子、栽面（北京话）；埋单、花心、入围、生猛、煲电话粥、爆满、炒鱿鱼（广东话）；搞定、跟进、套牢、批租、动迁、割肉（上海话）。

专业术语或行业语：板块、并轨、擦边球、菜单、出局、出线、点击、定位、加盟、聚集、杀手、缩水、脱钩、越位、蒸发、置换、主旋律、转轨、转型等。

简称、合称或缩略：地铁、电邮、彩显、动漫、社保、双规、三产、三农、三个代表、乡企等。

外语借词，如：酷、克隆、黑客、丁克家庭、德比、香波、伊妹儿（英语音译）；寻租、路演、蓝牙、猎头、热键；料理、人气、卡拉OK（日语）等。

古旧词语：申论、垂范、福祉、惊美、履职、履新、耄耋、尘埃落定等。

其他还有二奶、富婆、扮酷、蹦迪、作秀、丁克家族。

对于这些情况我们在这里简要介绍人们所持的三种不同的态度：

第一种态度认为《现代汉语词典》的编撰者过于稳妥，缺乏现代意识，未能把已经产生的新词收进词典，如当时出现的新词：网吧、下载、宽带、杀毒、防火墙、链接、大款、超市、坐台、伟哥、千年虫、手机，等等，都未能收入。

第二种态度认为不应该把"二奶"、"富婆"等收入词典，一些学生家长担心这会使诸如此类的词汇更加冠冕堂皇地出现在青少年口中。

第三种态度是词典的编撰者的意见，他们认为社会上每年大约有300—400个新词，从1978年到2005年27年间，肯定有上万个新词产生，几次新版收进的新词加起来大概有4000—5000个。根据这一情况，有人提出词典在5—10年间就必须大修一次，即使这样也赶不上语言的变化，因此对策是在大的修订中间出一个增补本，或是单出一个印张，以便及时反映语言的变化。[1]

正当我在写作这部书稿的时候从网上看到这样一则消息："《辞海》

---

① 见陈艳涛《词典的生活美学》，《新周刊》2005年第209期。

拒收'超女'，何错之有?"(《检察日报》2006年10月23日)，从中可以看出人们对网络语言和有关问题的看法。现将全文照录如下：

> 记者从上海辞书出版社了解到，大型综合性辞典《辞海》2009版将于2008年完成结词，一大批反映科技发展和时代进步的新词条将被收录，而目前社会热门的网络语言，如"超女"等新词汇，2009版《辞海》将不会收录也不会纳入。(10月18日《北京晨报》)
>
> 消息一出，立即引起网民关注。大部分人对《辞海》拒绝收录"超女"叫好，说"'超女'是文化垃圾，垃圾当然要抛弃"，还有人盛赞《辞海》主编夏征农先生"不愧为老先生！没有被目前那些令人眩目的光怪陆离的现象所迷惑。这是我们国家文化幸甚！"也有人不赞成《辞海》拒绝收录"超女"的做法，认为"作为一部工具书，应该严格遵循事实，不管是男盗女娼还是阿猫阿狗，都应该根据影响力去收录。不然干脆把辞海改成《中国正面性词典》好了"。
>
> 对于《辞海》拒绝收录"超女"的不同态度，其实也正是社会上对待"超女"的不同评价的必然反映，没什么奇怪的。但是，无论是叫好还是反对的人，都步入一个误区，就是把是否收录进《辞海》作为判定"超女"是非的标尺，这是错误的。不能认为，《辞海》拒绝收录"超女"就说明了"超女"不是东西；如果收录了"超女"，就证明"超女"是宝贝。《辞海》不是"超女"的最后判决书。
>
> 事实上，《辞海》拒绝收录"超女"，新闻中已经作了解释。这是因为"《辞海》收词一要考虑它的知识性，二是词语本身要稳定，要经过社会的沉淀"。第一条原因就牵涉到《辞海》的定位，它主要反映其侧重的知识领域和阅读对象，作为工具书，是在某些方面为某些人提供的工具。它主要收录反映当今社会科学、自然科学发展的词汇。至于词语要经过社会的沉淀，这也不难理解。它不能有词必录，也不能见词就录。"超女"现象才产生几年，人们的认识还很不统一，今后向何处发展还未可知，当然不宜写入。
>
> 其实，某个词进不进《辞海》根本不说明它的好与坏，倒是进了《辞海》后，对其评价才更加重要。袁世凯、汪精卫都是进了《辞海》的，却不说明他们是好人，他们仍然遗臭万年。如果"超

女"真的进了《辞海》，就证明了它的正确？那还得看对它的具体评价呢。①

2011 年推出了累计已发行 4.5 亿册（不包括盗版）的《新华字典》第 11 版，这次新版使小小的一本字典增加了近三分之一的篇幅，原因是收入了很多新词，如"房奴"、"车奴"、"晒工资"、"秀场"、"服装秀"，还收入了改变了汉语用意的新词汇"门"，如"学历门"等等。值得一提的是《新华字典》并不是所有新出现的词语都收，例如它注意了与一些用法不当的所谓"火星文"保持一定的距离，没有收录"神马"、"有木有"、"小盆友"、"筒子们"。这说明语言是随着时代在变化的，以至有人这样概括这本小小的字典："自 1953 年起，这本小小的字典在当代史上影响着数亿中国人，人们能在其中找到的，有父母一页页翻着这本字典为女儿挑选名字的身影，有小学写作文时咬着铅笔头苦苦查找'大词'的烦恼，也有这个国家过去 62 年的时代胎记。"②"时代胎记"正是语言变化的形象说法。

当我们将观照的目光由语言转向后新时期的文学创作时，不难发现现实生活中经常使用的新的语汇已经悄悄地被作家吸纳进自己的作品中了。下面通过一些具体的作品来说明这一点：

徐坤的短篇小说《厨房》③："艺术家，总是爱推陈出新。就在枝子下厨房期间，就有三四个女孩子的电话打来，邀他出去派对。"这之中的"派对"虽然是英语的音译，但显然也是属于这些年普及生活中的新语汇。

毕淑敏的《不宜重逢》④，女儿和妈妈闲聊，在聊的过程中妈妈动不动就凭主观想象把话题引到女儿的爱情上面去了，于是女儿就来这么一句："妈，看您说到哪里去了？真是一台联想式计算机。"把妈妈东一句西一句的话比作"联想式计算机"，很新鲜。

---

① 百度网，2006 年 10 月 23 日。
② 赵涵漠：《〈新华字典〉"政治胎记"总算洗掉了》，《看天下》2011 年 8 月第 21 期。
③ 《作家》1997 年第 8 期。
④ 《毕淑敏文集·不宜重逢》，群众出版社 1996 年版，第 340 页。

邹静之的《我家房后的月亮》①：

"话一到你嘴里就变味了，我们这是网友。

"网什么友啊，身边左右的亲戚朋友还网不过来呢，还至于到电上边去网，现在的人真是胆子小了，真人真声不敢见，在电上跑来跑去的说话。我跟你说再新鲜的东西经过电也变了味了，我吃过被高压电电死的小牛，一点味儿也没有。"

"网友"是伴随着这些年使用计算机、上网的人越来越多而出现的新语汇。

邓一光的《扬起扬落》②："然后我们约了什么时候聚一聚，便各自收了线。""收了线"虽然并不是什么新语汇，但无疑也是该语汇的一种时尚用法。

邓一光的《我们爱小鸟》③："小杨是办公室里最年轻的，24 岁，他是两年前分来的大学生，目前还没有对象，他生性好玩，迷球，迷吧，迷迪，迷机器，迷因特网，总之把生活搞得很热闹……"这之中的"迷球，迷吧，迷迪，迷机器，迷因特网"等都是伴随着新的生活而出现的新语汇，作家轻而易举地将它们用到自己的人物身上。

梁晓声的《婉的大学》④：

徐小芬不动声色地问："如果我没有理解错，你不打算再读下去？"

赵萌点头。

"哇——噻！……"

赵薇突然问："赵萌，你是不是想傍他？"

"哇——噻！……"是这些年常挂在一些年轻人嘴边上的，而"傍"

---

① 《北京文学》1999 年第 5 期。
② 《钟山》1999 年第 4 期。
③ 《大家》1999 年第 5 期。
④ 《小说家》1999 年第 5 期。

又几乎成了某一类人的专用语汇。

朱文的《我们的牙　我们的爱情》①：

> 女人方面呢，也一样，眼下和你共同生活的女人是你这一生能碰到的最合适的女人。没什么好抱怨的，我要把她变成自己相濡以沫的固体亲人，而把之后出现的女人都当作有血有肉但是过眼云烟的气体情人。
>
> 紧接着老马的寻呼也响了，他看了一眼，然后冲我示意一下。我知道是我女友找我。我从屁股兜里摸出一枚钢镚，然后起身向吧台一角的投币电话走去。

这些句子中的"固体亲人"、"气体情人"以及"寻呼"、"钢镚"、"吧台"、"投币电话"等等都是这些年来出现的健康或不健康的现象以及新科技而出现的新语汇。

毕飞宇的《青衣》②："减肥的前期是立竿见影的，她的体重如同股票的熊市一样，一路狂跌。"这里面的"减肥"、"熊市"、"狂跌"等等，是这些年来广为流行的新语汇。

张宇的《软弱》③：

> 于富贵说："咋看，都不像你了。"
>
> "不像我像谁？"
>
> "像广州人。像香港人。就像从国外回来的阔小姐。"
>
> 刘莉咯咯地笑起来："不就是穿得好一点吗？"
>
> "还不是。是气质。是漂亮。第一眼就把我震住了。"
>
> "帅呆了是吗？"刘莉得意地笑笑说："现在看你妹妹了吧？"

"帅呆"是这些年来很时尚、很流行的新语汇。

---

① 《大家》1999年第6期。
② 《花城》2000年第2期。
③ 《中国作家》2000年第3期。

徐小斌的《做绢人的孔师母》①："那个藏起来的女孩自然就是公主。找到公主的男孩就是骑士或者侠盗，总之就是男孩里的大哥大了。""大哥大"显然也是新词汇。

师江的《这个女孩有点酷》②，直接把"酷"用到小说的题目当中了，文中则有：""'你好酷呀老师。'我抱住她，把她吻得喘不过气来。"这个"好酷"和上面所说的"帅呆"一样，都是这些年来频频出现在年轻人口头上的新语汇。

裘山山的《爱情传奇》③：

> 韩冰在惊得一激灵之后，很镇静地将那首诗放在一边，接着回答其他问题。但明显的，她的回答已不如开始那么精彩了，她的脑子乱成一团麻，用时髦的话说，她大脑的程序已被病毒侵入，不能正常运转了。底下学生们的情绪也发生了变化，他们因为有了更强烈的期待而不再随着她的话语走了。
>
> 有些诗必须在某种特定的背景下才会感人，或者说它具有私秘性……
>
> 此刻我的心中充满悲伤。我这样说绝不是为了作秀，因为我完全可以说出我悲伤的理由……

这之中的"病毒侵入"、"正常运转"、"私秘性"、"作秀"等等也只有在这些年才如此频繁地出现。

张洁干脆以《.com》④作自己小说的题目，并且在其中写下了这样的句子："W先生就拿着个摇杆在车头前面起劲地摇着，披在肩上的长发也跟着一起很酷地甩动着……"这之中的"很酷"同上面"好酷"一样，也是这些年很流行的新语汇。

刘志钊在长篇小说《物质生活》⑤中写有这样一段："古今中外，像

---

① 《十月》2000年第4期。
② 《上海文学》2000年第4期。
③ 《上海文学》2000年第6期。
④ 《作家》2000年第10期。
⑤ 《收获》2001年第1期。

他这样的人，没有一个有好结果的。因为他们不是在地上走，而是在天上飞，在天上飞你明白吗？我不能把女儿交给这样的人，因为他不是一直做我女儿的男友，而是要做她的丈夫。我把你嫁出去，必须交到一个能保证你一生幸福的人手上。而他不是。他是生活的别种和另类，他这种人一定与现实格格不入……"其中的"另类"同样是这些年来流行的新语汇。

南妮的散文《恍惚之地》①："弯子结婚一年就离婚了。……问题在于弯子的丈夫是个独生子，是父亲早早夭亡、由寡母一手养大的那种独子。这注定了弯子得与另一个女人一起分享她的丈夫，一起分享婚姻的一切硬件与软件。"这之中的"硬件"、"软件"属于对新语汇的成功借用。

网络文学创作对于新语汇的运用似乎更不甘落后。不妨看看 2001 年12 月 10 日②网上的一篇小说，题目是《明天你是否依然爱我？》，作者为"溪月"，其开头一段是这样写的：

> 决是被我"收集"回来的。决最吸引我的是他那双眼睛，黑白分明中带着纯真的忧郁。当时看到这双眼睛的时候，就决定要"收集"决一段时间，让我好好看这双酷似建的眼睛。自从建离开我后，在这几年间，我就发疯似的去收集凡是五官中有一点像建的男人，在家里"摆放"一段时间，再用手中的财富把他们打发走，从来没有任何麻烦，因为从来就没有人能抵抗我的高额"遣散"费。他们总是走得无声无息，以后，我就不再记得他们的名字。决就是在我这样的心态下，被我"收集"在家里的。

这里的"收集"、"摆放"、"遣散"等语汇虽然不是什么新的，但作者对它们的运用显然赋予了它们同新的语汇一样的含义。

这种情形在电视剧里也有，如在电视连续剧《急诊室的故事》中，苏萍的哥哥劝苏萍再不要苦恋已经去了日本的苏青："你得及时清理存储器，像我妹妹这么优秀的人，将来还怕没有人跟你一道共享一台主机。"这之中的"存储器"、"主机"很显然属于计算机的专业用语。

---

① 《上海文学》2001 年第 11 期。

② http：//www.zhongshan.gd.cn./bookroom/net/love10.htm, 2001—12—10.

毕淑敏的长篇小说《拯救乳房》①：

> 丈夫戴上博士帽的那天，正式宣布和她分居。
>
> "为什么？"她失声道。（"她"指作品的女主人公程远青——笔者）
>
> "以前，计算机显像管是球面的，后来是柱面的，又发展到了平面……"丈夫回答。程远青茫然，想不出这两者的关联。"请你通俗点，别用专业术语。"程远青打断他的话，在失魂落魄中竭力保持着最后的尊严。
>
> "我本不想说，但你一定要我说，就不要嫌我刻薄。你存储器太小，硬件太差，CPU 太慢。简言之，是个过时的球面管，而新的液晶显示屏更大更清晰也更赏心悦目。"丈夫说。

这之中的计算机用语非常明显。

袁远的中篇小说《一墙之隔》②：

> 他（作品的男主人公——笔者注）没打算背叛乔乔，不过佛祖心中留，酒肉也要穿肠过。一个女留学生跟梁攀认识不到两周，被梁攀一勾，就勾成了他的临时女友。她搬到梁攀租住的房子里，和他同吃同住过起了夫妻般的生活。这种情况在国外留学生中相当普遍，国内存盘保留一个，身边就地取材启动一个。

"存盘"、"保留"、"启动"等都属于计算机用语。

出现在这些年文学作品中的新语汇只不过是表面现象，而导致它们的出现则有着深刻的文化背景。一个时代大量新语汇的产生和大量旧语汇的消失，使得每一个时代都具备独具特色的语汇，而在语汇的构成上形成鲜明的时代特色，能够体现出该时代的物质文化、意识形态、人的主观精神世界的影响，而且新的语汇的气质、内涵、色彩、构成方式等也都与时代

---

① 《中华文学选刊》2003 年第 7、8 期。
② 《人民文学》2007 年第 5 期。

精神、文化背景血脉相通。语言的变化往往显示着文化背景变化的真相，寻觅每一个时代的具体语汇的来龙去脉，都能触摸到该时代的一些生动真实的文化背景。在历史上，一些新语汇的出现总是由于一定的文化原因引起的。关于文化，无论是从广义的方面去理解，还是从狭义的方面去理解，就中所包含的生活方式、行为准则、价值观念、思维模式或思维习惯总是属于其中的应有之义。换句话说，任何新语汇的产生、增加和构成状态以及某些旧有语汇的消失，都是由文化背景决定的，并不是孤立的现象。因此，语言往往成了人们研究时代、社会、文化、人文思想的最直接最外观的材料，而文学作品恰恰像录音机一样地及时准确地录下了这样的材料，特别是录下了这样的新的材料。

这里也许还有这样一种现象值得注意，它虽然是出现在评论文章中而不是出现在文学作品中，但或许对我们会有些启发，一篇评论《三十年代泳装女郎》的书评中写有这样的句子：

美被保留下来，给后来者提供了学习模仿的样板，也提供了超越胜出的指标。老美人影子越来越多，新美人成功的压力和难度就越来越大。一个梦露，就让多少英雌（请读者留意：是**英雌**，而不是英雄！——笔者）气短心虚；银幕荧屏上有无数美影儿晃悠，快要让后世佳丽彻底绝望了。①

从这简短的一句话里可以读出多种信息：一可以读出人们运用语言的思想解放，因而显得非常活泛；二可以读出在一定的语境里人们完全可以造出一些新的词语来；三可以读出一旦造出一个和"英雄"相对立的"英雌"来，其陌生化的效果该是怎样地出乎人们的想象啊！语言的变化往往和创新联系在一起。

2. 词性发生变化

从语言学的角度看，各种词的词性及其由该种词性所决定的用法都有一定的规定，如名词、动词、形容词、助词、介词、方位词等等，都是这

---

① 单正平：《骨感、肉感与美感——读〈三十年代泳装女郎〉》，《天涯》2003 年第 2 期。

样，使用语言者无论是说话还是写作，都得使自己对它们的运用符合该词的词性，遵守该词的词性所规定的用法，违背了就有可能影响说话或文章意思的表达，或者影响所要表达的效果。但是，也有例外的情形，这就是运用语言时故意使词性发生变化。

所谓词性的变化是指一个词在保留自己独立的性质的身份时，使用者在使用该词的时候不遵守该词的性质，让其性质随着不同的语境而发生这样或那样的改变，例如动词用作名词或形容词、名词用作动词或形容词、形容词用作动词或名词，等等。这种情形在古代早已存在，尤其是在古代诗词曲赋中表现得更为突出，更为明显，因而往往赋予那些诗词曲赋以更加突出的艺术魅力。同时这种情形在某些广告语言中更有着明显的表现。有一则关于某种丰乳霜的广告中有这样一句广告词——"没有什么大不了的！"这句广告词中的"大"已经不是原来意义上的形容词，而变成了动词，同时这句话本身已经不是我们通常说的表示事情并没有发展到那种了不起的程度，而是以信心十足的口吻说它的这种丰乳产品是何等的了得。

词性的变化在现代文学作品中屡有表现。例如，鲁迅在《高老夫子》中写有这样一句："我辈正经人，确乎犯不上酱在一起……""酱"是一个名词，作者在作品中将它用作动词，借助"酱"这种调味品本身的混合性、黏糊性形象生动地传达了各种不同的人粘连在一起的情形，从而从一个侧面塑造了人物形象，刻画了人物性格，收到了远比用其他词要突出鲜明得多的艺术效果。再如鲁迅在《药》也写下了这样的句子："吃了么？好了么？老栓，就是运气了你！"很显然，这里也是把名词"运气"作动词用。

新时期以来，作家对语言的运用，其中包括使词性发生变化等活用显得更为频繁、明显。仍以具体的作品为例：

邓一光的《扬起扬落》①："他们给我们讲什么是文学和文学使命，什么是人生和道路，他们神色庄严，口若悬河，激情着或藐视着……他们一般不怎么理我们这些文学青年，有时候他们也理，但他们理的是那些女孩子，特别是那些单纯漂亮的女孩子，这让我们这些不女孩不单纯不漂亮的

---

① 《钟山》1999 年第 4 期。

人很沮丧……""激情着"、"不女孩"中的"激情"、"女孩"都是名词，但作者分别在它们的后面或前面缀上或加上"着"、"不"，这样就将名词用作动词和形容词了。

王英琦的散文《二百岁宣言》①："先前我对自己的背气倒运、十年九不顺，很是消极恨命。现今智慧到，这正是我的定数与福分。""智慧"本是名词，作者把它作为动词来用。

池莉的《致无尽岁月》②："对于德国的早餐使用带有布尔乔亚味道的'早点'这个词不太合适，尽管进餐的环境很布尔乔亚……""布尔乔亚"是名词，在前面加上一个副词"很"，就把名词当作形容词用了。

池莉的《惊世之作》③："今天要看的报纸放在沙发旁边的茶几上点染着暖色的人间烟火。茶几上的几支鲜花雅致了整个家庭环境。"作者将形容词"雅致"用作了动词。

薛荣的《纪念碑》④："马爱丽问我弄个什么发型。我说就平头吧。两片涂得鲜红的嘴唇在镜子里朝我咧了咧。这是个难做的活。头发都快给他推光了，可还是很丘陵。"这同上面说到的"很布尔乔亚"一样，"丘陵"是名词，在前面加一个副词"很"，名词就变成形容词了。

池莉的《怀念声名狼藉的日子》⑤："李结巴将我的这套衣服剪裁得非常合体。我一贯僵硬的豆芽菜体态，忽然就被这套衣服修饰得春风杨柳起来。""春风"、"杨柳"都是名词，这里无论是把它们当作两个词或当作一个短语，它们被安置在"修饰得"之后和"起来"之前，其固有的名词词性瞬间都变成动词词性了。

彭兴凯的《保镖》⑥："全子是坐着二姨夫的小轿车走出派出所的大门的。这之前全子还从来没有坐过小轿车，二姨夫的这种小轿车出产于欧罗巴洲的德意志，叫奔驰，是才上市不久的新款，里面设有安全气囊装置和无线电通讯装置，这种品牌的车子就像它的主人，有一种傲视一切的霸

---

① 《上海文学》1999 年第 10 期。
② 《当代》1999 年第 5 期。
③ 《钟山》2000 年第 2 期。
④ 《上海文学》2000 年第 8 期。
⑤ 《收获》2001 年第 1 期。
⑥ 《上海文学》2001 年第 8 期。

气，全子现在就乘坐在这么一辆轿车里。他的旁边就是他的二姨夫。他的二姨夫表现出很亲戚的样子。""亲戚"是名词，于前面加一个"很"字，就被当作形容词用了。

池莉的《看麦娘》①："既然能够下决心把自己扮成这副模样，还在办公室里做了秘室，鬼鬼祟祟地从书柜后面转出来，这就不是一个阳光的人了。"在现代汉语语汇里，"阳光"是名词，在其前面先加"不是"、再加"一个"，很显然是把它当作形容词用了。

何立伟的随笔《"一切"是什么?》②："《湖南文学》今年第一期改为《母语》……单是封面，一看就很不文学……""文学"是名词，在它的前面加一个副词"不"，显然也把名词当作形容词用了。

邹世礼的《学着当领导》③ 写乡长杜诚对新当上校长的柳晓阳说："听说你当了半个月的校长，连校务会也未曾开过一次，同意报销的签字权至今未移交。每天早晨，你都要将教师宿舍的过道打扫一遍，你这样做，你以为你就很公仆，很三个代表了吗？非也！你这是廉价的付出，你这是摘芝麻丢西瓜的小农意识，一点领导的风范也没有……""公仆"是一个名词，前面加一个"很"字，其词性就发生了变化；"三个代表"作为一个流行的政治短语，它是由"数词＋名词"组成的，显而易见，它属于名词，但作者在它的前面加了一个副词"很"，也使它的词性发生了变化。

石钟山的中篇小说《幸福生活万年长》④ 中有这样的句子："杨司长在老周面前样子理亏得很，似乎杨司长有什么把柄被老周抓在手里，她处处跟个受气的小媳妇似的，老周则男人得很"，"老周单位的司长很司长"，"老周虽说级别和杨司长差了好几级，但在家里一点也看不出，很男人，很领导的样子。"所有这些句子都是把名词用作形容词，或者在它的后面加副词，或是在它的前面加副词。

胡发云的长篇小说《如焉＠sars. come》⑤：

---

① 《大家》2001 年第 6 期。

② 何立伟：《稿纸上的蝴蝶》，昆仑出版社 2001 年版，第 10 页。

③ 《安徽文学》2002 年第 3 期。

④ 《北京文学》2002 年第 12 期。

⑤ 《江南》2006 年第 1 期。

　　江晓力卖关子说，你们宫廷御膳鲁菜大餐吃饱了喝足了，我还没吃饭呢。

　　茹嫣说，呀，刚好打好了包回来，也宫廷一把？

"宫廷"是名词，在这里也被用作动词了。

从语言学的角度看，词性的变化表明词性和词义具有相当大的灵活性和变通性，蕴含着难以穷尽的表达潜力，运用语言时不遵守词性的规定不仅不会影响语言的表达力，相反倒增强了语言的表达力，甚至收到了特别的表达效果。从文学创作的角度看，词性的变化给作家提供了语言运用的更广阔、更自由、更富于变化的空间，从而能够根据塑造人物形象的需要、根据表现主旨意蕴的需要，根据创作出更加有意思有味道的作品的需要，创造出更具深广蕴含的艺术境界来，创造出更具时代面貌、时代精神的文学作品来。

说到词性的变化，最典型的可能要数广为流行的苏芮演唱的由李子恒作词的《牵手》的歌词了。

　　因为爱着你的爱
　　因为梦着你的梦
　　所以悲伤着你的悲伤
　　幸福着你的幸福
　　因为路过你的路
　　因为苦过你的苦
　　所以快乐着你的快乐
　　追逐着你的追逐

　　因为誓言不敢听
　　因为承诺不敢信
　　所以放心着你的沉默
　　去说服明天的命运
　　没有风雨躲得过

没有坎坷不必走
所以安心的牵你的手
不去想该不该回头

也许牵了手的手
前生不一定好走
也许有了伴的路
今生还要更忙碌
所以牵了手的手
来生还要一起走
所以有了伴的路
没有岁月可回头

因为爱着你的爱
因为梦着你的梦
所以悲伤着你的悲伤
幸福着你的幸福
因为路过你的路
因为苦过你的苦
所以快乐着你的快乐
追逐着你的追逐

因为誓言不敢听
因为承诺不敢信
所以放心着你的沉默
去说服明天的命运
没有风雨躲得过
没有坎坷不必走
所以安心的牵你的手
不去想该不该回头

> 也许牵了手的手
>
> 前生不一定好走
>
> 也许有了伴的路
>
> 今生还要更忙碌
>
> 所以牵了手的手
>
> 来生还要一起走
>
> 所以有了伴的路
>
> 没有岁月可回头

3. 词义发生变化

词义的变化可以说是古今中外皆有的现象，我们最熟悉不过的例子就是古汉语中的一些词发展到今天已经远不是当初的意义了。今天既然出现了这么多的新词语，词典的编撰者不仅要把它们收进词典，而且要解释它们，从这些解释中也可以看出词义本身的变化。例如对"扮酷"的解释是这样的——"装扮出时髦的样子"；对"富婆"的解释是"拥有大量财产的妇女"；对"小姐"的解释是：第一，"旧时有钱人家里仆人称主人的女儿"。第二，"对年轻的女子和未出嫁的女子的称呼"，有人指出，在现实中"小姐"指社会上从事色情行业的女子，早已是公认的事实，怎么还只能这样解释呢？再如对"阿飞"的解释——"指身着奇装异服、举动轻狂的青少年流氓"，有人说这种解释带有明显的"文革"色彩。有人还指出，过去出版的词典对于有关动物的解释相当野蛮和实用，引起中国环保卫士的严厉批评，说词典的编写者没有一点环保意识，指责词典已经成为"野味贴士"或"狩猎指南"，要求词典的编写者把环保意识落实到词条上。自那以后，《现代汉语词典》、《新华词典》都趁着修订的机会，把过去解释的"可以吃"、"可以入药"、"可以炼油"、"可以制衣褥"等通通删掉了。虽然这些新的解释还没怎么被作家运用到作品中去，但估计也是迟早的事。

4. 大词小用

大词小用并不是什么新的修辞手法，同样是早已有之。修辞中有所谓"降用法"，就是把一些意义、分量比较重大，平时只在一些比较重大场合、重大事件、庄严的语言环境中才用的词放到与之意义很不相称的小场合、小事件中去使用。这种用法能够收到一种夸张、调侃、幽默、风趣的表达效果，给读者耳目一新的感觉。如鲁迅的《阿Q正传》第三章：

> 小尼姑全不睬，低了头只是走。阿Q走近伊身旁，突然伸出手去摩着伊新剃的头皮，呆笑着，说：
> "秃儿！快回去，和尚等着你……"
> "你怎么动手动脚……"尼姑满脸通红的说，一面赶快走。
> 酒店里的人大笑了。阿Q看见自己的勋业得了赏识，便愈加兴高采烈起来：
> "和尚动得，我动不得？"他扭住伊的面颊。

这里的"勋业"显然是一个具有重大意义的词，阿Q摸一下尼姑新剃的头皮显然不是什么了不得的大事，因此这里的大词小用是十分明显的。

新时期以来，随着对泛政治、泛意识形态的日渐疏离，人们的思想更开放、更活跃，说话显得越发活泼，越发洒脱，越发富于创造性，对历史的反思、对现实的审视都较之过去要不恭，要散漫，其表现之一，就是在日常生活中将大词小用。例如，酒席上对他人劝酒，不直截了当地说请人喝酒，而是说："我来促进一下。""促进"是一个大词，往往用在一些较大的事情上，如"文化大革命"中经常说的"抓革命，促生产"，现在常说的"促进工作"、"促进各项事业的发展"等等，而劝人喝酒只不过是一件微乎其微的小事，竟用"促进"，显然是大词小用。大词小用，在今天的文学作品中也是屡见不鲜，且以例句说明：

刘庆邦的获第二届鲁迅文学奖的短篇小说《鞋》①："有个姑娘叫守明，十八岁那年就订了亲。姑娘家一订亲，就算有了未婚夫，找到了婆家。未婚夫这个说法守明还不习惯，她觉得有些陌生，有些重大，让人害羞，还让人害怕。""重大"如这个词本身表明的，它是一个大词，一般只用于那些大事情、大问题、大场合上，作者将它用在一个姑娘对未婚夫

---

① 《北京文学》1997年第1期。

的感觉上，虽然对于姑娘来讲也属于"重大"，但毕竟与那些"重大"比较起来，还不是真正的"重大"，所以说是大词小用。

蔡志恒的网络小说《第一次的亲密的接触》①虽然是写台湾生活的，但随着台湾和大陆交往的密切，其语言也可以作为这儿的一例："阿泰其实是很够朋友的，常常会将一些女孩过户给我，只可惜我太不争气，总是近'香'情怯。""过户"虽然不是怎么特别大的词，但它主要用在户籍管理上，作者将其用在这里，说是大词小用大概并不算过分。

还是《第一次的亲密的接触》：

> 怎么会惋惜？我倒觉得很庆幸。
> 不然一下子做了这么多事。
> 我皮包里的三军将士不就全军覆没了?!

仍然是《第一次的亲密的接触》：

> 学生票也要 240 元台币，换言之，两张就要 480 元。
> 这次真的是受伤惨重，我皮包里的先锋部队，已经全部阵亡了。

在现实生活中，诸如"三军将士"、"全军覆没"、"受伤"、"惨重"、"先锋部队"、"阵亡"等词都有其特定的所指，而且均是指那些有关多少人的生命的事件，一个人花几个钱，决不能同那些事实相比，而作者这样用显然是大词小用。

何立伟的随笔《关于阿城》②："只一回，他从湘西王村转道长沙，一伙湘人轰轰烈烈去看他，说着话他忽然站起，说，对了，袋子里有橘子！于是把一大旅行袋的红如彤云的维他命拿来倒在床铺上。他看着这些曾国藩的后人在那里猖狂地营养，自己倒端坐着……"这之中的"轰轰烈烈"、"猖狂"等应该说也是不小的词，但作者将它们用在这里，也属于大词小用，同时把"吃橘子"不叫作吃而叫作"营养"也是陌生化的

---

① 《第一次的亲密的接触》，知识出版社 1999 年版，第 15 页。
② 《稿纸上的蝴蝶》，昆仑出版社 2001 年版。

表现。

毕飞宇的《青衣》①：

> 春来想学花旦有她的理由。就说道白，花旦的道白用的是脆亮的京腔，而青衣的韵白则拖声拖气的，在没有翻译、不打字幕的情况下，比看盗版碟子还要吃力……许多当红青衣都走下舞台了，不是穿上漆黑的皮夹克站在麦克风前面乱了头发狮吼，就是到电视连续剧里头演一回二奶，演一回小蜜。好歹也能到晚报的文化版上"文化"那么一下子。

"文化"是一个含义极为丰富的词，但作者在这里仅仅将在报纸上发那么一两篇文章，或仅仅登载一下有关自己的消息，就称之为"文化"，实在也是大词小用。至于在"文化"后面加上"那么一下子"，更是俏皮得非常有意思，把作品语言的文学性、情趣性都带出来了。

刘富道的《民主测评》②：

> 当天，张闲庭开始注意曾祥明的表情，但没有看出曾祥明有什么异样。他以为是装的。中午到食堂就餐，他碰到了曾祥明也一手拿碗一手拿筷子来排队，本来不想理睬这个家伙，想想，一个领导干部怎么能跟下属较劲呢？于是，他比平时脸上多堆了些笑容，问曾祥明怎么也来与民同乐。曾祥明说，张书记才叫与民同乐呢，这个词用在我这种小干部身上，太铺张浪费了。

作品中的张闲庭是省文联党组书记，测评中他得到"不称职一票"，他猜测可能是他的属下曾祥明投的，于是，就有了这样的对话。一般说来，"铺张浪费"总是指那些物资钱财方面的，说说话，好像既不存在什么"铺张"，也不存在什么"浪费"，同样可以归于大词小用的范畴。

---

① 《花城》2000 年第 2 期。
② 《中国作家》2000 年第 8 期。

刘志钊在长篇小说《物质生活》① 中写一个主人公叫韩若东的说这样
的话：

> 没钱真不行啊，这世界，只认钱，钱是世界语，是消炎药，是子
> 弹。我想起那个叫蒋运满说的话，钱是今天人们用以取代领袖的东
> 西。说得真他妈的好啊，当时不觉得。

看来，作品中的"钱"这个词，还不仅仅是大词小用的问题，而且
作者赋予这个词以多重含义。

南妮的散文《恍惚之地》②："条件是差了一些，但有大把的自由可以
挥霍。"这同样是俏皮的文学语言，而不是一般的应用性的记叙文中的句
子，原因是：第一，把"自由"比喻为"大把"；第二，"挥霍"显然也
是用于指毫不吝惜地花掉很多物质钱财什么的，而这里仅仅用来指打发
时间。

池莉的《看麦娘》③："爆米花雪白，香酥，吃在嘴巴里面，牙齿特别
有成就感。"众所周知，"成就"可是一个了不得的大词，通常用来指祖
国建设取得了怎样的成就什么的，但作者在这里把它用来指牙齿咀嚼爆米
花，实在是大词小用了。

还有类似情形的变种，如何立伟在随笔《关于物质生活》④ 中这样写
道："三年前，我们单位种种努力之下搞了几套房子（我们单位没有建
房），内部就作了些调剂，隔壁一套同样户型的两室一厅，我从中瓜分得
一室一厅来，墙壁打通，装修了，号称三室两厅，但实际面积 80 平米都
不到。所以也时常有朋友说，你还是一级作家，居然住得这么袖珍！"很
难说作者把"袖珍"用在这里是大词小用，甚至可以看作是小词大用，
但用在这里至少收到了不同一般的效果。

日常说话和写作中，所谓大词小用是指用词不当，往往受到人们的批
评或老师的修正，是应该受到禁止或采取措施加以杜绝的。可是，在文学

---

① 《收获》2001 年第 1 期。
② 《上海文学》2001 年第 11 期。
③ 《大家》2001 年第 6 期。
④ 《稿纸上的蝴蝶》，昆仑出版社 2001 年版。

作品中出现大词小用的情形则是作家有意为之的结果，既是作家的一种创造，又能够使文学作品产生特别的艺术效果，同时，人们从中还能够窥视出一定时代对语言的活用幅度，以及这种活用之所以能够进行的背后的深刻原因，看似简单的词的活用问题，其功用则是多方面的。

5. 公众人物和时尚用语进入文学作品

新时期以来，随着电视摄制、体育竞技、综艺晚会以及各种各样的选秀等的越来越多，一些歌星、影视明星、模特和其他公众人物频频地亮相于荧屏、舞台和有关公共场合，他们也越来越被众多的老百姓所知晓，有的一夜成名，甚至他们和她们的名字就能够直接成为某种特指的代名词。另外，一些专门指某些领域的特别用语，也被现实生活中的人们用来指现实生活中的某种现象。这些情况被作家注意到了，于是，他们像捡现成的便宜一样，信手拈来似的将公众人物的名字和时尚用语用在自己的作品中。如：

何立伟在他的随笔《"一切"是什么?》[1] 中批评由《湖南文学》改版的《母语》："单是封面，一看就很不文学：一位戴项链的长着巩俐一样摩登的脸的女青年，头上顶起了一堆原子弹爆炸的蘑菇云。"巩俐是一个公众人物，用这样一个公众人物来说明《母语》封面上的摩登女青年，进而说明《母语》是怎样地脱离普通的读者大众，既能使读者一下子明白作者的所指，又省却了相当的笔墨。

在同一篇作品里还有这样的句子："再看看内容，从网络英雄贝索斯到张朝阳到偶像歌星王菲摇滚歌手张楚；从前卫创意时装到日本互动游戏。"这之中的贝索斯、张朝阳、王菲、张楚等是公众人物，而前卫创意、互动游戏等则是时尚用语。

江长喜的《迷人的椰枣》[2]："一时间佟一凡的寝室里人满为患，恍如某专业理发厅新引进了博刘晓庆青睐的毛戈平，生意火爆。"刘晓庆作为公众人物的知名度不用说了，毛戈平是著名的化装师，在《武则天》中，他把40多岁的刘晓庆化装成16岁的少女；在《火烧阿房宫》中，把刘晓庆一人先后变身成公主、妓女、老妇等三种形象，只是因为在媒体上露

① 《稿纸上的蝴蝶》，昆仑出版社2001年版。
② 《芳草》1999年第8期。

面少而不怎么为众人所知罢了。同一部小说中还有这样的句子："佟一凡甚至想到，她的丈夫一定像施瓦辛格一样的魁伟，像阿兰德龙一样的英俊，像洛克菲勒一样有钱。否则般配吗?"施瓦辛格、阿兰德龙、洛克菲勒等都是大家比较熟悉的公众人物，作者将他们用在这里，该省略了多少笔墨。

周华山的《山妹》①："我仍然找不到合适的词语来形容她的歌声。仿佛是在那些装腔作势的哼哼唧唧爱得不死不活抽筋断气的靡靡之音里突然听到了李琼那嘹亮穿山透崖的《山路十八弯》一样令人耳目一新振聋发聩。"李琼在中央电视台的一次全国青年歌手的电视歌曲比赛中获得了特等奖，差不多也赶得上一个明星级的人物了，作者将她的名字和她所唱的歌曲《山路十八弯》用在这里，同样属于我们这儿所说的情况。

姜丰的中篇小说《相爱到分手》②："吴易马上表现出遇强不弱，遇弱不强的素质来，就像中国足球一样。"在中国足球成绩不佳的情况下，人们对它的批评、指责，甚至谩骂多得不得了，其中很流行的就有所谓"遇强不弱，遇弱不强"，作者将其用在这里刻画其人物，是对时尚用语的借用。

彭凯兴的中篇小说《保镖》③："全子第一眼看到他这位后姨时便吓了一大跳，他不相信这个年轻的女人会是他现在的姨，她的年纪比二姨夫去远了，年轻漂亮得简直像章子怡。"由于这样那样的原因，章子怡被当今的一些媒体捧为非常当红的电影明星，年轻而且据说漂亮，作者不直接描写全子眼中的现在的姨长相如何，而仅写她"年轻漂亮得像章子怡"，既省略了很多笔墨，又留给读者以想象、比照、虚拟的空间。

许春樵的中篇小说《一网无鱼》④："如今大学本科生想混一口饭吃都不容易，像他这样的中专生苍蝇一样密集，想谋一个好差事一定类似于一个脸上长满了胡子的屠夫打算跟张曼玉结婚，基本上是属于痴心妄想。"作者也是取了张曼玉这样一个公众人物，同样省却了很多笔墨。

---

① 《长江文艺》2000 年第 5 期。
② 《中华文学选刊》2001 年第 7 期。
③ 《上海文学》2001 年第 8 期。
④ 《安徽文学》2001 年第 11 期。

　　还是许春樵在他的中篇小说《春天无事生非的旅行》① 中这样写道："一种再生的激动使我全身心地投入到采访中，年终的发稿量我是全报社第一，而一些关注民生的稿件和尖锐的文风使我在全省的知名度一路攀升，有相当多的读者不知道章子怡刘德华，但知道我。"这里一连用了两个公众人物，言简意赅地突出了"我"的知名度之高。

　　甚至在电视台播放的电视连续剧《警戒线》中张志杰对北勇说："北勇，你就是康佳彩霸，牛啊！""康佳彩霸"虽然不是什么公众人物，但它却是一个彩色电视机品牌，用它来形容北勇再恰当不过了。

　　我们常说文学是最富于创造性的精神活动，像这样借用现成的公众人物和时尚用语是不是影响了文学的创造性呢？回答是否定的。原因是文学的创造性是广义的，而不是狭义的，它表现在从取材到构思到语言运用等各个方面，甚至还表现在对现成的东西的照搬、借用和模仿上，如这儿所说的它对公众人物和时尚用语的借用。值得说明的是，借用虽然是借用，但它的这种借用不仅不给读者一种陈旧、老套、缺乏新意的感觉，相反倒给读者一种推陈出新、脱胎换骨的新颖之感。我们真正要佩服作家是怎么会想到这样一个点子，把那么多的公众人物和时尚用语用在了自己的作品中，不能不承认这种创造性。

6. 世俗化的政治话语，甚至荤话也进入文学作品

　　如前所说，进入新时期以后，人们的生活方式、思想意识、价值观念等都发生了一系列的深刻变化，人们的言论、行为愈加自由、活跃，饭前饭后、工作之余、学习间隙不少人以谈天说地、追逐时尚为乐事，甚至玩世不恭、调侃反讽，应有尽有。在这种情况下，说话也少有拘束和限制、顾忌和讲究，往往想到什么就说什么，想怎么说就怎么说，口无遮拦，任嘴巴去逍遥，潇洒，解气。为着这些，连那些野性的、粗鲁的、鄙俗的语言也不回避。对这一点，连外国的媒体也注意到了。法国《世界报》2001 年 12 月 1 日发表了一篇题为《中国足球，苦日子还没到头》的文章，其中有这样一段：

---

　　① 《中国作家》2002 年第 1 期。

　　"足球文化"开始在中国繁荣起来：体育刊物雨后春笋般冒了出来，电视上经常转播足球比赛，老百姓对英超或意甲也都耳熟能详。妇女也受到这股足球热的感染，她们在看台上非常活跃，激动起来动辄出言不逊，甚至口吐脏字。①

　　一向温文尔雅的妇女激动起来尚且"出言不逊，甚至口吐脏字"，就更不用说那些出言较之妇女本来就不怎么雅的男人们了。新时期以来，文学创作中早就有粗俗化的语言出现。到 20 世纪 90 年代以后，这一情况更是有增无减，势头尤为迅猛，从而使语言更加贴近存在的底层、生活的底层，同时由于这种语言的出现使粗俗语言获得了与流行语言、时髦语言、主导语言、强势语言等几乎相并列的地位。

　　在这种情况下，过去时代曾经广泛流行的马克思、恩格斯、列宁、斯大林、毛泽东等的某些著作和其他相关政治读本中的领袖语录、政治话语、红色哲言、宣传口号等，被作家或原封不动或稍加改动以后就吸收到文学作品中来，那些领袖语录、政治话语、红色哲言、宣传口号等成了当代文学语言的一个非常重要的资源。于是，我们在一些文学作品中看到，过去的一些领袖语录、政治话语、红色哲言、宣传口号等生活化了、世俗化了，作者赋予它们以一种与过去几乎完全不同的全新的意义。

　　上述情形只是就语言来说的。此外，还可以从文学创作本身作进一步的说明。众所周知，进入新时期以后，中国当代的文学创作先后发生了包括反思文学、寻根文学、知青文学、女性文学、新写实文学、私人化写作文学、另类写作等一系列热点在内的深刻而剧烈的变化，所有的热点尽管有这样或那样的不同，但其中似乎有一点是相同的，即：几乎所有的热点都在一步步消解泛政治意识形态，推进现实主义、浪漫主义、理想主义的非经典化的运动策略，文学的描写对象由重大的社会政治生活题材回归到世俗化的生活题材，作品的表现对象大多为凡夫俗子、贩夫走卒、市井细民及其日常琐屑细碎的生活本身，这些与原来文学中的神圣化、经典化、理想化等形成了鲜明的对照，这样的文学的理性精神解除了一度泛滥成灾的政治迷狂、宗教迷狂，现世态度将终极理想束之高阁，大众欲望濡化了

---

　　①　见《中国足球，还有很长的路要走》，《参考消息》2001 年 12 月 7 日第 5 版。

精英意识，物质享受和追求功利取代了禁欲主义，对自身利益的关注自觉不自觉地击碎了传统的英雄主义、理想主义的乌托邦……文学好像一下子从天上落到了地下。文学的这种变化使它对曾经非常流行的领袖语录、政治话语、红色哲言、宣传口号等采取了与过去截然不同的态度。

现成的一个典型例子是一部电视连续剧的题目：《将爱情进行到底》。小说家们似乎也不甘示弱，甚至冒着被人指责为重复或抄袭的嫌疑，竞相着也予以运用，一个叫王坤红的女作家将其 2001 年发表的中篇小说就取名为《将爱情进行到底》①。不用说，大家也都知道，这个所谓"将爱情进行到底"是由"将革命进行到底"演化而来的，换一句话说，这句话是"将革命进行到底"这一政治话语的世俗化。

何申的《穷乡》②："陈宝明心想这可真是男人有钱就想学坏，女人一学坏就有钱呀……"这样的话显然在平时的生活中或工作中是不大说的，往往出现在酒桌上，作家借花献佛，直接将它写进了自己的作品。

祁智的《十一月七日》③："邱光明在进报社之前，把报社想得很神圣，以为里面的苍蝇蚊子都在搞精神文明，很了不起，后来发现这是天真的错觉。"这之中的"以为里面的苍蝇蚊子都在搞精神文明"虽然并不是从什么话语直接演化而来，但把"苍蝇蚊子"和"精神文明"联系起来，显然也是把流行的"精神文明建设"这样的政治话语世俗化了。

毕飞宇的中篇小说《青衣》④："过去的工作重点是把领导哄高兴了，如今呢，光有这一条就不够了。作为一个剧团的当家人，一手挠领导的痒，一手挠老板的痒，这才称得上两手都要抓。"这里的"两手都要抓"，显然是来自曾经非常流行的"两手都要抓，两手都要硬"这样一句政治口号式的话语。

池莉的《怀念声名狼藉的日子》⑤："知青语言是我们自己特有的语言，暗语一样惊心动魄。凭着这种语言，我们走到哪里都能找到自己的同志……知青款待知青，就像强盗款待强盗，那个大方豪爽是没有话说的，

---

① 《大家》2001 年第 6 期。
② 《中国作家》1994 年第 5 期。
③ 《上海文学》1999 年第 11 期。
④ 《花城》2000 年第 2 期。
⑤ 《收获》2001 年第 1 期。

那种共产主义精神是全世界第一流清爽的。"稍微知晓一点马列主义经典著作的人都知道,这之中的"凭着这种语言,我们走到哪里都能找到自己的同志"是由列宁在《欧仁·鲍狄埃》中所写的一个长句演化而来的。列宁的那个长句是:"这首歌已经译成欧洲各种文字,而且不仅仅是欧洲文字。一个有觉悟的工人,不管他来到哪个国家,不管命运把他抛到哪里,不管他怎样感到自己是异邦人,言语不通,举目无亲,远离祖国,——他都可以凭《国际歌》的熟悉的曲调,给自己找到同志和朋友。"① 很显然,池莉写下的这个句子正是列宁的政治话语的世俗化。

　　这里需要予以特别提及的是,《怀念声名狼藉的日子》写的是"文化大革命"期间知识青年上山下乡的生活,但作者在评价那个时代的生活时已经跳出了那个时代的政治背景、意识形态、价值标准,而作一种现在时的姿态的审视。因此,她对那个时代的领袖语录、政治话语、红色哲言、宣传口号等同样采取了世俗化的策略。类似的情形在这部小说中还有很多。如:

　　　　豆芽菜把这话一听,顿时打了一个激灵,脑袋立刻转了过去,眼睛直直地望着关山,饱满晶莹的泪珠子一颗颗地滚落下来。党啊,党啊,敬爱的党啊!毛主席的恩情,比天高,比地厚,更比海洋深——豆芽菜耳朵里嗡嗡作响反复回旋的就是这样一些歌词的旋律。关山哪里是阿骨,他是党和毛主席的化身啊!亲娘都不问青红皂白,大打女儿的嘴巴子,还是党和毛主席最了解他的孩子啊!关山一句话,等于就给豆芽菜平反昭雪了,纠正冤假错案了。豆芽菜万分激动,心潮澎湃。平日最讨厌的关山扶腰眼的动作,豆芽菜忘记了;关山满脸青春痘的瘀斑,豆芽菜也视而不见了。豆芽菜的手脚绵软了下来,整个人从身体到灵魂,土崩瓦解稀里哗啦地倾泻在了关山的胸前。关山被豆芽菜冲撞得摇摇晃晃,他及时地调整着身体重心,好不容易才把豆芽菜体体贴贴地抱在了怀里。

　　再如:

----

　　① 列宁:《欧仁·鲍狄埃》,《列宁选集》第二卷,人民出版社 1972 年第 2 版,第 434 页。

豆芽菜对冬瓜已经到了忍无可忍的程度。今天当着小瓦的面，豆芽菜就不想客气了。冬瓜话音刚落，豆芽菜就上去括了冬瓜一个清脆的耳光。对不起，豆芽菜今天这是杀鸡吓猴，豆芽菜对整个世界都不客气了。冬瓜历来是一个好学生，绝对听毛主席的话，严格遵守三大纪律八项注意，众所周知毛主席说过第五不许打人和骂人，而豆芽菜却公然地打了人！可怜的冬瓜，她的震惊有甚于疼痛，她捂着自己的脸蛋直打寒战，说不出任何话来。

生活在当时环境中的那些知识青年当然不能够清楚地知道自己的这些感觉、话语是怎样将政治话语、红色哲言、宣传口号等世俗化了，但生活在今天的读者完全能够从中体会到这些话语的世俗化。

邓一光的长篇小说《想起草原》①："人们有些赌气地想，年轻有什么了不起？漂亮有什么了不起？关键的问题还是觉悟，觉悟不高，年轻漂亮反而是毒蛇了，让人瞧不起，让人躲着，让人在背后吐唾沫；况且，这个世界总不缺少年轻和漂亮的，年轻和漂亮到处都是，它们总是如同着雨后春笋，前仆后继，层出不穷着，一个觉悟不高的年轻和漂亮倒下去，千万个觉悟的年轻和漂亮站起来，情况就是这样。人们这么一想，就对未来充满了无限的信心。"这之中的"一个觉悟不高的年轻和漂亮倒下去，千万个觉悟的年轻和漂亮站起来"显然是从毛泽东的有关著作中的话语演化而来的。所不同的是毛泽东在那里说的是革命志士为了革命事业不惜牺牲自己的性命而前赴后继，作者在这里却把它的意思完全世俗化了，变得与革命事业所需要的牺牲精神根本不搭界。

姜丰在中篇小说《相爱到分手》② 中写一男一女刚刚邂逅就迫不及待地上床寻欢作乐，过了几天，女主人公吴易给男主人公"我"打电话：

"喂？"我一听电话，竟是吴易。当时真正有要背过气的感觉。主要是觉得感应这东西太可怕了。

---

① 《想起草原》，长江文艺出版社 2000 年版。
② 《中华文学选刊》2001 年第 7 期。

我当时的直觉就是她。

"晚上闲着吗？出来聊聊？"吴易的口吻特老到，好像一个风月老手似的。我却总想着她扎着个马尾巴辫子，穿条女大学生个个钟爱的方格短裙，夹着课堂笔记去图书馆占座位的样子。

"别假装小大人。下午好好准备，晚上要口试。"

"透透题吧。"

"细细交代这些天来的行踪。别忘了我党的政策是坦白从宽，抗拒从严。"

　　谁都知道"坦白从宽，抗拒从严"在"文化大革命"中是用来要所谓"走资派"交代自己的所谓问题的，而在现实生活中则是用来对犯罪嫌疑人交代政策的，但作者把它借用在这里，显然也是属于政治话语的世俗化。

　　比上述情形走得更远的当属一些作者将某些人在饭桌酒席等聚会上作为谈资的非雅话、粗话、荤话、"黄段子"直接写进作品，使得文学文本言语出现了一些值得讨论的现象。这里有两种不同的情形：

　　一是作品中人物的语言。如：祁智在他的中篇小说《十一月七日》①中写了如下的人物对话：

　　"哎，昨天那个男人怎么样？"跑经济口子的苏达干问。

　　方维用粉拍掸掸脸上的粉："妈的，一个比一个差。"

　　"你见的男人多了，眼挑花了。"赵涛坐成一个悠闲的姿势，"你要抓紧，不然，你见的男人只会越来越差。"

　　"为什么？"方维紧张地问。

　　赵涛笑着说："你老了，就卖不出好价钱了。"

　　"你妈才卖不到好价钱！"方维把粉拍砸向赵涛，又把粉盒砸过去，接着砸化装盒。最后，她砸桌上的红墨水瓶："我操你的妈！"

　　赵涛被粉盒砸中，成了圣诞老人。红墨水瓶从他耳边擦过，在后墙上撞碎，成了一朵盛开的红花。

----

① 《上海文学》1999 年第 11 期。

　　在另一个方向的卓豆豆夸张地惨叫一声，抱住头伏在桌上。

　　赵涛的眼睛被粉刺激得揪心地疼，急忙去水池冲洗。在摸索中，他撞斜了卓豆豆和苏达干的桌子，踢翻了林良坤的字纸篓。他用带着惊恐的哭腔说："方维，我要是眼睛瞎了，老子操你！"

　　"欢迎来'搞'！"方维冷笑着说，"'搞'酬从优。"

　　这里不准备对这种语言作出思想的、道德价值的评价（事实上，新闻媒体和社会舆论已经注意到这种现象，并提出了相应的批评，如《江淮晨报》记者许烽城就写了题为《酒桌上好尴尬，时尚女性不堪"黄段子"骚扰》的文章，批评了这样一种现象，文章引用某中学副校长的话说，"一些人对于'黄段子'所持的纵容甚至欣赏学习的态度，事实上只能体现出其自身素质还有待提高，同时，'黄段子'的流行，也是一种社会的悲哀，随着'黄段子'而来的将是一种道德的缺失或瓦解，就酒桌上而言，'黄段子'也是一种精神污染"[①]。我们只想说明的是，这种粗俗得不能再粗俗的、完全不能登大雅之堂、更不能见诸书面文字的语言首先是在一些文化人中口头流传的，现在竟堂而皇之地进入了文学作品，由此不难见到这样一个事实：饭桌上、酒桌上的荤话是怎样长驱直入、肆无忌惮地踏进了肩负着精神文明建设使命的文学领地。有的社会学家提出，对于这一类荤话首先可以认同，然后用健康的话语去影响它们，再行使改造。

　　张者在《唱歌》[②]中写道：

　　不过，师姐这次没笑，索性趴在沙发上大放悲声。我们几个便拿眼瞪师兄，嘴上不说眼里却有话。

　　"傻 B 了吧，傻 B 了吧，方法不灵了吧……"

　　师兄很无辜地望望我们，不敢直视我们的目光，可怜巴巴地向师妹求救。师妹连忙过来，冲我们笑笑说，没事的，师姐喝多了。说着便用手轻轻拍着师姐的后背，把头靠向师姐，细言絮语耳鬓厮磨着讲

———————————

① 见"中华网——新闻中心"2002 年 2 月 13 日。

② 《收获》2001 年第 4 期。

　　一些我们都不懂的"女话"。

　　不用我说，读者也知道这里面哪些是粗话。

　　二是作者的叙述语言。如：张洁在她的短篇小说《.com》① 中写了这样的句子："那时他的周身爬满了女人，真是睡遍天下女人无敌手！"祁智是通过人物的口将那些语言写进作品，张洁则用的是作者自己的叙述语言，这似乎更需要作家的更大的胆量和勇气。

　　张者在其中篇小说《唱歌》② 中写了这样一些句子："宋天元及李某、徐某、梁某早先都是铁哥们。所谓铁哥们就是'同过窗的，扛过枪的，分过脏的，嫖过娼的'。宋天元和李某、徐某、梁某属于'同过窗的'大学同学。宋天元和杨甲天属于'嫖过娼的'，他们称之为'唱歌'。"这里既是把政治话语世俗化，也是把极具私秘性的荤话直接写进文学作品，而且将"同过窗的，扛过枪的"和"分过脏的，嫖过娼的"这样两种绝然不同的经历和价值取向组合在一起，收到了另一种艺术效果。同时，把"嫖娼"称之为所谓"唱歌"，作者甚至把小说的题目直接取为"唱歌"，同政治话语世俗化一样，把很世俗甚至很污浊的事情雅化，这也是当今社会生活中的一种语言换位、错位或对接现象，作者也把这样的语言吸收到自己的作品中来了。

　　如果作那么一点追溯的话，将政治话语等用于日常生活这样的情形也并非今日才有，过去也有类似的做法。程小莹有一篇写"日常生活中的历史"的散文《电影，或记忆的对白》，其中说他们那群年轻人在"文化大革命"中看苏联电影《列宁在十月》，卫队长马特维耶夫在临牺牲前对瓦西里说："快去救列宁。"可把最要紧的事儿告诉了敌人："托洛斯基，布哈林，他们是叛徒。"接着捷尔任斯基出场了，"看着我的眼睛"。然后是咳嗽，忽然抬起脸，"你看着我的眼睛！卫队长马特维耶夫死前说了些什么？""好像世界革命万岁。"于是这群年轻人后来就把这个回答用在课堂上对付老师，无论什么问题，答不上来，就说："好像世界革命万岁。"③ 甚至还可以追溯

_____

① 《作家》2000 年第 10 期。
② 《收获》2001 年第 4 期。
③ 程小莹：《电影，或记忆的对白》，《上海文学》2001 年第 11 期。

得更远一些，据中央电视台 2002 年农历正月初三由孙小梅、大山等主持的关于春联的栏目中说，抗日战争期间曾经有这样一副婚联："用抗日精神冲进去，把建国婴儿产出来"，很显然，这也是将政治话语世俗化。

据此我们可以说，像这样将一种语境里的话语引进到另外一种与此种话语语境完全无关的语境中去，实在是民众的一种创造力的显现。况且这还是在"文化大革命"那样的年代里，在今天这样一个少有什么禁忌的时代，民众的口更是没有什么遮拦。

7. 对习惯用语和习惯用法的解构

在作了上面的梳理之后，似乎还意犹未尽。应该说关于语言的新变和作家对新变语言的吸纳，还有很多话可说，甚至还可以从不同的角度进行理论的归纳与概括。例如，当代一些作家在使用语言时故意将人们日常生活中的习惯用语或习惯用法或拆散，或省略，或解构，以便造成一种俏皮的陌生的充满艺术旨趣的艺术效果。

先看梁晓声在他的随笔《1993——一个作家的杂感》[①] 中所写的关于大学生的一段话：

> ……特别是遇到了那种自以为思维方式特"形而上"的。他爸妈和他的兄弟姐妹都尽在"形而下"地不能再"形而下"的现实之中活着，包括他自己，你说他装出一副特"形而上"的样子图的是什么呢？装给谁看呢？跟谁学的呢？但一想他们的年龄，也就少了些"友邦惊诧"，多了点儿"理解万岁"。凡是有幸迈入大学校园的男女，谁不是打故作高深的岁数混过来的呢？何况他们或她们那"形"终究也升高不到多么"上"处去，一旦告别校园，走向社会，便纷纷如自由落体，很可能掉到比自己的父母及兄弟姐妹更"下"的思维的地面上。无须别人告诉，他们或她们自己便会明白事实真相——原来满嘴"形而上"者流，在中国，在今天，有不少是卖"狗皮膏药"的……

作者在这里把人们习惯说的"形而上"、"形而下"拆散了，解构了，

---

① 《钟山》1994 年第 2 期。

造成了一种陌生化的效果。

方方在《在我的开始是我的结束》① 中写父母之间关于女儿即作品主人公黄苏子的对话：

> 黄苏子曾经听见父亲对母亲说："你这个女儿哪象是我黄家的人，连起码的文明行为都没有。完全像是从下层人家里养出来的。"
>
> 黄苏子的母亲说："你这是什么话？你神经病呀。你以为你这是个很上的层呀？"
>
> 黄苏子听后心想，母亲说得对，你以为你是个很上的层？

作者将人们日常所说的"上层"拆解开了，造成了一种叫人读后难以忘怀的艺术效果。

再看陈永和的《教授太太的一天》②：

> 这四个男人，和美都很熟，他们和和美的丈夫一样，都是大学里的教授和副教授，理论界的精英，是一些有身份的人。
>
> 和美丈夫这时候正站在离和美不远的地方，两只手叉在胸前，与一个权威的艺术理论家说着话，理论家的旁边，还站着他的一个弟子，看上去才三十岁出头，可据说已经在界里头很有一些分量了，穿着和他年龄有点不相称的黑色西装，今天的出版纪念会就是为他开的。

作者把人们通常说的"教育界"、"科技界"、"理论界"、"文学界"等词语中的"界"之前的限制语省略了，同样收到了一种特别的效果。这样运用语言的情形，应该说是从生活中的某些语言借鉴而来的。

徐坤在其短篇小说《洗脚》③ 中这样写道：

---

① 《大家》1999 年第 3 期。
② 《上海文学》2000 年第 6 期。
③ 《山花》2003 年第 11 期。

但是小姐一点也不嫌弃，像没闻到味似的，把一个大老爷们的臭脚抱在怀里，跟揽住了什么大金元宝，把玩得非常细腻。虽说她干活时膝盖上垫了块布，但是脚的姿势离嘴还是很近。老疙瘩想了一想，可也是，人家之所以不嫌弃，是不是因为桑了这么半天的拿，也许臭味早蒸发出去了？

在这里，把"桑拿"拆解开了。

杜海滨在《关于盗版 关于DV》① 中这样写道：

前些年 DVD 出来，八元一张，质量更好，优秀片子更是从"古"到今应有尽有，怎么办，没办法，还得勒紧裤带，好在单位效益还可以，工资稳中有涨，日子没过到叮当都不响的分上。

习惯的说法是穷得"叮当响"，作者在这里把它拆解为"叮当""都不响"。

方方的中篇小说《万箭穿心》②：李宝莉因为在饭桌上说话而把唾沫喷到妹妹的碗里，妹妹一向觉得自己是白领，便对李宝莉的作派很厌烦。

小妹说，大姐你能不能吃饭不说话？李宝莉说，怎么了？嫌我？小妹说，我不想吃你的口水。李宝莉说，只当是给你加的佐料。小妹说，莫说得恶心。李宝莉笑道，小时候你从我嘴巴里抠水果糖吃怎么就不在乎口水？小妹说，小时候不懂卫生。李宝莉说，你现在懂了？你懂了怎么来月经的裤子丢在屋角里三天都不洗？看你衣领帐子黑成什么样了？搓都搓不干净，你还白个什么领！

"白个什么领"是对"白领"的拆解。

钱国丹的《快乐老家》③：

---

① 夏涵编选：《闪烁其辞》，浙江文艺出版社 2003 年版，第 11 页。
② 《北京文学》2007 年第 5 期。
③ 《江南》2007 年第 3 期。

　　小飞嘲讽地耸耸鼻子，说："两"本正经的毛病又来了。（注：是小飞讽刺他爸爸的话——笔者）

　　前些年随着电视连续剧《唐明皇》、《大明宫词》等的播放，太平公主的名字一时之间差不多家喻户晓、妇孺皆知，接着不知是谁率先用"太平"这一人的名字去形容那些胸脯不怎么高的女性。这里暂时撇开对这一做法的思想意识及其品位的具体评价，单说这个称呼就表明了其始作俑者对"太平"这个词的运用首先是把它拆散了的；其次是把"太"用作副词而去修饰"平"，这样就收到了另一种效果。在现实生活中有些人往往还只取某一词的单一义，而将别的义项的义搁置起来不予采纳，就像法院的判案对某些证据不采信一样，如有这样一句宣传隆胸的广告词："做女人挺好"，在现代汉语里"挺"有动词、形容词、副词、量词等多项含义，但这句广告词显然只取其动词这一项义，用来指女人的胸脯挺起来即以丰满为好。诸如此类的语言现象值得再进一步地搜集、整理、研究。

　　很显然，对于作品中的这样一些语言不能简单地理解为是一种简单的拆散、省略、解构，应该看到它们都是作家对日常语言所作的偏离、扭曲、变形，或者说是使日常语言进入文学作品以后就变成了读者生疏的、不熟悉的情形，这是文学创作中包括语言在内的一种非常重要的原则，即陌生化原则。关于文学文本言语，应该说确实是一个言说不尽也还要不尽地言说的话题。

8. 网络语言对文学文本言语的渗透

　　广东省出版集团主办的《新周刊》2005 年 8 月 15 日出版的第 209 期特地推出了一个篇幅颇长的专题——《"汗"语言拍案惊奇》，在这个专题的开头写了下面这样一段话：

　　我们的语言曾经美丽过。

　　这门世界上最古老的，曾经诞生过唐诗、宋词和《红楼梦》的美丽语言，是从什么时候开始，我们变成偶们，这样子变成酱紫，数字符号风行的？今天的汉语言，已经被演化为一种让我们生僻、惊奇得战战兢兢、汗不敢出的"汗"语言了。

我们的语言正在起变化。

细溯起来，近百年汉语已有三次大的更新演变，今日之"汗"语言，与百年前的风雅文言早已不可同日而语，语言字面的嬗变，背后却是生活及存在方式的流转。

"汗"语言是他们下的蛋：网络创作者、版主、博客、短信写手、网络编辑等等。"汗"语的兴盛得益于网络、短信这两样需要键盘来操作的信息沟通工具，键盘带来的最大影响是：它不同于笔，它通过用双手或拇指去"击打"来完成。而笔写工具呈现的则是文字的"老实"的一面，它是"手写文化"。

"汗"语是一种语言，更是一种媒介，是进入新的生活方式、展示新的生活形态的口令。"汗"语言正在入侵生活方式，不同圈子、不同生活方式的人，正在用他们熟知的"汗"语交流。阅读与写作的门槛被放得前所未有的低。我们所操作和依托的文字，前所未有的草根、易操作和便于学习，既然没人知道你是一条狗，狗也就能找得到发布观点和表述意见的平台。①

不管这种概括和评价是否准确，网络语言的大量产生引起汉语言的变化却是一个不争的事实。让我们看几个网络语言的例句：

办公室新来的 MM 界面很美观，穿着也很 IN，还是几个 BBS 的斑竹呢！（办公室新来的小姐长得很漂亮，穿着也很时尚，还是几个网络论坛的管理员呢！）

那个星期天，JJ 带着他的青蛙 BF 来家吃饭，JJ 的 BF 不断地向我妈妈 PMP。（昨天，姐姐带着她长相不佳的男朋友来家里吃饭，姐姐的男朋友不断地向我妈妈拍马屁。）

甲："你到底稀饭不稀饭他的作品？"

乙："偶稀饭啦。"

甲："那你虾米意思？"

---

① 《"汗"语言拍案惊奇》，《新周刊》2005 年第 209 期。

乙:"发表意见而已,表酱紫嘛。"

这部东东,偶也看过,就冲着它那个名字……结局太悲了,不稀饭。

我们当然不能说使用这样的语言的人是在装嫩,只能视为在青年人中流行的比较典型的网络语言而已。

网络语言是伴随着网络应运而生的,作为一种新的语言传播形式,它有着自己的特点。

首先,网络语言具有创新性。同传统的书面语言相比,网络语言由于不受或少受外来的束缚,能够充分发挥作者的想象力、创造力,因而在词汇的推陈出新以及变异方面能够进行新的创造,在语法方面能够突破常规的语法规则。

其次,网络语言具有特别明显的经济性。网络语言除了用字节俭、尽量突破原有书写符号的限制、改变现有语言中某些词语在音形义等方面的约定俗成外,它还创制了很多新的音形义的结合体,包括字母词、数字词、图形符号等,它还利用汉语拼音缩写、英文缩写、数字化字母的谐音以及英语拼音数字谐音混用,使得网络语言极为经济,如 GG \ DD \ PPMM \ PMP \ SK \ GXGX 等等分别指的是哥哥、弟弟、漂亮美眉、拍马屁、烧烤、恭喜恭喜等等。

网络语言还具有形象性的特点。这主要是网民们充分利用键盘上的符号、象形,创制了很多极为生动形象风趣幽默的表情和动作的图形,用以表达自己的喜怒哀乐,模拟现实中人们之间的交际关系。

网络语言还显得诙谐幽默。众所周知,往往是有闲有情人经常光顾网络,网民的相对年轻化使网络语言充满活力,他们往往别出心裁地构思出生动有趣诙谐幽默的网络语言,如用"菌男"、"霉女"指相貌丑陋的男女,实际上这两个词一方面与"俊男"、"美女"谐音,只是反其义而用之,另一方面"菌"、"霉"能让人想起过了期的、发了霉的、变了质的食物,具有很强的反讽效果。

不可否认的是,网络语言存在着明显的粗俗化的弊端,诸如"Tmd"(他妈的)、"Wbd"(王八蛋)、"Tnnd"(他奶奶的)、"P"(屁)、"Nqs"(你去死)等等随处可见。

　　笼统地把网络语言看作垃圾语言显然是不对的，不顾场合对象任意地运用网络语言也是不宜提倡的。有这样一篇文章，写的是教初一的张老师发现一个学生写的一篇作文，使用了大量的、让她看不懂的语言。这个学生的作文里有一段是这样写的：

　　　　那个星期天，妈妈带我去逛 200。我的 GG 带着他的"恐龙"。GF 也在 200 玩，GG 的 GF 一个劲地对我 PMP，那"酱紫"就像我们认识很久了。后来，我和一个同学到网吧"打铁"去了……7456！大虾、菜鸟一块儿到我的烘焙机上乱灌水？

　　张老师怎么也看不懂，就把这个学生叫到办公室，问他写的是什么意思，他说，200 代表英语 Zoo，意即公园，GG 是哥哥，GF 是女朋友，PMP 是拍马屁，7456 是气死我了。张老师将"翻译"的结果拿给其他老师看，其他老师也没有一个能够在不"翻译"的情况下看懂原文。网络语言不是不能用，但在用的时候要看场合对象，不能不分青红皂白地滥用一气。

　　网络语言对于日常生活语言，对于口头语言，对于学生作文，对科学语言、公文语言，对文学文本言语的影响，是一个非常明显的事实。我们在前面的有关章节里曾说到张洁以《.com》①作自己小说的题目，胡发云把他的第一部长篇小说的题目命名为《如焉@ sasr. come》，和一般的邮箱不同的是，把"com"变成了"come"，也就是在"m"后面加了一个"e"字母。这些都是网络语言对文学创作的影响。

　　我们在这里要指出的是网络语言也是网民们解放了自己的创造力，努力开拓各种表达方式，创造出了一系列新奇的网络词汇。现在我们将陈漠、胡尧熙整理的有关网络语言的情形大致抄录如下：

　　　　【汗】：感叹词，形容词。①被震惊后，尴尬、无奈、无言以对的感觉。②甘拜下风，自叹不如。可作动词使用。其变体则为：为强化不寒而栗的震惊和恐惧感，常常被异化为〖寒〗。

――――――――――

① 《作家》2000 年第 10 期。

【顶】：英文直译为 up，作动词。意指用力撑起某件物体，使其避免沉没。变体常被异化为〖踢〗，或英文〖T〗，同义。

【晕】：①感叹词。形容遭受刺激之后的头昏脑涨之感。②动词。因无法承受刺激而休克倒下的瞬间动作。与之相近的词有"倒"、"晕倒"。

【靠】：①语助词。表达对某人某事的愤怒和不屑一顾的姿态。②动词。特指某个动作，该动作以中指为看点。这个词的用法不拘一格，也可用于表示击节赞赏的态度。

【切】：语助词。表达对事物的不齿和嗤之以鼻。

【潜水】：以匿名的姿态躲藏在暗处，隐藏自己的身份。作动词用。

【闪】：①躲避、离开的意思。②形容词，比喻绚丽夺目的事物。

【BT】：①形容词。变态的拼音简写。②一款下载工具，英文全称为 Bittorrent，无服务器即能运行，但易损害硬盘。同类词有〖RPWT〗，人品问题；〖FT〗，晕倒；〖F4〗、〖BS〗，鄙视。

【果酱】：过奖的谐音，流行于聊天工具。同类词有〖大虾〗，大侠；〖斑竹〗、〖斑猪〗，版主。

【爽】：①舒服的感觉。②引申为心理的愉快感。变体有习惯表达为〖一个大四个叉〗，疑为汉字解构学肇始，见早前杨锦麟读报节目。

【达人】：①技能高超的人，特指 IT 行业。②转义为引人注目、特殊的人（多含贬义）。【变体】出于幽默感和娇嗔语态的需要，有时写作〖达淫〗。近义词有〖强人〗。

【挂】：①游戏中人物角色的死亡。②在某件事情上的失败。与之固定搭配的词语有〖挂起〗。

【电】：①动词。对异性进行暧昧暗示，特指女性主动。②过电：异性间的通灵感应。

【倒】：感叹词。指对某事表示震惊，由遭受重大打击后身体的横躺动作引申而来。固定搭配有〖我倒〗。近义词〖晕〗、〖晕倒〗。

【沙发】：在论坛帖子里第一个发言的位置。近义词有〖板凳〗，指第二个发言的位置。

【抢整】：在论坛里抢先发布第整数篇帖子，比如第 100 篇、第 1000 篇。

【粉丝】：音译名词。某人的拥护者，词源来自 Fans。近义词〖扇子〗，意义与粉丝相同，由 Fans 的另一词义意译而来。〖死忠扇子〗，非常忠诚的拥护者。

【凉粉】：专有名词。超级女声参赛者张靓颖的粉丝自称。近义词〖玉米〗，李宇春的迷。〖盒饭〗，何洁的 Fans。〖荔枝〗，黄雅莉的支持者。

此外还有一些少女喜欢用的网语，如【偶】，我。【素】，是。【粉】，很。【灰常】，非常。【稀饭】，喜欢。【漂漂】漂亮。【酱紫】这样子。【小麻麻】麻雀。【东东】，东西。【表】，不要。【粉阔爱】，很可爱。【小强】，蟑螂。【虾米】，什么。【农民】，跟不上时代。【新蚊连啵】，被无数蚊子咬了。【VIP】，有钱佬。【拍砖】，提意见。【包子】，人长得很难看。【恐龙】，丑女。【滴】，的，地，得。【芥末】，这么。【虾米】，什么。【咪有】，没有，【PP】，①漂亮，是 PP 的拼音缩写；②照片，片片的拼音缩写；③屁股，屁屁的拼音缩写。

还有由粤语、台语系、日语系、英语系、方言系，乃至视觉系等发展而来的网络语言，这里不再罗列。

网络语言的兴起除了社会生活本身的发展变化外，就其语言的源头来讲，它主要来自三个方面：

一是外来词语。如"伊妹儿"是来自 E‐mail（电子邮件），除了语音上极为相近外，听起来也俏皮可爱，表现了网民们对这种通信方式的喜爱和情有独钟。但是绝大多数的网络音译只是表音而不顾义的，如烘焙机（Homepage）、稻糠母（.com）、瘟都死（Windows）。

二是简缩词语。具体情形有：汉字简缩，如"网恋"（网络恋爱）、"网德"（网络道德）等；拼音简缩，如 MM（美眉）、PP（漂亮）、PPMM（漂亮美眉）等。

三是谐音词。网络谐音词的形式主要有三种：汉字谐音，如斑竹（版主）、油墨（幽默）、稀饭（喜欢）等；数字谐音，如 1573（一往情深）、2010000（爱你一万年）、3399（长长久久），三是英文谐音。

让我们看一张漫画吧。

本图转引自2007年2月26日《报刊文摘》第2版（上海解放日报报业出版集团出版）。图片上的文字是："现在的粉丝不是食品，钢丝不是建筑材料，炒作不再限于厨房，韩流和冷空气没关系，语言已经进入了和辞典没多大关系的超级选秀时代！"

　　文学文本言语和日常生活言语有着密切的关系，日常生活言语，特别是一些广告言语为了收到特殊的效果，往往不顾语法规则，甚至不顾语言的约定俗成的用法和拼法，乱用一气，直接做起"汉字游戏"来，典型的是拿成语开刀，如电熨斗的广告是"百衣百顺"，自行车的广告是"骑乐无穷"，热水器的广告是"随心所浴"，电蚊香片的广告是"默默无蚊的奉献"，湖南益阳某店铺卖青果槟榔，铺面前写的类似广告的牌子是"嚼妙享受"，等等。这种现象已经引起了人们的批评。无论语言怎样变化，作为文学创作的作家要远离直至杜绝这样的现象。

第十五章

文学文本言语的语音分析

一　文学文本言语语音的意义

1. 语音是构成语言的要素之一

对于文学文本言语，批评家和理论家几乎没有不注意的，写出了数不胜数的论著，但他们关注的往往是词汇的选择、句式的建构和修辞手法的运用，而对于文学文本言语的语音则不管怎么说都有所疏忽，至少没有引起足够的注意和普遍的重视。实际上，对于文学文本言语来讲，语音是一个不应该被遗忘的角落。

语音是语言的物质外壳，是语言的外部形式，是构成语言的要素之一。著名语言学家赵元任将语言定义为"人跟人互通信息、用发音器官发出来的、成系统的行为方式。"① 语音是人们赖以实现信息的"发送——传递——接受"这一交际过程的物质材料，离开了语音这个物质材料，语言就不能作为口头的交际工具而存在。初民的语言其始只不过是发音器官所发出的一种劳动呼声，这种劳动呼声以后才慢慢地发展成为简单的音节，继之才于音节之中出现了表达一定意义的词语。而且有些语言如象声词就是产生于对自然界各种声音的模仿，这也就使得某些语言具有绘声的特征和功能。然而，无论是绘声的语言也好，或是不绘声的语言也好，它们都有一个语音问题。因此，人类自从开始语言研究活动以来，就一直没有放弃对语音的研究，从而形成了语音学并使之成为整个语言学研究的一个重要组成部分。

从人对语言的感知来看，语言兼有两种存在形式：一种是视觉存在形

---

① 赵元任：《语言问题》，商务印书馆 1980 年版，第 3 页。

式，这就是作为语言的书写符号、供人们阅读的文字；另一种是听觉存在形式，这就是供人们发声和听音的语音。语言的这种发声和听音使得说话者发出的语音和听者听到的语音存在一个好说不好说、好听不好听的问题，这样就逐渐地使说话的人和听话的人对语言的语音产生了一定的乐感要求，即要求读和听都能感到一种声音之美。同时，也决定了人们对语言的运用要兼顾读和听两个方面，即对所使用的语言要做到读起来能够上口，能够顺口，能够朗朗上口，听起来能够入耳，能够顺耳，能够款款悦耳。这种由口到耳的声音必然涉及语言的乐感即乐音性。对于以语言作材料进行文学创作的作家来说，在语言的语音上更应该有着审美意义上的特别讲究和孜孜追求。可惜的是这一点似乎并没有提到相应的议题上来。

2. 语言的语音与音乐美

古今中外优秀的作家和评论家曾经都注意到了文学文本言语的语音。南朝文学家沈约在《宋书·谢灵运传》中指出："欲使宫羽相变，低昂互节，若前有浮声，则后须切响。一简之内，音韵尽殊，两句之中，轻重悉异，妙达此旨，始可言文。"[1] 在他看来，只有巧妙地做到语言声音的变化交错对应，才可以开始讨论做文章的事。与沈约同时代的文学理论家刘勰在《文心雕龙》中专门列有《声律》、《章句》等篇，指出："故言语者，文章关键，神明枢机，吐纳律吕，唇吻而已"[2]，他把语音既看作文章之关键，又视为神明之枢机，强调律吕之吐纳须验之唇吻，以求谐适。鲁迅曾指出，艺术作品具有三美："意美以感心，一也；音美以感耳，二也；形美以感目，三也。"[3] 因为讲究感耳之音美，所以他写小说"做完之后，总要看两遍，自己觉得拗口的，就增删几个字，一定要它读得顺口。"[4] 老舍说："好文章不仅让人愿意念，还要让人念了，觉得口腔是舒服的"，因此他提出"写文章，不仅要考虑每一个字的意义，还要考虑每个字的声音。"[5] 他说："不要叫文字老爬在纸上，也须叫文字的声响传到

---

① 郭绍虞主编：《中国历代文论选》第 1 册，上海古籍出版社 1979 年版，第 216 页。
② 刘勰著，周振甫注：《文心雕龙》，人民文学出版社 1981 年版，第 364 页。
③ 吴子敏等编：《鲁迅全集》第 9 卷，人民文学出版社 1981 年版，第 344 页。
④ 鲁迅：《鲁迅论文学与艺术》下册，人民文学出版社 1980 年版，第 517 页。
⑤ 《作家谈创作》编辑组：《作家谈创作》上册，花城出版社 1981 年版，第 364 页。

空中。"① 韦勒克、沃伦在合著的《文学理论》中写道："每一件文学作品首先是一个声音的系列，从这个声音的系列再生出意义。在某些作品中，这个声音层面的重要性被减弱到最小程度……但是即使在小说中，语音的层面仍旧是产生意义的必不可少的先决条件……在许多艺术作品中，当然也包括散文作品在内，声音的层面引起了人们的注意，构成了作品审美效果不可分割的一部分。"② 韦勒克把声音看作语言构成的一个大的层次，是作品审美效果的不可分割的一部分。由此可以看出他对语言语音的重视。

上述言论清楚地显示了这样一条规律：文学创作中语言的选择和运用应该注意赋予语言的语音以音乐感、以声音之美。

3. 语言的语音与情感表达

赋予文学文本言语的语音以乐感、以声音之美，不仅是一种装饰，也不只是一种形式美的需要，主要的还在于它能传达情感、凸显形象、表现内容。语音作为文学文本言语的听觉形式同音乐的乐音有某些相通的东西，即它也包含有表情的因素在里面。众所周知，音乐是以节奏和旋律等乐音的形式来表现作曲家从现实生活中获得的感受、体验和情感意绪的，听者通过音乐的乐音本身就能够感受和体验到它内含的感受、体验和情感意绪。因此，音乐之乐曲声具有直接的表情因素。文学作品以语言作材料创造和表现社会人生的种种状况，其形象是间接的，其情感意绪都通过情节和场面自然而然地表现出来，其表情一般说来也是间接的，即读者在阅读和欣赏文学作品的过程中了解词汇的意义、调动有关的生活、情感、思想等经验的积累，唤起作品所描摹的情景的表象，在此基础上展开心灵的想象，感受作品内含的情感意绪。但这只是一方面。另一方面，文学作品的语言，特别是诗歌的语言是语言的加强形式，它通过有声诵读而表现为听觉形式的声音时，它也会含有一定的表情因素。例如在较远的地方听人朗诵作品，虽然并没有听清朗诵作品中的具体的词语和句子，但透过朗诵者声音的忽高忽低、忽轻忽重、忽缓忽急、忽断忽续，听者的情绪也会受

① 老舍：《民间文艺的语言》，《中国语文》1952 年创刊号。
② 韦勒克、沃伦：《文学理论》，生活·读书·新知三联书店 1984 年版，第 166 页。

到一定的直观的感染，这原因在于作为被朗诵作品的语音中含有一定的情感因素。

文学文本言语的语音所具有的功能并不限于直接表情这一点，从下面的有关论述中还可以看出，它还能凸显作品的形象，表现作品的内容，更有甚者是通过声音来塑造艺术形象，这一般称之为"声音形象"，还可以通过声音来研究文化，谓之"声音文化"。

汉语是极富音乐性的语言。其声调之分为阴阳上去，音节之分明，韵脚之和谐，平仄之交错，双声词、叠音词、叠韵词之众若繁星，加上元音辅音等音素发音的或嘹亮清越，或尖脆锋锐，或暴烈抑塞，或软绵温润，以及诵读的抑扬顿挫、轻重缓急、高低起伏、短促悠长，所有这些都赋予了汉语天生独秉的乐感资质，从而为作家在汉语语音的选择和调配上提供了非常广阔的天地。稍加梳理，作家至少可以在节奏、韵律、平仄、音韵重叠、语调等几个方面施展自己的语言才华。

另外，关于语言语音的意义这里可用这样几个事例来进一步说明。

其一，2000年2月19日凤凰卫视宋丹丹做客"明星三人行"时说她的一个朋友出外旅行，对同行的一个小伙子颇有好感，于是注意观察他，但没有交谈，到了一个景点，那里有一块石头，据导游说摸摸那块石头能得到好运气，那小伙子去摸了，然后对大家说：你也来抹一抹（他把"抹"读成了"ma"），听了这小伙子的话，宋丹丹的朋友立刻觉得这人太土了，好感顿时消失得干干净净。

其二，某独立学院新到任的校长在大会上第一次与学生见面，主持人介绍说这是我们学校的新校长，这新校长站起来，台下的女生见这么年轻的校长，随即"哇噻"一声："我们的校长好年轻哟，好帅哟"，等校长刚开始讲话时台下的女生又是"哇"的一声，这次"哇"的一声没有一点夸赞、钦羡的意思，而是非常失望的表示，原来是那校长普通话中夹杂了明显的方言，而那方言多少显得有点土。

其三，有这么种说法：说英语，使人绅士起来；说法语，使人变得性感起来；说意大利语，使人觉得像唱歌；说日语，使人变得恭敬起来。

其四，耶鲁大学心理学教授卡鲁博士，以多种谈话技巧的谈话模式，求证学生们的接受程度，发现学生们的接受程度与教师的语音有着密切的关系：低沉而稳重的语调，比亢奋、热情甚至带有胁迫性、煽动性的言辞，更能让学生接受，而且讲授的内容能够植根心底，牢固而久远。随着讲授内容的不同，内心的情感也该相应地有变化，这就要求掌握好音量的高低、语速的疾徐、节奏的缓急、语调的刚柔，使之起伏有致，抑扬顿挫，铿锵有力，让听者感到悦耳动听。

二　文学文本言语的语音分析

1. 节奏

节奏又称顿，相当于音乐中的拍子，是指在声音连续运动的过程中由长短、强弱、高低、快慢有规则地相间或反复出现而形成的。乔治·汤姆逊认为："节奏的定义，可以广义地来说是一连串的声音，具有一定的高低和时间的间歇。它的终极的起源无疑是生理的——可能同心脏的跳动有关。"[①] 撇开叙述节奏等不说，只从语言的角度看，节奏主要出现在诗歌当中，但其他的文学文体也并不是完全没有。雪莱说："诗人的语言总是牵涉着声音中某种一致与和谐的重现，假若没有这种重现，诗也就不成为诗了；并且即使不去考虑那个特殊的规律，而单从传达诗的影响来说，这种重现之重要，正不亚于语词本身。"[②] 语言的语音的某些一致或重现就构成了文学文本言语的节奏。

众所周知，自然界里有日出日入，天有阴晴，月有圆缺，潮汐有起落，寒暑往来，春秋代序；社会生活中矛盾与统一，平衡与失调，平和与突变，前进与后退，成败与兴衰；一切的一切都是起伏波动的。诗人和作家正是按照自然界和社会生活中的节奏来组织作品的节奏的。

诗歌语音的节奏具体表现为声音的长短、强弱、高低、快慢。长短指的是间歇停顿有绵延得较长的，有绵延得较短的；强弱指的是两种以上的声音有强有弱，或先强后弱，或先弱后强；高低指的是两种以上的声音有抑有扬，或先扬后抑，或先抑后扬；快慢指的是时快时慢，快慢相间。当这些长短、强弱、高低、快慢的声音交错出现，互相穿插，有规律地配搭在一起，读起来就会抑扬顿挫，铿锵和谐，形成一定的节奏，不仅可以使

---

① 乔治·汤姆逊：《论诗歌源流》，作家出版社 1955 年版，第 19 页。
② 见伍蠡甫编《西方论文选》（下），上海译文出版社 1979 年新 1 版，第 52 页。

语言显得优美动听，而且使语言的表现力得到加强。一般说来，节奏表现在音节或停顿的划分上、重读的安排上。

2. 韵律

韵者，好听的和谐的声音也。然而，单独的一个声音不存在和谐不和谐之分，两个声音相组合并进行比较才有所谓和谐不和谐之别。韵律就是指韵文句末或联末所用的韵，若相谐就谓之押韵。诗人作家对韵脚的选择和运用既是从声音的好听与否来考虑的，也是从表达情感和意义来考虑的。朱光潜指出了前者：“就一般诗来说，韵的最大功用在把涣散的声音联络贯穿起来，成为一个完整的曲调”[1]；朱自清则强调了后者：“韵是一种复沓，可以帮助情感的强调和意义的集中。至于带音乐性，方便记忆，还是次要的作用。从前往往过分重视这种次要的作用，有时会让音乐淹没了意义，反觉得浮滑而不真切……我读老舍先生的《剑北篇》，就因为重读韵脚的原故，失去了许多意味；等听到他自己按着全句的意义朗读，只将韵脚自然的带过去，这才找补了那些意味。”[2] 诗人作家正是根据作品所要表达的格调、情感和气氛来决定对韵脚的选择和运用的，“如形容马跑时宜多用铿锵疾促的字音，形容水流，宜多用圆滑轻快的字音，表示哀感时宜多用阴暗低沉的字音，表示乐感时宜用响亮清脆的字音。”[3] 在汉语十三辙中，发音时开口度的大小各不相同，一般情况下，人们常以开口度大的元音韵母来表达雄壮激昂的情感，如中东韵、江阳韵等，以开口度小的韵脚如支齐韵、姑苏韵、飞堆韵等来表达柔和、悲痛、哀伤的情感。

韵律在韵文作品中显得最为突出，但押韵并非韵文的专利，有些散文作家甚至小说作家在韵律面前也显得技痒，跃跃欲试。

先看古典小说《西游记》第八十回“蛇女育阳求配偶　心猿护主识妖精”写唐僧等来到一座破败不堪的楼台殿阁——

见那钟楼俱倒了，止有一口铜钟，札在地下。上半截如雪之白，

---

① 朱光潜：《朱光潜美学文集》第 2 卷，上海文艺出版社 1982 年版，第 175 页。

② 朱自清：《新诗杂话·诗韵》，见延敬理、徐行选编《朱自清散文》（中集），中国广播电视出版社 1994 年版，第 208—209 页。

③ 朱光潜：《朱光潜美学文集》第 2 卷，上海文艺出版社 1982 年版，第 156 页。

下半截如靛之青。原来是日久年深，上边被雨淋白，下边是土气上的
铜青。三藏用手摸着钟，高叫道："钟啊！你
也曾悬挂高楼吼，也曾鸣远彩梁声。也曾鸡啼就报晓，也曾天晚
送黄昏。不知化铜的道人归何处，铸铜匠作那边存。想他二命归
阴府，他无踪迹你无声。"①

这也许是受到说书艺术的影响，或者说还保留着说书艺术的痕迹，所
以有押韵的情形存在。

再看俞平伯在《桨声灯影里的秦淮河》中写的一段：

时有小小的艇子急忙忙打桨，向灯影的密流里横冲直撞。冷清孤
独的油灯映见黯淡久的画船（？）头上，秦淮河姑娘们的靓妆。茉莉
的香，白兰花的香，脂粉的香，纱衣裳的香……微波泛滥出甜的暗
香，随着她们那些船儿荡，随着我们这船儿荡，随着大大小小一切的
船儿荡。有的互相笑语，有的默然不响，有的衬着胡琴亮着嗓子唱。
一个，三两个，五六七个，比肩坐在船头的两旁，也无非多添些淡薄
的影儿葬在我们的心上——太过火了，不至于罢，早消失在我们的眼
皮上。谁都是这样急忙忙的打桨，谁都是这样向灯影的密流里冲着
撞；又何况久沉沦的她们，又何况漂泊惯的我们俩。当时浅浅的醉，
今朝空空的惆怅；老实说，咱们萍泛的绮思不过如此而已，至多也不
过如此而已。你且别讲，你且别想！这无非是梦中的电光，这无非是
无明的幻象，这无非是以零星的火种微炎在大欲的根苗上。扮戏的咱
们，散了场一个样，然而，上场锣，下场锣，天天忙，人人忙。看！
吓！载送女郎的艇子才过去，货郎旦的小船不是又来了？一盏小煤油
灯，一舱的什物，他也忙得来像手里的摇铃，这样丁冬而郎当。②

这样的文字是散文，说是诗也没什么不恰当，因为它特别讲究语言的
押韵。

----

① 吴承恩：《西游记》（下），人民文学出版社 1980 年彼，第 1025 页。
② 王保生编：《俞平伯散文选集》，上海文艺出版社 1983 年版，第 3 页。

还有如陆文夫短篇小说《介绍》中的一段文字：

> 九点钟的辰光，那水磨青砖的地上有咯咯的皮鞋作响。来了一位十分标志的姑娘。这姑娘生得苗条、修长，短短的头发烫了几个波浪；内穿一件鹅黄色琵琶襟的短褂，外罩一件银灰色没有领子的春装。她的眼睛不大，眸子里却有一种异样的光亮，这光亮就像春日里阳光下的空气，似乎有热浪在那里翻滚，似乎有生命在那里滋长。

类似的语言在《介绍》中还有：

> 弯弯的游廊，游廊的一边是白粉墙……站在游廊上望望，真叫人心情宽畅，耳目明亮。

> 年轻人听了眼睛发亮，脸上放光，神态变得自然，说话也十分流畅。

《介绍》写的是一个年轻姑娘经人介绍来沧浪亭和未曾见面的对象见面，其心情之欢快是不言而喻的，为了将女主人公的这种心情恰如其分地传达出来，作者就写了这样一段押韵的文字，且用的是江阳韵。很显然，文学创作对于韵律技巧的运用在于选择富于暗示性或象征性的富有表现力的调质。

陆文夫中篇小说《美食家》中写阿二的黄包车的那一段也有特别的讲究：

> 他的那辆车是属于"包车"级的，有皮篷，有喇叭，有脚踏的铜铃，冬春还有一条毡毯盖住坐车的膝头。漂亮的车子配上漂亮的车夫，特别容易招揽生意。尤其是那些赶场子的评弹女演员，她们脸施脂粉，细眉朱唇，身穿旗袍，怀抱琵琶，那是非坐阿二的车子不可。阿二拉着她们轻捷地穿过闹市，喇叭嘎咕嘎咕，铜铃叮叮当当，所有的行人都要向她们行注目礼；即使到了书场门口，阿二也不减低车速，而是突然夹紧车杠，上身向后一仰，嚓嚓掣动两步，平稳地停在书场门口的台阶前，就像上海牌的小轿车戛然而止似的。女演员抱着

琵琶下车，腰肢摆扭，美目流盼，高跟鞋橐橐几声，便消失在书场的珠帘里。①

这段语言有排比，有对偶，有象声词，更多的是四字句，这些都使得这段语言语音的音乐性很强，特别是四字句同其他句式混杂在一起，有长有短，长短相间，回环往复，于整齐之中显出变化，更增强了语言语音的音乐性。

3. 平仄

汉语有阴阳上去四声，阴阳为平声，上去为仄声。汉语语音本身的这一特点决定了人们的日常说话一般都是平仄协调的，说起来唇吻流利，口感舒服，没有什么别扭之感。诸如日常生活中人们在迎来送往、问好致谢中的用语大多都是比较合乎平仄的。在文学创作中作者更是注意对平仄的经意配置。刘勰在《文心雕龙·声律》篇里就提出"异音相从谓之和"②，即平声和仄声交错着用，就能达到声音的和谐，声调的平仄相间和对仗，能造成一种回环美与和谐美。

平仄协调主要表现在格律诗中，而且要求极为严格。同时，平仄也不是格律诗的专利品，在散文、小说等作品里只要有可能、有需要，作家也不放弃这种努力。且看曹雪芹在《红楼梦》第六十二回中所写的一段：

外面小螺和香菱、芳官、蕊官、藕官、豆官等四五个人，满园玩了一回，大家采了些花草来，兜着坐在花草堆里斗草。这一个说："我有观音柳，"那一个说："我有罗汉松。"那一个又说："我有君子竹，"这一个又说："我有美人蕉。"这个又说："我有星星翠，"那个又说："我有月月红。"这个又说："我有《牡丹亭》里的牡丹花，"那个又说："我有《琵琶记》里的枇杷果。"豆官便说："我有姐妹花，"众人没了，香菱便说："我有夫妻蕙。"③

---

① 陆文夫：《美食家》，人民文学出版社 2006 年版，第 18 页。
② 刘勰著，周振甫注：《文心雕龙》，人民文学出版社 1981 年版，第 365 页。
③ 曹雪芹：《红楼梦》（三），人民文学出版社 1973 年版，第 797 页。

作者在这里写了十种花草树木，其分别对应为平平仄对平仄平、平仄平对仄平平、平平仄对仄仄平、仄平平对平平仄、仄仄平对平平仄。这种平仄的交错协调的确产生了明显的抑扬顿挫的音乐效果，显示出一种特有的音律和谐。透过这种好听和谐的声音，我们不难想象这些暂时忘了忧愁苦闷的下人，此时此刻的心情该是何等的愉悦和畅快。

4. 音韵重叠

音韵重叠主要包括叠音词、双声词和叠韵词。这是汉语不同于其他语种的又一显著特点。精心巧妙地安排和运用这些叠音词、双声词和叠韵词，可以使作品读起来朗朗上口，听起来款款入耳。在古今文学作品里，从"天苍苍，野茫茫"、"车辚辚，马啸啸"到"寻寻觅觅，冷冷清清，凄凄惨惨戚戚"，从"留连戏蝶时时舞，自在娇莺恰恰啼"到"茫茫九派流中国，沉沉一线穿南北"，这种音和韵重叠的情形俯拾即是。例如，马致远的散曲《【双调】夜行船·秋思》的最后一曲："蛩吟罢一觉才宁贴，鸡鸣时万事无休歇，争名利何年是彻？看密匝匝蚁排兵，乱纷纷蜂酿蜜，急攘攘蝇争血……"这些句子把世人为争名夺利紧张忙碌的情形非常贴切地表现出来了。

而且这种情形也不限于诗词，非韵文作品出于塑造人物形象、刻画人物性格以及烘托主题的需要，在这些方面也有自己的追求。白朴的《唐明皇秋夜梧桐雨》中有着大量的重叠：如唐明皇的唱词："前军疾行动，因甚不进发？一行人觑了皆惊怕，嗔忿忿停鞭立马，恶噷噷披袍贯甲，明飚飚掣剑离匣，齐臻臻雁行班排，密匝匝鱼鳞似亚。"中国古代戏曲中的唱词不押韵的极少。《西厢记》第一本第三折写张生去等莺莺的到来，他是"侧着耳朵儿听，蹑着脚步儿行，悄悄冥冥，潜潜等等。等我那齐齐整整，袅袅婷婷，姐姐莺莺。"这十对叠音字不仅大大增强了语言的音乐效果，给读者以快节奏的律动感，而且把张生等莺莺的喜悦心情充分地表达出来了，更是因为莺莺是叠音字，所以张生能够围绕自己所爱的人滋生出这么多的叠音字来。金圣叹批曰："质言之，只是等莺莺三字，却因为莺莺是叠字，便连用十数叠字倒衬于上，累累然如线贯珠垂。"[①]

---

① 《贯华堂第六才子书西厢记》，甘肃人民出版社 1985 年版，第 93 页。

朱自清的《荷塘月色》中有这样一段：

> 曲曲折折的荷塘上面，弥望的是田田的叶子。叶子出水很高，像亭亭的舞女的裙。层层的叶子中间，零星地点缀着些白花，有袅娜地开着的，有羞涩地打着朵儿的，正如一粒粒的明珠，又如碧天里的星星，又如刚出浴的美人。微风过处，送来缕缕清香，仿佛远处高楼上渺茫的歌声似的。这时候叶子与花也有一丝的颤动，像闪电般，霎时传达荷塘的那边去了。叶子本是肩并肩密密地挨着，这便宛然有了一道凝碧的波浪。叶子底下是脉脉的流水，遮住了，不能见一些颜色；而叶子却更见风致了。①

190 个字中有十对叠音字、三对叠韵字，还有三对双声词，极大地增强了语言的音乐效果。

5. 语调

语调指句子里语言声音的高低变化所显现出的快慢轻重，具有表达一定语气和情感的功能。我们知道，传达情绪是文学艺术作品最能感人的特质之一，其手段自然是多种多样的，而词语所具有的清晰的、独特的、富于变化且又优美和谐的语音则是其中的一个重要手段。法捷耶夫曾经这样说："传达情绪，是艺术最魅惑人的性质之一。但要掌握这个性质，作家也要经过一番苦练才行。必须培养自己善于寻找能够引起读者必要的情绪、必要的心境的节奏、语汇、语句。"② 语调主要包括语句所显示的节奏及作者对重音的处理。

文学文本言语的节奏是自然万物节奏的艺术返照。各种语音的配合、对比、反衬、连续继承、起伏波动等各种变化，便产生出语言的节奏，节奏是语音音调的一种动态表现。在人们日常的言语活动中，节奏是传达情绪的最直接而且最有力的媒介，原因在于它本身就是情绪的一个组成部分。文学须表现情趣，这情趣许多是靠声音节奏来表现的。声音节奏直接

---

① 朱自清：《朱自清散文》，人民文学出版社 2005 年版，第 118—119 页。
② 法捷耶夫：《作家与生活》，文艺翻译出版社 1951 年版，第 11 页。

关系着读和写的生理的和心理的感受。朱光潜以自己的体验说："我读音调铿锵、节奏流畅的文章，周身筋肉仿佛作同样有节奏的运动；紧张，或是舒缓，都产生出极愉快的感觉。如果音调节奏上有毛病，我的周身筋肉都感觉局促不安，好像听厨子刮锅烟似的。"所以他在写作时，"如果碰上兴会，筋肉方面也仿佛在奏乐，在跑马，在荡舟，想停也停不住。如果意兴不佳，思路枯涩，这种内在的筋肉节奏就不存在，尽管费力写，写出来的文章总是吱咯吱咯的，像没有调好弦子。"① 有着创作经验的人是不难体会到这一点的。

作者在创作中对重音音节的处理，对重音、轻音、高音、拖音等的艺术安排也能显示出文学作品语言的声音之美。高晓声的《钱包》中有一句是"星罗棋布的村庄就是那不沉的舟"，作者说："这句话，本来也可以写成'星罗棋布的村庄是不沉的船'，但读来音节不及前一句，编辑部删掉了那个'那'字，就使我这句话里少了一个高音了。我写'舟'字，不用'船'字，也是从音节考虑的。"他的《系心带》的最后一句是："原来他想把那块石头带走。"作者说："'走'字是有拖音的，从那篇小说的内容来说，这拖音也反映出意犹未尽的境界。结果编辑部把'走'字后面加了一个'的'字，就把音义都斩断了。"② 将几句比较着进行诵读，就会发现作者着意对重音、拖音的处理达到了追求声音之美的极佳效果。

创作是一种非常复杂艰巨的精神劳动，同其他许多环节一样，作家对于语言的声音的选择和运用也不是一次完成的，而是在反复的寻找、选择、推敲、比较中渐次完成的，或删或增，或修或改，或吟或诵，直至上口顺耳为止。被文学界公认为修辞严谨的叶圣陶在这方面苦心孤诣的追求是一个非常突出的范例。朱泳燚在所写的《叶圣陶的语言修改艺术》一书中有一节是"调整音节，使声音和谐"，除说到叶圣陶在修改中避免句内某些重复的字面，适当添加结构助词、将文字单音词改成现代汉语双音词等之外，还采取一系列方法来调整音节，如把现代汉语的某些单音词换成合适的双音词；把原来的双音词改成单音词；为协调音节调换同义词；

---

① 朱光潜：《朱光潜美学文集》第 2 卷，上海文艺出版社 1982 年版，第 303 页。

② 高晓声：《创作谈》，花城出版社 1980 年版，第 80 页。

为了避免音节混淆，排除误解，有时则采用添加的手段，加以划分或明确；适当换用词的重叠形式；将原来结构比较松散、句读略嫌板滞的句法结构，略加紧缩，改成汉语中习惯使用的"四字格"；还将句内的一般格式改成匀称的反复或排比格式等。当代作家高晓声在语言语音上的追求与执着同样是值得肯定的。他说："现在我写小说，总边写边读，每到写完，总过十遍以上。我用文字来组成语言，第一就是要适合我读。舌头要掉得转，呼吸要安排得顺。一切要自然，免得舌头和牙齿打架，免得进气把出气呛在喉咙口。所以，句子长短要顺理，字音要合理安排节奏，甚至连同音字和近音字也不宜靠近使用。我习惯了，读别人小说也会这样要求。虽然读白话小说，并不发出声音来，但可恶的是我有强烈的语感。假使语感不好，那就像听到别人在唱着一支完全走了调子的歌，只得长叹一声，把书本合上。"①

当我们以上述看法来比照当代某些小说创作时，我们感到一些小说作者在语言的语音问题上所作的有意追求似乎可以拿出来作为一个小小的话题进行一点讨论。限于篇幅，这里仅就作者给人物取名一例略加说明。众所周知，汉语语词从古代发展到现代，双音词呈现逐步增多的趋势，特别是给人、事、物命名时更加注意双音词，目的在于叫起来顺口，听起来入耳。正因为这样，所以日常生活中我们对人的称谓也往往于三个字中去掉姓氏而只称双音词的名字。可是，当前不少小说作者在给笔下的人物命名时吝啬得只给一个单名，如方方在《桃花灿烂》②中把主人公称为粞，曾英在《裸血的太阳》③中将人物分别取名为影、边、娲，陈应松在《如水女人》④中分别把人物叫作宇、波、林、柳、勋，裴建平在《季节深处》⑤中对人物以劼、湘、明、芝名之。这或许是受了法国"新小说派"理论和创作的影响。在"新小说派"那里，不注重人物个性特征的刻画，给人物命名时也往往只给一个叙述人称，甚至就给一个字母，这或许是他们的创造，也可能有他们之所以如此的理由在。但汉语有着不同于西方拼

①　高晓声：《我看小说》，《小说界》1991 年第 6 期。
②　《长江文艺》1991 年第 8 期。
③　《中国西部文学》1991 年第 11 期。
④　《长江文艺》1992 年第 2 期。
⑤　《青年文学》1992 年第 4 期。

音文字的突出特点和优点，我们的文学创作应该扬己之长避己之短，应该吸取他人之长，丢弃他人之短，现在某些小说作者在给人物命名时不是将两者颠倒过来了吗？

第十六章

文学文本言语的语汇分析

一　语汇的含义和分类

1. 语汇的含义

在语言的发展/流变过程中，词的出现比起语音来要晚了很长时间，只有当语音与具体的物或事结合起来才有了词，声音也才有了意义，这就是说词赋予语音以意义，同时词也是构成句子的最小单位。韦勒克、沃伦在他们的《文学理论》中这样说："词汇不仅本身有意义，而且会引发在声音上、感觉上或引申的意义上与其有关联的其他词汇的意义、甚至引发那些与它意义相反或者互相排斥的词汇的意义。"① 词构成句子，句子构成相应的句群和文段，直至构成文本和文体。从这一点说，词汇是构成文学作品文体特点的基本要素，恰如建筑中的砖瓦、绘画中的线条色彩、乐曲中的节奏旋律。同时，词是语言中最活跃的成分，也是语言中最敏感的成分，也是变化得最快的成分。作家在创作中对词汇的有意选择和运用不仅能给文学作品的文体施加明显的影响，而且作家对文体的创造在很大程度上表现为对词汇的选择和运用，词汇是作家文体创造的最广阔的天地。小说文体之所以不同于诗歌文体、散文文体、剧本文体，在很大的程度上是由词语决定的。因此，在研究文学文本言语的时候不能不重视对语汇的研究。

关于词本身的意义，我们只要看看坊间流传的一则笑话就知道一词之异该会形成多么大的差别。这则笑话是这么说的：

---

① 韦勒克、沃伦：《文学理论》，生活·读书·新知三联书店 1984 年版，第 188 页。

老师问："清朝与唐朝的审美观念有什么不同?"

学生甲答："清朝美人如林黛玉——美人上马马不知。"

学生乙答："唐朝美人如杨贵妃——美人上马马不支。"

一个"知"、一个"支"造成了完全不同的意义,而且这两个词还是同音词。

2. 语汇的分类

对文学文本言语的词汇进行分析研究,首先必须了解词汇的分类。任何一个现代文明民族其语言的词汇都浩如烟海,每一个语种的词汇可以从不同的角度划分为不同的种类。如根据时代、地域、应用范围可以将词汇划分为古代词汇、现代词汇、本民族语词汇、外来语词汇、标准语词汇和地域语词汇、书面语词汇和口头语词汇、生活用语词汇和科技用语词汇、公文用语词汇和文学用语词汇、高雅语词汇和粗俗语词汇或中性词汇、富有情感色彩词汇和不富有情感色彩词汇、富有文采词汇和不富有文采词汇等。在地域语词汇中又分为京津词汇、江浙词汇、闽粤词汇、陕甘词汇、湘赣词汇、楚汉词汇等等。

关于词的分类最主要的根据是词汇本身的性质和作用,按照这样的分类标准一般将词汇分为名词(包括方位词、时间词、处所词)、形容词(包括非谓语形容词、唯谓语形容词)、动词(包括助动词、趋向动词)、数词(其中包含序列词)、量词、代词、副词、介词、连词、助词、叹词、拟声词等等。对于名词要进一步看是具体名词还是抽象名词,是个体名词还是集合名词;对于动词要进一步看是自动词还是他动词,是静态动词还是动态动词,是独立动词还是联合动词;对于形容词还要进一步看是视觉形容词还是听觉形容词,是限制性形容词,还是修饰性形容词,或者是评价性形容词,是与物理有关的还是与心理有关的;对于副词要看是表示行为方向的还是表示时间或地点的,是表示程度的还是表示关联的,等等。应该明了,词的种类的划分是多种多样的,同时也是非常复杂的,如早已有人尝试着从文化的角度划分出"文化词语"。

在明确了词汇分类的基础上就要运用有关的方法如统计的方法或概括的方法,或精确统计出或大致归纳出作品在词汇的选择和运用方面所呈现出来的最为突出、最为鲜明的特点，如哪一类或哪几类词汇用得多，哪一类或哪几类词汇用得少，总的说来词汇是丰富还是不丰富，是普通还是不普通，是通俗还是生僻，等等。了解这些可以断定作品的文本和文体特征。英国学者罗吉·福勒主编的《现代西方文学批评术语词典》在解释"文体"这一条目时这样写道："文体取决于语言的表层结构的某个特征（或一系列特征）的突出地位。某种特殊的措辞可能会引人注目，贯穿于文章始终的节奏和反复出现的句法结构也可能达到同样的效果。这种在作品语言中某部分出现的密集现象也许不会引起我们有意识的注意，然而它可以给我们以作品具有某种文体的印象，我们在作品中可感到某个熟悉的作者的存在并体会到某种熟悉的文化氛围。'密集现象'意味着计数，文体学与语言学也的确不同，它不仅暗含着数量的意思，而且有时候，它明显地具有数量关系。雨勒（*G · U · Yule*）对文学作品的词汇作统计学的分析工作，这是计量文体学的一个极端的例子。近年来学者们利用电子计算机考证一些作品的真正的作者，这是上述情况的又一例子。在这里，计算数量的目的是为了发现；然而一般说来，我们计算数量的目的却是为了证实某种假设（例如，我们假定，某种句法和词法的倾向能解释在某一特定时期内出现的文体以及我们对它的感受。）"① 可见，对文学作品的词汇进行统计或大致的概括对分析研究文学文本言语是多么的重要。

二 文学文本言语语汇的意义

1. 语汇对于刻画意象的意义

意象是现代文学理论中最常见也最含糊的术语之一。美国的 M. H. 阿伯拉姆（艾布拉姆斯）在其所著的《简明外国文学词典》中指出：意象"指的范围包括从据认为是读诗者所能经历的心象一直到构成这首诗的各种成分的总和这些东西"，他引用刘易斯在《诗的意象》中的阐述，说意象"就是一幅以词语表现的画；一首诗可能本身就是由多种意象组成的意象。"他说："意象一词有三种用法是特别常见的；据说，就所有这些意义而言，意象使得诗歌具体而不抽象"，这三种用法：一是"意象指诗

---

① 罗吉·福勒主编：《现代西方文学批评术语词典》，四川人民出版社 1987 年版，第 271 页。

歌或其他文学作品所涉及的一切感觉物体和品质，不管这些物体和品质是通过描写的、引喻的，还是明喻和暗喻中的类比媒介所表达的"；二是"从较小的范围来说，意象只用于指对视觉物体和景象的描写，尤其是当这描写比较生动、细致"；三是"意象当今最常见的用法是指比喻语言，尤其是暗语和明喻的媒介物。"① 可以说，意象是一个既属于心理学，又属于文学研究的术语。

在心理学中，"意象"一词表示有关过去的感受上的、知觉上的经验在心中的重现或回忆，而这种重现或回忆不只限于视觉的，还有味觉的、嗅觉的意象，而且还有"热"（温觉）的意象和"压力"的意象，还有静态意象和动态意象（或"动力的"）的重要区别。此外，还有颜色意象、联觉意象等。颜色意象的使用则可以是也可以不是传统的象征性的或者个人的象征性的；联觉意象则把一种感觉转换成另一种感觉，例如把声音转换成颜色。因此，从心理学上看，意象指人脑对自己观察和接触到的事物的空间形象和大小等信息所作的描绘、加工，并留存于人脑的关于那一个或那一类事物的个别或概括的映象。

中国古代文论诗歌理论中的意象：所谓意象是指在创作过程中通过审美思维所创造的融汇了创造主体的情感、思想、意志而存在于创作主体头脑的形象。

西方意象派诗歌对意象的解释：意象派认为所谓意象是指在一瞬间显现理智与情感的复合体，是诗人传情达意的特殊工具，是诗歌的核心之维。

在文学研究中，人们把为抒情写意而创造的文学形象称为意象和意境。那么，这里的所谓"创造的文学形象"究竟是什么呢？在文学作品中，形象的构成包括人物形象、环境形象、场面形象、景物形象，以及由这些形象共同构成的也叫作形象。很显然，这儿所说的文学形象应该是指人物形象以外的形象，人物形象以外的形象自然是指物象了，因此，我们可以这么说：文学意象是显现于文学作品中的寄托了创作主体情感与思想的具体物象，这样的物象称为文学意象。

语汇对于文学作品中的意象的刻画具有意义。

---

① M. H. 阿伯拉姆：《简明外国文学词典》，湖南文艺出版社 1987 年版，第 150—151 页。

在文学作品中总的意象是由大大小小种种不同的意象构成的，而最小的意象也是用语言表现的。成熟的作家选择和运用语汇绝不是像阿Q从城里发财回来到酒店买酒喝那样，将满把的铜钱和银钱胡乱地往柜子上一扔，而是在一以贯之的意象活动的制驭下，选择和运用能够尽可能贴切地、圆满地、完美地传达意象的词汇。举例来说，被称为鬼才、鬼仙的唐代诗人李贺正是在其所着意创造的"酸心刺骨"的意象活动的支配下而屡屡选用"凝"、"骨"、"死"、"寒"、"冷"、"啼"、"泣"等语汇。钱钟书在《谈艺录》中引李仁卿《古今黇》卷八论司空表圣的诗好用"韵"字时说："表圣言诗神韵，故其作诗赋物，每曰'酒韵'、'花韵'，所谓道一以贯之也。"① 当代女作家残雪在一个时期里着意于创造特殊年代病态社会的诡谲的意象。在这样的意象活动的支配下，她特别爱用带有"雨水"意象的名词，收在《天堂里的对话》中的10篇小说篇篇都有"水"或和"水"相关的语汇，如黄泥街、臭水沟、湿泥巴、黄水、冰块、冷水、阵雨；天牛、蚯蚓、苍蝇、蚊子、蛞蝓、蜥蜴、死猫、死老鼠、死蜻蜓；烂草叶、烂橘子、烂桃子、烂广柑、烂葡萄；霉、锈、咳嗽、涎水、唾沫……由于有雨水，就有湿的感觉，在阴暗潮湿的环境里，人物所处的环境总显得肮脏、可怕、令人窒息，由水而纷至沓来的物象使得残雪笔下的人物大多神经兮兮，无可理喻，从而让我们认识了那样一个特殊年代所加给人们的种种压抑和折磨。

对文学文体的语汇进行分析，还要注意分析语汇特定的含义与作用。概括起来说，一要分析作者所选择和运用的语汇对文学文体所创造的艺术境界和整体氛围所具有的作用。作家创作作品总着意于艺术境界和整体氛围的营造，而艺术境界和整体氛围除了由作品所塑造的形象、所描绘的景物、所抒发的情感以及作家所处的时代、作家个人的修养、作家的审美情趣等构成之外，最明显的构成因素就是所使用的语汇，语汇对于文学作品的艺术境界、整体氛围有着主导的奠基的作用。如前所说，语汇有高雅与粗俗之别，有褒贬及中性等感情色彩之分，有有文采与没有文采之不同，作家选择和运用不同的语汇就能营造出不同的艺术境界和整体氛围。二要分析语汇对突出文学文体作为一种文化存在方式的作用。在文学文体当

---

① 钱钟书：《谈艺录》，中华书局1984年版，第49页。

中，特别是在诗歌、散文等文学文体当中，诗人作家所运用的是书面语言，其中富有文采的语汇尤为丰富，这些富有文采的书面语汇是从语言漫长的历史发展过程中经过一次又一次地淘汰筛选之后保留下来的语言的精品，用它们来叙事状物写人抒情说理，不仅准确鲜明生动富于表现力，而且有着较为丰富的美感，既体现了诗人作家对能够沁人心脾的美感的营造，又体现了人类文化创造的特质，同时更为主要的是，这些书面的富有文采的语汇的选择和运用使得文学文体作为一种文化存在方式而能够生生不息地流传下去。

2. 语汇对于表达主题的意义

统计或概括出作品用词的情形，寻找出作品选择和运用语汇的特点只是研究文学文本言语的一种手段，而不是目的。我们的目的在于通过相关的手段进而分析作品的语汇为什么会出现统计和概括得来的情况。如陈村的短篇小说《一天》有 10560 个字，而所用的单字只有 516 个，每一个单字平均起来至少用了 20 次以上，而且小说语言的艺术美所追求的诸如高雅、畅达、优美以及色彩、音响、节奏等几乎都被作者排斥了，用词也差不多倒退到单音节词阶段，双音节词很少，成语基本绝迹，动词显得平板、单调，缺乏力度和准确度，形容词也失去了应有的生动性和丰富性，稍微有点讲究的修辞手段基本没有，非修饰不可的地方大多用"很"、"非常"、"比较"或"很……"、"非常……"、"比较……"等，整篇小说的语言显得单调、重复、枯燥、乏味、累赘，主人公的每项生活内容都重复地写了一遍，甚至几遍。为什么一篇万把字的小说其词汇量这么少呢？我们当然不能怀疑作者的词汇贫乏，而要看到这是作者所确立的作品的主旨决定的。《一天》虽然写的只是普通的中国工人张三一天的生活，但实际上作者力图通过张三一天的生活来表现他一生的生活，进而又通过张三一生的生活表现普通的中国工人的一生的生活。在作者看来，包括张三在内的中国人其一生的生活大多是单调、重复、枯燥、乏味、累赘的，为了达到接近形象本质的创作意图，作者有意地选择和运用了与张三本人的感觉和生存状态大体一致的词汇。显然这样的语言是一种具有很强的模仿性的语言。作者选择和运用如此少的词汇正是为了传达和表现类似张三的单调、重复、枯燥、乏味的人生主题，充分显示出了语言的模仿性。

3. 语汇对于凸显文体的意义

从根本上说，语汇能够对文学作品的文体施加明显的影响。语汇对于文体的影响有各种不同的表现，或者表现在语汇与其所要表达的事物的关系上，或者表现在各种语汇的关系上，或者表现在语汇对整个语言系统的关系上，或者表现在对作者的关系上。韦勒克、沃伦对此作了很好的说明："根据词汇与对其要表达的事物间的关系，文体可以分成概念的、感觉的、简洁的、冗长的、或者简练的和夸大的、明确的、模糊的、沉静的和激昂的、低级的和高级的、纯朴的和修饰的之类；根据词汇之间的关系，文体则可以分为紧凑的、松散的、造型的、音乐性的、平滑的、粗糙的、素淡的和色彩斑斓的之类；根据词汇对整个语言系统的关系，文体可以分为口语的、书面的、陈腐的、个性化的之类；根据词汇对作者的关系，文体则可以分成客观的和主观的。"他们强调："这样的分类实际上可以用于一切语言系统，但显然这一分类的大多数论据是采自文学作品，并用以分析文学作品的文体的。"① 抓住了语汇的特点，就大致可以分析文学作品的文体特征了。

要对文学作品的语汇进行把握，从根本上说，要培养我们对于语汇的感觉。关于这一点，汪曾祺曾用分析鲁迅的《祝福》中的一个词来加以说明。《祝福》中有这样几句话："但是谈话总是不投机的了，于是不多久，我便一个人剩在书房里。"汪曾祺对其中的"剩"字是这样分析的：

> 假如要编一本鲁迅字典，这个"剩"字将怎样注释呢？除了注明出处（把我前引的一段抄上去），标出绍兴话的读音之外，大概只有这样写：
>
> 剩是余下的意思。有一种说不出来的孤寂无聊之感，仿佛被这世界所遗弃，孑然地存在着了。而且连四叔何时离去的，也就未察觉，可见四叔既不以鲁迅为意，鲁迅对四叔并不挽留，确实是不投机的了。四叔似乎已经走了一会了，鲁迅方发现只有自己一个人剩在那

---

① 韦勒克、沃伦：《文学理论》，生活·读书·新知三联书店 1984 年版，第 192 页。

里。这不是鲁迅的世界，鲁迅只有走。这样的注释行么？推敲推敲，也许行。[①]

这样分析确实是行的，这样的语感也是非常行的，如果要指出什么缺憾的话，那就是不一定直接把作品中的"我"等同于鲁迅。

---

① 汪曾祺：《关于小说语言》（札记），彭华生钱光培编：《新时期作家创作艺术新探》，人民文学出版社 1991 年版，第 322 页。

第十七章

文学文本言语的句式分析

一　句式的含义及分类

1. 句式的含义

语汇经过一定的语法结构和修辞手段的操作而排列组合成各种各样的句子，每一个句子都有其存在的形式，称之为句式，或句型，或句法模式。句式的含义有二：一是指句子的结构型式，它依据句子组成成分的功能类别、序列安排、配置方式、构造格局等结构因素来确定；二是指句子的类型，即句子的种类，通常称为"句类"。

研究文学文本言语必须经由语言的语音、语汇而进入句式的分析研究。西方现代语言学兴起以后，语言学家在很长时间内只把句子作为最大的语言单位进行分析，而对于大于句子的结构则避而不谈，将解释不了的或不愿意解释的话语的无穷选择和变化现象、句子前后连贯现象等统统都推给文体学家。H. 温里克曾把句子称之为"语言学中的天涯海角"，"因为近来语言学理论倾向于研讨的语言单位大多不大于句子……对于组成句子、句群相对说来则不十分关心。"① 荷兰语言学家冯·戴伊克也指出："许多早期的各种语法局限于单独、孤立的句子。到了 60 年代晚期，才有人开始呼吁将语法框架扩展到实际的语言使用形式，即话语"②，也就是"建立'语篇结构'，以跨出句子框架，进而明确描写语篇结构，因为语篇语法更容易解释那些表达句子间底层语义连贯的语法现象"③。可见，

---

① 见雷蒙德·查批台曼《语言学与文学》，春风文艺出版社 1988 年版，第 181 页。
② 冯·戴伊克：《话语　心理　社会》，中华书局 1993 年版，第 1 页。
③ 同上书，中译本序。

句式分析研究是属于文学文体构成的更高层次，也是文学文本言语研究必须进一步关注的。

2. 句式的分类

对文学文本言语进行句式分析，在弄清什么是句式之后，接着要弄清有哪些句式，各种句式有着怎样的功能，作家凭什么要造成那样的句式。

对于句式可以从各种不同的角度、按各种不同标准来划分，如从句子的表意内容上按谓语性质可以分为叙述句、描写句、判断句、评议句等。叙述句是陈述人或事物活动变化的句子；描写句是描写人或事物的性质、状态的句子；判断句是谓语对主语加以肯定或否定的句子；评议句是表示对人或事物加以评论和拟议的句子。

从句子的语气功能的角度可以将句子分为陈述句、祈使句、感叹句、疑问句、反问句、否定句等。陈述句即陈述一个事实的句子；祈使句是含有请求、命令、希望等意思的句子；感叹句是表示说话者的喜悦、愤怒、哀怨、惊愕等某种感情的句子；疑问句是对某种事实进行提问的句子；反问句是从反面加以询问的句子；否定句是对某一问题的否定性判断的句子。

从句子的语法功能分，即考虑到句子所承受意义的方式如何，可以将句子分为主动句和被动句。主动句是主语驱使对象从事某种事情或其他事实；被动句是主语被动地受到驱使从事某种事情或发生某种事实。

从句子结构上按格局可以分为单句和复句、主谓句和非主谓句。单句指不包含分句的句子；复句是由两个或两个以上的单句组合而成的句子，复句分为并列复句和偏正复句；主谓句指由主语和谓语两个主要成分组成的句子；非主谓句指不是由主语和谓语两个主要成分构成的句子。

从句子的长度来分可以分为长句和短句。

另外，还可以从其他不同的角度将句子分为完整句式，不完整句式，仅有词或词组的句子——即独词句，有比喻的句式，没有比喻的句式，有修饰语的句式，没有修饰语的句式，添加了很多形容词的句式，没有什么形容词的句式，有附加成分的句式，没有什么附加成分的句式，本民族语句式，外来民族语句式。

在每一个句子中又可以分为主语、谓语、宾语和定语、状语、补语等六大成分，前三种成分是句子的主干部分，后三种成分则是句子的非主干部分。每一种成分都分别由相应的词来充当，一般说来，充当主语、宾语的是名词、代词或相当于名词的短语结构；充当谓语的须是动词或形容词。比较而言，充当定语、状语、补语的词类比充当主语、谓语、宾语的词类要灵活些。

二　作家风格与句式

1. 作家风格

　　风格是作家成熟的标志，是佩戴在作家胸前的一枚徽章，作家的风格表现在题材的选择、主题的提炼、形象的塑造、情节的安排、结构的布局、景物的描写、氛围的烘托等各个方面，但其中最主要的是通过语言的运用，特别是通过语汇的选择和句式的运用表现出来。因此，句式与作家风格有着密切的关系。

　　句式并不单是一个句子问题，而是作家在一定的创作意图和一定的语法结构和修辞手段的支配与制约下对语汇的一种选择和组合，句式同作家的心理、同作家对语言的认知、同作家的创造活力有着直接的关系。我们不妨以句式的长短为例来说明这一点。句式的长短更多地依赖于作家的心理容量的大小。一般说来，心理容量大的作家（隐含作家）写出来的句子较长，心理容量小的作家（隐含作家）写出来的句子较短。这在一定程度上构成了作家风格的一个方面。同时，句式的长短还有作家对语言本质的认知上的差异。偏重于语言的科学化、规范化、逻辑化的作家，其句式可能更趋于日常生活语言，其句式往往长短适度，而较少有长短的明显变化；偏重于语言的人文性、变异性、生疏性的作家，其句式更注重与形象、情感的切近，该长则长，该短则短，有时候甚至肆意铺排，极尽挥写之能事，甚至如脱缰的野马，任意狂奔，表现出了相当的灵活性，有着更多的长句。

　　这一点在文学文体与科学论文文体、公文文体的比较中更可以看出来。在科学论文文体和公文文体当中，有关语法结构规则和修辞手段等更加严格，只能遵守，不能违背，否则就会影响对确定事实或定律规则的表达。但在文学文体当中情况又当别论，它允许在作品总体命意的规约下出现某些有意为之的违背语法结构规则和修辞手段的情况。这就使得文学文体的句式与科学论文文体、公文文体的句式之间有着一系列的不同。

首先，科学论文文体和公文文体的句式把重心放在句子的主干部分即主语、谓语和宾语等三种成分上，这三种成分都有较强的稳定性、独立性，其搭配也比较严格，要增加它们的容量就显得非常困难。文学文体的句式把重心放在定语、状语和补语等三种成分上，即句子的非主干部分，它通常不以表达严密的概念意义为主，因此，文学文体的句子一般较少平铺直叙式的语法齐全的句子，而总是对句子的某一部分有所强调，以实现突出审美效果的创作意图，或者采取无主句、否定句等非日常语言中常用的句式，以进一步强化审美效果。

其次，科学论文文体和公文文体要严格遵循语法结构规则，句子的语汇组合链条不能错位，语序不能颠倒打乱，句式经得起抽象的语法规则的检验和分析；而在文学文体当中，语法规则和修辞手段不必严格遵循，句子的语汇组合链条往往错位，语序可以打乱，前后可以颠倒，以产生特殊的美感效果为目的为标准来确定句子的组合方式。

再次，科学论文文体和公文文体的句子要严格遵循社会文化习惯所制约的语汇搭配关系，而文学文体的句子则有意识地打破社会文化习惯所制约的语汇搭配关系，使不同系统的语汇联结与组合，构成新的独特的文化内涵。众所周知，语汇构成句子，一方面因为有多种多样的结构法则和修辞手段，所以句子可以有无数种，另一方面又并不是每一个词都可以任意地和另一个或另几个词构成句子。原因是：第一，这里首先存在一个是否合乎语法结构规则和修辞手段的问题。在一般的语法结构规则和修辞手段中，抽象名词不可随意用具体事物性动词来作谓语或作事物性动词的宾语，如不能说"攻击时间"，事物性名词不能随意用写人类动作的动词作谓语或作这种动词的宾语，如不能说"房子在跳舞"或"板凳咀嚼着食物"；第二，这里还有一个受社会文化契约限定的习惯搭配和逻辑贯通的问题，如不能说"天空中长出了绿油油的麦苗"，这虽然合乎语法规则和修辞手段，但不合人类生活的经验，与事实不符，同样也不能说"夜显得非常明亮"，这虽然也合乎语法规则和修辞手段，但也不符合逻辑与事实。

在文学文文体当中情况就很不一样了，如赵玫在长篇小说《朗园》

中所写的："在幽暗的灯光下，柔弱的音乐从看不见的扬声器里弥漫出来。音乐飘散着在酒吧中缓缓行走，腐蚀着椅子上的灵魂"，"从此，覃对萧弘冷淡下来，但是她却从没有恨过他。她平静地看着萧弘和稽林搬出朗园，任凭着多少有点伤感的心里杂草丛生。"音乐行走、腐蚀灵魂、心里杂草丛生，这些在日常生活中、在一般的文体中是不可想象的，但在文学文体中却不仅可以，而且获得了特定的象征性含义。很显然，在文学文体中，句式是有其特殊性的，是可以发生变异的，它在总体上可以违背语言整体大家族的"族规"，从而使文学文体获得科学论文文体和公文文体难以具备的独特的审美价值。但是，这种句式的变异"不一定就是不合语法或者违背语法规则。变异可以仅是语法允许的可能范围内，比正常语言使用更进一步的结果"，"从某种意义上说，文学语言有更大的自主权……文学作品可以包括各种语域，可以生成任何符合语法的句子。而其他文体则受到一定的限制。"[①]

　　句式结构同样能够显示作家在文学文本言语运用上所体现出来的个性风格。这里所说的句式结构主要指句子的搭配是合乎一般的规则还是超越一般的规则，是固守既有的约定成规，还是大胆地突破既有的约定成规，句子的各种成分是齐全还是残缺，句子是显得简约还是显得复杂，句子与句子或句群与句群之间的联系是靠缓慢过渡实现的，还是靠急速跳跃实现的，从句式结构的这些情形当中可以看出文学文本言语所体现出的风格特色。举例来说，陈村的《一天》句式就很简单，约有半数的句子其结尾不是"了"就是"的"。试看下面的两段：

　　　　做人做到大人了，总要去上工的，不上工就没有饭吃，张三的女人就没有办法拎着小菜篮到菜场去买小菜了。买小菜是要有钞票的，买点好小菜的话就要有许多钞票。不做工是不会有钞票的。做工吃饭张三觉得是应该的。

　　　　张三跟着铁轨朝前头走，跟着铁轨一直走是能走到厂里去的。张三走路的时候不喜欢看野景，一看野景就走不快了，走不快就要迟到了，迟到是不大好的。张三从来是不迟到的。张三就这样走着，一直

①　雷蒙德·查批台曼：《语言学与文学》，春风文艺出版社 1988 年版，第 74 页，78 页。

走到厂门口。厂门口的门房间里有一只钟，张三是识钟的，张三一看钟就知道是几点了。张三看看门房间里的电钟，知道自己今天早了十二分钟。早一点到厂里是比较好的。

这种句式所呈现出来的风格是独特的，是从别的作家作品中看不到的，它是属于陈村的。

2. 短句式

对于文学作品句式的语言分析，最先引起研究者注意的是句子的长与短，因为研究者在阅读文学作品感知语言的过程中，经过心理的大略的统计，可以初步判断作家主要运用的是长句或者是短句。

短句是指语汇简约、句式结构简单的句子，这种短句式类似于公认为海明威所创造的电报式句子。英国小说家赫·欧·贝茨在 1941 年就指出："海明威所孜孜以求的，是眼睛和对象之间、对象和读者之间直接相通，产生光辉如画的感受。为了达到这个目的，他斩伐了整座森林的冗言赘词，他还原了基本枝干的清爽面目。他删去了解释、探讨、甚至于议论；砍掉了一切花花绿绿的比喻；清除了古老神圣、毫无生气的文章俗套；直到最后，通过疏疏落落、经受了锤炼的文字，眼前才豁然开朗，能有所见。"① 美国作家利昂·塞米利安在讲到海明威的语言时也说："海明威的文体是淡泊的、朴素的，是'削至骨头'的高度精练的语言。"② 甚至连海明威在一家咖啡馆碰到的一个近似无赖的所谓年轻评论家也说海明威的作品"太生硬，没有辞藻，太瘦，尽是筋。"③ 短句式像电文那样简洁明了，不加任何修饰，每个短句后面差不多都是一个句号，都是一个独立的、能够表达完整意思的语言单位，往往一个短句就是一层意思，传递一条信息，同时它的跳跃性大，随意性强，各个短句之间似乎并无什么关联，但整个看来，诸多并无多大关联的短句一经集合起来就能产生质的飞

---

① 赫·欧·贝茨：《海明威的文体风格》，《海明威研究》（增订本），中国社会科学院出版社 1985 年第 2 版，第 133 页。
② 利昂·塞米利安：《现代小说美学》，陕西人民出版社 1987 年版，第 217 页。
③ 见海明威《回味无穷的盛筵》，"漓江译丛" 1985 年第 2 辑《为了你》，漓江出版社 1985 年版，第 546 页。

跃，使该句群的内容显得丰厚、显得深邃。

短句式一般有以下几种情况：

一是以词为句的短句的集合。如徐星的《无主题变奏》：

> 冷笑。坏笑。窃笑。讪笑。微笑。假笑。痴笑。苦笑。一只眼哭一只眼笑。

王蒙的《夏之波》：

> 7月8月，改革月。松绑。承包。岗位责任制。分成。奖金。基分。第三次浪潮带给华夏的机会。计算机考勤。

乔良的《灵旗》：

> 他们走过去了。隐进夜色茫茫的越来城岭群峰。他们在脚上铺留下两千条好汉的尸首。在光华铺留下五百。在新圩，留下整整三千。横的。竖的。站的。躺的。跪着的。趴着的。睁眼的。张嘴的。没有脑袋的。没有身子的。与敌人抱着一团的。刺刀和刺刀同时插进对方胸膛的。嘴里衔着一只耳朵的。手里握着涂满白惨惨脑浆的枪托的。肠子像一条条绷带挂着马尾松枝上的。这就是湘江战役。

这些引文当中的很多句子都非常短小，构成句子的仅仅一个词而已。

二是不完整式短句的集合。这种短句大多省略了若干成分，是不同构成的偏正结构的集合。如王蒙的《春之声》：

> 自由市场。百货公司。香港电子石英表。豫剧片《卷席筒》。羊肉泡馍。醪糟蛋花。三接头皮鞋。三片瓦帽子。包产到组。收购大葱。中医治癌。差额选举。结婚宴席……

三是完整句式的集合。所谓完整句式短句是指有主语，有谓语，有的有状语，构成一种"主语＋状语＋谓语"的短小句式，而且一连串的这样的短句集合在一起，构成一种完整句式短句的集合，如王蒙的《海之恋》：

> 但他若有所失。天太大。海太阔。人太老。游泳的姿势和动作太
> 单一。胆子和力气太小。舌苔太厚。词汇太贫乏。胆固醇太多。梦太
> 长。床太软。空气太潮湿。牢骚太盛。书太厚。

四在将上述几种句式结合起来加以运用，构成一种不同短句式的短句
的集合，如王蒙的《相见时难》：

> 追悼会和欢迎会。宴会和联欢会。鸡尾酒会和夜总会。默哀，握
> 手，致辞，举杯，奏乐，唱歌，Home，SweetHemo（甜蜜的家庭）。
> 夏天最后一株玫瑰。玫瑰玫瑰我爱你，你不要走。快乐的寡妇。我是
> 天空里的一片云。怒吼吧，黄河。团结就是力量。山上的荒地什么人
> 来开？一条大河波浪宽……阿里卢亚！阿里卢亚！

3. 长句式

长句式是字数较多、句式结构较为复杂、所占篇幅较长的一种句子。
一般说来，在传统的文学作品中较少有长句，长句是伴随着现代主义文学
作品的兴起而出现的一种句式，特别是伴随着意识流小说的出现而出现
的。原因是在意识流小说中，不用长句不足以表现人物的时前时后、时此
时彼、时断时续、漫无边际的心理情感、意识流程。典型的长句往往取消
了标点符号，读起来断句显得比较困难。如洪峰的《明朗的天》：

> 红旗谱东方欲晓（莫道君行早）大刀李双双小传雷锋之歌一月
> 的哀思雪落黄河寂无声王蒙意识流谌容荒诞邓刚柯云路新星现实主义
> 深化伪现代主义刘索拉残雪红楼梦鲁迅巴金茅盾老舍小说选刊全国优
> 秀短篇小说评奖野狼出没的山谷坚持百花齐放百家争鸣民主自由社会
> 效益全心全意为民族为人民[1]

---

[1]　《百花洲》1991 年第 1 期。

贝克特在其长篇小说《无名的人》中的最后一个句子长达 112 页，在这个句子的结尾处，作者本人已经公然对叙述者发出命令乃至威胁：

    或许这是个梦，完全是梦，那会使我吃惊，我会醒来，在沉默之中，并且永不再睡，那将是我，或梦，再次做梦，梦到沉默，一种梦的沉默，全是呓语，我不明白，那全是单词，永远不醒，全是单词，此外一无所有，你必须继续讲，那便是我所知的一切，他们将要抛弃我，那将是沉默，沉默片刻，美好的片刻，或者那将是我的，最持久的一刻，那不会继续，那仍会继续，那将会是我，你必须继续讲，我不能继续讲，你必须继续讲，我将要继续讲，你必须讲话，只要还有话好讲，直到他们发现我，直到他们看见我，奇异的痛苦，奇异的罪孽，你必须继续讲，或许早已讲完，或许他们已经讲到我，或许他们已经把我带到我的故事的门槛，在那扇打开我的故事的门前，那会使我吃惊，如果它打开了，那将是我，那将是沉默，我讲到哪里，我不知道，我永远不会知道，在沉默中你不知道，你必须继续讲。我不继续讲，我将要继续讲。①

长篇小说《怎么回事》中写有以下的段落：

    如果所有那些所有那些是的如果所有那些不是我该怎样说没有回答所有那些并不是错误的是的如果这些计算是的解释是的整个故事从头到尾是的完全错误的是的情况并非如此不是完全不是那会不是那样那令没有回答它怎么样叫嚷得好有某种东西是对的但是不是所有那一切不是所有那些球从头到尾是对的这种夸夸的声音对的所有的球对的这里只有一个声音对的我的声音对的当喘息停止的时候对的当中喘息停止的时候对的这样那就是真实的了喘息是对的窸窸窣窣的声音是对的在黑暗中是的在泥里是的去到泥里对的也是难以相信的是的我竟然还有声音对的在我身体里是的当喘息停止的时候对的而不是在其他时候不是的而且我还小声嘀咕对的我是在黑暗中对的泥里对的没有什么目

①　见焦洱、于晓丹著《贝克特——荒诞文学大师》，长春出版社 1995 年版，第 118 页。

的对的我是的但是它应该被相信是的那泥是的那黑暗是的那泥那黑暗都是真实的是的那里没什么可遗憾的是的但是所有声音的这种交易是的夸夸的声音是的是另外的世界的是的是在另外世界的某一个人的是的我就是他的梦想是的据说是的他不停地梦想是的不停地说话是的他的唯一的梦想是的他的唯一的故事是的①

　　句式的长短是相比较而言的。这里的比较不只是长与短的相对比较，而且只有把这长句式、短句式融入整个作品，甚至融入作家某个时期，直至融入某个时期别的作家的作品中进行比较才能看得出来。这就是说，从孤立的一个句子中，从孤立的一个短句、孤立的一个长句中是看不出作家在句式的营造上所体现出来的一以贯之的特色的。只有当作家把短句式或长句式，或者其他的什么句式排列组合在一起，才能够显示出作家的语言运用的文体风格。因为在某些情况下，一个文本可以只包含一个单句，如谚语、格言（"小洞不补大洞一尺五"）和招牌、标记（"请节约用水"）以及广告用语（"维维豆奶，欢乐开怀"）等，甚至某些极例外极短型的文学作品其文本也只包含了一个单句（如题为《雾》的短诗："你能永远遮住一切吗？"），题为《第一篇习作寄出以后》："等……"）。但是一般说来，我们可以认为，文本由一系列句子构成，一个句子是文本的一个元素、一个单位或一种成分。因此，批评家只有把作家的一系列句子联系起来看，才可以看出该作品语言的个性风格。例如，罗杰·福勒在他的《语言学与小说》一书中对弗吉尼娅·沃尔夫的《浪》的起首段落进行分析，指出六个孩子各自使用的句式、句长都很相似：

　　"我看见一个圆环，"伯纳德说，"在我头上，抖动着，悬挂在一束环形的光线里。"

　　"我看见一片淡黄，"苏珊说，"延伸着，直至汇入一道紫红的光纹里。"

　　"我听到一阵声响，"路达说，"噼——啪——噼——啪——一会

---

　　①　见焦洱、于晓丹著《贝克特——荒诞文学大师》，长春出版社1995年版，第126—127页。

儿响，一会儿轻。"

"我看见一个球体，"内维尔说，"像一滴大水珠，依垂在陡峭的山崖。"

"我看见一缕绯红的流苏，"吉尼说，"由金黄的丝线编织而成。"

"我听到什么东西在跺脚，"路易斯说，"一头很大的野兽给铁链拴住了，它跺呀，跺呀，跺呀。"

"瞧那阳台角落的蜘蛛网，"伯纳德说，"上面粘着些水珠，闪耀着白色的光点。"

"树叶聚拢在窗前像尖尖的耳朵。"苏珊说。

"一片阴影落在小径上，"路易斯说，"像弯曲的肘。"

"光岛在草坪上浮游，"路达说，"它们穿透了树丛。"

"鸟眼在树叶间的缝隙中闪烁。"尼维尔说。

"叶柄披着粗糙的短毛，"吉尼说，"水珠贴在它们上面。"

"一条毛虫蜷成一个绿色的圆圈，"苏珊说，"短短的脚一轮轮的像花瓣。"①

罗吉·福勒说："这些行列显然是有意要加强音乐感、节奏感。它们形成了一首朝曲或晨歌，其节奏模仿浪潮的起伏。"② 同时罗吉·福勒也批评了这种让音乐节奏掩盖意义的做法。他说："有时，大量的、具有类似结构的短句和短语不断反复出现，结果文本的音乐结构可能会喧宾夺主，使意义反而变得空洞——要么变得难以理解，要么故意被埋在表层之下……在弗吉尼娅·沃尔夫的《浪》（1931）的起首段落中，意义从属于音乐性更为明显，是着意安排的。"③ 这是附带作的说明。接着上面的论题说，换一个角度看，离开了对这一系列的句式的分析，这样的文体风格是看不出来的。批评家只有注意到了这一特点，甚至把作家的一系列作品联系起来看，才可以探讨出作品语言的一定的风格。如把王蒙和刘索拉大体同一个时期的作品的句式相比较就可以看出王蒙的语言句子短小，句号

① 罗吉·福勒：《语言学与小说》，重庆出版社1991年版，第74页。
② 同上。
③ 同上书，第73页。

和逗号差不多一样多，传达出变动的生活、旋转的心态、跳荡的情绪、不连贯的感觉；而刘索拉的语言则像音符那样跳跃，文句躁动，充满张力，且具有一种模糊性。两人的句式很不一样，风格也有明显的不同。

以上我们说明了文学文本言语的语音、语汇、句式分析。在所有这些分析当中值得注意的是分析者一定要有良好的语感。这里一并说说这个问题，作为对以上几章的一个小结。

语感是指个人对话语形式的音、形、义等方面的直觉反应，如判断听到的话语是否正确，判断这句话是否存有歧义，领悟这句话所蕴藏的双关义、象征义、隐喻义、反讽义等各种相关的意义。语感因个人受教育的程度、文化水平、专业和职业等活动领域的不同而不同。一个读者的语感如何，对于文学欣赏来说，具有不可忽视的意义。这不只是因为文学作品是用语言作材料创作出来的，是用语言来进行雕型描写的，而且语言本身就是文学存在的本体，是文学作品存身立命的根本，同时还因为文学作品语言的虚构性、现时态性、含蓄性、情感性、隐喻性、象征性等一系列特征，对于文学形象的构成、对于文学作品社会功能和审美价值的形成等都有着特别的作用。因此，在文学欣赏中如何注意语感，就不是一般的问题，而是进入文学作品的必经之路。关于语感，夏丏尊有一段被广为征引的话，这段话是："在语感敏锐的人的心里，'赤'不但解作红色，'夜'不但解作昼的反面吧。'田园'不但解作种菜的地方，'春雨'不但解作春天的雨吧。见了'新绿'二字，就会感到希望、自然的化工、少年的气概等等说不尽的旨趣，见了'落叶'二字，就会感到无常、寂寥等等说不尽的意味吧。真的生活在此，真的文学也在此。"[①] 他是对作家的创作说的，实际上也完全适用于读者的欣赏。"赤"、"夜"、"田园"、"落叶"等这些字词都是极为平凡的词语，但在语感敏锐的人那里，他们能透过这些普通的词语感受到词语后面所隐藏的形象世界，进而能感到某些特别的旨趣、特别的意味。在语感敏锐的读者那里，文学作品的语言就像具有一种特别的魔性一样，读者可以顺着语言文字进入到文学作品所展现的艺术世界中去。

---

① 转引自《叶圣陶论创作》，上海文艺出版社 1982 年版，第 136—137 页。

附 章

恩斯特·卡西尔的文学文本言语思想

一 生平简介

恩斯特·卡西尔（Ernst Cassirer）是德国哲学家、教育家和多产作家，因对文化价值的解释而闻名。他 1874 年 7 月 28 日生于德国西里西亚的布累斯劳市（即今天波兰的弗芬茨瓦夫）一个犹太富商的家庭，18 岁入柏林大学主修法学。由于这一专业不能满足他的精神需要，他很快予以放弃，转而研究德国哲学和文学，同时兼攻历史和艺术。自那以后，他几度转学，先后到莱比锡大学和海德堡大学就读。1894 年夏季，他重返柏林大学，研读当时还是年轻讲师的德国著名哲学家乔治·齐美尔主讲的关于康德哲学的课程。正是在这里，他首次系统地研究了康德哲学，并在齐美尔的影响下对新康德主义马堡学派的领袖海尔曼·柯亨（Hermann Cohen，1842—1918）的哲学思想发生了强烈的兴趣。于是，他 1896 年转到马堡大学读柯亨的课程，在这里完成了关于莱布尼茨哲学博士论文并获得博士学位。1903 年，他在柏林大学执教，并开始著书立说，很快成为与柯亨、那托普（Paul Natorp，1854—1924）等齐名的马堡学派的主将。1919 年至 1933 年，出任汉堡大学哲学教授，1930 年兼任校长。1933 年，希特勒攫取德国总理的职位，他立即辞去自己的职务，匆匆离开德国开始了流亡生活。在流亡期间，他先后在英国牛津大学、瑞典哥特堡大学、美国耶鲁大学和哥伦比亚大学任教，直至 1945 年 4 月 13 日在哥伦比亚大学校园内回答学生的提问时猝然身亡。

恩斯特·卡西尔一生著述多达 120 余种，研究的范围几乎涉及了当代西方哲学的各个领域，并且产生了非常广泛的影响。他在科学哲学方面的著作受到石里克、弗朗克等逻辑经验论者的高度评价；他对语言哲学的研究使他成为 20 世纪这一领域的重要前驱者之一，并得到现代西方各派语言哲学的普遍重视；在美学方面，人们一般都把他看成是 20 世纪 30 年代以后西方兴起的符号美学运动的"开路先锋"，正因为如此，所以在美国人们把他与苏珊·朗格合在一起称为"卡西尔—朗格的'符号说'"，而苏珊·朗格在《情感与形式》一书扉页上的题词就是"谨以此书纪念厄恩斯特·卡西尔"。总而言之，恩斯特·卡西尔被西方学界公认为 20 世纪以来最重要的哲学家之一。在西方世界影响甚广的《在世哲学家文库》将他与爱因斯坦、罗素、杜威等当代名家相提并论，专门编了一本厚达近千页的《卡西尔的哲学》（1949 年纽约第一版）作为该文库的第六卷，在扉页上将其誉为"当代哲学中最德高望重的人物之一，现今思想界具有百科全书知识的一位学者"。

除了哲学（包括道德哲学、政治哲学、科学哲学等）和有关科学史之外，心理学、语言、神话、宗教、艺术、历史、科学等各个领域，恩斯特·卡西尔都涉足过，并且取得了非凡的成绩，以至有人说："由于我们对他所涉及的以往时代的哲学、科学和文化的著作了解得如此之多，以至我们倾向于首先把他尊崇为第一流的历史学家。"① 如果允许套用这一说法的话，那么，同样可以说，恩斯特·卡西尔也是非常出色的语言学家、美学家、文艺理论家。他的有关这方面的论述集中体现在他的《神话思维的概念形式》（1922 年）、《语言与神话》（1925 年）、《人论》（1944 年）、《符号·神话·文化》（1979 年）等著作当中。本章拟就他的文学文本言语思想作一个初步的探讨，这种探讨不能不涉及他的哲学思想及文艺学美学思想。

二　恩斯特·卡西尔的哲学思想

恩斯特·卡西尔的哲学思想非常丰富，丰富得使人们要对他的哲学思想进行归类时显得十分困难，而且任何归类都难免不损害他的广博丰富的哲学建树。在这里，我们实在是出于不得已才动用与恩斯特·卡西尔怎么也不相宜的斧子，砍掉其哲学的枝叶而只保留其主干，简单地将其哲学归

---

① 查尔斯·亨德尔：《洞察力和思辨的一次结合》，见恩斯特·卡西尔：《国家的神话》，华夏出版社 1999 年版，第 2—3 页。

类为"文化哲学",或者像查尔斯·亨德尔所归结的那样,是"关于人和存在的哲学"①。明了这一点对于我们理解恩斯特·卡西尔的文学文本言语思想是非常重要的。

西方哲学界普遍认为,恩斯特·卡西尔不管研究什么问题,都不仅用一种良好的洞察力依次回顾以往哲学家所思考过的种种问题,而且还把这些问题系统地化为一种原始的观点概要,力图从包括艺术、文学、宗教、科学、历史等在内的人类经验的每一个方面,去涉及所研究的"文化哲学"这一主题。在他所从事的研究中,存在着一种关于人类知识和文化的不同形式之关系的恒常证明。他主张,客观世界是人们把一些先验原则运用于经验的杂多产物,这些先验原则只有凭借客观世界才能被人们所把握,也才能显现出所谓的秩序来。所以,恩斯特·卡西尔的哲学研究所注重的与其说是知识和信仰对象本身,倒不如说是人们认识这些对象或者说在意识中对这些对象进行理智重建或曰概念重建的方式。从这样的思考出发,恩斯特·卡西尔为自己所确立的主要目标是把康德对理性的静止的批判转变为对人类文化亦即对组织人类精神的一切方面的那些原则的能动的批判。正是这种从对理性的静止的批判转变为对组织人类精神的一切方面的原则的能动的批判,才使他以此为指导思想,独创了"人类文化哲学"和"符号表象"。这也是人们将他的哲学称为"关于人和存在的哲学"的根据所在。

先说他独创的"人类文化哲学"。说恩斯特·卡西尔的哲学是"人类文化哲学"或是"关于人和存在的哲学",这一点从《人论》中可以看出一些端倪来。《人论》实际上是他的"人类文化哲学导引",这个"导引"正如他自己所说是晚年到美国后,在英美哲学界人士的屡次迫切要求下,用英文简要地阐述其皇皇三大卷的《符号形式的哲学》基本思想的一本书。但是,这个"导引"又不是重复那三大卷旧书,而是包含着"新的事实"、"新的问题"的一本新书。因此之故,人们一方面把《人论》看作是《符号形式的哲学》一书的提要,另一方面又把它看作是足以反映恩斯特·卡西尔晚年哲学思想的代表著作。由此可见,《人论》在恩斯特·卡西尔哲学

---

① 查尔斯·亨德尔:《洞察力和思辨的一次结合》,见恩斯特·卡西尔:《国家的神话》,华夏出版社 1999 年版,第 4 页。

思想中的重要地位。《人论》，"人论"，就是"论人"，就是研究"人的问题"。从这个意义上完全可以说，恩斯特·卡西尔的哲学就是"人类文化的哲学"，就是"关于人和存在的哲学"，就是关于"人的哲学"，也就是"关于人自身的智慧的发展"① 的哲学，是关于"人不断自我解放的历程"② 的哲学，是关于"人类生活的广度"③ 的哲学。

恩斯特·卡西尔在《人论》的第六章写了这样一段话：

> 《符号形式的哲学》是从这样的前提出发的：如果有什么关于人的本性或"本质"的定义的话，那么这种定义只能被理解为一种功能性的定义，而不能是一种实体性的定义。我们不能以任何构成人的形而上学本质的内在原则来给人下定义；我们也不能用可以靠经验的观察来确定的天生能力或本能来给人下定义。人的突出特征，人与众不同的标志，既不是他的形而上学本性也不是他的物理本性，而是人的劳作（work）。正是这种劳作，正是这种人类活动的体系，规定和划定了"人性"的圆周。语言、神话、宗教、艺术、科学、历史，都是这个圆的组成部分和各个扇面。因此，一种"人的哲学"一定是这样一种哲学：它能使我们洞见这些人类活动各自的基本结构，同时又能使我们把这些活动理解为一个有机体。语言、艺术、神话、宗教决不是互不相干的任意创造。它们是被一个共同的纽带结合在一起的。但是这个纽带不是一种实体的纽带，如在经院哲学中所想象和形容的那样，而是一种功能的纽带。我们必须深入到这些活动的无数形态和表现之后去寻找的，正是言语、神话、艺术、宗教的这种基本功能。④

从这里可以看出，恩斯特·卡西尔的关于"人的哲学"所看重的是人的活动（"人的劳作"），正是人的活动构成了人性的"圆周"。恩斯特·卡西尔认为，人的活动的范围和视阈非常宽广，正是这些活动的范围

① 查尔斯·亨德尔：《洞察力和思辨的一次结合》，见恩斯特·卡西尔：《国家的神话》，华夏出版社 1999 年版，第 5 页。
② 恩斯特·卡西尔：《人论》，上海译文出版社 1985 年版，第 288 页。
③ 同上书，第 281 页。
④ 同上书，第 87 页。

和视阈构成了人的特性的丰富性、微妙性、多样性、多面性。他说："人之为人的特性就在于他的本性的丰富性、微妙性、多样性和多面性。因此，数学绝不可能成为一个真正的人的学说、一个哲学人类学的工具。"① 能否从别的方面来认识人呢？恩斯特·卡西尔认为没有别的什么方面。他强调指出："要认识人，除了去了解人的生活和行为以外，就没有什么其他途径了。"② 只有了解了人的生活、了解人的行为，才是了解了人的主体。恩斯特·卡西尔的哲学所研究的是人的能动的活动，是人的能动的创造活动，是人类生活的原始现象（Urphanomen）。

再说恩斯特·卡西尔独创的"符号表象"。在恩斯特·卡西尔看来，人类生活的"原始现象"就是"符号现象"，人类的活动就是"符号活动"。恩斯特·卡西尔指出："在使自己适应于环境方面，人仿佛已经发现了一种新的方法。除了在一切动物种属中都可看到的感受器系统和效应器系统之外，在人那里还可发现可称之为符号系统的第三环节，它存在于这两个系统之间。这个新的获得物改变了整个的人类生活。"③ 符号系统是怎样改变了整个的人类生活呢？恩斯特·卡西尔是这样说的：从此，"人不再生活在一个单纯的物理宇宙之中，而是生活在一个符号宇宙之中。语言、神话、艺术和宗教则是这个符号宇宙的各部分，它们是织成符号之网的不同丝线，是人类经验的交织之网。"④ 正因为人生活在符号宇宙之中，所以恩斯特·卡西尔主张"把人定义为符号的动物（animal symbolicum）来取代把人定义为理性的动物"⑤。他说："动物具有实践的想象力和智慧，而只有人才发展了一种新的形式：符号化的想象力和智慧。"⑥ 他指出："符号化的思维和符号化的行为是人类生活中最富于代表性的特征，并且人类文化的全部发展都依赖于这些条件，这一点是无可争辩的。"⑦ 符号化的思维和符号化的行为，是人区别于动物的最基本的一点，是人的最富于代表性的特征。恩斯特·卡西尔认为，动物只有信号，

① 恩斯特·卡西尔：《人论》，上海译文出版社 1985 年版，第 15 页。
② 同上书，第 16 页。
③ 同上书，第 33 页。
④ 同上书，第 33 页。
⑤ 同上书，第 34 页。
⑥ 同上书，第 42 页。
⑦ 同上书，第 35 页。

没有符号。信号只是单纯地反映，既不能指示，也不能描写，更不能进行推论。他解释说，动物世界最多只有情感语言，没有命题语言，而人则具有命题语言。情感语言只能简单地直接地表达情感，命题语言则能指示，能描述，能用于思维。因此，人和动物对外界的反映是不同的，动物对外界的反映是直接的、迅速的，人对外界的反映是间接的、迟缓的，更主要的是能够能动地应对外界。恩斯特·卡西尔说："命题语言与情感语言之间的区别，就是人类世界与动物世界的真正分界线。"① 因为人有符号，所以能够创造文化，而且人类文化的全部发展都依赖于符号化的思维和符号化的行为，也就是都依赖于符号。

简单地说，恩斯特·卡西尔的哲学思想就是研究人类生活，而人类生活的典型特征在于：人能够发明、运用各种符号，从而创造出一个"符号的宇宙"，也即"人类文化的世界"。这样，符号活动功能就成为把人与文化联系起来的中介物。正因为如此，对包括语言、神话、艺术、科学等在内的各种"符号形式"的研究，也就成了哲学研究的主要任务。也正是这样一个原因，所以恩斯特·卡西尔把他的哲学称为"符号形式的哲学"。如果要作进一步的简明概括，那就是：恩斯特·卡西尔的全部哲学即为"人—运用符号—创造文化"（包括语言、神话、宗教、艺术、科学、历史等）的哲学。

三　恩斯特·卡西尔的文艺学美学思想

作为全部哲学为"人—符号活动—创造文化"的哲学家，恩斯特·卡西尔的文艺学美学思想也是以这样的哲学思想为中心形成并展开的。

首先，恩斯特·卡西尔把文学艺术看作是人的一种活动。从上述引文中可以看出恩斯特·卡西尔把艺术看作是人类活动体系的一个"扇面"。同时，他还认为，人类的文学艺术活动这样一个"扇面"有其特殊性，这个特殊性表现在它是人的一种自律性活动，一种符号活动，一种文化创造活动，是作家艺术家进行自由的创造的精神活动的产物。1942—1943年恩斯特·卡西尔作了《艺术的教育价值》的讲演，他说：

---

① 恩斯特·卡西尔：《人论》上海译文出版社 1985 年版，第 38 页。

艺术为人生开启了一崭新层面；它为人生提供的深度，我们仅凭对日常事物的领悟是不可企及的。艺术并非对自然和生命的纯粹重述；它是一种形式转换和实质转换活动。这种实质转换是由审美形式的力量造成的。审美形式并非纯为给定的东西，它并非我们直接经验世界的材料。我们为了认识它，就必须创造它。而这种创造依赖于人类心智的特殊的自律性活动。我们不能把审美形式看作自然的一部分或组成成分，它是一种自由活动的产物。正是出于这样的原因，在艺术的领域中，甚至可以说，我们所有日常情感、情绪、激情，都发生了根本的变化。被动性变为主动性，纯粹接受性变为自主性。我们在此感到的，并非单一的或简单的情感状态，毋宁说是人生的全部领域，是人生所有极端——快乐与忧伤、希望与恐惧、兴奋与绝望——之间的连续不断地震颤。①

文学艺术是对自然和生命的一种形式的和实质的转换活动，由于发生了这样的转换，所以自然和生命，包括日常的情感、情绪、激情等等在文学艺术中都发生了根本的变化，被动性变为主动性，纯粹接受性变为自主性，直至这种活动创造了"人生的全部领域"。他甚至指出："艺术作品的创造意味着人类心智的最伟大活动和能量。"② 从这些论述中可以看出，恩斯特·卡西尔认定的文学艺术首先是人的一种能动的创造活动，在这种创造活动中表现出了人的心智的最伟大的活动与能量。由此可见，文学艺术活动是人的高级的精神活动。正是这种高级的精神活动创造了人类的文化和文明成果。

其次，恩斯特·卡西尔充分注意到了文学艺术的特性。作为一个哲学家，恩斯特·卡西尔并不否认文学艺术与自然、与社会、与生活、与人生、与生命等等的关系，但更加肯定文学艺术与这些原本不是一回事。他强调，文学艺术不是这一切的一部分或组成部分，它有着自身的明显的独特之处。为了说明这些不同的独特之处，他将文学艺术和语言及科学进行比较：

① 恩斯特·卡西尔：《符号·神话·文化》，东方出版社1988年版，第161页。
② 同上。

　　语言和科学是对实在的缩写；艺术则是对实在的夸张。语言和科学依赖于同一个抽象过程；而艺术则可以说是一个持续的具体化过程……艺术容不得这样一种概念式的简化和推演式的概括。它并不追究事物的性质或原因，而是给我们以对事物形式的直观。但这也决不是对我们原先已有的某种东西的简单复制。它是真正名副其实的发现。艺术家是自然的各种形式的发现者，正像科学家是各种事实或自然法则的发现者一样。①

　　恩斯特·卡西尔的这些概括言简意赅，但非常明确地说明了文学艺术区别于语言和科学的特征：第一，文学艺术是对实在的夸张，而语言和科学则是对实在的缩写；第二，文学艺术再现的是一个持续的具体化过程，而语言和科学则是一个抽象的过程，是一种概念式的简化和推演式的概括；第三，文学艺术直接呈现事物的形式，给人以直观的感觉，但又不是对已有的东西的简单复制，而语言和科学则注重事物的性质或原因；第四，文学艺术是自然的各种形式的发现，它重的是发现，是创造，而语言和科学虽然也有发现，但那是对各种事实或自然法则的发现。所有这些都是文学艺术的一些最基本的特征，即使时隔半个多世纪来看，也是这样。

　　再次，恩斯特·卡西尔特别看重艺术形式。他说："在艺术中，我们并不使世界概念化，而是使它感知化。然而，艺术为我们带来的感受，绝非感觉论体系的传统语言中的那些作为摹本、感官知觉的微弱形象的感知。艺术的想象力具有一种不同的，或者说截然相对的性质。艺术并非印象的重组，它是形式的创造。这些形式并非抽象的形式，而是感知的形式。"② 文学艺术的特征不在别的方面，主要就在它对世界的感知化，而这个感知化是凭借文学艺术形式来实现的。形式，或者说艺术形式对于文学艺术来讲具有举足轻重的意义，离开了艺术形式，文学艺术既难以呈现，又不复存在。恩斯特·卡西尔强调："艺术的领域乃是纯粹形式的领域。它并非纯属色彩、声音、可触摸的性质的世界，而是型态和构制，曲式和节奏的世界……那种不能感受色彩、型态、空间形式和类型的人，遂

---

① 恩斯特·卡西尔《人论》，上海译文出版社 1985 年版，第 182—183 页。
② 恩斯特·卡西尔：《符号·神话·文化》，东方出版社 1988 年版，第 134 页。

被排除在艺术作品大门之外；由此，他不仅被剥夺了审美快感，而且还丧失了向最深层的实在切近的可能。"① 他在《人论》中说："我们可能会一千次地遇见一个普通感觉经验的对象而却从未'看见'它的形式；如果要求我们描述的不是它的物理性质和效果而是它的纯粹形象化的形态和结构，我们就仍然会不知所措。正是艺术弥补了这个缺陷。在艺术中我们是生活在纯粹形式的王国中而不是生活在对感性对象的分析解剖或对它们的效果进行研究的王国中。"② 他认为艺术之所以为艺术，很重要的一点就在于艺术有其独特的艺术形式，而作为艺术家就要特别看重这一艺术形式。他说："假如一位艺术家不是沉浸于对其质料、对声音、对铜版和大理石、对它的形式创造之直观，而是被囿闭于他自己的个体性中，假如他感受着自己的快感或玩味着'忧戚的乐趣'，那么，他就成为一位伤感主义者；他不再是一位艺术家了。"③ 在恩斯特·卡西尔看来，艺术并不生活于我们日常的、寻常的、经验的物质事物之实在中，它仅仅生活于我们内在的人格生命领域，生活于想象或梦幻中，生活于情感或激情中，虽然艺术家所创造的所有东西都建立在他的主观经验和客观经验的基础之上，为我们提供了艺术家各自对自然和人生的直观和解释，但这种直观和解释总是意味着一种转换，也就是一种实质相似的变化，生活和自然不再表现为它们的经验或物质形态，它们不再是不透明的、不可入的事实，而是注入了形式的生命活力。因此，他强调："真正的艺术家生活于其中的正是这些形式，而不是他的个人情感；他正是生活在这些形态和构制、线条和范型、节奏和韵律，以及和谐之中。"④ 可以说，在这一点上，他和苏珊·朗格的主张是一致的。苏珊·朗格指出："一件艺术品就是一件表现性的形式，这种创造出来的形式是供我们的感官去知觉或供我们想象的，而它所表现的东西就是人类的情感。"⑤ "艺术品是将情感（指广义的情感，亦即人所能感受到的一切）呈现出来供人观赏的，是由情感转化成的可见的或可听的形式……艺术品也就是情感的形式或是能够将内在情感系统

---

① 恩斯特·卡西尔：《符号·神话·文化》，东方出版社 1988 年版，第 134—135 页。
② 恩斯特·卡西尔：《人论》，上海译文出版社 1985 年版，第 183 页。
③ 恩斯特·卡西尔：《符号·神话·文化》，东方出版社 1988 年版，第 141 页。
④ 同上。
⑤ 苏珊·朗格：《艺术问题》中国社会科学出版社 1983 年版，第 13—14 页。

地呈现出来以供我们识认的形式。"① 杰出的思想家理论家虽然是从各自不同的角度去研究问题，但得出的结论往往却有着惊人的相似。

四　恩斯特·卡西尔的文学文本言语思想

为了了解恩斯特·卡西尔的文学文本言语思想，我们不能不先了解他的语言学思想。前文曾经说过，恩斯特·卡西尔对语言哲学的研究使他成为 20 世纪这一领域的重要前驱者之一，并得到现代西方各派语言哲学的普遍重视。因此，不能忽视恩斯特·卡西尔的语言学思想。具体说来，恩斯特·卡西尔有以下语言学思想。

首先，语言是源发自心灵的自发活动。

恩斯特·卡西尔认为："语言从未简单地指称对象、指称事物本身；它总是在指称源发自心灵的自发活动的概念。"② 这是恩斯特·卡西尔关于语言的一种很重要的思想。这种思想就是，语言与人们的心灵活动密切相关，特别是在语言形成的最初阶段更是这样的，随着语言的流变与发展，语言才渐渐能够用以去指称对象、指称事物。正因为有这样的认识，所以他认为："我们日常的语词并非纯属语义的记号，而且还充满了形象和具体情感。它们不仅是理解活动的代言人，而且还是情感和想象的代言人——它们是诗意的和喻意的表达，而非仅仅是逻辑或'推论性'的表达。在人类文化的早期阶段，语言的这种诗意和喻意性质似乎压倒其逻辑的和'推论的'性质。"③ 正因为有这样的语言学思想，所以他根据洪堡关于不要把语言看作一件作品，而是一项活动、不是一种功（Ergon），而是一种能（Energia）的重要思想，指出："语言绝不能以一种静态的方式被定义为一个固定的语法形式体系或逻辑形式体系。我们必须在它的实际运用中——在言谈的活动中——去考察它。而这种活动总是浸润着主体的、人格的生命之整体。言语的节奏和分寸、声调、抑扬、节律，皆为这种人格生命的不可避免的和清楚明白的暗示——都是我们的情感、感受、旨趣的暗示。我们

---

① 苏珊·朗格：《艺术问题》中国社会科学出版社 1983 年版，第 24 页。
② 恩斯特·卡西尔：《语言与神话》，生活·读书·新知三联书店 1988 年版，第 58 页。
③ 恩斯特·卡西尔：《符号·神话·文化》，东方出版社 1988 年版，第 131 页。

对语言的分析只有不断牢记问题的这一方面，才可能是全面的。"① 讨论语言注意到语言与人之主体、与人的人格、与人的生命、与人的情感及感受、旨趣等等有着不可避免的联系，这确实不失为一种富于启发性的思想。这也为他的文学语言思想顺理成章地奠定了理论基础。

其次，语言起源于艺术、起源于诗。

语言的起源问题一直是语言学家、哲学家、思想家注重探讨的问题，并且从不同的角度进行了各种各样的探讨。恩斯特·卡西尔指出，在神话的直觉创造的形式里，而不是在推演式理论概念过程中，或许可以寻找到开启原初语言概念过程之谜的钥匙。他指出，追溯语言表述之根源的工作也不应以任何种类的反思性观照为尽头，不应以冷静清醒地比较给定的感官印象与抽象确定的属性为尽头，他特别声明，应该弃绝这种静止的观点，以求理解发自内在冲动的言语声音的运动过程。他说："近代语言科学在努力说明语言'起源'问题时，确实常常回返到哈曼（Hamman）的那句格言：诗是'人类的母语'。语言学家们一直强调，言语并非植根于生活的散文性，而是植根于生活的诗性上；因此必须在主观感受的原始能力中，而不是在对事物的客观表象的观照或按某些属性类分事物的过程中去寻找言语的终极基础。"② 言语即人们所说的话语，是实现了的语言，这样的语言植根于生活的诗性上，植根于人的主观感受的原始能力中，这就把语言的起源确定在艺术那里、在诗那里。这种认识或多或少与语言最初产生的实际情形是相吻合的。因为初民用来表达自己的只是情感、意绪、呼吁、欷歔、欲求，还不能用概念进行交流，用概念进行交流那是以后的事情。

这样说，并不意味着语言老是停留在艺术那里、停留在诗那里，而不往前挪动半步，这只是说语言在其发展过程中的一种阶段性的历史现象。恩斯特·卡西尔也充分注意到了这一点。

再次，语言具有隐喻的性质。

在《人论》中，恩斯特·卡西尔指出："语言就其本性和本质而言，是隐喻式的；它不能直接描述事物，而是求助于间接的描述方式，求助于

---

① 恩斯特·卡西尔：《符号·神话·文化》，东方出版社1988年版，第138页。
② 恩斯特·卡西尔：《语言与神话》，生活·读书·新知三联书店1988年版，第61页。

含混而多歧义的语词。"① 他去世后出版的《国家的神话》中这样指出："人类语言在它的根本性质上是隐喻式的；它充溢着微笑与比拟。"② 众所周知，在语言学上，在意向性上，语言往往遵循着单向度，其能指和所指之间存在着一种固定统一的关系。但在文学作品中，能指和所指之间的这种固定统一的关系被打破了，像雅各布森所说的那样，诗语或曰文学语言为了增加符合文学作品特性的可感知性，就使能指和所指、用语和用意、"符号和对象的基本对垒加剧了"③。文学语言的隐喻性所起的正是这样一种增加文学作品可感知性的作用。

　　恩斯特·卡西尔把最初的语言看作是隐喻式的，从而发现了语言和神话之间的同源关系。在他看来，神话思维是隐喻式的，而神话思维是人类最原初的思维方式，这种最原初的思维方式类似于斯特劳斯所说的"野性思维"，或者类似于阿瑞提所说的"旧逻辑思维"，和我们今天所说的"意象思维"差不多是同一个意思。在《语言与神话》中，恩斯特·卡西尔几乎将语言与神话等量齐观，为的是表明它们各自都具有的隐喻性质。他认为，在神话思维和语言思维的各个方面都相互交错着，神话王国和语言王国的巨大结构在各自漫长的发展过程中都受着同样一些心理动机的制约和引导。他把这种所谓同一心理动机称作"隐喻式思维的那种形式"。他明确指出，"语言和神话的理智连结点是隐喻"。为此，他还具体解释了何谓狭义的隐喻。他说：所谓狭义的隐喻"即指这一概念只包括**有意识地**以彼思想内容的名称指代此思想内容，只要彼思想内容在某个方面相似于此思想内容，或多少与之类似。在这种情况下，隐喻即是真正的'移译'或'翻译'；它介于其间的那两个概念是固定的互不依赖的意义；在作为给定的**始端**和**终端**的这两个意义之间发生了概念过程，导致从一端向另一端的转化，从而使一端得以在语义上替代另一端"④。恩斯特·卡西尔揭示了无论是语言的"隐喻"还是神话的"隐喻"，都遵循着"部分

　　① 恩斯特·卡西尔：《人论》，上海译文出版社 1985 年版，第 140 页。
　　② 恩斯特·卡西尔：《国家的神话》，华夏出版社 1999 年版，第 24 页。
　　③ 引自霍克斯《解构主义符号学》，上海译文出版社 1987 年版，第 87 页。
　　④ 恩斯特·卡西尔：《语言与神话》，生活·读书·新知三联书店 1988 年版，第 102—105 页。

代替整体原则"①。换句话说，无论是语言还是神话，直接呈现出来的只是某一部分或某些部分，而这某一部分或某些部分它最终是用来代替整体的。在《国家的神话》中他指出："作为一个语言学家和语文学家，米勒确信研究神话唯一科学的探求只能是语言的探求……在神话与语言之间，不仅存在一种亲密无间的关系，而且存在一种真正的一致性。如果我们懂得这种同一性的本质，我们也就把握了步入神话世界的金钥匙。"② 这种所谓一致既是隐喻的一致，又是部分代替整体的一致。

恩斯特·卡西尔也注意到，语言和神话毕竟不是一回事，它们之间的区别还是异常明显的。他说："确信语言与神话有着共同的根源，绝不意味着它们的结构是同一的。语言总是向我们展现出一种严格的逻辑特征；而神话则似乎排斥一切逻辑规则，它是非连贯的、变幻莫测的和非理性的"，"神话实际上仅是语言的一个方面，除此而外，它什么都不是。但是，神话只是语言的消极方面而非积极方面；神话不是源于语言的长处而是源于其短处。"③ 其区别之一就是，语言"隐喻"可以反过来作用于神话隐喻，成为神话隐喻的永不枯竭的源泉。他说："在思维的这一领域内，没有什么抽象的指称；每一个语词都被直接变形为具体的神话形象，变成一尊神或一个鬼。任何一个感觉印象，无论它多么模糊，只要在语言中被固定住保存了下来，就会以这种方式变成神的概念和指称的起点……在这方面，神话一再从语言中汲取新的生命和新的财富，如同语言也从神话中汲取生命和财富一样。这种持续不歇的互动和互渗证实了语言和神话的思维原则的同一性，语言和神话只不过是这条原则的不同的表现、不同的显现和不同的等级而已。"④ 在同一性原则之下，还有不同的表现、不同的显现、不同的等级，语言和神话之不同由此可见一斑。

恩斯特·卡西尔的语言学思想非常丰富，如命题语言与情感语言的区别、情感语言向命题语言的转化，以及这种转化对于语言运用所具有的积极意义，特别是这种转化对于文学创作所具有的消极影响等等，将放到下面有关内容中予以讨论。

---

① 恩斯特·卡西尔：《语言与神话》，生活·读书·新知三联书店 1988 年版，第 109 页。

② 恩斯特·卡西尔：《国家的神话》，华夏出版社 1999 年版，第 19 页。

③ 同上书，第 20 页。

④ 恩斯特·卡西尔：《语言与神话》，生活·读书·新知三联书店 1988 年版，第 113 页。

　　再说恩斯特·卡西尔的文学言语思想。先要予以说明的是恩斯特·卡西尔的文学言语思想既受制于他的哲学思想，又受制于他的语言学思想。

　　第一，艺术都是一种特殊的直观符号的语言。

　　恩斯特·卡西尔认为，"在某种意义上，所有艺术都可以被看作是语言，不过是一种特殊的语言罢了。它并非一种言语符号的语言，而是直观符号的语言。"① 这儿所说的所有艺术当然包括了非语言艺术和语言艺术，所谓"都可以看作是语言" 实际上指的是这些艺术所使用的艺术语汇、艺术语料，无论是艺术语汇还是艺术语料，它们都是一种直观符号。这种情形在非语言艺术那里很好理解，因为非语言艺术的造型艺术、表演艺术以及综合艺术所使用的相关材料决定了这一点，所以这些非语言艺术的艺术语汇、艺术语料从根本上说都具有符合艺术特性的特点：直观性。至于语言艺术的艺术语汇的直观性则是指语言艺术的艺术语言与日常语言、科学语言等那些概念语言是不一样的，它尽可能地保留或赋予语言最初所具有的感性形象、感性形式和人文价值属性。这正像恩斯特·卡西尔说的那样："艺术和宗教各有其独特的语言、独特的符号思维形式和符号表达形式，但除这些差异之外，在它们之间仍存在着一种深刻的和内在的联系。"② 可以说，这是恩斯特·卡西尔对文学艺术语言的总的看法，也是他的文学语言思想的集中体现。

　　第二，文学语言是一种诗意想象的语言，它不同于删头去尾的僵死存在的概念语言，也不同于贫乏而空洞的外壳的概念语言。

　　恩斯特·卡西尔认为，文学语言作为一种独特的语言，它不同于概念语言、逻辑语言或命题语言。他指出："与概念语言并列的同时还有情感语言，与逻辑的或科学的语言并列的还有诗意想象的语言。语言最初并不是表达思想或观念，而是表达情感和爱慕的。"③ 他对命题语言与情感语言作了区分。他说："这两种类型的语言并不是同一层次的。即使从发生学上来说把二者联结起来是可能的，但从这一类型到另一相反类型的过渡在逻辑上也总是有一个从这一个种到另一个种的过渡问题（metabasiseis-

---

① 恩斯特·卡西尔：《符号·神话·文化》，东方出版社 1988 年版，第 134 页。
② 同上书，第 29 页。
③ 恩斯特·卡西尔：《人论》，上海译文出版社 1985 年版，第 34 页。

allogenos)。"① 恩斯特·卡西尔指出，没有任何动物曾经越过了情感语言与命题语言的分界线，只有人才能够越过这条分界线，由情感语言跃至命题语言，才成为真正意义上的人。动物的所谓语言总是全然主观的，它表达各种各样的情感状态，但并不指谓或描述对象，而人即使处在发展的最低阶段也不是只有单纯的情感语言或手势语言，人能够用语言指谓或描述对象，能够拥有并运用命题语言。

在人类语言的流变/发展史上，语言最终由情感语言转化为命题语言。恩斯特·卡西尔根据叶斯帕森的理论指出，人完成从情感语言到命题语言的"这样的转化是在人的发音（utterances）被用作代表名称时发生的。在此之前，它只不过是表达情感的喊叫或悦耳的乐句而已。通过将发音作名称使用，最初一直是各种无意义的声音的混合体，就突然成了思想的工具。"② 甚至，他还注意到，语言的这种逻辑性质、语言的这种思想工具的功能，几乎从一开始就具备了。他说："从一有语言开始，语言在其自身内部就负载着另一种力量：逻辑力量。这一力量是怎样逐渐大放异彩，如满月中天；它又是怎样凭借语言冲开了自己的道路，我们无法在此详述。不过在这个进化的过程中，语词越来越被简约为单纯的概念的记号（sign）。"③ 当语言转化为单纯的概念的记号时，这就意味着它完成了从情感语言向命题语言的转化。恩斯特·卡西尔较为详细地分析了这种转化。

恩斯特·卡西尔揭示了从情感语言向命题语言转化的意义。他说："这样的转移意味着，以前一直只是强烈情感的无意流露和吼叫的音调，正履行一个全新的任务：它们在作为传达确定意义的符号而被使用。叶斯柏森本人引证了贝恩菲（Benfey）的一个以观察为根据的看法：在感叹声与语词之间有一道宽阔的鸿沟，足以使我们认为感叹声乃是对语言的否定。因为感叹只有在人不能说话或不愿说话时才被使用。而根据叶斯柏森的观点，语言则是在'传达的要求大于感叹的要求'时产生的。"④ 由此我们似乎可以这样说，命题语言主要是用于传达的，而情感语言主要是用

---

① 恩斯特·卡西尔：《人论》，上海译文出版社 1985 年版，第 148 页。
② 同上书，第 149 页。
③ 恩斯特·卡西尔：《语言与神话》，生活·读书·新知三联书店 1988 年版，第 113 页。
④ 恩斯特·卡西尔：《人论》，上海译文出版社 1985 年版，第 150 页。

于感叹的，传达属于逻辑上的事，而感叹则主要属于文学上的事。当然，这里不能机械地理解所谓传达、所谓感叹，我们所取的不过是其指代意义而已。

恩斯特·卡西尔认为，语言经过发展之后，与其最初的情形相比，发生了根本的变化，这个变化是，"当语言的发展将存在概念从某个特殊的生存形态的束缚中解放出来时，这时，语言就为神话—宗教思维提供了一种新的手段，一种新的智力工具。"① 很显然，语言已经变化为一种心理过程了。关于心理过程，恩斯特·卡西尔是这样说的："任何心理过程都不能把握实在本身；因此，为了表象实在，为了多少能把握一点实在，心理过程就不得不使用符号。然而，任何符号系统都不免于间接性之苦；它必然地使它本想揭示的东西变得晦暗不明。这样，尽管言语的声音努力想要'表达'主观和客观的情状、'内在'和'外在'的世界，但在这一过程中它所能保留下来的却不再是存在的生命和全部的个性，而只是删头去尾了的僵死的存在。口说的语词自以为所具有的全部'所指意义'实际上只不过是单纯的提示而已；在现实经验的具体多样性和完整性面前，'提示'永远只是一只空洞而贫乏的外壳。不管是对于外部世界还是内部世界，确实都可以这么说：'一旦灵魂开口**说话**，唉哟，**灵魂**就不再说了！'② 这种语言是一种概念语言，而"概念根本无法向我们提供客体的真实形态，概念向我们展现的只是思维自身的形式而已。"③ 概念语言是删头去尾的僵死存在，是贫乏而空洞的外壳，这样，恩斯特·卡西尔就为文学语言的诗意性和想象性留下了进行比较的广阔的空间背景，同时也为文学语言的最基本的含义预设了进行阐释的伏笔。这是在下面将要论述的。

第三，文学语言保留着语言产生时的原初创造力。

文学的特征在于要提供、要创造一种具体的、感性的生活图画，其中的生活现象、生活面貌、生活形态、生活情状都要是具体的、生动的、可感的，其语言当然也应该是能够提供、创造这种具体的、生动的、可感的

---

① 恩斯特·卡西尔：《语言与神话》，上海译文出版社 1985 年版，第 94 页。
② 同上书，第 34—35 页。
③ 同上书，第 35 页。

感性的生活现象、生活面貌、生活形态、生活情状的语言。那么，有没有一种语言能够承担此项重任呢？恩斯特·卡西尔认为有这样一种语言，这就是文学语言。恩斯特·卡西尔认为，概念语言或命题语言做不到这一点，而文学语言却可以做到这一点，这之中的根本原因在于在语言的长期发展/流变过程中文学语言仍然保留着语言最初产生时的那种原初创造力。恩斯特·卡西尔是这样说的：

> 如果语言注定要发展为思维的工具，发展为概念和判断的表达方式，那么，这一演化过程只能以弃绝直接经验的丰富性和充分性为代价才有可能完成。最后，直接经验曾经据有过的具体的感觉和情感内容将只会残留下一具没有血肉的骷髅。可是，还有这样一个心智的国度：其中语词不仅保存下了它的原初创造力，而且还在不断地更新这一能力；在这个国度中，语词经历着往返不已的灵魂轮回，经历着既是感觉的亦是精神的再生。语言变成艺术表现的康庄大道之际，便是这一再生的完成之时。这时，语言复活了全部的生命；但这已不再是被神话束缚着的生命，而是审美地解放了的生命了。在诗的全部类型和全部形式中，抒情诗最清晰地镜映出这一理想的发展过程。……诗所表达的既不是神或鬼的神话式语词图象，也不是抽象的确定性和关系的逻辑真理。诗的世界和这两样东西都不同，它是一个幻想和狂想的世界——但正是以这种幻想的方式，纯感受的领域才能得以倾吐，才能获得其充分而具体的实现。语词和神话意象，这曾经作为坚硬的现实力量撞击人的心智的东西，现在抛弃了全部的实在性和实效性；它们变作一道光，一团明亮的以太气，精神在其中无拘无束无牵无挂地活动着。这一解放之所以能获得，并不是因为心智抛弃了语词和意象的感觉形式，而是在于心智把语词和意象都用作自己的**器官**，从而认识出它们的真实的面目：心智自己的自我显现形式。①

在恩斯特·卡西尔看来，语言经由漫长的流变与发展，一旦成为概念语言或命题语言之后，其原初产生时所携带的人的血肉、情感、感觉、精

---

① 恩斯特·卡西尔：《语言与神话》，上海译文出版社 1985 年版，第 114—115 页。

神以及创造力都逐渐地磨损、剥落而丧失了，仅仅成为了人们用来表达思想、概念、逻辑的工具，犹如去掉了皮毛血肉而只剩下孤零零的骨架的动物标本。但是，在这里唯独文学语言经由作家的努力还保留着或者说还被作家赋予了语言最初产生时的那些品性，既有具体的物象性、心象性，又带有活生生的血肉、情感、意绪、感觉、形象、精神以及创造力，总而言之还保留着语言最初产生时与之俱来的或所携带的人文精神。正是这样的文学语言才使得文学作品能够描摹、呈现各种各样的生活现象、生活面貌、生活形态、生活情状，才能够拨动读者的情感心弦。

第四，文学文本言语含有"情感成分"、"直观成分"以及"审美的"、"想象"的等特征。

1941 至 1942 年恩斯特·卡西尔在耶鲁大学哲学讨论班的讲演稿《语言与艺术（II）》中举出华兹华斯《序歌》中的一个有名的段落之后说："当读到这一段诗——或另一首优秀的诗——时，我们立即会感受到诗的语言究竟在什么地方全然有别于概念的语言。它包蕴着最强烈的情感成分和直观成分。语言的符号意味不仅是语义的，而且同时还是一种审美的。"① 另外，恩斯特·卡西尔还注意到艺术符号或曰文学文本言语与艺术想象的关系。他指出："符号的记忆乃是一种过程，靠着这个过程人不仅重复他以往的经验而且重建这种经验。想象成了真实的记忆的一个必要因素。"② 恩斯特·卡西尔在这里揭示了文学文本言语所具有的一系列特征；即：最强烈的情感成分，这是因为它保留着最初产生时的品性；最强烈的直观成分，这同样是因为它保留着刚刚产生时的特性；因此之故，文学文本言语也就具有"审美的"、"想象"的等特征。这是恩斯特·卡西尔对文学文本言语特征的最基本的概括。因为有关内容，在前文中已有所论述，这里从略。

很明显，恩斯特·卡西尔关于文学文本言语的思想既与他的哲学思想即"人的存在哲学"的思想完全一致，又符合他的语言学思想。无论是他的语言学思想，还是他的文学文本言语思想，又都成为他的整个哲学思想的一个有机组成部分。

---

① 恩斯特·卡西尔：《符号·神话·文化》，东方出版社 1988 年版，第 137 页。
② 恩斯特·卡西尔：《人论》，上海译文出版社 1985 年版，第 66 页。

后　记

　　当初给自己出这样一个题目是有感于中文专业长期以来一直没有把文学作品材料的语言作为一门课程来开设，我以为这是一个值得注意的缺憾，是丢掉了文学作品重要构成要素的表现。虽然此前零零星星的也有些论著涉及这一问题，但大多显得不够系统，不够完整，而且开课的时间也不够，即很少开一个学期。我试图做这样一件事，以便对此缺憾有所弥补。很可能没有达到这样一个要求和高度，我只是尝试着去做而已。如果这么一块或者半块非常粗糙的砖坯还能够引出真正的玉来，我想我的目的就算达到了。

　　虽然我无意过多地谈及语言学问题，但又不可避免地涉及语言学的有关问题，需要说明的是所有有关语言学的问题都和文学文本言语问题密切相关。例如，我用了两章论述语言的起源和语言的流变问题，但这两章又不是孤立地讲语言的起源和流变，而是通过语言的起源和流变说明作家是怎样地钟情于最初的语言和顾昐那些在流变过程中还多少保留有人文精神价值的语言。

　　另外，我努力地联系文学创作的实际，使对文学文本言语的研究尽可能地结合作家在创作中对语言的选择、操作，而不是空对空地讲文学文本言语问题。在论述有关问题时，我比较多地注意联系当前文学创作的具体情形，目的不光在于引导学生关注当代文学，更主要的引导学生如何学会用已经学过的理论去观察、分析和解决和文学有关的实际问题。同时，我还尝试着选了几幅图片，以便给屈尊阅读本书的读者提供一点休息的悦目的间隙和片刻。

　　借此机会，我要郑重地写下我的谢意，感谢所有关心过我的人，感谢听过我以此为内容开设选修课的同学。

　　我在这里特别要感谢张永健先生，没有他的一再催促，我不会申报这个项目，是他的一再催促，我才申报了这个项目。

　　我也要特别感谢汉口学院，是汉口学院在我退休之后接纳了我，给了我这样一个能够申报的机会。同时，还要感谢汉口学院的资助。

　　我也要感谢汉口学院科研处，这个人数极为有限的部门的领导和工作人员以自己的辛苦劳累给予我很多具体的指导和帮助。

　　我要感谢参与项目评审的各位专家，是他们的高看与不弃，使我的申报得以通过。

　　我要感谢湖北省社科基金处，是该处的资助，使得这部书稿得以面世。

　　最后，我要特别感谢责任编辑郭鹏先生，是他的严格认真细致的审读和把关，使本书减少了错讹和疏漏。同时，还要感谢中国社会科学出版社的李炳青先生。

刘安海

2013 年 5 月 5 日，五一劳动节小长假之际